오장환전집

김학동 편

국학자료원

국립중앙도서관 출판시도서목록(CIP)

오장환전집 / 김학동 編. -- 서울 : 국학자료원, 2003
    p. ;   cm

권말부록으로 '가계도와 상애 및 작품연보' 수록
ISBN 89-541-0061-9 93810

810.81-KDC4
895.708-DDC21   CIP2003000559

오장환의 해방 후의 모습(보은신문에서)

↑ 오장환의 생가 마을의 전경(충북 보은군 회북면 중앙리, 1989)

↑ 오장환의 생가(충북 보은군 회북면 중앙리 소재, 1989)

⬆ 오장환의 1~3학년까지 다녔던 회인초등학교의 정문(1989)

⬆ 옛 그 자리에 새로 지은 회인초등학교의 모습(1989)

↑ 오장환이 4〜6학년까지 다녔던 안성초등학교의 옛 건물(1989)

↑ 오장환의 재학시절의 휘문고보의 건물(1930년대)

↑ 오장환의 선영이 있는 안성군 공도면 진사리의 전경(1989)

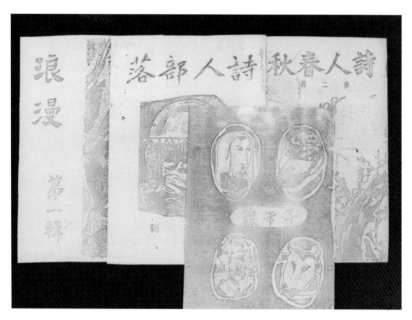

↑ 오장환이 시단에서 동인활동을 할 때 관여한 시지들(浪漫·詩人部落·詩人春秋·子午線)

월북 오장환 시인 '전쟁' 57년만에 햇볕

'한길문학' 7월호에 육필원고 전문 실려

시집 〈성벽〉(1937), 〈헌사〉(1939), 〈병든 서울〉(1946), 〈나 사는 곳〉(1947)의 시인 오장환(1918~?)의 미발표 장시 〈전쟁〉이 발굴됐다.

이번 주말에 발간되는 〈한길문학〉 7월호는 이 잡지의 편집주간인 문학평론가 임헌영씨가 서울 인사동의 한 헌책방에서 발견한 이 작품의 육필원고에 대한 해설설명과 작품 전문을 싣고 있다.

총독부 도서과에서 찍은 검열제(檢閱濟)라는 붉은 도장이 선명하게 찍혀 있는 이 원고는 삭제요구를 받은 부분까지를 포함해 이 작품의 원형을 그대로 보존하고 있는데, 30년대 모더니즘 시가 이미지에의 편집증과 자폐적 난해성 속에다 사회 반전주의의 씨앗을 심고 있었다는 것을 암시하고 있어 흥미롭다.

"~~~~~~ 저 녀파 / 어린애의 우는 소리 같은 시인 / 전쟁의 주판을 굴리고는 고전직이로는 싶일까, / 박커의 나래, 즉, 취의 나래, /JERNFF A~~~~~ / ~/ ~로 시작되는 〈전쟁〉은 4백자 원고지 36장의 장시로 이 가운데 '삭제'란 붉은 도장이 찍혀 있는 부분은 아홉 군데, 모두 51행이다.

바적 황국우씨나 담남철씨의 8 0년대 형태파시로럼 덜 익힌 듯한 포맷 속에서 전쟁에 대한 갖

한자일수록 한의가됨수있다.//반되,/한되,/신발창을 뜨더먹는간되는 차라리 염소를 부러워한다,/반전 의식 고취(훈장의주직을 늘이 행동이나, 학위자로서의 상류의 묘사상류는 하건의 상치에서 코코아일물한다.) 따위다.

오장환은 충북 보은에서 태어나 중동학교, 휘문고보, 일본 메이지대 등에서 공부했다. 1933년 시 〈목욕간〉으로 등단한 뒤 '시인부락', '자오선' 동인으로 활동했고, 해방 뒤 문학가동맹에 가입, 일차 뒤에 월북했다. 그는 50

> 육필원고 〈전쟁〉 첫 페이지에 찍힌 '검열제'라는 도장(왼쪽)과 '삭제' 도장이 찍힌 시행. '검열제'라는 글자 옆에 '김성균'이라는 도장이 보인다.

모더니즘 바탕 해학적 반전의식 담아

당시 총독부 검열자는 2대 국사편찬위원장으로 밝혀져

시키는 이 작품을 오장환이 16살 때(1933년) 쓴 것으로 알려진다.

〈전쟁〉의 육필원고를 읽어본 시인 서정주는 "모더니즘 시풍으로 당시 사회분위기를 해학적으로 풍자했다"고 평가했고 김용균씨는 "어려울 때 사회의식이 있는 무렵의 작품"이라고 말했다.

또 고려대 김인환 교수(국문학)는 "모더니즘적 요소와 역사의식의 시풍이라는 오장환 시의 두

으로 "빈정 시리는 말투가 있으면서 현실을 보는 눈은 성숙해 있다고 평가했다.

삭제된 부분은 대체로 정치의식이 표출된 시행들로서 예를 들어 히틀러의 장제스에 대한 회화(/~/ ~나두 히물러졌을 될건데, 아서라 - 총독방에위풀에, / ~해공과 해공의 대화, / ~잘 개석 '/~/ ~요로, / ~요로, / ~애국도저를 위하야(국인것을...), 같이~다르게~와음에 이르기까지의 반전 역시의 시행들로 사랑한 것으로 알려지고 있는데, 납-원쪽 작가 매김 지린을에게 시인 최두석씨가 장작과 비평사에서 〈오장환 전집〉을 펴낸 바 있다.

일제때 '시인부락' 동인으로서 오장환과 가깝게 지냈던 서정주씨는 오장환이 "프로문학 진영가 때 문학에도 해서 작을 만나을 맨 게규문체, 사회문문체를 자주 화제에 올렸으나 동인들의 영향

다고 증언한다.

장시 〈전쟁〉의 발굴은 또한 이 육필원고의 검열 도장의 주인공인 '김성균'이라는 사람의 신원에 대한 궁금증을 불러일으킨다.

월간 〈사회와 사상〉 기획위원인 임영태씨는 〈한길문학〉 7월호에 기고한 '검열자 김성균은 누구인'라는 글에서 일제시기 조선총독부가 매낸 과년 〈조선총독부 및 소속관서 직원록〉을 통해 검열자 김성균이 국사편찬위원회 20대 위원장을 지낸 고 김성균씨라는 사실을 밝히고 있다.

언론사에서 펴낸 인명사전들에 실린 생전의 김씨의 이력은 1934년 경성제대 사학과를 졸업하고 1946년 과도정부 경무부 공보실 부 실장 겸 수도경찰학교장 취임으로 곧바로 이어지는데, 임영태씨의 글은 김씨가 졸업 뒤 해방되기까지 10년간 총독부 경무국 도서과에서 일했음을 보여주는 것이다.

1956년 4월에 고등경찰과가 폐지되면서 그 사무의 일부를 인계받아 설치된 경무부 도서과는 대표적인 문화악법인 '출판법'에 따라 반일적이거나 반체제적인 출판물을 일제히 올려 규제하는 역할을 받고 있었다.

김씨는 해방 뒤 경희대 사학과 교수, 한국사학회 회장을 지낼으로〈민족의 길〉(국사강좌) 등의 저서를 냈고, 또 국편위 위원장직에 있는 동안〈한국독립운동사〉 〈일제침략하 한국 36년사〉(대편빈국사)를 등을 출간했고, 독립유공자장훈심의위원도 지냈다. 〈고종석 기자〉

↑ 오장환의 장시 〈전쟁〉 초고본 발굴기사(한겨레신문에서)

오장환의 첫 시집 『성벽』의 재판본 ➡
(雅文閣, 1947)

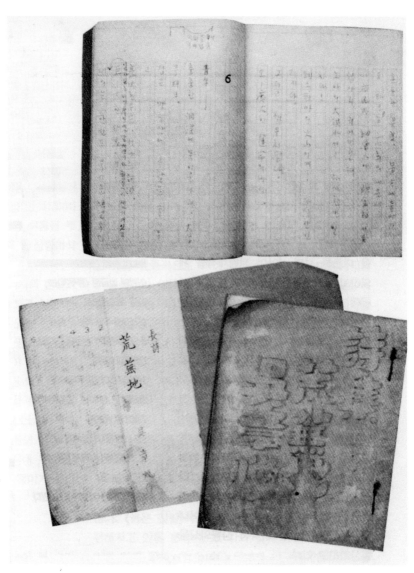

↑ 오장환의 장시 『황무지』 전문의 초고본

오장환의 제1시집 『獻詞』의 초판본 ➡
(南書鑵房, 1939)

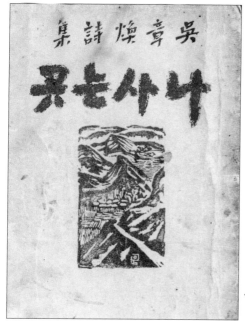

⬅ 오장환의 제3시집 『나 사는 곳』의
초판본(헌문사, 1947)

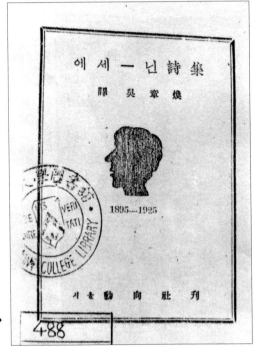

오장환의 제4시집 『病든 서울』의 초판본
（正音社, 1946）

오장환의 역시집 『에세―닌 詩集』
의 초판본(動向社, 1946)

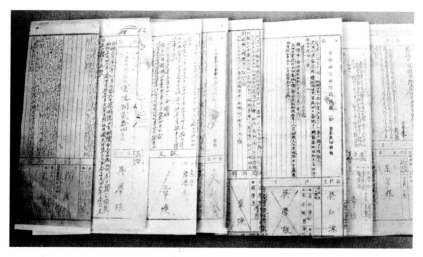

⬆ 오장환의 호적등본(보은·안성·서울)

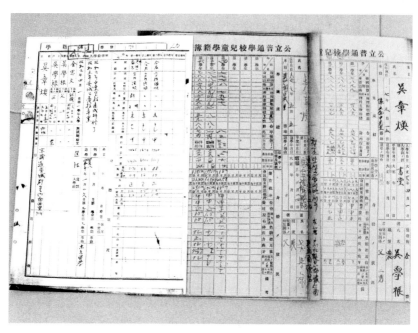

⬆ 오장환의 학적부(회인초등학교·안성초등학교·휘문고등보통학교)

오장환전집

　오장환은 서정주·김동리·함형수 등과 함께 시인부락 동인으로 참여하면서 본격적인 문단활동이 비롯되었다. 그는 평생을 통하여 5권의 시집과 한 권의 역시집을 출간했다. 그리고 <전쟁>·<수부(首府)> 등과 같은 장시를 비롯하여 시집에 수록되지 않은 작품들이 40여편에 이르고 있는데, 이들은 대부분 당시의 신문이나 잡지에 발표되고 있다. 이외에 산문으로는 그가 월북한 이후에 그곳에서 출간한 『님조선의 예술운동』을 위시하여 당시의 신문이나 잡지에 발표된 평론과 수필 등이 있는데, 양적으로 극히 한정된다. 이는 그가 평생을 오로지 시만을 썼다는 반증도 된다.

　그는 서정주·김광균·이용악 등과 함께 30년대 한국시사에서 중추적인 역할을 했다. 그럼에도 그가 월북했다는 이유로 오랫동안 유작의 출판은 물론, 연구조차도 금기되어 전혀 논의하지 못하다가 1988년 납·월북작가의 해금조치로 그의 전집이 간행된 것이다. 따라서 그의 연구과정에서 얻어진 몇 가지 새로운 자료를 추가하여　편자 나름대로 정리해본 것이다.

　편성방법은 우선 저자의 의도에 맞춰 시집을 중심으로 하여 편성했고, 시집에 실리지 않은 것들은 '보유편'에다 모두 수록했다. 그리고 장시 4편은 연구의 편의를 위해서 창작시부의 말미에다 따로 편성했다. 그러니까 첫 시집『성벽』의 시편 가운데서 장시 <해수(海獸)>와 제2시집『헌사』에 수록된 <황무지>는 장시부에 수록한 것이다. 여기서 <황무지>는 그 전문이 입수되어 장시부에 수록했기 때문에 중복된 감이 없지도 않다.

월북 이후 오장환의 시작활동은 좌경적 이념에 기울어져 있었기 때문에, 문학성을 갖고 논의할 수 없다고 본다. 이런 그의 변화가 그 스스로 그렇게 변한 것인지, 아니면 그 사회환경이 그를 그렇게 변하게 한 것인지 알 수가 없다. 아무튼 초기의 서정성에서 벗어나 사회주의 이념에 기울어 크게 바뀐 변화는, 그 자신으로 보아 비극적인 행각이 아닐 수 없다. 그것이 만년에 그를 바쁘게 허둥대다 죽어가게 한 것인지도 모른다.

계절은 어김없이 바뀌어 간다. 새해 들어 봄철을 뜨겁게 달구었던 이라크 전쟁도 끝났고, 사스의 공포와 북핵의 위협 속에 세월은 또 다시 초여름의 길목을 세차게 질주하고 있다. 이렇게 세월을 자꾸 보내고 나면 우리는 어디까지 이르게 될 것인가?

끝으로 경제적으로 어려운 불황기에 이 책을 흔쾌히 맡아 출간될 때까지 정성을 다해준 국학자료원의 정찬용 사장과 편집부에 깊은 사의를 표한다.

2003년 5월 8일

김 학 동

4

- 이 전집은 크게 시부·역시부·산문부 등 3부로 나누어 편성했다.
- '시부'와 '역시부'에서는 철자법을 시집분을 그대로 따랐고 근본적으로 잘못되었을 때는 윗점과 괄호로 처리했다. 그리고 독자의 편의를 위해서 띄어쓰기는 현행의 기준에 맞췄다.
- 시부는 먼저 작자가 펴낸 제5시집까지의 순서에 따라 '성벽'·'헌사'·'나 사는 곳'·'병든 서울'·'붉은 기' 등으로 구분하여 수록했다. 그리고 시집에 수록되지 않은 작품들은 '보유편'에 발표순을 따라 배열했다. '장시편'은 4편으로 편성되어 있는데, <戰爭>과 <首府>는 시집에 수록되어 있지 않고, <海獸>는 제1시집 『성벽』에 수록된 것이지만, 유형별로 편성하기 위해서 '장시'부로 옮긴 것이다. 그리고 <황무지>는 제2시집 『헌사』에 수록된 것이나, 그것이 개작해서 일부만 수록하고 있기에, 작자의 뜻을 따라 그대로 두고, 후에 발굴된 전문을 '장시'부에 다시 수록했다. 이는 중복되기는 하지만, 연구자를 위해 여기에 다시 수록한 것이다. 시집 『病든 서울』이 『나 사는 곳』보다 먼저 출간되었으나, 『나 사는 곳』의 뒤에다 배열한 것은 수록시편들의 대부분이 『병든 서울』의 시편들보다 앞서 제작 또는 발표되었기 때문이다.

- 역시부에는 『에세—닌 시집』의 시편들을 수록했다.
- 산문부에서는 먼저 '作家論과 詩論 및 기타'·'美術評'·'隨筆과 時論 및 기타' 등 세 가지로 유형화하여 그것들을 발표순에 따라 배열했다. 그리고 산문은 독자의 편의를 위해서 현행 철자법으로 바꾸었고 한자는 부득이할 때에 괄호로 처리했다.
- 제5시집 『붉은 기』를 위시하여 오장환이 월북한 후에 제작한 시와 산문은 2002년 실천문학사에서 출간된 『오장환전집』(김재용 편) 분을 전적으로 활용하였다.

제1부_詩部

『城壁』의 시편들(1937, 풍림사)

月香九天曲 · 15 / 旅愁 · 18 / 海港圖 · 19 / 漁浦 · 21 / 黃昏 · 22 / 城壁 · 24 / 傳說 · 25 / 溫泉地 · 26 / 賣淫婦 · 27 / 古典 · 28 / 魚肉 · 29 / 毒草 · 30 / 鄕愁 · 31 / 鯨 · 33 / 花園 · 34 / 雨期 · 35 / 暮村 · 36 / 病室 · 37 / 湖水 · 38 / 姓氏譜 · 40 / 易 · 41

『獻詞』의 시편들(1939, 남만문고)

할레루야 · 45 / 深冬 · 47 / 나의 노래 · 48 / 夕陽 · 50 / 體溫表 · 51 / The Last Train · 52 / 無人島 · 53 / 獻詞 Artemis · 54 / 싸느란 花壇 · 56 / 北方의 길 · 58 / 喪列 · 59 / 永遠한 歸鄕 · 60 / 咏懷 · 61 / 寂夜 · 63 / 나포리의 浮浪者 · 64 / 不吉한 노래 · 66 / 荒蕪地 · 68

『나 사는 곳』의 시편들(1947, 헌문사)

勝利의 날 · 75 / 초봄의 노래 · 80 / 鍾소리 · 82 / 밤의 노래 · 84 / 장마철 · 86 / 다시금 餘暇를…… · 88 / 다시 美堂里 · 90 / 구름과 눈물의 노래 · 92 / 絶頂의 노래 · 94 / 붉은 山 · 96 / 비둘기 내 어깨에 앉으라 · 97 / 길손의 노래 · 99

/ 노래 · 101 / 나 사는 곳 · 102 / 聖誕祭 · 104 / 羊 · 106 / 省墓하러 가는
길 · 108 / 푸른 열매 · 110 / 銀時計 · 111 / 山峽의 노래 · 113 / 고향 앞에서 ·
115 / 江물을 따러 · 117 / 봄노래 · 120 / FINALE · 121

『病든 서울』의 시편들(1946, 정음사)

八月 十五日의 노래 · 125 / 聯合軍入城 歡迎의 노래 · 127 / 이름도 모르는 누
이에게 · 129 / 媛氏에게 · 130 / 病든 서울 · 131 / 어둔 밤의 노래 · 136 / 指導
者 · 138 / 入院室에서 · 139 / 깽 · 141 / ГИМН · 143 / 가거라 벗이여 · 149 /
延安서 오는 동무 沈에게 · 151 / 이 歲月도 헛되이 · 153 / 共靑으로 가는 길 ·
156 / 너는 보았느냐 · 158 / 强盜에게 주는 詩 · 160 / 내 나라 오 사랑하는 내
나라 · 161 / 나의 길 · 164 / 어머니 서울에 오시다 · 167

『붉은 기』의 시편들(1950, 북한)

붉은 기 · 173
씨비리 시편 씨비리 차창 · 180 / 김유천 거리 · 186 / 비행기 위에서 · 190 /
변강당의 하룻밤 · 195 / 눈 속의 도시 · 200 / 씨비리 달밤 · 206 / 크라스노야
르스크 · 209 / 씨비리 태양 · 212 / 연가(連歌) · 216 **모스크바 시편** 스탈린
께 드리는 노래 · 218 / 레닌의 묘에서 · 223 / 김일성 장군 목스크바에 오시
다 · 233 / 모스크바의 5 · 1절 · 236 **살류트 시편** 붉은 표지의 시집 · 245 /
올리가 크니페르 · 246 / 살류트 · 248 / 고리키 문화공원에서 · 251 / '프라우
다' · 256 / 우리 대사관 지붕 위에는 · 258

보유편—시집에 실리지 않은 시편들(1933~50)

목욕간 · 265 / 캐메라 · 룸 · 267 / 面事務所 · 269 / 가을 · 270 / 旌門 · 271 / 夜
街 · 272 / 宗家 · 274 / 船夫의 노래 1 · 275 / 船夫의 노래 · 2 · 277 / 小夜의 노
래 · 280 / 마리아 · 281 / 江을 건너 · 286 / 첫서리 · 288 / 고향이 있어서 · 289 /

旅程・292 / 蓮花詩篇・294 / 歸蜀途・296 / 咏唱・298 / 车花・299 / 歸鄕의 노래・300 / 病床日記・302 / 山골・303 / 石頭여!・305 / 어린 누이야・307 / 어머니의 품에서・309 / 소・312 / 落花頌・314 / 첫겨울・316 / 손주의 밤・317 / 어린 동생에게・319 / 벽보・323 / 한술의 밥을 爲하여・326 / 봄에서・330 / 북조선이여・334 / 二月의 노래・339 / 南浦客舍・344 / 남포병원・350 / 찬가・353 / 우리는 싸워서 이겼습니다・359 / 모두 바치자・364

長詩(1933~37)

戰爭・369 / 首府・403 / 海獸・412 / 荒蕪地・421

제2부 _ 譯詩部

에세—닌 시집(1946, 동향사)

나는 農村 最後의 詩人・447 / 平和와 은혜에 가득 찬 이 땅에・449 / 모밀꽃 피는 내 고향・451 / 적은 숲・453 / 봄・455 / 어머니께 사뢰는 편지・460 / 어릴 적부터・463 / 나의 길・466 / 싸베—트 러시아・477 / 나는 내 才能에・484 / 하눌빛 녀인의 자켓・491 / 눈보라・492 / 망나니의 뉘우침・493 / 가버리는 러시아・499

제3부 _ 散文部

作家論・詩論 및 기타

조선시에 있어서의 상징・511 / 소월시의 특성・524 / 자아의 형벌・537 / 백석론(白石論) · 547 / 지용사(師)의 백록담 · 551 / 에세—닌에 관하여 · 555 / 농민과 시 · 568 / 토지개혁과 시 · 577 / 시단의 회고와 전망 · 589 / 민족주의라는 연막 · 592 / 방황하는 시정신 · 601 / 시인의 박해 · 605 / 문단의 파괴와 참다운 신문학 · 608 / 남조선의 문학예술 · 614

美術評

조형미전(造型美展)의 소감(小感) · 675 / 새 인간의 탄생 · 677

隨筆과 時論 및 기타

애서취미(愛書趣味) · 687 / 독서여담(讀書餘談) · 691 / 제칠(第七)의 고독 · 693 / 여정(旅情) · 699 / 팔등잡문(八等雜文) · 702 / 전쟁도발자를 적발 · 712 / 삼단논법 · 714 / 시적 영감의 원천인 박헌영 선생 · 716 / 굶주린 인민들과 대면 · 718 / 머리에 · 722 / 발(跋) · 724 / '나 사는 곳'의 시절 · 727

부록: 가계도와 생애 및 작품연보

오장환 가계도 · 731 / 오장환의 생애연보 · 732 / 오장환의 작품연보 · 736

제1부

詩部

城 壁

獻 詞

나 사는 곳

病든 서울

붉은 기

보유편

長 詩

『城壁』의 시편들

月香九天曲
—슬픈 이야기

　오랑주 껍질을 벗기면
손을 적신다.
香내가 난다.

　점잔은 사람 여러이 보이인 中에 여럿은 웃고 떠드나
妓女는 호을로
옛 사나이와 흡사한 모습을 찾고 있었다.

　점잔은 손들의 傳하여오는 風習엔
게집의 손목을 만저주는 것,
妓女는 푸른 얼골 근심이 가득하도다.
하—얗게 훈기는 냄새
분 냄새를 진이엇도다.

　옛이야기 모양 그짓말을 잘하는 게집
너는 사슴처럼 차듸찬 슬품을 지니었고나

　한나절 太極扇 부치며
슬푼 노래, 너는 부른다

좁은 보선맵시 단정이 앉어
무던이도 총총한 하로하로
옛 記憶의 엷은 입술엔
葡萄물이 젖어 잇고나.

　물고기와 같은 입하고
슬픈 노래, 너는 조용히 웃도다

　화려한 옷깃으로도
쓸쓸한 마음은 가릴 수 없어
스란치마 땅에 끄을며 조심조심 춤을 추도다.

　純白하다는 少女의 날이어!
그렇지만
너는 매운 회차리, 허기찬 禁食의 날
오—끌리어 왔다.

　슬픈 敎育, 외로운 虛榮心이어!
첫 사람의 모습을 모듬ㅅ속에 찾으려 헤매는 것은

벌—서 첫 사람은 아니라
잃어진 옛날로의 조각진 꿈길이니
밧삭 말른 종아리로
시들은 花心에
너는 香料를 물들이도다.

　슬픈 사람의 슬픈 옛일이어!
값진 패물로도
구차한 제 마음에 復讐는 할 바이 없고
다 먹은 果일처럼 이틈에 끼어
꺼치거리는 옛 사랑
오—放蕩한 貴公子!
妓女는 조심조심 노래 하도다. 춤을 추도다.

　졸리운 양, 춤추는 女子야!
世上은
몸에 이익하지도 않고
加味를 모르는 漢藥처럼 쓰고 틉틉하고나.

(城壁, 1937.7)

旅 愁

旅愁에 잠겼을 때, 나에게는 죄그만 希望도 숨어버린다.
요령처럼 흔들리는 슬픈 마음이어!
요지경 속으로 나오는 좁은 世上에 이상스러운 歲月들
나는 追憶이 茂盛한 숲속에 섰다.

　요지경을 메고 단이는 늙은 장돌뱅이의 고달푼 주막꿈처럼
누덕누덕이 기워진 때문은 追憶.
信賴할 만한 現實은 어듸에 있느냐!
나는 市井輩와 같이 現實을 모르며 아는 것처럼 믿고 있었다.

　괴로운 行旅ㅅ 속 외로히 쉬일 때이면
달팽이 깍질 틈에서 門밖을 내다보는 얄미운 노스타르자
너무나, 너무나, 뼈없는 마음으로
오— 늬는 무슨 두 뿔따구를 휘저어보는 것이냐!

(朝光, 1937.1)

海港圖

廢船처럼 기울어진 古物商屋에서는 늙은 船員이 追憶을 賣買하
였다. 우중중―한 街路樹와 목이 굵은 唐犬이 있는 충충한 海港의
거리는 지저분한 크레옹의 그림처럼, 끝이 무듸고 시꺼믄 바다에는
여러 바다를 거처온 貨物船이 碇泊하였다.

갑싼 반지요. 골통같이 굵드란 파잎. 바다바람을 쏘여 얼골이 검
푸러진 늙은 船員은 곳―잘 뱀을 놀린다. 한참 싸울 때에는 저 파잎
으로도 武器를 삼어왔다. 그러게 帽子를 쓰지 안는 港市의 靑年은
늙은 船員을 요지경처럼 싸고 둘른다.

나포리(Naples)와 아덴(ADEN)과 씽가폴(Singapore). 늙은 船員은
航海表와 같은 記憶을 더듬어본다. 海港의 가지가지 白色, 靑色 작
은 信號와, 領事館, 租界의 各가지 旗ㅅ발. 그리고 제 나라 말보
다는 남의 나라 말에 能通하는 稅關의 젊은 官吏를. 바람에 날리는
힌 旗ㅅ발처럼 Naples. ADEN. Singapore. 그 港口, 그 바―의 게집
은 이름조차 잊어버렸다.

亡命한 貴族에 어울려 豊盛한 賭博. 컴컴한 골목 뒤에선 눈ㅅ자
위가 시푸른 淸人이 괴침을 훔칫거리면 길밖으로 달리어간다. 紅燈

19

女의 嬌笑, 간드러지기야. 生命水! 生命水! 果然 너는 阿片을 갖었다. 港市의 靑年들은 煙氣를 한숨처럼 품으며 억세인 손을 들어 隋惰(落)을 스스로히 술처럼 마신다.

　榮養이 生鮮가시처럼 달갑지 않는 海港의 밤이다. 늙은이야! 너도 水夫이냐? 나도 船員이다. 자 ―한잔, 한잔, 배에 있으면 陸地가 그립고, 뭍에선 바다가 그립다. 몹시도 컴컴하고 질척어리는 海港의 밤이다. 밤이다. 漸漸 깊은 숲 속에 올빼미의 눈처럼 光彩가 生하여 온다.

(詩人部落, 1936.12)

漁 浦

　漁浦의 燈臺는 鬼類의 불처럼 陰濕하였다. 어두운 밤이면 안개
는 비처럼 나렸다. 불빛은 오히려 무서웁게 검은 燈臺를 튀겨놓는
다. 구름에 지워지는 下弦달도 한참 자옥―한 안개에는 燈臺처럼
보였다. 돗폭이 충충한 박쥐의 나래처럼 펼처 있는 때, 돗폭이 어스
름―한 海賊의 배처럼 어른거릴 때, 뜸 안에서는 고기를 많이 잡은
이나 적게 잡은 이나 함부로 튀전을 뽑았다.

(詩人部落, 1936.12)

黃 昏

職業紹介에는 失業者들이 일터와 같이 出勤하였다. 아모 일도 안하면 일할 때보다는 야위어진다. 검푸른 黃昏은 언덕 알로 깔리어오고 街路樹와 絶望과 같은 나의 기―ㄴ 그림자는 群集의 大河에 짓밟히었다.

바보와 같이 거물어지는 하눌을 보며 나는 나의 키보다 얕은 街路樹에 기대어 섰다. 病든 나에게도 故鄕은 있다. 筋肉이 풀릴 때 鄕愁는 실마리처럼 풀려나온다. 나는 젊음의 자랑과 希望을, 나의 무거운 絶望의 그림자와 함께, 뭇사람의 우슴과 발ㅅ길에 채우고 밟히며 스미어오는 黃昏에 마껴버린다.

제 집을 向하는 많은 群衆들은 시끄러히 떠들며, 부산―히 어둠 속으로 흐터저버리고. 나는 空腹의 가는 눈을 떠, 히미한 路燈을 본다. 띠엄띠엄 서 있는 鋪道 우에 잎새 없는 街路樹도 나와 같이 空虛하고나.

故鄕이어! 黃昏의 저자에서 나는 아릿다운 너의 記憶을 찾어 나의 마음을 傳書鳩와 같이 날려보낸다. 情든 고삿. 썩은 울타리. 늙은 아베의 하―얀 상투에는 몇 나절의 때묻은 回想이 맺어있는가.

욱어진 松林속으로 곱—게 보이는 故鄕이어! 病든 鶴이었다. 너는
날마다 야위어가는…….

　어듸를 가도 사람보다 일 잘하는 機械는 나날이 늘어나가고, 나
는 病든 사나이. 야윈 손을 들어 오래ㅅ 동안 隋(惰)怠와, 無氣力을
극진히 어루맍었다. 어두어지는 黃昏 속에서, 아모도 보는 이 없는,
보이지안는 黃昏 속에서, 나는 힘없는 憤怒와 絶望을 묻어버린다.

(城壁, 1937.7)

• '職業紹介'는 '職業紹介所'가 아닐까 한다.

城 壁

世世傳代萬年盛하리라는 城壁은 偏狹한 野心처럼 검고 빽빽하
거니 그러나 保守는 進步를 許諾치 않어 뜨거운 물 끼언ㅅ고 고춧가
루 뿌리든 城壁은 오래인 休息에 인제는 이끼와 등넝쿨이 서로 엉키
어 面刀 않은 턱어리처럼 지저분하도다.

(詩人部落, 1936.11)

傳 說

느틔나무 속에선 올빼미가 울었다. 밤이면 운다. 恒常, 음습한 바람은 얕게 나려앉었다. 비가 오던지, 바람이 불던지, 올빼미는 童話 속에 산다. 洞里 아이들은 충충한 나무 밑을 무서워한다.

(城壁, 1937.7)

溫泉地

溫泉地에는 하로에도 몇 차례 銀빛 自動車가 드나들었다. 늙은 이나 어린애나 점잖은 紳士는, 꽃같은 게집을 飮食처럼 실고 물탕 을 온다. 젊은 게집이 물탕에서 개고리처럼 떠 보이는 것은 가장 좋다고 늙은 商人들은 저녁상 머리에서 떠드러댄다. 옴쟁이 땀쟁이 가진 各色 드러운 皮膚病者가 모여든다고 紳士들은 두덜거리며 家 族湯을 先約하엿다.

(詩人部落, 1936.11)

賣淫婦

　푸른 입술. 어리운 한숨. 陰濕한 房안엔 술ㅅ잔만 휜—하였다. 질
척척한 풀섶과 같은 房안이다. 顯花植物과 같은 게집은 알 수 없는
우슴으로 제 마음도 소겨온다. 港口, 港口, 들리며 술과 게집을 찾
어 다니는 시ㅅ거믄 얼굴. 倫落된 보헤미안의 絶望的인 心火. — 頹
廢한 饗宴 속. 모두다 오줌싸개 모양 비척어리며 알게 떨었다. 괴로
운 憤怒를 숨기어가며… 젓가슴이 이미 싸느란 賣淫女는 爬蟲類처
럼 葡匐한다.

(詩人部落, 1936.12)

古 典

典當鋪에 古物商이 지저분하게 느러슨 골목에는 街路燈도 켜지
는 않었다. 죄금 놉드란 鋪道도 깔리우지는 않었다. 죄금 말숙한 집
과 죄금 허름한 집은 모조리 충충하여서 바짝바짝 親密하게는 느러
서 있다. 구멍 뚫린 속內衣를 팔러온 사람, 구멍 뚫린 속內衣를 사
러온사람. 충충한 길목으로는 검은 망또를 두른 쥐정꾼이 비틀거리
고, 人力車 위에선 車와 함께 이믜 下半身이 썩어가는 妓女들이
비단 내음새를 풍기어가며 가느른 어깨를 흔들거렸다.

(城壁, 1937.7)

魚 肉

紳士들은 食卓에 죽은 魚肉을 올리어 놓고 입천장을 핥으며 낚시질에 對한 이야기를 始作하였다. 天氣豫報엔 日氣도 검어진다는 (乘合馬車가 몹시 흔들리는) 氣節을, 紳士들은 바다로 간다고 떠드러댓다. 不順한 天候일수록 잘은 걸려드는 法이라고 행낭아범더러 魚類들의 珍奇한 미끼, 파리나 지렝이를 잡어오라고 호령한다. 점잔흔 紳士들은 엇더한 遊戲에서나 禮節 가운대에 行하여젓다.

(詩人部落, 1936.11)

毒 草

썩어 문드러진 나무뿌리에서는 버섯들이 생겨난다. 썩은 나무뿌
리의 냄새는 훗훗한 땅속에 묻히어 붉은 흙을 검엏게 살지워놋는다.
버섯은 밤내어 異常한 빛갈을 내었다. 어두운 밤을 毒한 色彩는 星
座를 向하야 쏘아 오른다. 홀란한 사깟을 뒤집어 쓴 가녈핀 버섯은
한자리에 茂盛히 솟아올라서 思念을 모르는 들쥐의 食慾을 쏘을게
한다. 진한 病菌의 毒氣를 빨어들이어 자주빛 빳빳하게 싸느래지는
小動物들의 燐光! 밤내어 밤내어 안개가 끼이고 찬 이슬 나려올 때
면, 毒한 풀에서는 妖氣의 光彩가 피직, 피직 다 타버리랴는 기름ㅅ
불처럼 튀어나오고. 어둠 속에 屍身만이 겅충 서 있는 썩은 나무는
異常한 내음새를 몹시는 풍기며, 따따구리는, 따따구리는, 不吉한
가마귀처럼 밤눈을 밝혀가지고 病든 나무의 腦髓를 쪼옷고 있다.
쪼우고 있다.

(城壁, 1937.7)

鄕 愁

어머니는 무슨 必要가 있기에 나를 맨든 것이냐! 나는 異港에 살고 어매는 故鄕에 있어 얕은 키를 더욱 더 꼬부려가며 無數한 歲月들을 흰 머리칼처럼 날려보내며, 오— 어메는 무슨, 죽을 때까지 倫落된 子息의 功名을 기두르는 것이냐. 충충한 稅關의 倉庫를 기어달으며, 오늘도 나는 埠頭를 찾어나와 「쑤왈쑤왈」 지꺼리는 異國 少年의 會話를 들으며, 한나절 나는 鄕愁에 부다끼었다.

어메야! 온—世上 그 많은 물건 中에서 단지 하나밖에 없는 나의 어메! 只今의 내가 있는 곳은 廣東人이 실고 다니는 충충한 密航船. 검고 비린 바다 우에 휘이—한 角燈이 비치울 때면, 나는 함부루 술과 싸움과 賭博을 하다가 어메가 그리워 어둑어둑한 埠頭로 나오기도 하였다. 어메여! 아는가 어두운 밤에 埠頭를 헤매이는 사람을. 암말도 않고 故鄕, 故鄕을 그리우는 사람들. 마음 속에는 모—다 깊은 傷處를 숨겨가지고……띄엄, 띄엄 이, 헤어저 있는 사람들.

암말도 않고 거믄 그림자만 거니는 사람아! 서 있는 사람아! 늬가 옛땅을 그리워하는 것도, 내가 어메를 못잊는 것도, 다 — 마찬가지 제몸이 외로우니까 그런 것이 아니겠느냐.

어메야! 五六年이 넘두락 一字消息이 없는 이 不孝한 子息의 편
지를, 너는 무슨 손꼽아 기두르는 것이냐. 나는 틈틈이 생각해 본다.
너의 눈물을……오— 어메는 무엇이었느냐! 너의 눈물은 몇 차례나
나의 不平과 決心을 죽여버렸고, 우는 듯, 웃는 듯, 나타나는 너의
幻想에 나는 只今까지도 서른 마음을 끊이지는 못하여 왔다. 便紙
라는 서로이 서러움을 하소하는 風習이려니, 어메는 行方도 모르는
子息의 安在를 믿음이 좋다.

(朝鮮日報, 1936.10.13)

• 1936년 10월 13일자 ≪조선일보≫에는 '斷章數題'란 제목 밑에 <鄕愁>와 <面事務所>를
함께 싣고 있다.

鯨

점잖은 고래는 섬모양 海上에 떠서 한나절 噴水를 품는다. 虛飾한 紳士, 風流로운 詩人이어! 고래는 噴水를 中斷할 때마다 魚族들을 입안에 料理하였다.

(詩人部落, 1936.11)

花 園

　꽃밭은 번창하였다. 날로 날로 거미집들은 술막처럼 번지었다. 꽃
밭을 허황하게 만드는 문명. 거미줄을 새어나가는 향그러운 바람ㅅ
결. 바람ㅅ결은 머리카락처럼 간지러워……부끄럼을 갓 배운 시악시
는 젓통이가 능금처럼 익는다. 줄기채 긁어먹는 뭉툭한 버러지. 류행
치마 가음처럼 어른거리는 나비 나래. 가벼히 꽃포기 속에 묻히는
참벌이. 참벌이들. 닝닝거리는 우름. 꽃밭에서는 끈일 사이 없는 교
통사고가 생기어났다.

　　　　　　　　　　　　　　　　　　　　(城壁, 1937.7)

雨 期

　장판방엔 곰팽이가 木花송이 피듯 피여났고 이 방 主人은 막버리
꾼. 지개목바리도 훈김이 서리어 올랐다. 방바닥도 눅진눅진하고 배
창사도 눅진눅진하여 空腹은 헌겁오래기처럼 쥐여저 나오고 와그
르르 와그르르 숭얼거리어 뒤시간 문턱을 드나들다 고이를 적셨다.

(詩人部落, 1936.11)

暮 村

추라한 지붕 썩어가는 추녀 우엔 박 한 통이 쇠었다.

밤서리 차게 나려앉는 밤 성성하던 넝쿨이 사그러붙든 밤. 지붕밑 양주는 밤새워 싸웠다.

박이 딴딴이 굳고 나뭇잎새 우수수 떨어지던 날, 양주는 새박아지 꿰여들고 추라한 지붕, 썩어가는 추녀가 덮인 움막을 작별하였다.

(詩人部落, 1936.11)

病 室

養魚場 속에서 갓 들어온 金붕어
어항이 무척은 新奇한 모양이구나.

病床의 檢溫計는
오늘도 三十九度를 오르나리고
느릿느릿한 脈搏과 같이
琉璃항아리로 피어오르는 물ㅅ 방울
金붕어는 아득—한 꿈ㅅ 길을 모조리 먹어버린다.

몬지에 끄으른 肖像과 마주 대하야
그림자를 잃은 靑磁의 花瓶이 하나
오늘도 시든 카—네숀의 꽃다발을 뱉어버렸다.

幽玄한 꽃香氣를 입에 물고도
충충한 몬지와 灰色의 記憶밖에는
이그러지고도 파리한 얼골.

金붕어는 지금도 어늬 꿈ㅅ 길을 따루는가요
冊갈피에는 靑春이 접히어 있고
窓밖으론 葡萄알들이 한데 몰리어 파르르 떱니다.

(城壁, 1937,7)

湖 水

　湖水에는 四色가지의 물고기들이 살기도 한다.
차듸찬 슬픔이 생겨나오는 맑―안 새암
푸른 사슴이 적시고 간 입자족이 남기어 있다.
멀―리 山間에서는
시내물들이 바위에 부드치는 소리가 들리어오고
어둑―한 숲길은 古代의 蒼然한 그늘이 잠겨있어
나어린 구름들이 한나절 湖水ㅅ 가에 노닐다 간다.
저물기 쉬운 하롯날은
풀뿌리와 징게미의 물내음새를 풍기우며 거무른 黃昏 속에 잠기
어버리고
내 마음, 좁은 領土 안에
나는 어스름 거무러지는 追憶을 더듬어보노라.
오호 저녁바람은 가슴에 차다.
어두운 臟壁 속에는 지저분하게 그어논 少年期의 落書가 있고,
큐―비트의 화살 맞었던 검은 心臟은 찌어진 대로 것날리었다.
가(去)는 비와 오는 바람에
흐르는 구름들이어!
너는 어나 곳에 어제날을 맞나보리오.
야윈 그림자를 연못에 적시며 낡은 눈물을 어제와 같이 흘려보기에

너는 하많은 靑春의 날을 가랑잎처럼 날려보내었나니
오——
나는 싸느랗게 언 體溫器를 겨드랑 속에 지니었도다.

(女性, 1936.12)

姓氏譜
—오래인 慣習— 그것은 傳統을 말함이다.

내 姓은 吳氏. 어째서 吳哥인지 나는 모른다. 可及的으로 알리워
주는 것은 海州로 移舍온 一淸人이 祖上이라는 家系譜의 검은 먹
글씨. 옛날은 大國崇拜를 유—심히는 하고 싶어서, 우리 할아버니
는 진실 李哥엿는지 常놈이었는지 알 수도 없다. 똑똑한 사람들은
恒常 家系譜를 創作하였고 賣買하였다. 나는 歷史를, 내 姓을 믿지
않어도 좋다. 海邊가으로 밀려온 소라 속처럼 나도 껍데기가 무척
은 무거웁고나. 수퉁하고나. 利己的인, 너무나 利己的인 愛慾을 잊
을랴면은 나는 姓氏譜가 必要치 않다. 姓氏譜와 같은 慣習이 必要
치 않다.

(朝鮮日報, 1936.10.10)

易

   점잖은 장님은 검은 연경을 쓰고 대나무지팽이를 때때거렸다.
   고꾸라양복을 입은 소년 장님은 밤늦게 처량한 퉁소소리를 호로
롱 호로롱 골목 뒷전으로 울려 주어서 단수 집허보기를 단골로 하는
뚱뚱한 과부가 뒷문간으로 조용히 불러들였다.

(朝鮮日報, 1936.10.10)

『獻詞』의 시편들

할레루야

哭聲이 들려온다. 人家에 人家가 모히는 곳에.

날마다 떠오르는 달이 오늘도 다시 떠오고

누—런 구름 처다보며
망또 입은 사람이 언덕에 올라 중얼거린다.

날개와 같이
不吉한 四足獸의 날개와 같이
망또는 어둠을 뿌리고

모—든 길이 —제히 저승으로 向하여 갈 제
暗黑의 수풀이 城문을 열어
보이지 안는 곳에 술빗는 내음새와 잠자는 꽃송이.

다—만 한길 빗나는 개울이 홀러……
망또 우의 목아지는 솟치며
그저 노래 부른다.

　저기 한 줄기 외로운 江물이 흘러
깜깜한 속에서 차디찬 배암이 흘러……싸탄이 흘러……
눈이 따겁도록 빨―간 薔薇가 흘러……

(朝光, 1939.8)

深冬

눈싸힌 수플에
이상한 山새의
屍體가 묻히고

유리窓이 모다 깨여진
洋館에서는
샴판을 터트리는 소리가 들려온다.

언덕 아래
저긔 아 저긔 눈 싸힌 시내ㅅ가에는
어린아히가 고기를 잡고

눈 우에 피인 숫불은
빨—가케
죽엄은 아, 죽엄은 아름다웁게 불타오른다.

(獻詞, 1939.7)

나의 노래

　나의 노래가 끝나는 날은
내 가슴에 아름다운 꽃이 피리라.

　새로운 墓에는
옛 흙이 향그러

　단 한번
나는 울지도 않엇다.

　새야 새중에도 종다리야
화살같이 나러가거라

　나의 슬픔은
오즉 님을 向하야

　나의 관역은
오직 님을 向하야

　단 한번

기꺼운 적도 없엇드란다.

　슬피 바래는 마음만이
그를 좇아
내 노래는 벗과 함께 늣끼엿노라.

　나의 노래가 끝나는 날은
내 무덤에 아름다운 꽃이 피리라.

(詩學, 1939.3)

夕 陽

보리밭 고랑에 두러누어
솟치는 종다리며 떠가는 구름ㅅ 장이며
울면서 치여다 보앗노라.

양지짝의 墓지는
사랑보다 다숫하고나

쓸쓸한 대낫에
달이나 뜨려므나
죄그만 都會의 생철 집웅에……

(批判, 1939.6)

▪ 이 작품이 처음 잡지에 발표될 때의 제목은 '夕照'이다.

體溫表

어항 안
게으른 금붕어

　나비같은 넥타이를 달고 잇기에
나는 무엇을 하면 올켔읍니까

　날애 무거운 回想에 어두은 거리
하나님이시여! 저무는 太陽
나는 해바라기 모양 고개 숙이고 病든 慰安을 찾어단이어

　高層의 建築이것만
푸른 하늘도 窓 옆흐로는 가차히 오려 안는데
卓上에 힘없이 손을 나린다.
먹을 수 없는 탱자열매 가시낭구 香내를 코에 대이며……

　주판알을 굴리는 자근 아씨야
너와 나는 비인 紙匣과 事務를 박구며
오늘도 시들지 안느냐
花甁에 한 떨기 붉은 薔薇와 히아신스 너의 靑春이, 너의 體溫이……

(風林, 1937.5)

The Last Train

저무는 驛頭에서 너를 보냇다.
悲哀야!

開札口에는
못쓰는 車表와 함께 찍힌 靑春의 조각이 흐터저 잇고
病든 歷史가 貨物車에 실리여 간다.

待合室에 남은 사람은
아즉도
누궐 기둘러

나는 이곳에서 카인을 맛나면
목노하 울리라.

거북이여! 느릿느릿 追憶을 실고 가거라
슬픔으로 通하는 모든 路線이
너의 등에는 地圖처름 펼처 잇다.

(批判, 1938.4)

無人島

　나의 至大함은 隕星과 함께 타버리엇다.

　아즉도 나의 목숨은 나의 곁을 떠나지 않고
언제인가 그 언제인가
虛空을 스치는 별납과 같이
나의 榮光은 사라젓노라

　내 노래를 들으며 오지 않으랴느냐
毒한 香臭를 맛흐러 오지 않으랴느냐
늬는 귀기우리려 아니하여도
딱따구리 썩은 枯木을 쪼읏는 밤에 나는 한 거름 네 압헤 가마

　表情없이 타오르는 燐光이여!
발길에 채는 것은 무거운 墓碑와 淡淡한 傷心

川邊 가차히 가마구떼는 왜 저리 우나
오늘밤 아―오늘밤에는 어디쯤 먼―곳에서
물에 뜬 송장이 떠나오려나

(靑色紙, 1939.2)

53

獻詞 Artemis

魔鬼야 따에 끌리는 네 검은 옷자락으로 나를 다려가거라
늙어지는 밤이 더욱 닥어들어
鐵柵안 김승이 운다.

나의 슬픈 노래는 누궐 爲하야 불러왔느냐
하염없는 눈물은 누궐 爲하야 흘려 왔느냐
오늘도 말 탄 近衛兵의 발굽소리는
城밖으로 달려갓다.

나도 어듸쯤 죄그만 카페 안에서
자랑과 遺傳이 든 지갑마구리를 열어헤치고
맛나는 靑年마다 입을 마초리

충충한 구름다리 썩은 은기둥에 기대여 서서
奇異한 손님아 기두르느냐
붉은 집 벽돌담으로 달이 떠온다

저멀리서 또 이 가차히서도
나의 五臟에서도 개울물이 흐르는 소리

스틱스의 支流인가 夜氣에 번적어리어
이 밤도 또한 이 밤도 슬픈 노래는 이슬비와 눈물에 적시윗노니

　靑春이여! 지거라
자랑이여! 가거라
쓸쓸한 너의 故鄕에……

(靑色紙, 1938.11)

싸느란 花壇

　싸느란 祭壇이로다
젖은 풀잎이로다

　해가 天明에 다달었을 때
뉘 悔恨의 한숨을 도리키느뇨

　김승들의 울음이로라
잠결에서야
저도 모르게 느끼는 울음이로라

　反芻하는 胃腸과 같이
질긴 風習이 있어
내 이 한밤을 잠들지 못하엿노라

　石油 불을 마시라
등잔 아울러 생켜버리라
미사 鐘ㅅ 소리
보슬비 모양 허트러진다

　죄그만 어둠을 터는 숫닭의 날개
싸느란 祭壇이로다
氣溫이 얕은 풀섶이로다

　언제나 쇠창사살 밧그론
떠가는 구름이 있어
野獸들의 回想과 함께 自由롭도다

(朝鮮日報, 1937.6.16)

北方의 길

눈덮힌 鐵路는 더욱이 싸늘하엿다
소반 귀퉁이 옆에 앉은 農군에게서는 송아지의 냄새가 난다
힘없이 우스면서 車만 타면 北으로 간다고

어린애는 운다 철마구리 울듯
車窓이 고향을 지워버린다
어린애가 유리窓을 쥐여뜻으며 몸부림친다.

(獻詞, 1939.7)

喪 列

고은 달밤에
상여야, 나가라
처량히 요령 흔들며

상주도 없는
삿갓가마에
나의 쓸쓸한 마음을 실고

오날밤도
소리없이 지는 눈물
달빛에 젖어

상여야 고웁다
어두운 숲속
두견이 목청은 피에 적시여……

(詩人春秋, 1938.1)

永遠한 歸鄕

옛날과 같이 옛날과 조금도 다름이 없이
밤마다
바다는 犧牲을 노래 부르고

항상 도리키고 다시 들떠스는
孤獨과 無限한 信賴에
바다여!
내 몸을 쓸어가는 성낸 波濤

埠頭에 남겨둔 哀傷은 엇던 것인가

진정 나도 진정으로 젊은이를 사랑했노라.
왓다는 다시 갈 오―永遠한 歸鄕

季候鳥는 떠난다.
岩礁에 쎈트헤레나에 힌 새똥을 남기고.

(獻詞, 1939.7)

咏 懷

　후면에 누어 조용히 눈물지우라.
다만 옛을 그리어
구즌비 오는 밤이나 왜가새 나는 밤이나

　조그만 돌다리에 서성거리며
오늘밤도 멀—리 그대와 함께 우는 사람이 잇다.

　卿이여!
엇지 追憶 우에 고혼 塔을 싸엇는가
哀愁가 噴水같이 허트러진다.

　洞口밧게는 晴冷한 달빛에
허무러진 鄕校 기와ㅅ 장이 빗나고
대돌 밑 귀뚜리 운다.

　다만 울라
그대도 따라 울으라

　위테로운 幸福은 아름다웟고

61

이밤 咏懷의 情은 甚히 哀切타
모름직이 滅하여 가는 것에 눈물을 기우림은
分明, 滅하여 가는 나를 慰勞함이라. 分明 나 自身을 慰勞함이라.

(四海公論, 1938.9)

寂 夜

寂寥한 마음의 領地로, 거믄 손이 나를 찾어 어루만진다. 흐르는
마을의 風景과 回想 속에서 腐敗한 枕木을 따라 끝없이 올라가는
녹쓴 軌道와 形骸조차 볼 수 없는 죄―그만 機關車의 連續하는 車
박휘소리.

汽笛이 운다. 쓸쓸한 마음 속에만이 들리여오는 마즈막 車의 울
음소리라, 나는 얼결에 함부로 운다. 그래, 이 밤中에 누가 나를 찾
을가보냐. 누가 나에게 救援을 請할까보냐.

衰殘한 人生의 靑春 속에 잠기는 것은 오즉 墓地와 같은 記憶과
孤寂뿐. 이도 또한 가장 正確한 나의 目標와 갓다. 汽笛이여! 울으
라. 愴凉히……終點을 向하는 조그만 車야! 너의 窓에 덮이는, 煤
煙이나 지워버리자 지워버리자

(詩人春秋, 1938.1)

나포리의 浮浪者

어둠과 네온을 뚫코 적은 江물은 나포리로 흘러나렷다.
埠頭에 默默이 앉어
靑春은 엇더한 생각에 잠길 것인가,
港口의 개울은 비린내에 석기여 피가 흘럿다.
무거히 고개 숙이면
寺院의 鐘ㅅ소리도 들려오나
육중한 바다물은, 끝없이 출석어리여
가—단 집행이로 아라비아 數字를 그려보며 말른 뺑쪽을 집어던젓다.
글세 異邦貴族이라도 조치 않은가
어늬 나라 三等船에서 부는 보이라소리
煙花街의 게집이 짐을 나리고
公園 가차이 비둘기떼는 구구운다
도미노의 쓰듸쓴 우슴을 우스나
마즈막 비로—드의 검은 만또를 버서버리나
붉은 벽돌담에 기대여 서서 떠가는 구름 바라보면 그만 안인가
밤이면 흐르는 별이며 적은 江물에 나포리는 함촉이 젖어
충충한 街路樹 아래
꽃 파는 수레에도 燈불을 끈다.
호젓한 뒷거리에 휘파람 불며

네가 배흘 것은 네가 생각하는 것은 무엇이겟나
말없이 담배만 빨고 돌층계에 기대여 앉어
鋪道 우의 야윈 조약돌을 차내버리다.

(批判, 1939.1)

不吉한 노래

　나요. 吳章煥이요. 나의 곁을 스치는 것은, 그대가 안이요. 검은
먹구렁이요. 당신이요.
　외양조차 날 닮엇드면 얼마나 깃브고 또한 信用하리요.
　이야기를 들리요. 이야길 들리요.
　悲鳴조차 숨기는 이는 그대요. 그대의 同族뿐이요.
　그대의 피는 검어타지요. 붉지를 않고 검어타지요.
　음부 마리아 모양, 집시의 게집애 모양,

　당신이요. 충충한 아구리에 까만 열매를 물고 이브의 뒤를 따른
것은 그대 사탄이요.
　차듸찬 몸으로 친친이 날 감어주시요. 나요. 카인의 末裔요. 病든
詩人이요. 罰이요. 아버지도 어머니도 능금을 따먹고 날 낳었소.

　寄生蟲이요. 追憶이요. 毒한 버섯들이요.
　다릿—한 꿈이요. 번뇌요. 아름다운 뉘우침이요.
　손발조차 가는 몸에 숨기고, 내 뒤를 쫓는 것은 그대 안이요. 두엄
자리에 半死한 占星師, 나의 豫感이요. 당신이요.

　견딜 수 없는 것은 낼롱대는 혓바닥이요 서릿발 같은 面刀ㅅ날이요.

괴로움이요. 괴로움이요. 피 흐르는 詩人에게 理智의 푸리즘은
眩氣로웁소

어른거리는 무지개 속에, 손꾸락을 보시요. 주먹을 보시요.

남ㅅ 빗이요—빨갱이요. 잿빗이요. 잿빗이요. 빨갱이요.

(獻詞, 1939.7)

荒蕪地

I

荒蕪地에는 거츠른 풀잎이 함부로 엉클어젓다.
번지면 손꾸락도 베인다는 풀,
그러나 이 따에도
한때는 썩은 果일을 찾는 개미떼 같이
村民과 노라릿꾼이 북적어렷다.
끈허진 山허리에,
金돌이 나고
끝없는 노름에 밤별이 해이고
논우멕이ㅅ도야지 數없는 도야지
人間들은 人間들은 우섯다 함부로
우섯다
　　　우섯다!
웃는 것은 우는 것이다
사람처노코 원통치 않은 놈이 어듸 잇느냐!
廢鑛이다
荒蕪地 욱어진 풀이여!
文明이 氣候鳥와 같이 이곳을 들려간 다음
너는 다시 原始의 面貌를 도리키엿고

엉크른 풀 욱어진 속에 일홈조차 감추어 가며……
벌레먹은 落葉같이 洞口에서 멀리하엿다

                    II

   저러케 싸느란 달이 지구에 매여 달려
멋 박휘를 멋 박휘를 멋 박휘…를 限없이 돌아나는 동안
歲月이여!
너는 우리게서 原始의 꿈도 거더들엿다
죽어진 나의 동무는 어듸 잇느냐!
매운 챗죽은 空間에 울고
슬픔을 가리운 포장 밧그로 싯거머케 번지는 道化役의 크단 그림자
琉璃 眼鏡알에 밤안개는 저윽이 서리고
恒常
꿈이면 보여주든 동무의 나라도
이제 오래인 歲月에 褪色하야
나는 꿈속 어늬 구석에서도 鮮明한 色彩를 보지는 못하엿다
욱어진 文明이여?
엉크른

풀
너는 우리게 무엇을 알려주엇나

Ⅲ

鑛夫의 피와 살점이 말러붙은 헐은 도록꼬
廢驛에는 달이 떳다
텅—비인 敎會堂 다 삭은 생철 집웅에
十字架 그림자
빗
　　두
　　　　로
누이고
洋 唐人. 鑛山家의 아버지, 聖堂의 牧師도
企業과
술ㅅ집과 旅幕을 따라 떠돌아가고
軌道의 無數한 枕木
끝없는 레일이 끝없이 흐르고 휘이고
썩은 버섯 질긴 비듬풀!
녹슨 軌道에 엉크러젓다

해설피 장마철엔
번개ㅅ 불이
　쌍—
쌍— 하늘과 구름을 갈러
따이나마이트 爆發에
山脈도 鑛夫도 景氣도 우슴도 깨여진 다음
비인 待合室 門 앞에는 石炭쪼가리
싸느란 달밤에
잉, 잉,
잉, 돌ㅅ 멩이가 울고
無人境에
달빗 가득— 실은 헐은 도록꼬가 스스로히 구른다
부흥아! 너의 우는 곧은 어나 곧이냐
어즈러운 회리바람을 따라
不吉한 뭇새들아 너희들의 날개가 어둠을 뿌리고 가는 곳은 어나 곧이냐

(자오선, 1937.11)

『나 사는 곳』의 시편들

勝利의 날

메—데—
남조선에도
두번을 맞이하는
우리들의 날.

물오른 가지에 봉오리 터저나오듯
이날을 앞서
뿌리치는 단 비ㅅ발!
멀리서 찾어온 세게노련의,
공위 속개의,
그리고 또
수물네 시간 파업에서 깨달은
우리의 힘.

식민지에 생을 타고난,
아니
씩(썩)어빠진 나라조차 갖어보도 못한
우리들 근로하는 동지는
오매에도

아! 찬란한 그 이름
인민의 조국,
인민 그대로의 이름일 내 나라
어서 갖기 위하야
우리는
악덕한 자본가의 밑에서도
우선 공장의 굴뚝을
연기로 채우려 하였다.

　동무, 동무,
다시 무엇에 초조할 것이냐.
자나 깨나
망치를 휘둘러
차돌같이 단단하여진 팔뚝과 같이
방동의 불풍구
무쇠가 녹아나리는 도가니를 거쳐온 우리들이
조석으로 다니는 거리
거리는 큰 행길에서 실낫길까지도
아즉 우리의 것은 아니어

산등성이에 불붙는 마음을 뭉으고 있을 때,
보아라!
우리는 눈뜨는 인민의
햇불을 두르는 마음으로
온 서울을 나려다 본다.

　하 하 하
한테 뭉이면
이렇게 큰 힘이
콧등을 쥐여질리고
턱주갱이를 치밭이고
갈비때를 분질려가며
무한정
피를 빨리고, 기름을 뜯기는 사람들인가.
　아니다.
그러기에 우리는 뭉였다.
三月一日의,
六月十日의,
九月 總罷業에서

十月抗爭의,
다시 오늘의,
모두가 흘린 피들은
한 방울도 헛됨이 없어
테로와
간계와
음모와
온갓 억울을 물리치고
날이 가면 갈수록
더욱 커지는
눈뜨는 동무들을 합하여
우리는 오늘 여기에 치민다.

　온 세상 사람이 손에 손을 맛잡고
춤을 춘다면
그 춤이 지구를 한 둘레 돌 것이라고
불란서의 시인은 노래했지만
이 노래는 헛되지 않어
올해는

뽈라──구에서 열리는
세계노련대회에 초청을 받은
우리의 전평,
그렇다.
수없이 흘리고 간 인민의 피들은 헛되지 않어
온 세상의
근로하는 인민이 눈을 부비고
손에 손을 맞잡어
피 빠는 놈들을 거더차면
피 빠는 압제비를 거더차면
그때는 얼마나 아름다운 세상일꺼냐.
그때는 해마다 개운한 날세일꺼냐.

一九四七.五.一. 南山 모임에서……

(시집 『나사는 곳』, 1947.6)

초봄의 노래

　내가 부르는 노래
어데선가 그대도 듯는다면은
나와 함께 노래하리라.
「아 우리는 얼마나
　기다렸는가」……하고

　유리창 밖으론
함박눈이 펑 펑 쏘다지는데
한겨울
나는 아모데도 못가고
부질없은 노래만 불러왔구나.

　그리움도 맛없어라
사모침도 더듸어라

　언제인가 언제인가
안타까운 기약조차 버리고
한동안 쉴 수 있는 사랑마저 미루고
저마다 어둠 속에 앞서든 사람

　이제 와선 함께 간다.
함께 간다.
어듸선가 그대가 헤매인대도
그 길은 나도 헤매이는 길

　내가 부르는 노래
어데선가 그대가 듯는다면은
나와 함께 노래하리라.
「아 우리는 얼마나
기다렸는가」……하고

(시집 『나사는 곳』, 1947.6)

鍾소리

울렸으면……鍾소리
그것이 기쁨을 傳하는
아니, 항거하는 몸짓일지라도
힘차게 울렸으면……鍾소리

크나큰 鍾面은 바다와 같은데
상기도 여기에 색여진 하눌 시악씨
온몸이 業火에 쌓여 몸부림치는거 같은데
울리는가, 울리는가,
太古서부터 나려오는 餘韻—

울렸으면……鍾소리
젊으듸 젊은 꿈들이
이처럼 웨치는 마음이
울면은 鍾소리 같으련만은……

스스로 죄 있는 사람과 같이
무엇에 내닫지 안는가,

시인이어! 꿈꾸는 사람이어
너의 젊음은, 너의 바램은 어디로 갔느냐.

(象牙塔, 1945.12)

밤의 노래

깊은 밤중에 들려오는 소리는
시내ㅅ 물 소리만인가 했드니,
어두운 골작이
노루 우는 소리.
또 가차운 산ㅅ발에 꿩이 우는 소리.
그런가 하면
두견이의, 솟작새의, 쭉쭉새의,
신음하듯 들려오는 우름소리

아, 저 약하듸 약한 미물들이,
또 온 하로를 쪼껴단이다
깊은 밤 잠ㅅ자리를 얻어
저리도 우는 것인가.
아니, 저것이 오늘 하로를 더 살었다는
안타까운 우름 소린가.
피곤한 마음은 나조차
불을 죽이고 어둠 속에 누었다.

깊은 밤중에 들려오는 소리는

시내ㅅ 물 소리만인가 했드니
잠결에도 편안하지 못하고
흐느껴 우는 소리……
이처럼 약하디 약한 무리는
아, 짧은 하로밤의 안식도 있지는 못한가
외저운 마음은 나조차
불까지, 아 이 적은 불빛이 무엇이겠느냐.

　차라리 어둠으로 인하야 가벼워지는 마음이어!
만상은 모도가 잠들었나 했더니
먼─밭의 노루며
아 솟적새, 쭉쭉새, 또 두견이
그러나 이들이 운다는 것은
나의 생각뿐이고
그들은 어려운 하로하로를, 무사히 살었다는 즐거움에서……
참으로 즐거움에서 부르는 노래라 하면……
나의 서름이어! 아니 나의 만(마)음이어!
너는 어찌 하느냐.

(東亞日報, 1946.10.22)

장마철

나는 보았다.
철마다 江기슭에서
큰 물이 갈 때에……

아 모든 것은 이냥 떠나려가는가
시뻘언 물 우에 썩은 용구새
그 위에 날렀다 다시 앉고
날렀다는 다시 앉는 참새떼.

어쩌면 나의 서름은
이처럼 여러히
함께 웨치고 싶은가.

나는 자랐다.
매마른 江기슭에
나날이 울어예는 여울 가에서

꿈 아시
아슬하게 높이는

흰 구름.

　아 모든 것은 이냥 흘러만 가는가
내 노래에 젖은 내 마음
내 입성에 배인 내 몸매
다만 소리없는 힌나비로
자취없이 춤추며 사라질 것인가

　꽃비눌 어지러히 흘러가는
여울가에서
온통 숨차게 흔들리는 가슴 속

　그러나 이것은, 어데로서 오는 두려움인가
아니,
어듸에서 복받히는 노여움인가.

　나는 보았다.
철마다 江 기슭에서
큰 물이 갈 때에……

(新天地, 1946.8)

다시금 餘暇를……

아, 내 사랑하는 꽃잎알이 지난다.
불 타오르는 해ㅅ덩이어!
너의 굴리는 수레박휘 더욱 힘차고
나는 내 몸에 풍기는 향기조차 잊어왔고나.

어나 것에 앗기웠는가,
무엇에 골독하였나,
예사 젊음에서 사러지는 꽃향기.

장마 전 시내 정다히 흐르고
새들은 즐거히 노래 불렀으런만
닥어오는 七月이어
그대는 나에게 어떠한 열매를 맺어주려나.

다시금 餘暇를 나에게……
다시금 餘暇를 나에게……
온통 눈물에 젖었든 얼골이 스사로 붉어보도록

봄날의 다사로히 퍼지는 해ㅅ 살들이어!
또 한번 나의 볼을 어루만지라
더 한번 내 목에 감기라.

(藝術, 1946.2)

다시 美堂里

도라온 蕩兒라 할까
여기에 比하긴
늙으신 홀어머니 너무나 가난하시어

도라온 子息의 상머리에는
지나치게 큰 냄비에
닭이 한 마리

아즉도 어머니 가슴에
또 내 가슴에
남은 것은 무엇이냐.

서슴없이 고기쩜을 베어물다가
여기에 다만 헛되이 울렁이는 내 가슴
여기 그냥 뉘우침에 앞을 서는 내 눈물

조용한 슬픔은 아련만
아 내게 있는 모든 것은
당신에게 받히었음을……

크나큰 사랑이어
어머니 같으신
받히옵이어!

그러나 당신은
언제든 괴로움에 못이기는 내 말을 막고
이냥 넓이 없는 눈물로 싸주시어라.

(大潮, 1946.7)

구름과 눈물의 노래

　城돌에 앉어
우리 다만
구름과 눈물의 노래를 불러보려나.

　山으로 山으로 따러 오르며
초막들 죄그만 죄그만 속에
그 속에 네 집이 있고
네 집에서 문을 나서면 바로 城앞이었다.

　어듸메인가
이제쯤은
너 홀로 단소(短嘯) 부는 곳……

　어둠속 城줄기를 따러 나리며
오로지 마음 속에 여며두는 것
시꺼먼 두루마기 쓸쓸한 옷깃을 펄럭어리며
박쥐와 같이
다만 박쥐와 같이 날러보리라.

　城돌에 앉어
우리 다만
구름과 눈물을 노래하려나

　山마루 축대를 쌓고
띄엄 띄엄 닦어놓은
새 거리에는
病든 말이 서서 잠잔다.

　눈감고 귀 기우리면 무엇이 들려올까
들컹거리고 도라가는 쇠박휘 소리
하염없이 도라가는 癈馬의 발굽소리뿐.

　城돌에 앉어
우리 다만
페가사쓰와 눈물의 노래를 불러보려나.

(文章, 1940.3)

絶頂의 노래

　塔이 있다.
누구의 손으로 쌓었는가, 지금은 거치른 들판
모두다 까—맣게 잊혀진 속에
무거운 입 다물고 限없이 서있는 塔,
나는 아노라. 뭇 千百 사람, 未知와 神秘 속에서
보드라운 구름 밟고
별과 별들에게 기우리는 속삭임.

　瞬時라도 아, 젊은 가슴 무여지는
덧없는 바래옴
塔이어, 하늘을 지르는 第一높은 塔이어!
언제부터인가
스사로 나는 무게, 아득—한 들판에
홀로 가없는 적막을 누르고……

　몇 차례나 가려다는 도라서는가.
고이 다듬는 끌(鏧)이며 자자하든 이름들
서른 이는 모두 다 흙으로 갔으나
다만 고요함의 끝가는 곳에

이제도
한층 또 한층 주소로 애처로운 단념의 지붕 우에로
千年 아니 二千年 발돋음하덧
塔이어, 머리 드는 塔身이어, 너 홀로 돌이어!
어나 곳에 두 팔을 젓는가.

(春秋, 1943.6)

붉은 山

가도, 가도 붉은 산이다.
가도 가도 고향뿐이다.
이따금 솔나무 숲이 있으나
그것은
내 나이같이 어리고나.
가도 가도 붉은 산이다.
가도 가도 고향뿐이다.

(建設, 1945. 12.22)

비둘기 내 어깨에 앉으라
—그리하야 내 마음에 平和로운 짐을 지우라.

　그리움이어 속절없노라. 멀리 바라옴이어……
깊은 농 속에 숨겨둔 香料와 같이
아, 그대 또한 흔적없이 사러지려나

　멀리서 오라. 아니 다만 먼 곳에 있으라.
이처름 바라는 나의 마음이
복바치는 사랑이었든, 서름이든
끝없이 이끌리는 안타까움에
언제나 내 마음은 아름다웠다.

　닥어스라. 나의 비둘기
한동안
적은 새야 너 어디로 어디로 날 찾어왔느냐
이제는 내 노래의 샘이 막히고
이제는 내 노래에 아모도 귀기우리지 아니하노라.

　아츰 이슬 밟고 오는 고 빩안 다리
비둘기 나와 함께 거닐자
깊은 밤 우리들 잠든 새에도

거리엔 落葉이 졌어라.

　입마초라 비둘기!
사랑하는 이의 이마에, 나의 뺨에, 나의 목에,
그리고 나의 가슴에……
늬들 사랑에 못이겨 구 구 구 울듯이

(春秋, 1942.7)

길손의 노래

立冬철 깊은 밤을 눈이 나린다. 이어 날린다.
못견듸게 외로웁든 마음조차
차차로히 물러 앉는 고흔 밤이어!

石油불 섬벅이는 客窓 안에서
이 해접어 처음으로 나리는 눈에
람프의 유리를 다시 닦는다.

사랑하고 싶은 사람 그리움일래
연하여 생각나는
날 사랑하던 지난날의 모든 사람들
그리운이야
이밤 또한 너를 생각는 조용한 즐거움에서
나는 면면한 기쁨과 寂寥에 잠기려노라.

모든 것은 나무램도 서글품도 또한 아니나
스스로 막혀오는 가슴을 풀고
싸느란 미다지 조용히 열면
낯선집 봉당에는 약탕관이 끓는 내음새

　이 밤 따러
가신 이를 생각하옵네
가신 이를 상고하옵네.

(春秋, 1943.3)

▪ 이 작품이 처음 잡지에 발표되었을 때의 제목은 '旅程의 노래'이다.

노 래

　깊은 산ㅅ 골
人跡이 닿지 안는 곳에
온종일 소나기가 나리퍼붓는다.

　이윽한 밤늦게까지
온 마음이 시원하게
쿵, 쿵, 쿵, 쿵, 가슴을 헤치는 소리가 있다.

　이것이 노래다.

　산이 산을 부르는
아득한 곳에서
폭포의 우람한 목청은
다시 무엇을 부르는 노래인가

　나는 듯는다.

　깊은 산ㅅ골작
人跡이 닿지 안는 곳에,
억수로 퍼붓는 소나기 소리.

(藝術, 1945.12)

나 사는 곳

밤 늦게 들려오넌 汽笛 소리가
사―ㄴ 짐승의 우름소리로 들릴 제,
고향에도 가지 않고
거리에 떠도는 몸은 얼마나 외로울건가.

려관ㅅ 방의 심지를 돗구고
생각없이 쉬고 있으면
단간방 구차한 살림의 벗은
찬 술을 들고와 미안한 얼골로 잔을 권한다.

가벼운 술기운을 누르고
떠들고 싶은 마음조차 억제하며
조용 조용 잔을 논을새
어느듯 눈물방울은 옷깉에 구르지 아니하는가.

「내일을 또 떠나겟는가」
벗은 말없이 손을 잡을 때

아 내 발길 대일 곳 아모데도 없으나

아 내 장담할 아모런 힘은 없으나
언제나 서로 슴하는 젊은 보람에
홀로 서는 나의 길은 믿어웁고 든든하여라.

(시집『나사는 곳』, 1947.6)

聖誕祭

산밑까지 나려온 어두운 숲에
모리꾼의 날카로운 소리는 들려오고
쪼끼는 사슴이
눈우에 흘린 따듯한 피방울.

골짜기와 비탈을 따러 나리며
넓은 언덕에
밤 이슥히 횃불은 꺼지지 안는다.

뭇 김승들의 등뒤를 쪼처
메칠식 산ㅅ속에 잠자는 포수와 사냥개,
나어린 사슴은 보았다
오늘도 모리꾼이 메고오는
표범과 늑대.

★

어미의 상처를 입에 대고 핧으며
어린 사슴이 생각하는 것

그는
어두운 골작에 밤에도 잠들 줄 모르며 솟는 샘과
깊은 골을 넘어 눈 속에 하얀꽃 피는 藥草.

　아슬한 참으로 아슬한 곳에서 쇠북소리 울린다.
죽은 이로 하여금
죽는 이를 묻게 하라.

　기리 도라가는 사슴의
두 뺨에는
맑은 이슬이 나리고
눈 우엔 아즉도 따듯한 피사방울……

(朝鮮日報, 1939 10.24)

羊

　양아, 어린 양아
조이를 주마.
어째서 너마저
울 안에 사는지

　양아, 어린 양아
보드라운 네 털
구름과 같구나.
잔듸도 없는
쓸쓸한 木柵 안에서
　양아 어린 양아
너는 무엇을 생각하느냐.

　양아 어린 양아
조이를 주마.
보낼 곳 없이
그냥 그리움에 내어친 사연

　양아 어린 양아

샘물같이 맑은 눈
포도알 모양 초롱초롱한 눈으로
나 좀 보아라
가냑한 木柵에 기대어 서서
　양아, 어린 양아
나마저 무엇을 생각하느냐

(朝光, 1943. 11)

省墓하러 가는 길

솔잎이 모다 타는 칙한 더위에
아버님 산소로 가는 산ㅅ길은
붉은 흙이 옷에 배는 강꽉한 땅이었노라.

아 이곳에 새로운 길터를 닦고
그 우에 자갈을 저나르는 인부들
매미 소리, 풀ㅅ기운조차 없는 산등셍이에
고향 사람들은 또 어디로 가는 길을 닦는 것일까.

깊은 골에 남포소리, 산을 울리고
거치른 동네 앞엔
예전부터 굴러있는 頌德碑.

아버님이어
이런 곳에
님이 두고 가신 주검의 자는 무덤은
아무도 헤아리지 아니하는 황토산에, 나의 가슴에……

무엇을 아뢰이려 찾어왔는가,

개굴창이 모다 타는 가믐더위에
省墓하려 가는 길은 팍팍한 산ㅅ길이노라.

(東亞日報, 1946.11.19)

푸른 열매

　부서진 배쪼각이 떠오는 바다가에는
오늘도 낯선 사람이 말없이 앉어
흐터가는 구름ㅅ 장을 바라다보고

　돌碑가 보이는 솔밭 사이론
고요한 무덤에 꽃을 괴이는
孤兒園 어린아히들
종소리와 함께 깨였다
종소리와 함께 잠잔다.

　아 거기 히듸힌 갈매기떼 물거품에 醉하야……
열푸른 海心에 우지지는 곳
오열(嗚咽)하는 사람아 나의 젊음아.

　눈물은 헛되이, 꿈마저 헛되이,
끝없는 조용한 오한 속에서
밧비 밧비 흘러가는
물거품이어!

(人文評論, 1939.10)

銀時計

　슬픔이야 노상 새로워
내, 떠나는 길차림
오늘마저
海岸公園의 호젓한 자리.

　사랑하는 건 모두다 버리는구나
애틋한 담모롱이
등굽은 길목.

　사슴과 나는 鐵망 넘어로
낮선 바다를 본다.

　이슬보담 오히려 차고 고흔 것
철기는 슬푸고나
아름다운 꽃잎알
혼들리는 꽃수염.

　우는 것이 쉽구나
제일 쉽구나.

　말랑 말랑한 뿔, 새로 돋은 사슴의 뿔.
무심코 자근자근 누르며
기위 떠나랴믄야
바램 하나 갖어야겠네. 있어야겠네.

(시집 『나사는 곳』, 1947.6)

山峽의 노래

　이 치운 겨을 이리떼는 어디로 몰려다니랴.
첩첩이 눈 쌓인 골작이에
材木을 실고 가는 貨物車의 鐵路가 있고
언덕 위 파수막에는
눈 어둔 驛員이 저녁마다 람프의 심지를 갈고.

　포근히 눈은 날리어
포근히 눈은 나리고 쌓이어
날마다 침울해지는 樹林의 어둠 속에서
이리떼를 근심하는 나의 고적은 어듸로 가랴.

　눈보라 휘날리는 벌판에
통나무 장작을 벌겋게 집히나
아 일즉이 지난날의 사랑만은 다스하지 아니하도다.

　배랑에는 한줌의 보리이삭
쓸쓸한 마음만이 오로지 추억의 이슬을 받어 마시나
눈부시게 흰―한 산시 등을 나려다보며
홀로히 도라올 날의 기꺼움을 몸(못)갖었노라.

눈속에 쌓인 골작이
사람 모를 바위틈엔 맑은 샘이 솟아나고
아늑한 응달력에 눈을 헤치면
그 속에 고요히 잠자는 토끼와 病든 사스미.

한 겨울 나린 눈은
높은 벌에 쌓여
나의 꿈이어! 온 山으로 벋어나가고
어디쯤 나직한 개울밑으로
훈훈한 동리가 하나
온 겨을, 아니 온 사철
내가 바란 것은 오로지 다스한 사랑.

한동안 그리움 속에
고흔 흙 한줌
내 마음에는 보리이삭이 솟아났노라.

(人文評論, 1940.1)

▪ 이 작품이 잡지에 처음 발표될 때의 제목은 '新生의 노래'로 되었다.

고향 앞에서

흙이 풀리는 내음새
江 바람은
산짐승의 우는 소릴 불러
다 녹지 않은 어름짱 울멍울멍 떠나려 간다.

진 종일
나루ㅅ가에 서성거리다
行人의 손을 쥐면 따듯하리라.

고향 가차운 주막에 들려
누구와 함께 지난날의 꿈을 이야기하랴.
양구비 끊여다 놓고
주인집 늙은이는 공연히 눈물지운다

간간히 잿내비 우는 산기슭에는
아즉도 무덤 속에 조상이 잠자고
설레이는 바람이 가랑잎을 휩쓸어간다.

예 제로 떠도는 장꾼들이어!

상고(商賈)하며 오가는 길에
혹여나 보셨나이까.

  전나무 욱어진 마을
집집마다 누룩을 듸듸는 소리, 누룩이 뜨는 내음새⋯⋯

(人文評論, 1940.4)

▪ 이 작품이 처음 잡지에 발표될 때의 제목은 '鄕土望景詩'로 되어 있다.

江물을 따러

江물이 江물이
급한 벼랑을 도는 소린 숨이 가쁘다.
뭇 김승이
땅거믜와 어둠을 따러 모조리 깊은 잠이 들을 때

머무르거라 어두은 밤이어,
조그만 木船도 나루ㅅ 배도 할 수 없고나.
구비구비 흐르는 시꺼믄 江물에
끝없는 밤으로 무한량 떠나려가는 사람이 있어……

한동안 모라치던 크낙한 장마에
숫한 人命이 쏠려가드니
단 하나
어둠 속에 빛나는 넓은 길

가차움도 멀어지는 어둠이노라.
깊은 속, 마음에서 마음에 흐르는 모든 사랑이
여울이어, 아
이다지 그대 숨결은 재재바른가

　어둠을 밟으며
말없이 말없이 검은 우단을 밟으며
시내물을 따러……
江물을 따러……

　사슴모양 고흔 눈 하고
少年들 가슴 속에 푸른 불이 뛰고 노는 것
끝끝내 보기만 하였노라, 떠나려간다.
몸짓만이 몸짓만이 움켜쥔 날개털을 생각케 할 뿐……

　이 밤중에 우는 사람 누가 우느냐
노래하는 사람
그 누가 노래하느냐.

　떠나려 가잔다. 떠나려 가느냐.
시꺼믄 江 우에 바다를 향하는 어둠 우에로……
마츰내 가쁘든 흐름마저 고히 잠자는 下流의 江기슭
시내물도 바다로 솔려드노라.

　어둠을 밟으며 어둠을 헤이며
다만 검은 우단 속에 몸을 마끼어
잠자는 屍身이어! 시내를 조차…….江을 조차……
이제는 끝없는 回想만이 외로운 마음의 어깨를 집허……

(人文評論, 1940.8)

봄노래

碑石은 맑은 이슬에 촉촉히 젖어 있었다. 나의 눈물을 끝없이 더
듬어 새벽안개 자옥한 산길을 가면, 거기 온갖 꽃피는 잔듸우에 무
덤은 봉긋봉긋 솟아나온다. ―주소로 江물이 흘러가는 洞口 앞―
이것이 共同墓地다. 數없는 고향 사람이나 낯선 行旅病者의 잠자
는 追憶이……

나의 뉘우침에 거짓이 없다면 정녕 이것은 卒業式이다. 그와 같
은 우름이었다. 행낭 뒷거리마다 껌 파는 쉬영딸, 쉬영딸의 붉은 볼.
슬푸듸 슬푼 초밤 하눌이어! 안개 자옥한 이슬비 젖는 군이 닫혀진
公園의 쇠문 앞에서 모다 한결같어라. 아 끝없는 忘却의 하눌, 거기
주소로 江물이 흘러가는 洞口앞. 이것이 외저운 무덤ㅅ 가이다. 철
기따러 적은 나비 찾어오는 적은 꽃 피는……

(시집 『나ㅅ는 곳』, 1947.6)

FINALE

驚異는 아름다웠다. 모두가 다스―한 숨ㅅ결. 비둘기 되어 날러가누나. 하눌과 바다. 자랑스런 슬픔도. 곻은 슬픔도. 다―삭은 里程表. 이제는 무수한 비둘기 되어.

그대 섯는 발밑에. 넓고 서른 江물은 흘러가느니……. 死火山이어! 아 이 땅에 다다른 왼 처음의 山脈. 내 슬픔이 臨終하노라. 내 보람. 臨終하노라. 내 먼저 눈을 다 가린다. 나의 피앙세―.

영영 숨을 모으는 그의 머리마테서 내 먼저 눈을 가린다. 즐거히 부르든 네 노래 부를 수 없고. 곻은 얼골 가리울 히디힌 薔薇 한 가지 손앞에 없어……

자욱한 안개. 지줄지줄 지줄거리는 하눌 밑에서. 鶴처럼 떠난다. 외롬에 하잔히 적시운 히고 쓸쓸한 날개를 펴, 말없이 「카오스」에서 떠나가는 鶴.

두 줄기 흐르는 눈물 어찌다 수며드느냐. 한철 떼ㅅ목은 넓고 서른 江물에 흘러나리어 위태로운 기슭마다. 차고 깨끗한 이마에 한 줄기

곱은 피 흘리며. 떠나는 님을 보내며. 두 줄기. 스미는 눈물. 어찌라
어찌라 나 홀로 故鄕에 머믈러 옷깃을 적시나니까.

(朝鮮日報, 1940.8.5)

『病든 서울』의 시편들

八月 十五日의 노래

旗폭을 쥐었다.
높이 처들은 萬人의 손 우에
旗빨은 일제히 나부낀다.

"萬歲"!를 부른다. 목청이 터지도록
지쳐 나서는
군중은 만세를 부른다.

우리는 노래가 없었다.
그래서
이처름 부르짖는 아우성은
일즉이 끓어오든 우리들 정열이 부르는 소리다.

아 손에 손에 기빨들을 날리며
큰길로 모이는 사람아

우리는 보았다.
이곳에 그냥 기쁨에 醉하고, 함성에 목메인 겨레를……

그리고
뒤끓는 歡喜와 깃발의 꽃바다 속에
무수히 따러가는 아동과 근로하는 이들의 行
列을……

　춤추는 기빨이어!
나부끼는 마음이어!
이들을 지키라.

　너이들은, 자랑스런 너희들 가슴으로
解放이 주는 노래 속에서
또 하나의 검은 쇠사슬이 움직이려 하는 것을……

(1945.8.16)

聯合軍人城 歡迎의 노래

　몰래 쉬던 숨을 크게 쉬니
가슴이, 가슴이, 자꾸만 커진다
아 동편바다 왼―끝의 大陸에서 오는 벗이어!
이 半球의 서편 맨―끝에서 오는 同志어!

　이날
우리의 마음은
祝砲에 떠오르는 비둘기와 같으다.

　감격에 막히면
아 言語도 소용없고나.
울면서 참으로 기쁨에 넘쳐 울면서
우리는 두 팔을 벌리지 않느냐

　들에 핀 이름없는 꽃에서
적은 새까지
모두다 춤추고 노래 불러라.

　아 즐거운 마음은 이 가슴에서 저 가슴으로
종소리 모양 울려나갈 때
이 땅에 처음으로 발을 디디는 聯合軍이어!
正義는, 아 正義는 아즉도 우리들의 同志로구나.

　　　　　　　(1945.8.20, 사화집 『해방기념시집』, 1945.11)

이름도 모르는 누이에게

움직임이 없는 樹林과 같이
내 마음 스사로 그늘을 지노라.
아 이곳에 나날이 찾어오는
적은 새여!
나는 그대의 이름과 노래를 모른다.
그러나 自然이어
당신은 偉大합니다.
적은 새로 하여금 아름다운 노래를 부르게 하소서
내 마음으로 하여금 그를 平和로히 쉬이게 하여주소서.

(1945.9.6, 新文藝, 1945.12)

媛氏에게

窓앞에서 기다립니다.
발자최 소리마다 귀를 기우립니다.
기다리는 것만이
사랑에서 오는 기쁨이라면
삼백예순 날 이냥 안타까운 속에서라도 기다리겠읍니다.
사랑이어!
당신에게 괴이는 祭物은
내 보람의 샘이 막힐 때까지
아 내 노래는 당신의 것입니다.

(1945.9.20, 新文藝, 1945.12)

病든 서울

　八月 十五日 밤에 나는 病院에서 울었다.
너희들은, 다 같은 기쁨에
내가 운 줄 알지만, 그것은 새빨간 거짓말이다.
일본 天皇의 放送도,
기쁨에 넘치는 소문도,
내게는 고지가 들리지 않았다.
나는 그저 病든 蕩兒로
홀어머니 앞에서 죽는 것이 부끄럽고 원통하였다.

　그러나 하로아츰 자고깨니
이것은 너머나 가슴을 터치는 사실이었다.
기쁘다는 말,
에이 소용도 없는 말이다.
그저 울면서 두 주먹을 부루쥐고
나는 病院에서 뛰쳐나갔다.
그리고, 어째서 날마다 뛰쳐나간 것이냐.
큰 거리에는,
네 거리에는, 누가 있느냐.

싱싱한 사람, 굳건한 靑年, 씩씩한 우슴이 있는 줄 알었다.

　아, 저마다 손에 손에 깃빨을 날리며
노래조차 없는 군중이 "萬歲"로 노래 부르며
이것도 하로 아츰의 가벼운 흥분이라면………
病든 서울아, 나는 보았다.
언제나 눈물 없이 지날 수 없는 너의 거리마다
오늘은 더욱 김승보다 더러운 심사에
눈깔에 불을 켜들고 날뛰는 장사치와
나다니는 사람에게
호기 있어 몬지를 씨워주는 무슨 本部, 무슨 本部,
무슨 당, 무슨 당의 自動車.

　그렇다, 病든 서울아,
지난날에 네가, 이 잡놈 저 잡놈
모도다 술취한 놈들과 밤늦도록 어깨동무를 하다싶이
아 다정한 서울아
나도 미천을 털고 보면 그런 놈 중의 하나이다.

나라 없는 원통함에
에이, 나라 없는 우리들 靑春의 反抗은 이러한 것이었다.
反抗이어! 反抗이어! 이 얼마나 눈물나게 신명나는 일이냐

　아름다운 서울, 사랑하는 그리고 정들은 나의 서울아
나는 조급히 病院門에서 뛰어나온다.
포장 친 음식점, 다 썩은 구르마에 차려놓은 술장수
사뭇 돼지구융같이 늘어슨
끝끝내 더러운 거릴지라도
아, 나의 뼈와 살은 이곳에서 굵어졌다.

　病든 서울, 아름다운, 그리고 미칠 것 같은 나의 서울아
네 품에 아모리 춤추는 바보와 술취한 망종이 다시 끓어도
나는 또 보았다.
우리들 人民의 이름으로 씩씩한 새 나라를 세우랴 힘쓰는 이들을……
그리고 나는 웨친다.
우리 모든 人民의 이름으로
우리네 人民의 共通된 幸福을 위하야

우리들은 얼마나 이것을 바라는 것이냐.
아, 人民의 힘으로 되는 새 나라

　八月十五日, 九月十五日,
아니, 삼백예순 날
나는 죽기가 싫다고 몸부림치면서 울겠다.
너희들은 모도다 내가
시골 구석에서 자식땜에 아주 상해버린 홀어머니만을 위하야 우
는 줄 아느냐.
아니다, 아니다, 나는 보고 싶으다.
큰물이 지나간 서울의 하눌이……
그때는 맑게 개인 하늘에
젊은이의 그리는 씩씩한 꿈들이 흰 구름처럼 떠도는 것을……

　아름다운 서울, 사모치는, 그리고, 자랑스런 나의 서울아,
나라 없이 자라난 서른 해,
나는 고향까지 없었다.
그리고, 내가 길거리에 자빠져 죽는 날,

"그곳은 넓은 하늘과 푸른 솔밭이나 잔듸 한뼘도 없는"
너의 가장 번화한 거리
종로의 뒷골목 썩은 냄새나는 선술집 문턱으로 알았다.

　그러나 나는 이처럼 살았다.
그리고 나의 反抗은 잠시 끝났다.
아 그동안 슬픔에 울기만 하여 이냥 질척어리는 내 눈
아 그동안 독한 술과 끝없는 비굴과 절망에 문드러진 내 썰개
내 눈깔을 뽑아버리랴, 내 썰개를 잡어떼어 길거리에 팽개치랴.

(1945.9.27,　象牙塔, 1945.12)

어둔 밤의 노래

다시금 부르는구나
지난날
술 마시면 술들이 모여서 부르든 노래
무심한 가운데—

아, 우리의 젊은 가슴이 기다리고 벼르든 꿈들은 어듸로 갔느냐
굳건히 나가려든 새 고향은 어디에 있느냐

이제는 病석에 누워서까지
견듸다 못하야
술거리로 나아가
무지한 놈에게 뺨을 맞는다
나의 불러온
모—든 노래여!
새로운 우리들의 노래는 어듸에 있느냐

속속드리 오장까지 썩어가는 주정뱅이야
너조차 다 같은 울분에 몸부림치는 걸,

아, 우리는 알건만
그러면 젊음이 웨치는 노래야, 너 또한 무엇을
주저하느냐

(1945.10.29)

指導者
―全國靑年團體大會 代表들에게

　指導者가 왔다.
지도자는 비행기로 왔다.
그리고 지도자는 韓人의 지도자여야 된다.
청년들은 모도다 기쁨에 넘쳤다.
아 피끓는 가슴밖에 미처 준비하지 못한 우리 청년들은
두 팔을 벌이어 지도자를 맞었다.
지도자는 우상이 아니다.
지도자는 이 젊은 피를 옳은 데로 흐르게 하는 것이다.

　그러나 지도자는 원―로에 피곤하였다.
그리고 지도자는 會議에 바뿌다.
우리들 數萬을 대표한 청년들은 낮부터
밤 새로 한 시까지 기다리었다.
그러나 아 끝끝내 우리들의 위대한 지도자의 말씀은 겟아웃이었다.
그리고 우리들의 위대한 지도자는 끝끝내 라디오를 들을 수 있는
곳에만 방송을 하였다.

　　　　　　　　　　(1945.11.15?, 文化戰線, 1945.11)

入院室에서

　저마다 기쁜 마음, 싱싱한 얼골로
오래니 있었던 病室에서
나가는 사람들.
그러는 동안에
解放을 기약하는 그날이 왔고,
그 뒤에도 잇대어 여러가지 병든 사람이나
흥분된 감격에 다쳐온 젊은이
새로히 새로히 왔다는
모두다 씩씩한 얼골로 나간다.

　아 억압이 풀려진 세상은 어떠하련가,
나 역시 나가게 되리라 믿고
또 나가고 싶은 마음에
—그러면 하로 바삐 쾌차하시오. 우리도 손목 잡고 일합시다.
하고,
먼저 나가는 이들 당부를 뼈에 색인다.

　누어서도 피끓는 가슴

아, 눕지 않으면 사뭇 불타오르리니
젊음이어!
여기서만 成長이 앞서는 자랑스런 시기여,
다만 흰 壁과, 거기에 걸린 簡素한 그림과
머리 속에 아즉도 응석하는 쓸쓸함이
온 하로 나의 벗이라 하나

　병든 몸이어!
병든 마음이어!
이런 것이 무어냐
어둔 밤의 횃불과 같이, 나의 싸우려는
싸워서 익이려는 마음만이
지금도 나의 삶을 지킨다.

(1945.11.16, 人民評論, 1946.3)

깽

깽이 있다
깽은 高度한 資本主義國家의 尖端을 가는 직업이다
성미 급한 이 땅의 젊은이는 그리하야 이런 것을 받어드렸다
알콜에 물탄 洋酒와
딴쓰로 정신이 없는
장안의 구석구석에
그들은 그들에게까지 이러한 사실을 알려주었다.

아 여기와는 상관도 없이
또 장안의 한복판에서
이 땅이 解放에서 얻은 北쪽 三十八度의 어려운 住所와
숫한 "야미"꾼으로 完全히 막혀진 서울길을
비비어 뚫고 그들의 幸福까지를 爲하야
全國의 人民代表들이 모였다는 사실을....

그러나
깽은 끝까지 職業이다.
全國의 生産이 完全히 쉬어진 오늘에

이것은 確實히 新奇한 職業이다.
그리하야 점잖은 衣裳을 갖추운 資本家들은
새로히 이것을 企業한다
그리하야 그들은 그들의 번창해질 장사를 위하야
"韓國"이니 "建設"이니 "靑年"이니
"民主"니 하는 간판을 더욱 크게 내건다

(1945.11.21, 인민보, 1945.11)

▪ 이 작품은 시집 『病든 서울』에서는 <이름도 모르는 누이에게> 앞에 수록되었으나, 그
제작일의 순서에 따르면 '목차'와도 같이 여기에 수록해야만 할 것 같아서 그 자리를
옮긴 것이다.

Гимн

한때, 우리는 해방이 되었다 하였고 또 온 줄로 알았다.
그러나
사나운 날세에
조급한 사나이는
다시금,
뵈지 않는 쇠사슬 절그럭어리며
막다른 노래를 부르는구나

아 울음이어! 울음이어!
신음 속에 길러오든
너의 성품이,
넘쳐나는 기쁨에도 샘솟는 것을
아조 가차운 이마즉
우리는 새날을 통하야 배우지 아니했느냐.

젊음이어! 벗이어!
손과 발에…… 쇠사슬 느리고
억눌린 배ㅅ전에

스사로 노를 젓든
그 옛날, 흑인의 부르든 노래
어찌하여 우리는 이러한 노래를
다시금 부르는 것이냐.

　뵈지 않는 쇠사슬
마음 안에 그늘지는 검은 그림자에도
네 노래의 갈 곳이
막다른 길이라 하면
아, 젊음이어!
헛되인 육체(肉體)여!
너는 또 보지 아니했느냐.
八月十五日
아니 그보다도 전부터
우리들의 발길이 있은 뒤부터
항거하는 마음은 그저
무거운 쇠줄에 몸부림칠 때
온몸을 피투성이로 이와 싸호던 투사를……

옥에서
공장에서
산속에서
지하실에서 나왔다.
몇천 길을 파고 들어간 땅속 갱도에서도—
땅 우로 난 모든 문짝은 뼈개지고
구녕이란 구녕에서 이들은 나왔다.
그리고
나와 보면 막상 반가운 얼골들
함께 자란 우리의 형제 우리의 동무

K가 나왔다.
또 하나의 K가 나왔다.
A가 나왔다.
P가 나왔다.
그 속에는 먼— 남의 나라까지 찾어가 원수들 총부리에,
우리의 총부리를 맞드려댄 동무도 있었다.
그리고, 이들은

전부터 부르는 나즉한 노래를
이제는 더욱 소리높여 부를 뿐이다.

　뵈지 않는 쇠사슬 절그럭어리며
막다른 노래를
노래 부르는 벗이어!
전에는 앞서가며 피 흘리든 이만이
조용조용 부르든 노래
이제는 모다 합하여
우리도 크게 부른다.
"비겁한 놈은 갈라면 가라"

　곳곳에서 우렁차게 들리는 소리
아, 이 노래는
한 사람의 노래가 아니다.
성낸 물결 모양 아우성치는 젊은 사람들……
더욱 세찬 이 바람은 귀만을 찌르는게 아니라,
애타는 가슴 속

불을 지른다.

  아 영원과 사랑과 꿈과 생명을 노래하든 벗이어!
너는 불타는 목숨을
그리고
불타면 꺼지는 목숨을 생각한 적이 있느냐
모도다 앞서가든 선구자의 죽엄 우에
스스로의 가슴을 불지르고 따러가는 동무들

  우렁찬 우렁찬 노래다.
모도다 합하여 부르는 이 노래
그렇다.
번연히 앞서보다 더한 쇠줄을
배반하는 무리가 가졌다 하여도
우리들 불타는 억세인 가슴은
젊은이 불을 뿜는 노래는
이런 것을 깨끗이 살워버릴 것이다.

우리들의 귀는 한번에 두 가지를 들을 수 없다.
우리들의 마음은 한번에 두 가지를 생각할 수 없다.
벗이어! 점점 가차워온다
얼마나 얼마나 하눌까지 뒤덮는 소리냐
"비겁한 놈은 갈랴면 가라"

(1945.12.2, 文學,1946.7)

• 이 작품이 사화집 『朝鮮詩集』에서는 제목을 국문화하여 '讚歌'라 하고 있다.

가거라 벗이어

── 흑인병사 엘·에쓰·뿌라운에게 ──

가거라 벗이어!
너의 고향에……

우리는 눈물로 손 잡는 게 아니라
그대 내어친 발길
이 길을 똑바른 싸홈의 길로 듸듸라.

아 우리의 수많은 재물
반가운 마음에 적시는 눈시울
어찌나
굳게 잡은 우리의 손
모든 것은 서름이 이끌은 것을……

가거라 벗이어!
너의 고향에!
지난 날은 모도다 조약돌모양 차버리고
거기도 서름만이 맞이할
너의 고향에

　벗이어!
그러나 손잡은 우리의 보람
손잡은 이 마음이 기쁨으로 떨릴 때까지
우리는 제각기 차내버리자
─지난날이 달래주든 눈물의
달듸단 맛을……

(1945.12.8)

延安서 오는 동무 沈에게

그 전날
이웃나라 동무들이
瑞金에서 延安으로, 막다른 길을 헤치고 가듯
내 나라에서 延安으로
길 없는 길을
萬餘里.
다만 외줄로 뚫고간 벗이어!

동무, 이제 내 나라를 찾기에 앞서
벗에게 보내는 말
"동무여! 平安하신가."
沈이어,
아니 내가 모르는 또 다른 동무와 동무여!
나도 눈물로 웨친다.
"동무여 平安하셨나."

동무, 이제 벗을 찾기에 앞서
소식을 傳하는 뜻
"부끄러워라. 쫓겨갔든 몸 돌아옵니다.

내 나라에 끝까지 머물을 동무들의 싸홈,
얼마나 괴로웠는가."
얼골조차 없어라.
우리는 이제 무어라 대답하랴.

　불타는 가슴,
피끓는 誠實은 무엇이 다르랴
그러나 동무,
沈이어!
아니 내가 모르는 또 다른 동무와 동무들이어!
우리들 배자운 싸홈 가운데
뜨거히 닫는 힘찬 손이어!
동무, 동무들의 가슴, 동무들의 입, 동무들의 주먹,
아 모든 것은 우리의 것이다.

　　　—四五. 十二. 十三 金史良 동무의 편으로 沈의 安否를 받으며

(1945.12.13)

이 歲月도 헛되이

아, 이 세월도 헛되이 물러서는가

三十八度라는 술집이 있다.
樂園이라는 카페가 있다.
춤추는 연놈이나 술 마시는 것들은
모두다 피흐르는 비수를 손아귀에 쥐고 뛰는 것이다.
젊은 사내가 있다.
새로 나선 장사치가 있다.
예전부터 싸홈으로 먹고사는 무지한 놈들이 있다.
내 나라의 심장 속
내 나라의 수채물 구녕
이 서울 한복판에
밤을 도와 기승히 날뛰는 무리가 잇다.
다만 남에게 지나는 몸채를 가지고
이 지금 내 나라의 커다란 不正을 못견듸게 느끼나
이것을 똑바른 이성으로 캐내지 못하야
씨근거리는 젊은 사내의 가슴과
내둥 양심껏 살량으로 참고 참다가
이제는 할 수 없이 사느냐 죽느냐의 막다른 곳에서

다시 장사길로 나간 소시민의
반항하는 춤맵시와
그리고
값싼 허영심에 뻗어 갔거나
여러 식구를 먹이겠다는 生活苦에서 뛰쳐났거나
진하게 개어붙인 분가루와 루―쥬에
모든 표정을 숨기고
다만 相對方의 表情을 쫓는 뱀의 눈같이 싸늘한 女給의 눈초리
담뇨때기로 외투를 해입은 자가 있다.
담뇨때기로 만또를 해두른 놈이 있다.
또 어떤 놈은
권총을 히뜩히뜩 비쵀는 者도 있다.
이런 곳에서 목을 매는 中學生이 있다.
아 그러나
이제부터 얼마가 지나지 않은
해방의 날!
그 즉시는 이들도,
설흔여섯 해 만에 스물여섯 해 만에
아니 몇살 만이라도 좋다.

이 세상에 나 처음으로 쥐어보는 내 나라의 기빨에
어쩔 줄 모르고 울면서 춤추든
그리고 밝고 굳세인 새날을 맹서하든 사람들이 아니냐.
아 이 서울
내 나라의 心臟部, 내 나라의 똥수깐,
南녘에서 오는 벗이어!
北쪽에서 오는 벗이어!
제 고향에서 살지 못하고 쫓겨오는 벗이어!
또는
이곳이 궁금하야 견디지 못하고 허턱 찾어오는 동무여!
우리 온몸에 굵게 흐르는 靜脈의
느리고 더러운 찌꺽이들이어!
너는 내 나라의 心臟部, 우리의 모든 티검불을 걸으는 염통 속에도
눈에 보이지 않는 수많은 우리의 白血球를 만나지 아니했느냐.

아, 그리고 이 세월도 속절없이 물러서느냐.

(1945.12.24)

155

共靑으로 가는 길

눈발은 세차게 나리다가도
금시에 어지러이 허트러지고
내 겸연적은 마음이
共靑으로 가는 길

동무들은 벌서부터 기다릴텐데
어두운 방에는 불이 켜지고
굳은 열의에 불타는 동무들은
나같은 친구조차
믿음으로 기다릴텐데

아 무엇이 작고만 겸연쩍은가
지난날의 부질없음
이 지금의 약한 마음
그래도 동무들은
너그러히 기다리는데……

눈발은 펑펑 나리다가도

금시에 어지러히 허트러지고
그의 성품
너무나 맑고 차워
내 마음 내 입성에 젖지 않어라.

  쏘다지렴…… 한결같이
쏘다나 지렴……
함박같은 눈송이.

(1946..1.7)

너는 보았느냐

　너는 보았느냐
馬車발에 채어 죽은 마차꾼을,
그리고
장안 한복판에
馬肉을 실고가는 馬車말 같이
人肉을 실고가는 暴力團을——

　한 나라의 集結된 意思,
人民의 입,
新聞이 있다.
그리고
아 끝까지 깨지 못한 人肉의 馬夫는
성낸 말들을 이곳으로 몰아넣는다.

　너는 보았느냐,
隋(惰)性의 뒷발질밖에
아모런 재조도 없는

이 馬車말조차 제어하지 못하는 늙은 馬夫를....

(1946.1.10)

強盜에게 주는 詩

　어슥한 밤거리에서
나는 強盜를 만났다.
그리고 나는
웃었다.
빈 주머니에서 돈 二圓을 끄내 들은
내가 어째서 울어야 하느냐.
어째서 떨어야 되느냐.
강도도 어이가 없어
나의 빰을 갈겼다.
─이 지질이 못난 자식아
이같이 돈 흔한 세상에 어째서 이밖에 없느냐.

　오─ 世上의 착한 사나히, 착한 여자야.
너는 보았느냐.
단지 詩밖에 모르는 病든 사내가
三冬 치위에 헐벗고 떨면서
詩 한 수 二百圓,
그 때문에도 마구 써내는 이 詩를 읽어보느냐.

                                    (1946.1.10, 民聲, 1946.4)

내 나라 오 사랑하는 내 나라
— 씩씩한 사나이 朴晋東의 靈앞에

내 나라 오 사랑하는 내 나라야
강도만이 복받는
이처럼 아름다운 세월 속에서
파출소를 지날 때마다
섬뜩한 가슴
나는 오며가며 그냥 지냈다.

너는 보았느냐
우리의 생명과 재산을 지키랴는 이들이
아 살기띄운 얼골에
장총을 들고 선 것을……

그들은 장총을 들었다.
그리고
그 총속엔 탄환이 들었다.

파출소 앞에는
스물네 시간

그저 쉬지 않고
파출소만 지키는
군정청의 경찰관!

　어듸다 쏘느냐.
오 어듸다 쏘느냐!
이것만이 애타는 우리의 가슴일 때
총소리는 대답하였다.
—여기는 삼청동이다.
죄없는 학병의 가슴 속이다.

　그리하야 죽어가는 학병들도 대답하였다.
—우리 학병 우리 동무 만세!
조선인민공화국 만세!

　내 나라 오 사랑하는 내 나라야,
강도만이 복받는
이처름 화려한 세월 속에서

아 우리는 어찌하야
우리는 어찌하야
우리의 원수를 우리의 형제와 우리의 동무 속에 찾어야 하느냐.

(1946.1.19)

나의 길

—三 · 一紀念의 날을 맞으며

己未년 만세 때
나도 소리높여 만세를 부르고 싶었다.
아니 숭내라도 내이고 싶었다.
그러나 나는 그 전해에 났기 때문에
어린애 本能으로 울기만 하였다.
여기서 시작한 것이 나의 울음이다.

光州학생사건 때
나도 두 가슴 헤치고 여러 사람을
따르고 싶었다.
그러나 그때의 나는
중등학교 입학시험에 미끄러저
그냥 시골구석에서 "한문"을 배울 때였다.
타고난 不運이 여기서 시작한 것이다.

그 뒤에 나는
東京에서 신문배달을 하였다.
그리하야 붉은 동무와

나날이 싸우면서도
그 친구 말리는 붉은 詩를 썼다.
그러나
이 때도 늦인 때였다.
벌서 옳은 생각도 한철의 流行되는 옷감과 같이
철이 지났다.
그래서 내가 우니까
그때엔 모두다 귀를 기우렸다.
여기서 시작한 것이 나의 울음이다.

八月 十五日

그 울음이 내처 따러왔다.
빛나야 할 앞날을 위하야
모든 것은
나에게 지난 일을 도리키게 한다.
그러나 나에게 울음뿐이다.
몇 사람 귀기우리는 데에 팔리어
나는 울음을 일삼어 왔다.

그리하야 나는 또 늦었다.
나의 갈 길,
우리들의 가는 길,
그것이 무엇인 줄도 안다.
그러나 어떻게? 하는 물음에 나의 대답은 또 늦었다.

  아 나에게 조금만치의 誠實이 있다면
내 등에 마소와 같이 길마를 지우라.
먼저 가는 동무들이어,
밝고 밝은 言行의 채찍으로
마소와 같은 나의 걸음을 빠르게 하라.

                              (1946.2.24, 民聲, 1946.4)

• 이 작품이 처음 잡지에 발표되었을 때의 제목은 '三一紀念의 날을 맞으며'이다.

어머니 서울에 오시다

어머니 서울에 오시다.
蕩兒 도라가는게
아니라
늙으신 어머니 病든 子息을 찾어오시다.

　—아 네 病은 언제나 낫는 것이냐.
날마다 이처럼 쏘다니기만 하니....
어머니 눈에 눈물이 어릴 때
나는 거기서 헤어나지 못한다.

　—내 부치, 내가 위해 받드는 어른
내가 사랑하는 자식
한평생을 나는 이들이 죽어갈 때마다
옆에서 미음을 끄리고, 약을 다린 게 나의 일이었다.
자, 너마저 시중을 받어라.

　오로지 이 아들 위하야
서울에 왔건만

메칠 만에 한번씩 상을 대하면
밥수깔이 오르기 전에 눈물은 앞서 흐른다.

　어머니어, 어머니시어! 이 어인 일인가요
뼈를 깎는 당신의 자애보다도
날마다 애타는 가슴을
바로 생각에 내닷지 못하야 부산히 서두르는 몸짓뿐.

　―이것아, 어서 돌아가자
병든 것은 너뿐이 아니다. 온 서울이 병이 들었다.
생각만 하여도 무섭지 않으냐
대궐안의 윤비는 어듸로 가시라고
글쎄 그게 가로채었다는구나.

　시굴에서 땅이나 파는 어머니
이제는 자식까지 의심스런 눈초리로 바라보신다.
아니올시다. 아니올시다.
나는 그런 사람과는 아무런 관계도 없습니다.

내가 생각하는 것은
이 가슴에 넘치는 사랑이 이 가슴에서 저 가슴으로
이 가슴에 넘치는 바른 뜻이 이 가슴에서 저 가슴으로
모—든 이의 가슴에 부을 길이 서툴어 사실은
그 때문에 病이 들었습니다.

　어머니 서울에 오시다.
蕩兒. 돌아가는 게
아니라
늙으신 어머니 病든 子息을 찾어오시다.

(1946.3.12)

『붉은 기』의 시편들

붉은 기

환하게 트인 하늘에
붉게 타오르는 진홍의 깃발!

내
뒤끓는 가슴이
한 아름의 희망 넘치는 꿈으로
국경에 가차웠을 때

두만강 건너
누구보다 먼저 손 저어준 것은
그대 붉은 기!

자유를 위한 오래인 싸움에서
피로 물든 이 깃발
원수와의 곤란한 싸움에서
영광과 승리로 나부끼는
이 깃발!

나는 본다 너에게서

사회주의 조국의 긴 역사와
이 나라의
소비에트 세상의 씩씩한 얼굴을

　그것은 그대였다

　내
뜨거운 흥분이
기창(機窓)을 부비며 이 나라 수도(首都)
힘찬 평화의 서울인
모스크바를 살필 제

　나는 여기서도
제일 먼저 보았다
양털 같은 구름 사이로
온 천하에 손 젓는
그대
붉은 깃발을

기!
　　기!
　　　붉은 기!

세계가 사랑하여 부르는
인민의 기

붉은 깃발은

기!
　　기!
　　　붉은 기!

우리들이 목타게
부르는
　　전사의 깃발은

아 저곳

높은 성탑(城塔) 위
붉은 별들 빛나는 사이로
불타는 의지의
　　　　소련 깃발은

　크렘린
최고 소비에트 지붕 위에
높이높이 나부끼고 있도다

　새 역사
찬란히
꽃 피어오르는
공산주의 행복의 동산이여!

　이 나라 찾아온
내 가슴
높은 하늘에 퍼덕이는
너와 같으니

나는 보았다
너에게서
거세찬 인민의 힘,
　　그리고 또
이것을 이끄는
그대들 볼세비키당의 빛나는 모습을

　　기!
　　　기!
　　　　붉은 기!

　　너
모스크바에서
씨비리 끝까지
그 속의 금별
　　인민들을 이끌어
공산주의에의 길로 부르며

하늘을 찌르는
높은 집과 집 위에
망치와 낫
높이 쳐들은 노동자와 농민의
조각(彫刻)들이 서 있는 나라

그대
붉은 깃발은
　　아 오늘도
뜨거운 혁명의 기
빛나는 노동의 기
그대는 그대로
찬란한 이 나라 국기이도다

모두 다 부르는구나
힘차게
손 젓는구나
온 세계를 향하여

오 이 기, 정의의 깃발은,

　나도 노래 부른다
신생하는
억만의 가슴이
꿈으로 간직하는
자랑으로 여며두는 모스크바
그 한가운데서

　나는 노래 부른다
퍼덕이는 너의 마음을
뜨거운 가슴
다함 없는 사랑으로……

(1949. 2.)

• **씨비리** : '시베리아'의 북한어

씨비리 차창

　어떠한 역이냐
지금 이 급행차가
잠시 쉬었다
떠나는 곳은……

　온 겨울을
눈 속의 씨비리
불 뿜는 기관차는
오늘도
숱한 찻간을 끌고 달린다

　가없는 눈벌에는
아득히 줄지은
흑송림(黑松林)과
백화(白樺)숲!

　그마저 눈에 띄는
이곳에서는

정거장 가차울랴면
보이는구나!

　보이는구나!
얕은 목책(木柵)이 둘러진
　　　목축장(牧畜場)

　철로 가에는
듬성듬성
널려진
보수공(補修工)의 살림집,

　예서 얼마 안 가는
머지 않은
그곳에 있다는
콜호스여!
새 마을이여!

　　어느 곳이냐
이 작은 정거장 앞에
무연한 눈벌을
두메로 향하는 썰매길은 나 있고

　　아 이곳에 내리는
몇 소대, 몇 분대의 병사들
등에는 저마다
가벼운 짐 꾸리고
멀어지는 차창에
손을 젓는다

　　그대들 내리는구나
꽉 채인
차 중의 여러 날을
원산, 청진, 아오지, 내 사랑하는
우리 조국에서 떠나온
그대들은

정녕 이곳에서 내리었구나

　섣달
연종(年終)의 추위는 살을 에이는 듯
씨비리 눈벌판에는
함박눈도 얼어서
눈싸라기로 흩어지는데

　그대들은
그대들이 해방한
우리 조선이
이제 막 새 나라로
튼튼히
나감을 보고
그대들의 조국으로 돌아왔는가!

　깊은 눈 속에
언 땅은 끝이 없어도

공산주의에의 길을
향해 가는
힘찬 호흡에
이곳은 어딘지
봄기운이 돌고 있는 곳—

　그대들
자랑 속에 고향 찾으면
두 팔 벌려 맞이하는
그곳 사람들
포옹하는 그대들의 품에서
낯설은 훈패를 보리!

　아 그것은
새 나라의 우리들이
보내준
조선해방기념장!
행복한 우리들의 이야기는

곳곳에서 속삭여지리

　맴돌듯 뿌려치는
눈싸라기
눈보라 속에

　어느덧
썰매길은 덮였다가도
다시 지나가는
썰매들이
길을 내는데
병사들은 헤어진다
저마다 오래인 전진(戰塵)속에서

(1948.12.)

김유천 거리
—하바로프스크의 즐거운 체류에서

　물결치는 구릉 위에 서 있는 거리
아침해 솟아오는
이른 시간에
나는 낯선 거리
그러나 즐거운 이 거리를 걷는다

　통나무 둥굴목을
그대로 눕혀 지은
질박한 두껍창의
높고 낮은 집들아!

　굽어진 거리를 내리고
다시 오르며
연해 간 이 거리

　나무판장 앞에 세운
게시판에는
새날의 새 신문이 붙이어지고

떼아뜰의 새로운 그림판도 세워졌는데

　오 이 도시
새로운 소련의 높은 건물과
오래인 씨비리
창과 창이
한결같이 빛나는 거리!

　눈 덮인 지붕 위에
고루 퍼지는
아침 햇살아!

　집집의 새끼창은
열린다
어디선지 도란도란
새로운 준비의 말소리도
들려오는 듯!

　내 정다운 이 도시에서
이른 아침을 거니는
발걸음
홀로이 찾아 나와도
바삐 가는 젊은이 말을 건넨다

　—낯선 동무야
이곳은 김유천거리
아 듣고 보면
김유천거리

　김유천! 김유천!
그대는
이 나라의 자랑스런 이 나라 빛난 별
사회주의 조국을
목숨으로 지켜간 사람

　빛나는 그 이름
모두가 모두가 그대 뒤를 따르려는

이 나라의
우리 겨레들

　다사론 아침 햇살 두 어깨에 받으며
나는 낯선 거리
그러나 반가운 이 거리를
고향길 가듯이 걸어간다

　빛나는 이름 길이 빛내는
이 나라의 뜻이여!
나는 걷는다 찬란한 아침 햇살아!
날마다 새 역사와 새 살림이
돌아가는 힘찬 숨결아!

(1948.12)

• 김유천은 소련이 1929년 외국의 무장간섭으로 일제의 사주를 받은 중국군벌에게 원동
을 침략당하였을 때 영웅적으로 싸운 소련 공민. 현재 하바로프스크 시에는 그의 이름
을 기념하는 시가가 있다.

비행기 위에서

이제 방금
하바로프스크 상공을 떠나는
비행기 아래에는
먹먹한 들판
힘차게 굼틀거리는
아무르 강!

다시 무트레하게 흐르는
강물을
따라가면
송화강 번히 흐르는
저 끝이 동북(東北)땅

높은 하늘에서는
한결같아라
씨비리와
동북 만주벌
이마를 맞대인 소련과 중국 땅이여!

더 더 멀리 저 지평 끝
아물아물한 곳에는
우리 강산도
맞닿았으려니

나도 오늘은
우리 공화국 여권을
가슴에 지닌
자랑스런 젊은이

기수(機首)는 흔들리지 않아도
가슴 설레이나이다
오 위대한 나라
소비에트여!

이제는 저 넓은 들
훨씬 더 멀리
대륙을 뒤덮어

이게 모두가
진정한 민주 국토들—

　비행기는 하늘 끝
권운층의
위로
한가히 날아도

　뭉게뭉게 피어가다
이제 아주 굳어지는 구름 천지여!
나도 오늘은
어엿한 새 나라 공민이란
개운한 마음

　그러기에 온 시야를 모두 덮은
저 구름마저
나에게 안기는
꽃다발이라

32인승
경쾌한 여객기 안에는
끓는 차(茶)의
진한 내음새

방 안은 한집안 같은
화기 가운데
바쁜 나랏일로
비행기에 날으는 이곳의 일꾼들!

우리는 이렇듯 한자리에
따뜻하니 차를 나누며
취하는 듯 앞날을 꿈꾸는도다

구름 위에 날으는
비행기!
비행기는 안온히
프로펠라 소리뿐

　기창(機窓)에는
가없이 펼쳐지는
구름 천지
아득히 끝이 없는
씨비리 평원

(1948.12)

변강당의 하룻밤
—하바로프스크 크라이 콤 강사실에서

　넓은 방 다사롭고도
엄숙하여라

　높은 벽에는
스탈린
몰로토프
두 분의 초상과 말씀이 걸려 있는데
그 옆엔 서서 있고나

　언제나 너그럽고
그러나 영매하신
레닌 선생
그 조상(彫像)이—

　모든 사람의 말
조용히 귀담아들으시는 듯!

　이곳은 하바로프스크
변강 땅

간악한 일본의 무장 간섭과
콜차크 반도(叛徒)를 내몰아 쫓은
혁혁한 승리의
원동(遠東) 씨비리땅

　나는 말한다
수줍은 마음으로
사랑하는 나의 조국
오늘의 행복을……

　긴 탁자에는
다 각기 새하얀 종이와 연필이
놓여 있는데

　여기
한없는 투지에 넘치는
손으로
무엇을 적으시는

레닌의 반신흉상(半身胸像)
다시 옆에 계셔라

　오늘의 우리 조국
모범 노동자
그리고
더운 피 흘리는 유격대!
우리의 선봉들이여!

　전에는 속절없는
통분만이
원수에게 불붙던 가슴
아 오늘
그대들 자랑으로

　아니 모든 그대
조국의 건설과 투쟁을
한길로 치닫게 하는

우리 노동당
오 이 커다란 힘으로
이곳을 본받는
우리들의 마음
더욱더 미더워진다

　조국이여!
내일을 향하여 발돋움하는
인민 주권의 새 나라!
목숨으로 사랑하는 당신이여!

　나는 이 자리에 섰습니다
아무 때이고
뜨거운 가슴
우리에게 펼쳐주는 소련의 애정
오 이 현란한 자리에……

　혹간 싹—하고
연필 깎는 소리여!

　빛나는 태양인
레닌
스탈린의 아들딸
그리며 다시 이분들의 뒤를 따르며
찬란한 씨비리의 건설을 이끄는
볼셰비키들!

　큼직한 유리잔에
몇 차례 냉수를
갈아 부으며
나의 머리 가득히 떠오는 것은
조국을 사랑하는 인민들!

　그대들로
그대들이 살고 있는 강산으로
이 마음 더욱더 맑아가누나

(1948.12)

눈 속의 도시

눈보라가 친다
눈보라는
사나운 이리떼 모양 아우성치며
가없는 들판을
휘몰아친다

가없는 들판을
무진장 빽빽한 원시림
또
끝없는 눈더미

전에는
모험을 즐기는 사냥꾼들이
수피(獸皮)를 구하여 이곳에 길을 내었고
그 다음은 무도한 압제자들이
그들을 반대하여 싸운 이들의
손발에 채웠던 무거운 쇠줄이
이 길을 다진 곳

　모진 바람은 이따금
조용한 날씨에도
눈더밀 몰아
눈싸라기 하늘을 덮는
서백리아(西伯利亞)!

　오늘은 이곳에
거칠은 파도를 막아내는
항구 앞의 방파제 모양
씨비리 눈보라를 막아내는
우뚝우뚝한
도시들이 솟아오른다

　오 맵고 어지러운 눈보라
온 하늘을 눈가루로
묻어버려도
하늘을 찌르는 트랜스포터의
높은 철탑들—

여기에
듬직한 클럽은
무거운 철근과 숱한 벽돌장
때없이 달아 올리며
살을 에이는 혹한 속에도
멈출 새 없는 건설의 거대한 숨결!

　어제도 공장이 섰다
오늘은 극장이 선다
또 내일은
더 큰 건물들에 힘찬 엔진 소리가
언 땅을 울릴 것이다

　사나운 눈보라
어지러운 천후(天候)만이 아니라
그 흉포한 짐승 같던
히틀러 파시스트의 무리들과의
곤란한 전쟁 속에서도

오래인
씨비리의 꿈을
꽃피우고
새로운 씨비리의
행복을 세워가기 위하여

소비에트 정권은
오랜 세월을
추방과 유형의
눈보라와 불모의
망각과 심연의
건질 수 없던
이 씨비리—한복판에

스베르들로포스크
옴스크
노보시비르스크
오래지 않아 인구 백만을 헤일

숱한 도시들은 세워져 갔고
씨비리의 대공업화는
거침없이 진행되었다.

    우 우 우
사나운 이리떼 모양 아우성치며
달려드는 눈보라!

    오 이 눈보라 속인
삼동에도 아이스크림을 즐기는
씨비리 사람들은
오히려 그들이 반주하는
휘파람으로
벽돌장을 쌓아나갔다
벽돌장을 쌓아나갔다

    그리하여
눈 가운데

커다란 도시는
거인과 같이 생기어났다.

(1949.1)

씨비리 달밤

강언덕도
푸른 들도
얼음판도
눈에 쌓인
씨비리의 밤에
달이 떴다

행복한 동화 속에
사는 듯
나는 두꺼운 창 밖
넓은 길을 내다본다

행—하니 뚫린 길로
썰매가 간다
썰매 위엔
흰 수염 기다란
노인이 앉았다

깊은 밤
눈 쌓인 넓은 벌의
달 뜬 풍경은
자분자분 돌아가는
은시계를 보고 있는 듯

이윽고
비스듬 긴니편
전구공장에서 길게
들려오는 사이렌 소리

지금쯤 창 밖을
이야기 소리 즐거이
지나가는 발걸음은
저곳의
노동자들인가!

은시계의 연한 뚜께가

저절로 열려지며
곱디고운 음악이 들려오듯이
씨비리
희디흰 달밤에
전구공장 삼교대의
사이렌이 울리면

　너도나도
스타하노프
자랑과 행복에 넘치는
젊은 남녀는
교교한 밤길로 쏟아져 간다

(1949.1.)

크라스노야르스크

두메 아이들
산딸기와 꽃다발 가져오는
조용한 어느 역에서
씨비리 횡단열차는
잠시 쉬인다

차가 닿는 홈 앞
넓은 뜰에는
아담스런 화단이 가꾸어지고
그 앞에는 희디흰 돌비석 두 그루
나란히 서서 있도다

이 앞에 다가서는
무심한 발걸음
아 내 금시에
옷깃 여며지나니

—1898년 레닌

—1913년 스탈린
씨비리에 유형되실 때
이곳을 지나가시다

　거친 들에 해 뜨고
눈벌판에 놀이 붉던 씨비리
막막턴 곳아!
오늘은
하늘 높은 공장 굴뚝에 해 솟고
가없는 밭이랑에 해가 지나니!

　공산주의 새 단계로
돌진하는
찬란한 그대 품에서
이제 내 조국으로 돌아가는
행복한 길에

　이 희디흰 두 그루

당신들의 기념비는
내 마음에 잊힐 수 없이
가득히 넘치는 거대한 힘이어라

   산과일이며 꽃다발 가져오는
두메 아이들
비석 앞에 말없이 고개 숙이는
이방(異邦) 길손에게 한 아름
꽃뭉치를 내어밀으니

   마음속에 타는 불 손에 들은 꽃
들풀의 향기도 온몸에 배이는
씨비리 한적한 역에
내 끝없이 가득한 마음
다시금 다시금
당신들의 비석 앞에 다가서노라

(1949.8)

211

씨비리 태양

가도 가도 끝없는 밀보리 이랑
정오의 태양이
한데 어우러져
이글거리는 들판!

누런 들판은
흠뻑 풍성한
햇살을
마음껏 빨아들일 때

문틋문틋
곡식 익는 냄새에
숨막혀하며
넘치는 가슴의 가득한 기쁨을
근로에 바치는
이 나라 농민은 얼마나 행복들 하랴!

다시 백양나무와

백화숲 둘러선
시냇물을 찾아
수천의 양과 소를 몰고 가는
소년들의 유연한 노래

　하늘과 땅이
서로 맞닿아
눈부신 황금색 파도 물결치는
가없는 곳에

　즐거운 하루해를 마치고 돌아오는
이곳의 젊은 남녀들
저녁 바람 설렁이는 밀보리 이랑 사이
오솔길에서
주고받을 그들의 사랑

　아 오래지 않아
이 넓은 들로

묵직한 콤바인 종횡으로 날리며
또 한 해의 노력을 거두을 때에

　그들의 사랑 또한
열매를 맺어
첫눈이 창가에 피뜩이는
이른 시월엔
여기저기 쌍쌍의 결혼식도 벌어지려니

　북국의 긴 밤이
이슥토록 울려올
손풍금과 바라라이카에
사바귀 춤들!

　이글이글 타고 있는
씨비리 태양
그 아래 펼쳐진
무연한 들판

아 이곳에 함께 불붙는 나의 생명력!

　한낮에도 내 마음
넘치는 희열에
취해지도다

연가(連歌)

1

　해종일을
급행차가 헤치고 가도
끝 안 나는
밀보리 이랑

　이 풍경
내 고행과 너무 다르기
내 다시금
향수에 묻히노라

2

　메마른 산등성이
붉은 흙산도
높이 일군 돌개밭으로
지금은 유월 유두 한창때
밀보리 우거졌을
나의 고향아!

그곳에
하늘 맑고 모래 흰
남쪽 반부는
어머니가 계신 곳

돌개밭 밀보리
새로 패는 고랑 밑에는
설익은 보리마저 훑어가는
원수를 기다려
총부리 겨누고 섰을 나의 형제들

각각으로 차(車)는
조국에 가까워 와도
아 나의 마음
어찌하여 이리도
멀기만 한가

(1949.7)

스탈린께 드리는 노래

그는 "올리브나무는 만인을 위해 크는데 무엇 때문에 사람을 모욕하나"라고 말하셨다.

그는 누구나 다 포도주를 마시는 걸 원하시고 그는 아이들이 웃는 걸 원하시었다.

—산초 페리스

스탈린이시여!
당신께 드리는 나의 노래는
울창한 수림 속
작은 새의 노래와 같습니다

그러나 목청을 돋우어 부르는
나의 노래는
전에 없이 자유롭고
전에 없이 즐거우며 씩씩합니다

모든 것은 당신이 주셨습니다
울창한 수림 속 온갖 새들이
넘치는 새 생명과

아름다운 제 깃을 춤추고 노래하듯이

　당신은 주셨습니다
우리들에게 찬란한 새날의 노래
인류의 양심이 춤출 수 있는
위대한 스탈린 시대를……

　아 오늘 도도히 흐르는
전 세계 인민의 각성 위에서
평화와 자유를 위하는 진격의 깃발 밑에서
내 노래는 불러집니다

　그 얼마나 기다려지던 날이었습니까
두터운 얼음장 밑에서도
쉬지 않고 흐르는 큰 냇물같이
불러오던 우리의 노래

　오래니 막혔던 가슴 풀고
아 오늘은

아름다운 모국어 빛나는 제 나라 글로
사랑하는 인민 앞에 불려집니다

　우리는 노래합니다
당신의 커단 발자국
밝은 인류의 새 역사 위에
뚜렷이 그어지는 행복의 시대를……

　위대한 사회주의 10월 혁명이
빛나는 레닌 스탈린의 영도로
승리한 후에
오 이 세상엔 얼마나 큰 승리의 날개가
　펼쳐진 것입니까?

　나어린 열다섯에서
일흔의 높으신 연세 이르기까지
당신은 얼마나 굳세게 싸우신 것입니까!
얼마나 찬란히 세우신 것입니까!

　오늘 당신이 이끄시는
당신의 조국에서는
자기 당의 유일을 눈동자로 지켜오는
당신의 아들딸이 앞장을 서고

　아 오늘 인민이 주권을 찾은 여러 나라와
또한 찾으려는 모든 인민 앞에는
마르크스와 엥겔스 레닌과 당신을 본받는
모든 공산당과 노동당 어디에나 있으니

　새날의 합창은 우렁찹니다
온 세상 인민들이 당신을 우러러 받드는 노래!
목청을 돋우는 나의 노래도
거창한 이 숲에서는 작고 또 작은 새입니다

　늠름한 새 조선의 발걸음이여!
우리도 오늘은 조국의 초소에 서서
자주와 통일을 위하여

견결히 싸우는 공화국의 한 사람

  헤아릴 수 없이 크신 인격의 당신
온 세계 인류의 뜨거운 사랑이신 당신이시여!
우리들에게 자랑이 있는 것 그것은 당원이기에
우리들에게 기쁨이 있는 것 그것은 공화국 인민이기에

  나는 노래 부릅니다
즐거운 내 노래―그것은 우리 인민이 즐거운 때에
노호하는 내 노래―그것은 우리들이
원수를 향하여 용감히 싸워나갈 때―

  스탈린이시여!
당신은 우리들의 노래에 샘을 주시고
당신을 노래하는 우리들의 노래는
더욱더 목청이 높아집니다

(1949.7)

레닌 묘에서

　이른 새벽에서 밀려드는
끝없는 사람의 물결은
아 오늘도
당신을 뵈오러 모여온 사람들!

　굳게 잠겨진 사람들의 마음
암흑의 창문을 열어주신
당신이시여!

　이 가슴
피 끓는
그것이 곧장
인민의 품으로 치닫게 한
당신이시여!

　동방의 먼 나라
지금은 젊은 민주국가의
한 청년이

당신을 뵈오러 이 자리에 왔습니다

　아 오늘에도
대리석 침상에 조용히 쉬시는
거룩한 모습

　레닌이시여!
당신은
인류의 양심, 인류의 지혜
그리고
인류의 영광,

　당신 계시는
이 고요함
당신 계시는
이 엄숙!

　당신은 말씀 없으시어도

이 가슴 설레어
그저 무릎 꿇고자 하오나
오 앞에도 뒤에도 한없이 줄지어 이어 선 사람

　이른 아침 공장 가는 길에서 달려온
노동자들이여!
먼 콜호즈에서
우정 올라온 농민들이어!

　그보다도
당신의 아들딸들
여러 나라
새로운 인민의 나라에서 온
전에 없이 밝은 얼굴들이여!

　아니 그보다도
온 세계에서 찾아온 사람들
국적은 극악한 반동

영미와 불란서에 있으나
당신을 뵈오려고 이 나라에 온 사람들

　원수를 불같이 미워하며
다 각기 조국과 인민
평화와 자유를 지켜 끝까지 싸우려는
전사들이여!

　한없이 줄 져서는 그 마음
모두가 나 같으려니
나는 안타까이 그러나 새로운 힘에 넘쳐
발걸음 아껴 디디며
당신 앞으로 지나갑니다

　빛나는 태양!
불타는 태양!
소련의 태양!
민주의 태양!

아니 온 인류의 찬란한 태양이시여!

　붉은 광장 이 넓은 뜰
당신께서 쉬시는
바로 뒤에는
1917년
혁명의 영광과 더불어
이곳에 누워 있는 이름 없는 전사들

　크렘린 궁전
당신 뒤에 높이 솟아 있고
이곳에는
스탈린이 당신의 기치 높이 드시었나니

　스탈린!
스탈린!
그는 인민의 아버지
아 오늘의 당신

다시 이 앞엔
당신의 뒤를
목숨으로 따라간
크나큰 이름들!

오래니는 스베틀로프에서
가차히는 주다노프에 이르기까지
드제르스키
칼리닌
우렁찬 이름들!

오 찬란한 곳이여!
옛날에는 흐리기만 하였던
나의 마음 다시금
시간마다 시간마다 밝아오도다

오 힘찬 곳이여!
내 마음 어느덧

훨훨 높이높이 날아
조국의 인민 앞에 날아가나니

　어느 산기슭
푯말도 없이 죽어간
우리나라 혁명 투사들이여!
조국의 흙으로 돌아간
그대들이여!
귀 기울여
이 노래 들으라

　오 위대한 곳이여!
내 마음
용광로처럼
천 도(度) 쇳물로 끓고자 하노라

　크렘린 높은 시계탑에서

때마다 울려오는
유랑한 음악 소리

　홍보석 붉은 별 아래
사람들의
평안과 행복을 기울여주는
저 유랑한 음악 소리

　일찍이는
전제의 무거운 성문 억압의 천근
담벼락이었던
이 높은 성탑 긴 성벽에
보라! 여기
불멸할 이름을
남기고 간 그 사람들!

　그들은
만국 프롤레타리아트의 영예로운 전사들

근로하는 인민들의 용감한 선구자
이곳엔
영국 불란서 그리고 그 가운데는
우리 동양 사람의 이름도 있다

　자유를 사랑하는
억만 가슴속에
자랑으로 살아 있어
힘으로 나아가는 붉은 광장

　레닌 묘여!
크렘린이여!

　노래하자!
인류의 이름
위대한 레닌 스탈린의
이름으로
노래 부르자!

크렘린 높은 시계탑이여!
그대의 찬란한 음악을
그 장엄한
행복의 합창을—
그대를 생각하는
모든 사람들의 머리 위에
자유를 위하여 싸우는
모든 거리의 하늘 위에

우레처럼 울려라!
파도처럼 울려라!

(1949.3.)

김일성 장군 모스크바에 오시다

뛰노는 가슴이여! 솟구쳐라
온 세상이
새 역사를 외치는 거세인 날씨에
이 젊은 가슴아! 더 더 솟구쳐라

조소 양국의 깃발
휘날리는
모스크바에
우리의 장군은 오셨다

당신을 맞이하는
역두에
붉은 친위대의 사열은 씩씩하고
그들이 주악하는
우리의 애국가는 우렁차도다

스탈린이시여!
당신이 해방하신 나라

장군이시여!
당신이 이끄시는 나라
굳건한 조국은
이제 늠름히
민주와 평화의 전열에
어깨 가지런히 나섰다

　설레이는 가슴아 —외쳐라
위대한 사회주의 소비에트공화국연맹과
우리 조선민주주의인민공화국의
끝없는 결합을……

　당신들의 뜨거운 악수여!
이것은
이억과 삼천만의 힘찬 손잡음이다
젊은 가슴아! 더 더 외쳐라

　짓밟혔던 조국을

처음 세우는 우리들의
넘치는 환희여!
악독한 원수와의 싸움 속에서
흐르는 뜨거운 피들이여!

　이른봄 모스크바의
하늘에
조선과 소비에트의 깃발
찬란히 휘날리는
3월 17일

　삼천만의 가슴과
삼천만의 희망을 안고
우리의 장군은
평화와 자유의 수도로 오셨다

(1949.3.)

모스크바의 5·1절

감방으로 돌아오니 아홉시다 지금 크렘린의 시계는 열시를 칠
것이다. 그리고 붉은 마당에서는 행진이 시작되겠지! 아버지 우리
도 같이 갑시다.

—율리우스 푸치크

이른 아침부터
큰 거리는 사람으로 가득히 찼다
모두가 모두가
즐거움에 넘쳐
서로 손만 잡으면 춤출 수 있는
흥겨운 발걸음이다

거리거리에는
악대가 지나가고
오케스트라의 울리는
힘찬 행진곡
하늘 높이는
비행기가 떠간다

　백금색 제비 같은
저 비행기들은
앞으로 앞으로
크렘린 붉은 마당의 상공으로
스라바 스탈리누
글자를 지으며 날은다

　창 앞의 시레네(라이락)는
밤사이 푸른 잎을 펼쳤다
싱싱하게 물오른
그 가지에는
낯선 들새도 와 앉는
첫 5월 아침이다

　어머니 젖줄기 같은
보드라운 햇살을 받으며
저기
붉게 타오르는 이 나라 깃발

237

높이높이 쳐들은
플래카드의 붉은 천
그 사이사이
받들어 올린
레닌 스탈린의 초상을

　행렬은 가는 것이다
크렘린으로—
크렘린으로—
거기
붉은 광장
아버지 스탈린이 나오시는 곳으로

　스바스카야 시계탑
유량한 음악이
힘의 대열!
정의의 대열인 이 나라 군대의 행진을
재촉할 때에

모든 것은 그저 감격에 싸이고

  즐거움에 넘치는
생기에 넘치는
얼굴과 얼굴에
아버지 스탈린 사뭇 기뻐하시면
기쁘신 영수의 얼굴 뵈옵고
팔 젓는 어깨
춤추듯 율동하며
굳이 다물었던 입가에도
저절로 웃음이 벌어지는 이 나라 인민을

  아 이처럼 가슴 뛰는 날
나는 병상에 누워 있으나
마음은 어느덧
그리로—
그리로—
붉은 마당의

239

굳세인 행진에 발을 맞춘다

　발자국 소리는
힘차게
힘차게
내 마음속에 울릴 때
나는 불현듯
내 고향 생각과
내 조국 5·1절의 행진과
동무들의 노랫소리가 머리에 떠온다

　재작년 서울의 메이데이
지난해 평양의 메이데이
5월의 노래
인민항쟁가
내 머리는 가득해지며
승리의 날 승리의 노래를 외운다

아 나도 이 세상에 태어나
처음으로
마르크스 레닌의 당을 본받는
우리 당
우리 조선 인민의 선봉인
노동당에 몸을 바치어
빛나는 5·1절을 맞음이
이미 세 번째!

해마다 눈부시게
내 안계 넓어만 지는
5·1절이여!
온 세계
인민의 전위들이
발을 구르는 우렁찬 행진 속에서

올해는
위대한 중국

남경의 거리거리에서도
승리의 행진은 벌어지려니!
나는 어제날
나의 의사가
신문을 펴 들고 들려준
빛나는 중국의 남경 해방 이야기를
다시금 머릿속에 그리어본다

　위대한 중국인민해방군이
남경으로 행군할 때에
그곳의 대학생들은
꽃다발을 드렸다
꽃다발을 받아 들은 병사들은
그래도 쉬지 않고 앞으로
행진하였다

　우리를 해방하여 준 형님들이여!
당신들은 또 어디를 가십니까?

그들의 소매를 잡는
학생들에게
병사들은 대답하였다
―광동으로! 광동으로!

　찬란한 승리를 향하는
싸우는
온 세계 인민의
대열 속에서
나는 듣는다
우리의 노래
나도 동무들과 함께 부르던 씩씩한 노래

　꿈에도 잊을 수 없는 모스크바의
5·1절이여
아 나는 이처럼
헤아릴 수 없는 많은 사람이
한결같은 즐거움과

한결같은 행복감에
취하여 있는 것을 처음 보았다

　찬란한 모스크바의
5·1절이여!
나는 병상에 누워 있으나
내 몸에 넘치는 힘
내 마음에 샘솟는 즐거움
오늘처럼 가득하기는
처음이구나

(1949.5.1. 모스크바시립볼킨병원에서)

살류트 시편

붉은 표지의 시집

　장미처럼 붉은
가죽 표지의 시집
레닌 중앙박물관에서
본 시집
거룩하신 이의 젊은 시절에
어디엔가 머릿속에 남아 있었을
그 속의 시편!

　장미처럼
붉은 표지의 시집
그이의 손이 이르러
영광으로 채워진
네크라소프의 시집

(1949. 3.)

올리가 크니페르

<갈매기> 수를 드린
기인 막이 열리고
올리가 크니페르 그대가 나오면
관중들의 열광한 박수는
끊일 줄을 모른다

MXAT의 성장과
MXAT의 광영을
한몸에 지니고
오늘도
당신은 무대에 선다

올리가는
세계가 사랑하는
안톤의 부인
빛나는 소련의 인민배우

내일 모래가

일혼아홉인,
크니페르 체호프는
지금도 무대 위에 서면
네프류도프의 상냥한 아주머니

  청춘의 나라
소비에트여!
오 그대의 향그런 품에
당신의 올리가는
길이
청춘이어라

                              (1949.2.)

- **MXAT :** 모스크바예술극장
- 올리가 크니페르는 안톤 체호프의 부인이자 소련의 인민여배우. 므하트(모스크바예술극장) 50년의 역사와 함께 빛나는 여배우.

살류트

축포를 울린다
모스크바의
밤하늘에

상승(常勝) 붉은 군대
빛나는 창건의 밤에도

큰 바다로 물결치는
5·1절의
즐거운 밤에도

오 찬란한 승리와
새로운 평화
찾아온
밤과 밤에

축포는
나라 불타는 꿈인 양

온 하늘에
솟아오른다

　살류트여!
살류트!
모스크바의 하늘을
오색 꿈으로 수놓는 아름다운 그림아

　너를 꽃피우는
웅장한 저 불길!
저 불길
하나하나이
언제나 네 앞에 다가서는 모든 적
평화와 인류의 원수들을 물리쳤는가!

　붉은빛! 푸른빛!
전진(戰陣)에서는
진격과 집결을 명령하던

맹렬한 저 포화!

  아 네 이 밤에는
탐조등이 꾸며주는
꽃뭉치 꽃수레 위에
평화의 총진격과
행복의 총집결을 울부짖는가!

  축포! 축포! 울려라
천지가 진동하도록……

  축포! 축포!
울려라
온 하늘이 가득 차도록……

(1949.5.)

고리키 문화공원에서
—어린 동생에게

　고리키 문화공원
넓은 무도장에서
악대의 주악은
부드러운 왈츠로 흥겨워갈 때

　모스크바의 첫 여름밤은
시레네의
아네모네의 꽃향기
또 알 수 없는 풀잎의 냄새

　춤추는 스텝은
가늘은 현기에 취하여
자지러드는 선율에
온몸은 떠서 가나니

　이 화려한 무도장
바로 곁은 연못가
작은 배 위에 앉은 사람들

251

백조와 같이 미끄러져 가며

　건너편
어린이들의 오락장
목마는 즐겁게 즐겁게
호스러이 돌아가도다

　위대한 예술가의 이름 가진
이 공원 넓은 뜰에는
다시 거룩하신 이의 모습 높이 세워논
붉은 화강석 조상(彫像)의 스탈린이여!

　모스크바 강 넓은 운하의
시원한 저녁바람은
스미어들고

　러시아의 첫 여름밤은
줄로 선 백화나무

또는 플라타너스의
아늑한 나무 그늘

　사랑하는 누이야
미더운 동생아
우리는 이렇게 조국에서 먼 소련 땅에서
꿈꾸는 반밤을 즐기이도다

　근로와 휴식의 그 어느 때에나
넘치는 활기, 햇살같이 퍼지는 즐거움
가릴 길 없는
이 나라 청춘의 다슷한 쥐인 손이여!

　그리고 또
저 넓은 강 그 운하 위로
가벼이 기적 울리며
줄지어 오고 가는 수송선

그리고 또
저 넓은 강 그 운하 위로
시원히 가로지른
화려한 크린스키 철교!

또다시 강 건너
한밤에도 불야성 이루는
모스크바의 장안
메트로 정거장의 찬란한 등불

모든 것은 가벼이 가벼이
춤추며 돌아가는 내 안계에
주마등으로
스치며 가도다

사랑하는 누이 미더운 동생
이 나라에서
새로운 과학과 기술을 배우는

우리 조국의 어린 일꾼들아!

　돌고 도는 춤자리
유랑한 멜로디에도
내 마음 더욱더
맑아오는 기쁨은

　새 조선의 중앙인 평양성이나
빛나 오를 우리의 서울에서도
머지않아 예와 같은
우리의 앞날

　모스크바의 첫 여름밤은
시레네의
아네모네의 꽃향기
또 알 수 없는 풀잎의 냄새

(1949.6)

'프라우다'

　모스크바의 달이
밝기도 전에
나는 갑니다
지하철의 매점을 찾아

　아침 식탁 위에
놓여지는 신문도
기다리기 어려워……

　"프라우다여!"
위대한 레닌 스탈린 당의
입이여!
나는 오늘 아침도
무엇보다 당신의 말이 듣고 싶습니다

　"프라우다"여!
볼세비키당의 빛나는 역사
진정한 세계사의
연대지여!

　그저께는 당신의
귀한 지면 속에서
우리나라의
「조국전선」「결성」「제의문」
이러한 단자를 읽어왔으니

　아마도 오늘쯤은 우리 조국
모든 인민의
찬성하는 환호 소리가
들리겠지요

　모스크바의 날이
새기도 전에
나는 갑니다
당신의 말을 들으려
지하철의 매점을 찾아……

(1949.6.)

우리 대사관 지붕 위에는

레닌이시여!
오늘도 당신이 누워 계시고
스탈린이시여!
당신 계시는 영광의 모스크바—

오늘은 모스크바의 하늘에
우리의 깃발을 달읍니다
오 조국과 몇만 리 떨어진
먼 곳에서도
제 나라의 깃발을 날릴 수 있는 이 기꺼움

크렘린 높은 첨탑에
붉은 별 더욱 빛나게 아침해를 받으며
오렌지빛으로 물들은
내궁의 지붕 위에
붉은 기 찬란히 휘날리는 모스크바—

빛나는 조국전쟁에서
온 세계에

평화를 가져온 나라
그리하여 이 세상에
잃어졌던 수많은 깃발을 새로이 날리게 한 나라

　오늘은 이 나라 수도에
우리의 깃발도 날립니다
한겨울 쌓였던 눈이 녹아내리는
지붕과 지붕에
3월 초하루의 빛나는 아침 햇살이 맑게 퍼져나갈 때
우리 대사관 지붕 위에는
우리의 깃발이 휘날립니다

　오 이날 3·1절
30년 전 그날엔 우리 모든 인민이
제 강산을 피로 적시며
"독립 만세"를 죽음으로 외치던
싸움의 날이여!
우리 그저 자유를 향하여 치닫기만 했더니……

　보라! 오늘의 3월 초하루
왜적의 철쇄는 이미
빛나는 소비에트의 힘으로 끊어져 버렸고
다시 그의 뜨거운 악수는
지금 모스크바의 하늘에
우리의 보람 휘날리게 하고 있도다
깃발! 깃발! 자유와 행복을
노래하는 듯 나부끼는
새 나라의 기!
평화와 행복의 높은 성새에
이를 위한 싸움에는 누구보다 용감한
이 나라 따라
저마다 모여 서는　씩씩한 깃발들!

　오늘은 지난날 왕궁의 깃발이 아니라
새로운 인민의 깃발인
불가리아 루마니아 헝가리의 깃발들
지금은 어제날 부르주아 국가의 상표가 아니라

빛나는 인민의 깃발들인 폴란드와 체코의 기

　이 속에서 우리는
우리의 찬란한 새 깃발을 달읍니다
온 세상 인민들은 통틀어
평화와 국제 안정을 위한 싸움에
달려나올 제
우리도 두 손 높이 쳐들며
오늘은 찬란한 우리의 새 깃발을 날립니다

　새 조선의 앞길이 퍼덕이는
삼천만의 결의가 맺히인
아 빛나는 우리의 깃발도
오늘은
맑고 맑은 모스크바
이처럼 높고 이처럼 눈부신 하늘 위에
순풍을 맞이한 돛폭과 같이 나부낍니다

(1949.3.)

보유편

시집에 실리지 않은 시편들

목욕간

내가 授業料를 밧치지 못하고 停學을 바더 歸鄕하엿슬 째 달포가
넘도록 淸潔을 하지 못한 내 몸을 씨서볼녀고 나는 浴湯엘 갓섯지
쓰거운 물 속에 왼몸을 잠그고 잠시 아른거리는 精神에 陶醉할
것을 그리어보며
나는 아저씨와 함께 浴湯엘 갓섯지
아저씨의 말슴은 「내가 돈주고 째씻기는 생전 처음인 걸.」 하시엇네
아저씨는 오늘 할 수 업시 허리굽은 늙은 밤나무를 베혀 장작을
만드러 가지고 팔녀 나오신 길이엿네
이 古木은 할아버지 열두살 적에 심으신 世傳之物이라고 언제나
「이 집은 팔어도 밤나무만은 못팔겟다.」 하시드니 그것을 베여가지
고 오셧네 그려
아저씨는 오늘 아츰에 오시어 이곳에 한 개밧게 업는 沐浴湯에
이 밤나무 장작을 팔으시엇지
그리하여 이 나무로 데인 물에라도 좀 몸을 대이고 십흐셔서 할아
버님의 遺物의 副品이라도 좀더 갓차히 하시려고 아저씨의 目的은
째씻는 것이 안이엿든 것일세
세 시쯤해서 아저씨와 함께 나는 浴湯엘 갓섯지
그러나 문이 다처 잇데그려
「엇재 오늘은 열지 안으시우」 내가 이러케 물을 때에 「네 나무가

쩌러저서」 이러케 主人은 얼벙으리엿네

「아니 내가 앗가 두 시쯤 해서 판 장작을 다— 째엇단 말이요?」
하고 아저씨는 의심스러히 뒷담을 처다보시엿네

「へ, 實は 今日が 市日で あかたらけの 田舍っぺ―が 群を
なして 來ますからねえ.」하고 쏼쩍가티 생긴 主人은 구격이 맛
지도 안케 피시시 우스며 아저씨를 바라다보앗네

「가자!」

「가지요」 거의 한째 이런 말이 숙질의 입에서 흘러나왓지

아저씨도 夜學에 단이서서 그짜위 말마듸는 아르시네 우리는 괘
ㅅ심해서 그곳을 나왓네

그 이튿날일세 아저씨는 나보고 다시 沐浴湯엘 가자고 하시엿네

「못하겟슴니다 그런 더러운 모욕을 當하고………」

「음 네 말도 그럴 듯하지만 그래두 가자」 하시고 강제로 나를 끌
고 가섯지

(朝鮮文學, 1933.11)

▪ 시 내용 중에 일본어는 "에, 사실은 오늘이 장날이라서 때투성이 시골뜨기들이 떼지
어 오기 때문에."라고 하는 뜻이다.(편자주)

캐메라 · 룸

(寫 眞)

어렷슬 때를 붓드러 두엇든 나의 거울을 본다. 이 놈은 進步가 업다.

(不 孝)

이 어린 병아리는 人工孵化의 엄마를 가젓다. 그 놈은 正直한 不孝 다.

(白合과 벌) BAND "Lily"

벌은 이곳의 조그만 喇叭手다.

(復 讐)

—흥, 미친 자식!

그 놈을 비웃고 나니 그 놈의 애비가 내게 하는 말이 생각난다.

이것도 無意識中의 조고만 復讐라 할까?

(落 苨)

무디인 食칼노 꽃비눌을 훑는 젊은 바람의 食慾. 나는 멀—니 낙 시질을 그리워한다

(落 葉)

「아파―트」의 푸른 紳士가 떠난 다음에
산새는 아츰 日課인 철느진 「소― 다」水를 斷念하엿다.

(서 낭)

仁義禮智―
當五.
當百.
常平通寶.
一錢. ―光武 二年―(略)

이 조그만 古錢蒐集家는 赤道의 土人과 가티 알몸둥이에 寶石
을 걸엇다.

(朝鮮日報, 1934.9.5)

面事務所

新作路 가으론 조그만 함석집이 잇습니다.
琉璃窓은 人造絹처럼 뻔적어리고
村民들이 稅金을 밧치려 들어갑니다.

(朝鮮日報, 1936.10.13)

가 을

　바람이 불지 안허도
가랑닙흔
한닙, 두닙, 떠러집니다

　산과 들에는
단풍이 한창이어서
벌거케 숫불처럼 피인게
그래두는 덥지 안코
선선하기만 합니다.

(朝鮮日報, 1936. 10.13)

旌 門

廉洛·烈女不敬二夫 忠臣不事二君

烈女를 모셨다는 旌門은 슬픈 울 窓살로는 음산한 바람이 숨이여들고 붉고 푸르게 칠한 黃土내음새 진하게 난다. 小姐는 고흔 얼골 房 안에만 숨어 앉어서 색시의 한 시절 三綱五倫 朱宋之訓을 본받어왓다. 오—물레 잣는 할멈의 珍奇한 이야기 중놈의 過客의 火賊의 초립동이의 꿈보다 鮮明한 그림을 보여줌이여. 식거믄 사나이 힘세인 팔뚝 무서운 힘으로 으스러지게 안어준다는 이야기 小姐에게는 몹시는 떨리는 食慾이엿다. 小姐의 新郎은 여섯 해 아래 小姐는 시집을 가도 自慰하엿다. 쑤군 쑤군 짓거리는 시집의 소문 小姐는 겁이 나 病든 시에미의 똥맛을 할터보앗다. 오— 孝婦라는 소문의 펼쳐짐이여! 양반은 죄금이라도 상놈을 속여야 하고 자랑으로 눌으려 한다. 小姐는 열하홉. 新郎은 열네살 小姐는 참지 못하야 목매이든 날 양반의 집은 삼엄하게 交通을 끈코 젊은 새댁이 毒蛇에 물리랴는 郎君을 救하려다 代身으로 죽엇다는 슬픈 傳說을 쏘다내엿다. 이래서 생겨난 孝婦烈女의 旌門 그들의 宗親은 家門이나 繁華하게 만들어 보자고 旌門의 光榮을 붉게 푸르게 彩色하엿다.

(詩人部落, 1936.11)

夜 街

쓰르개ㅅ바람은 못 쓰는 休紙쪽을 휩싸아가고

덤門을 척, 척, 걸어닫은 商館의 껍데기 껍데기에는 맨— 포스터—
투셍이.

쫙— 펴지는 繁華街의 포스터—

酒甫

초저녁 북세통에 갓을 빗뚜로 쓴 시골령감

十年知己처름 그 뒤를 따라나가는 늙은 좀盜賊!

陰險한 눈짜위를 구을리며 쑹덜쑹덜 수군거리는 거지

헌— 구두를 홈키여잡고 다라나는 애편쟁이 눈섶이 싯푸른 淸人
은 홈침홈침 괴침을 츳석어리며 어둠 밧그로 나온다.

不安한 마음

不安한 마음

生命水! 生命水! 果然 너는 阿片을 가젓다.

술맛이 쓰도록 生活이 고달픈 밤이라 뒷문이 아즉도 입을 다물지
않은 中華料理店에는 강단으로 精力을 꾸미여 나가는 賣淫女가 방
게처름 뻣낙질을 하엿다.

컴컴한 골목으로 드나드는 사람들 — 골목 뒤로는 옅은 추녀 밑

으로 식거믄 服裝의 巡警이 굴뚝처름 웃둑 다가섯다가 사라지고는
사라지고는 하엿다.

映畵館— 歡樂境—. 撞球— 麻雀俱樂部— 賭博村.

(詩人部落, 1936.12)

宗 家

　돌담으로 튼튼이 가려 노은 집안엔 거믄 기와집 宗家가 살고 있었
다. 충충한 울 속에서 거믜알 터지듯 허터저나가는 이 집의 支孫들.
모도다 싸우고 찢고 헤여저나가도 오래인 동안 이 집의 光榮을 직히
여주는 神主들은 대머리에 곰팽이가 나도록 알리워지지는 않어도 宗
家에서는 武器처름 앳기며 祭祀날이면 갑작이 높아 祭床 우에 날름히
올라안는다. 큰집에는 큰아들의 食口만 살고 있어도 祭祀날이면 祭祀
를 지내러 오는 사람들 오조할머니와 아들 며누리 손자 손주며누리
칠춘도 팔춘도 한테 얼리여 닝닝거린다. 시집갓다 쪼껴온 작은 딸 과
부가 되어 온 큰 고모 손꾸락을 빨며 구경하는 이종언니 이종옵바.
한참 쩡쩡 울리든 옛날에는 오조할머니 집에서 동원 뒷밥을 먹어왔다
고 오조할머니 시아버니도 남편도 동네 백성들을 곳—잘 잡어드려다
모말굴림도 식히고 주릿대를 앵기엿다고. 지금도 宗家 뒤란에는 중복
사나무 밑에서 대구리가 빤들빤들한 달갈구신이 융융거린다는 마을
의 풍설. 宗家에 사는 사람들은 아모 일을 안해도 지내왔었고 代代孫
孫이 아—모런 재조도 물리여 밧지는 못하야 宗家집 영감님은 近視
眼鏡을 쓰고 눈을 찜찜거리며 먹을 궁니를 한다고 作人들에게 高利貸
金을 하여 살어나간다.

(風林, 1937.2)

船夫의 노래·1

커피—한 잔에 온—밤을 興奮하다.
죄그만 게집애를 보는 눈의 疲勞함이여! 실타!
하것만 依持업는 마음은 묵어워, 묵어워……… 쇠갈구리 닷 모양, 悔恨의 구렁에 가러안젓고.

이 밤이여! 이 밤이여!
豊艶한 멜로디와 춤에 얼리어,
分別업는 스텝은 衰弱한 마음을 함부로 짓밟으며,
견딜 수 업는 괴로움이 蓄音機 바늘처럼 도라가도다.

발길에 채이는 倦怠로다.
슬픔과 슬픔의 조약돌이여!
커피 한목음에 목을 축이여
이제 나는 누구와 悲哀를 相議해보랴.
실타!
젊음의 意氣와 蠻勇을 浪費한 다음
衰殘한 마음속에 나의 靑春은 떠나갓거늘,

배를 젓는 사공이여!
씩씩한 사람이여!
비린내에 저즌 漁浦에 漂流하야 온 ─靑春의 航路를 그르치엿고,
녹스른 닷, 悔恨의 쇠갈구리는 어두운 海底에 잠기엿거늘,

우중충한 커피잔이여!
맑은 적 업는 붉은 茶水여!
누가 나의 녹쓰른 悔恨의 닷을 감어 올리랴
하롯날의 日課를 茶ㅅ잔으로 計算해오며
스스로히 제 마음도 속여오거늘.

(朝鮮日報, 6.13)

• 이 작품은 원래 '船夫의 노래'로만 되어 있는데 <船夫의 노래·2>가 있기에 편자가
  <船夫의 노래·1>로 한 것이다.

船夫의 노래·2

安定할 줄 모르는 動物들의 애달품이여!
뛰도라 단이는 四肢의 고달븜이여!
온—밤
燈 한송이를 밝히지 않고 衰殘한 마음이 나무뿌리처름 어두운 孤
寂 속으로 번어나도다

울커니 나도 배 안의ㅅ 사람
花草盆과 같은 憂愁 속에 너는 뿌리를
돗궈보느냐?

野心의 巨大한 아궁지에 石炭을 욱여너흐며
사나운 물결과 싸워오기에
너의 피와 너의 땀은 찝질한 너의 털어귀를
거세게 키워났느니
본시 너는 바다를 찾어왔드냐,
본시 너는 바다로 쫓겨왔느냐!

다음 港口의 殘忍한 快樂을 찾어

疲困한 몸을 起重機로 달어올리고
한밤!
침침한 船倉에서 너는 賭博을 하야봣느냐?

　二等船室에서는 病든 鶴과 같이 목이 가는 貴公子가
甲板으로 걸어나오며
비린내나는 달빛 아래에 울고 있었다
너는 울어봣느냐!

　암말도 않고 타구를 내여 밀으면
貴公子는 吐하여 보고
또 그는 바다로 뛰여들엇다

　港口가 가차히 밤이 무더워지면
沙漠으로 通하는 子午線의 흰 그림자
사공이여! 쫓겨온 사람
印度와 아라비아人의 頭巾이 더워에 느러붓는다

욱여 타오르는 火口와 體溫 속에서
너는 어떠한 情熱을 익혀(習) 왓드뇨?

얼골이 검은 植民地의 靑年이 있어
여러 나라 水兵이 오르나리는 저녁 埠頭에 피리 부으네
낼룽대는 毒蛇의 가는 셧바닥을 달래보네

잠재울 수 없는 歡樂이여!
病든 官能이여!
가러귀처름 검은 피를 吐하며
不吉한 입가에 술을 적시고
아하 나는 엇지 歲月의 港口 港口를 그대로 지내왓드뇨?

(子午線, 1937.11)

▪ '가러귀처름'에서 '가러귀'는 '기러귀'가 아닐까 한다.

小夜의 노래

　무거운 쇠사슬 끄으는 소리 내 맘의 뒤를 따르고
여기 쓸쓸한 자유는 곁에 있으나
풋풋이 흰눈은 흩날려 이정표 썩은 막대 고이 묻히고
드런 발자욱 함부로 찍혀
오즉 치미는 미움
낯선 집 울타리에 돌을 던지니 개가 짖는다.

　어메야, 아즉도 차디찬 묘 속에 살고 있느냐.
정월 기울어 낙엽송에 쌓인 눈 바람에 흐트러지고
산짐승의 우는 소리 더욱 처량히
개울물도 파랗게 얼어
진눈깨비는 금시에 나려 비애를 적시울 듯
徒刑囚의 발은 무겁다.

(四海公論, 1938.10)

마리아

1

탱자나무 울타리안에 잇는 別莊에는 노—란 꽃송이가 망울 때에서부터 푸른 열매가 커질 때까지 素服한 마리아, 마리아는 노상 寢床에 누어 잇섯다. 無情하고나. 쓸쓸한 하로하로, 그의 化粧은 아모도 보는 사람이 업다.

뜰 아페는 가느단 噴水가 조용히 소사오르고 해ㅅ벼치 포근—한 잔디 우에선 심부름하는 나어린 少女가 까닭업시 졸고 안젓다.

小都市의『웨이트레쓰·마리아』는 아모도 업는 別莊에서 저 홀로 눈물지운다. 오늘도 건너편 언덕의 牧場에서는 늙은 牧童이 牛乳ㅅ병을 자전거에 실고 차저왓섯다.

바람 한점 불지 안컷만 뒤란의 梧桐이픈 한 입, 한 입, 힘업시 떠러진다.『마리아』는 조용헌 툇마루에 藤의자를 내여다노코 오라지 안허 生産하려는 어린아이의 토테보선에 繡를 놋는다.

그는 또한 自己의 쓸쓸한 生活에도 오라지 안허 落葉이 오리라는 豫感을 무엇으로 숨기어볼까.

이곳과는 멀—리 急行車가 하로에도 五六次 쉬고 가는 停車場 아페 가녈핀『마리아』어디로 갓는지도 모르는 나어린『마리아』가 다시 슬픈 사치(奢侈)의 길로 도라오기를 그의 동무, 여러 동무들은 나즉한 二層 미테서 밤마다 손님과 노래부르며 기다리엇다.

2

五月에는 그 노—란 탱자꽃들이 느께서야 피기 시작하엿고 이슬
비 나리는 밤엔 울타리ㅅ 가에서 진한 꽃가루의 냄새가 훈훈이 풍기
어 입맛을 덧친 『마리아』는 종내 어즈러웟다.

울타리 넘어 멀리 보이는 내ㅅ가 뚝의 모래바테는 새로 자라난
落花生의 어린 넝쿨들이 다복—이 한데 엉키고 마당ㅅ 가의 연못은
山골작이 돌 틈새에서 흐르는 개울물을 끄은 것이라 맑고 차기 할
량이업다.

오직 『마리아』를 위로하는 것은 病잇는 사람이 고요한 自然 속에
서 느끼듯 아슬—한 그의 追憶뿐일까— 아련히 그의 할아버지는
깨끗한 藥물 앞에 갓끈을 씻고 나어린 『마리아』 코흘리는 『마리아』
는 죄—그만 유리병에 물을 담는다.

한결가치 풍기는 噴水가으로 갑작이 흐뜩흐뜩 날기 시작하는 물자
마리의 쌍쌍이— 문득 차차로 길어지는 나무그늘 속에 쓰르람이의
비인 허물이 흐터저 잇고 나어린 가을버레들이 생겨날 때 『마리아』
는 終乃 사나히의 상의에 지고 말엇다.

　가시낭구 울타리 가차이 좁드란 화초밭에는, 갓 자란 嬰鷄들이 제대로 튀어나간 鳳仙花의 까만 씨들을 쪼아먹고, 그 옆에는 다듬지 않은 굴팜나무로 깎아 세운 적은 十字架.

　날마다 날마다 '마리아'는 해질녘이면 이 조용한 花壇에 물을 뿌린다.

　또 하나 그와는 다른 女人이, 그보다 먼저 이곳에 와서 (주인의 아기를 빌으다) 死胎를 낳고 간 쓸쓸한 무덤 앞에 차차로 무거워가는 몸으로 찾어나온다.

　낙엽이 지랴고 하면서부터 건너편 언덕의 牧場에서는 늙은 牧童이 하로에도 몃 차레나 근심스러히 『마리아』를 차저왓섯다.

　뜻 아니하고 얻을 귀여운 아가를 위하여, 늙은 牧童은 오늘도 自轉車로 휘파람 불며 病든 産母의 藥을 지으려 漢藥局이 잇는 邑으로 나려갓섯다.

　『마리아』는 무료히 안저 잇다가 생각난 듯이 보낼 곳 없는 便紙를, 日記의 대신으로 적어나간다.

　無情하고나. 쓸쓸한 하로하로『마리아』를 차자주는 通信이라곤 每月에 한 차례, 사나히게서 오는 비인 封套와 小切手 한 장.

　그는 어느날 잠 속에서 자기가 아모것도 입지 안코 자는 모양을 보앗다. 『마리아』의 불어오르는 배는 마치 춘여 우에 매처진 하—얀 박통과 갓다.

배 안에서부터 발버둥치는 이 어린아이는, 어언간 『마리아』의 모습을 하여가지고 몹시는 그를 협박(脅迫)하리라.

싸느란 달밤에도 탱자나무 울타리에는 그 노—란 열매들이 하나하나, 그 노—란 빗갈이 하나하나, 보이는 것만 갓타여진다.

『마리아』는 문득 잠이 깨여 탱자열매가 풍기는 아늑—한 좁내에 고개를 묵어히 숙이지 안을 수 업다. 쓰지 못하는 實果의, 먹지 못하는 果일의, 이리도 애처로운 香臭여!

『마리아』에게 産氣가 잇는 날 먼—곳에서 産婆는 人力車를 타고 차저왓섯다. 그리고는 三七日이 채 지나지 안허 늙은 牧童이 어린 아기를 안고 건너편 언덕으로 가버리엇다.

電報 한 장 『마리아』는 사나히에게 치지 안헛다. 그가 오랫—동안 머믈엇든 別莊을 떠나려고 짐을 싸는 날 그 아름다웁든 탱자나무의 울타리엔 해맑앗토록 노—란 열매도 누구의 손에 따갓는지 하나도 업고, 쓸쓸한 바람이 불며, 입새만 차차로 무심히 落葉이 질 뿐.

『마리아』가 비인 房안에 『람프』를 돗구고 옷독이 안저, 인제는

다시 슬픈 奢侈에로 길을 옴기려 할 때 化粧을 하는 그의 겨테는
가을이 깁고, 쌀쌀한 바람이 일고, 이미 철느진 『마리아』의 모시초
마엔 치위를 익이지 못하는 나어린 귀뚜리가 주름폭 사이로 뛰어
들엇다.

(朝鮮日報, 1940. 2.8~9)

江을 건너

　모닥불. 모닥불. 은은히 붉은 속. 차차 흙밑에는 冷氣가 솟고. 재되어 스러지는 태(胎). 江건너 바람이, 날 바보로 만들었구료. 파락호 胡酒에 운다. 石油ㅅ불 끔벅이는 土담ㅅ 방 북덱이 깐 土담ㅅ 房속에. 빽빽이는 간난애. 간난애 배꼽줄 産母의 미련을 끊어. 모닥불. 모닥불 속에. 은은히 사그러진다.

　눈 녹어. 地平 끝, 쪼차오는 믿어운 숨ㅅ 결. 아즉도 어두운 영창의 문풍지를 울리며. 쑤성한 논두렁. 종다리 돌을 던지며. 고흔 흙. 새풀이 나온다. 보리. 보리. 들ㅅ 가에 흐터진 농군들. 봄밀. 봄밀이, 솟처오른다. 졸. 졸. 졸. 하눌 잇는 곳. 구름 이는 곧. 샘물이 흐르는 소리.

　해마다, 해마다. 江을 건늬며. 江을 건늬며. 골작이 따라 오르며. 며츨式, 며츨式, 불을 싸질러. 밤하눌 끄실렀엇다. 풀먹는 사슴이. 이슬마시는 山토끼. 모조리 쫓고. 祖上은 따뷔 이루고. 무덤 만들고. 시꺼먼 뗏장우에 山나물 뜯고. 이 뒤에사 이 뒤에사 봄이 왔엇다.

　엇지사 엇지사 울을 거시냐. 禮成江이래도 좋다. 城川江이래도

좋다. 두꺼운 얼음짱 밑에 숨어 흐르는 우리네 슬픔을 건너. 보았느
니. 보았느니. 말없이 흐르는 모든 江물에. 松花. 松花. 송애까루가
훙근—히 떠나려가는 것. 十日平野에 뿌리를 박고. 엇지사 울을 거
시냐. 꽃가루여. 꽃수염이여.

(文章, 1940.7)

첫서리

깊은 산 골짜구니에
숯굽는 연기,
구름과 함께 사라지다
구름과 함께

얕은 집 울안에
장때를 들어 꽃일 따는 어린애
날마다 사다리 놓고
지붕 우에 올라 가드니

홍시 찍어먹는 가마귀, 검은 가마귀가
少年을 부른다.
무서리 나린 지붕 우에
멀고 먼 하늘이 있다
구름이 있다.

(朝光, 1940.12)

고향이 있어서

　잠자는 약을 먹고서
나—타샤는 고히 잠들고
나만 살었다.

　나—타샤는 마우자, 쫓긴 이의 딸
나 혼자만 살었느냐
고향이 있어서……

　또 다시
메르치요. 메르치요. 메르치요. 메르치.
매양 힘에 겨운 사무를 보고
점심시간 집웅 우에 나오는 즐거움

　나—타샤의 어머니와 마조 앉으면
우리 옛날은 모조리 잊으십시다.
어두운 집웅 속에서……

　엄마가 주무시든 방
높은 다락 안에서

능금이 썩는 향내에 잠을 못한 밤이 있었읍니다.

　안개 낀　거리를 나려다보며
우리 다아만 눈물 속에
달큼한 입맛을 나눠봅시다

　나아타샤와 나의 쓸쓸한 사랑엔
오즉 눈물밖에 난홀 것이 없었느니
차디찬 방안에
둘이서 웃기사 했소.

　임자없는 그의 생일날
스믈하나의 기인 촛불을 쓰고
조선백지에는 붓글시로다
나―타샤, 베드로프나의 이름을 적어
고요히 살우어 버립시다.

　지난날의 풍습이지요.
고향이 있어서……

　나―타샤는 고히 잠들고
나만 살었다.
나 혼자만 살었느냐
고향이 있어서……

　아버님
내가 혹시 고향에 가면, 그리고 그때가 겨울이라면
고히 쌓인 눈을 헤치고라도
평생에 조와하시는 술. 고진음자 술.
그 대신에 성냥불만 그어도 불이 붙는 술.

　웍카, 웍카
이제 와선
마우자의 화주를 뿌려 드리우리다. 고향이 있어서……

(朝光, 1940.12)

旅 程

또 한번 멀―리 떠나자.
거기
港口와 파도가 이는 곳
午後만 되면 會社나 官廳에서 물밀듯 나오는 사람
나도 그틈에 끼어 천천히 담배를 물고
뒷골목에 삐끔삐끔 내다보는
소매치기, 行旅病者, 어린 거지를 다려다보며
다만 떠나려가는 널판쪽 모양 몸을 마끼자.

　거기,
날마다 드나드는 異國船과 海關의 倉庫가 있는 곳
나도 낯설은 거리에 서서
港口와 물결과는 아무런 관계가 없는, 會社員이나 官廳사람과 같이
우정 그네들을 따러가 보자.
그러면,
恒常 기계와 같이 돌아가는 季節 가운데
雨水가 지나고 驚蟄이 지나
고향에서는 눈 속에 파묻힌 보리 이랑이 물결치듯 소근대며 머리

를 들고
江기슭 두터운 어름짱이 터지는 소리,
이때의 나는 무엇이 제일 그리울거냐.

　찾어온 발길이 아주 맥히는 바닷가에서
그때, 나의 떠나온 道程이 무엇인가를 생각해보자.
新開地 비인 터전에
새로히 포장치는 曲藝團의 쇠망치 소리.
내가 무에라 흐렁흐렁 울어야는지,
우두머니 그저 우두머니
밤과 낮, 둘밖에 없는 世上에
으째서 나 홀로 집을 버렸나. 집을 버렸나.

(文章, 1941.4)

蓮花詩篇

곡식이 익는다. 풀섶에 버레가 운다. 이런 때 蓮잎은 지는 것이다. 차고 쓸쓸한 꽃잎 하나 줄기에 부치지 않고 蓮잎은 지는 것이다.

一年 가야 쇠통 맑은 적 없는 시꺼먼 시궁창 속에 거북은 보는 게었다.

봄ㅅ 철 갈라지는 어름ㅅ 장, 여름찾어 점벙대던 개구리새끼. 모든 것이 沈澱하였다. 모든 게, 오즉 까라앉을 뿐이었었다.

蓮잎이 시들면, 蓮잎이 시들면, 심심한 水面우에 또 한 해의 香氣는 스미어들고,

물 속에 차차로 가러앉는 오리털,

이 속에 손님이 오는 것이다. 아무런 表情도 없이 아무런 기맥도 없이 밤이슬은 나리어 서리가 된다.

소 몰고 돌아가는 저녁길, 저녁길의 논두렁 우에 푸뜩 푸뜩 풍장치며 흩어지는 農사꾼.

五穀이 익은 게었다. 곡식이 익은 게었다.

☆

웅뎅이에는 落葉이 한겹 물 우에 쌓이드니 밤마다 풀섶에는 가을버레가 울고, 落葉이 다시 모조리 가라앉는 날, 죄그만 魚族들은 보드라운 진흙 속에 蓮뿌리 울타리 하여 길고 긴 겨울잠으로 빠지

는 것이었었다.

한때는 그 넓은 이파리에 함촉 이슬을 밧드렸을 蓮잎조차 잠자는 미꾸리와 그머리의 등을 덮는 것이나, 두 눈 감고 깊은 생각에 잠기인 거북이의 등 우엔, 거북이의 하늘 우엔 살얼음이 가고 그것이 차차로 두꺼워질 뿐.

깜한 머리 따 느리는 밤하늘에도 총총하던 별 한 송이, 별 한 송이 비최지 않고, 히부연 어름ㅅ장에는 붉은 물든 감잎이 끼어있을 뿐.

한겨울은 다시 얼어붙은 웅뎅이에 눈싸리를 쌓어 언즈나 어둠 속에 가라앉은 거북이는, 목을 느려, 구정물 마시며, 半年동안 밤이 이웃는 俄羅斯의 獄窓과 같이, 맛읍는 울움에 오! 맛없는 을음에 보드라운 悔恨의 진흙구뎅이 깊이 헤치며 뜯어먹는 미꾸리와 저(거)머리.

두꺼운 어름짱 밖으로 連이어 깜깜한 어둠이 흐른다 해도, 구름 속에 上弦ㅅ 달이 오른다 해도 거북이의 이고 있는 하늘엔 히부연 어름짱이 깔려 있을 뿐, 한 사리 싸락눈이 쌓여있을 뿐.

(三千里, 1941.4)

오장환전집

歸蜀途
—廷柱에 주는 詩

　巴蜀으로 가는 길은
西域 三萬里.
뜸북이 울음우는 논두렁의 어둔 밤에서
길라래비 날려보는 외방 젊은이,
가슴에 깃든 꿈은 나래 접고 기다리는가.

　흙몬지 자욱—히 이는 장거리에
허리끈 크르고, 대님 크르고, 끝끝내 옷고름 떼고,
어둑컴컴한 방구석에 혼자 앉아서
窓넘에 뜨는 달, 上弦ㅅ달 바라다보면 물결은 이랑 이랑
먼 바다의 香氣를 품고,
巴蜀의 印朱빛 노을은, 차차로 더워지는 눈시울 안에—

　풀섶마다 小孩子의 棺들이 널려있는 뙤(되)의 땅에는,
너를 기두르는 一金七十圓也의 쌀러리와 죄그만 STOOL이 하나
집을 떠나고, 眷屬마자 뿌리어치고,
장안 술 하룻밤에 마시려 해도
그거사 안되지라요, 그거사 안되지라요.

　巴蜀으로 가는 길은
西域 하눌밑.
둘러보는 네 우슴은 룡천病의 꽃피는 우름,
구지 서서 웃는 거믄 하눌에
상기도 날지안는 너의 꿈은 새벽별 모양,
아— 새벽별 모양, 빤작일 수 있는 것일까.

(春秋, 1941.4)

咏 唱

　어슴프레한 저녁때까지
하눌은 보라빛
내 흰 옷마저 왼통 보라빛으로 물들을 때
아 나는 그때까지 水禽園 돌난간에 기대어섰었노라
외로운 鶴, 날개 속에 조용히 머리를 묻고
굵은 窓ㅅ살 안
百獸의 王은 잠자코 말이 없을 때
人跡은 다시 차차로 끈치고 묵어운 쇠문은 닫히려 한다.

　멀고 먼 故鄕에서 오는 消息은
세 밤 前에 시집갔다는 눈멀은 누이의 便紙 하늘은 노상 보라빛
아, 나는 그때까지 스러지는 구름 속에
天使들의 발자최를 그리였노라.

(春秋, 1941.10)

牟 花

　모화야, 모화
저 여자는 제 몸에 고향을 두고
울기만 한다.
환―하게 하얀 달밤에
남 몰래 피고지는 보리꽃 모양

(春秋, 1941. 10)

歸鄕의 노래

굴팜나무로 엮은 十字架, 이런 게 그리웠었다
일상 성내인 내 마음의 시꺼믄 뻘
쓸물은 나날이 쓸어버린다
깊은 山ㅅ발에서 새벽녘에 들려오는 쇠북소리나
개굴창에 떠나려온 찔레꽃, 물에 배인 꽃향기.

젊은이는 어데로 갔나, 城隍堂 옆에…… 찔레꽃 욱어진 넌출
밑에 뱀이 잠자는 洞口 안 사내들은 노상 진한 密酒에 울고
어찌나, 이곳은 동무의 고향
밤그늘의 조금따라 돛단 漁船들은 떠나갔느냐

가차운 바다건너 작은 섬들은
먼— 祖上이 귀양가서 오지 않은 곳
하눌을 바라보다 돌아오면서
해바라기 덜미에 꽂고
내 번듯이 웃음웃는 머리위에 後光을 보라

木手여! 사공이어! 미쟁이어! 열두 兄弟는 노—란 꽃닢팔
해를 쫓는 두터운 花心에 피는 잎이니
피맺힌 발바닥으로 무연한 뻘 지나서 오라.

(春秋, 1941.10)

病床日記
—午後의 노래

　홋니불 새로 시친 寢床에 누어
조용히 돌아가는 제 血脈에 귀기우리면.
아슬한 옛날에 다시 사는 듯.
熱에 뜬 헛소리로 지난 날의 벗을 부를 때
말없이 물수건 축여주는
看護婦는 天使의 옷매무새로
내 熱이 옴겨진 水銀柱를 가벼히 뿌린다.
慈愛로운 모습은 淡淡한 素服을 하고
天使여! 그렷노라 깜깜한 옛날
내, 엄마ㅅ소리밖에는 말을 못하든 옛날
아버님이 가셨을 때도 우리들은 이렇게 입었었노라.
아니 여니 때에도 그렇게 하였었노라

　집집마다 門을 닫은 밤늦게까지
窓옆에 말없이 기대어 스면
아름다운 옛 생각 볼근볼근 머리를 든다
사랑하라 사랑하는 불을 쓰라
그대 다만 밤에게 소근대는 噴水와 같이.

(春秋, 1942.7)

山골

　사랑하는이여 뺨을 대이라 매마른 山골 외로이 핀 저 꽃에……
희디흰 바탕은 엷은 문들레물이 어리어
끝없이 애처롭지 않은가
누이야 또 내 사랑하는 사람아

　그때는
秋夕마다 새옷 입고 우리 모다 아버님 산소에 성묘하던 일
지금도 이 길에 저 꽃은 말없이 피었다

　온 철기를 아츰마다 새로 피고 새로 피는 꽃 모양
너와 나 마음조이는 꿈길에 불타오르며
赤貧한 가난과 괴롬 속에 오히려 不平도 없이
꽃망울들 바람에 흔들리듯 조용조용 살지를 아니하느냐
무에라 불렀드라 그대여 생각하는가
이제는 일홈조차 잊어가는 여기 이 꽃을……

　마음 속에 안으라. 어린 안해야
숨타는 입을 다물고 네 향그런 모든 것에 묻히어 보라

오가는 길손마다 입맞초는 보드라움같이 이를 맞이하는 川과 들
머잖은 客地에 살고 있으며
닫다가도 고향에 들릴 수 있는 몸
아 너와 나 얼마나 타고난 福力에 즐거워야 하는가. 가득해야 되
는가.

(우리公論, 1946.3)

石頭여!

—6·10날을 맞으며

　石頭여!
쇠망치로 사뭇 나려패어도
끄떡없는 머리
나는 동포를 찾어
化石된 사람들의 사이를 헤매고 있다
무엇을 원망하겠는가 이마즉
저 하나의 예린 의지를 살리기 위하여서도
아조 차가운 이마즉은
스스로 제 머리를 돌로 만드는 동무들
많지 않은가이

　4월 17일
　5월 30일
　6월 10일
자꾸 날이 갈수록
무식하던 나까지 눈물로
이 날을 맞었다.
나는 왜 우느냐

그리고 나는 왜 괴로워 하느냐. 차라리
아 차라리 내 머리도 굳어질 수는 없는 것일까?

   石頭여!
쇠망치로 사뭇 나려패어 끄떡없는 머리
나는 동포를 찾어
化石된 사람들의 사이를 헤매고 있다.

(현대일보, 1946.6.9)

어린 누이야

　어찌 기쁨 속에만 열매가 지겠느냐.
아름다이 피었던 꽃이여! 지거라.
보드라운 꽃잎알이여!
훗날리거라.

　무더운 여름의 우박이여!
오 젊음에 시련을 던지는
모—든 것이여!

　나무 그늘에 한철 매암이
슬피 울고
울다 허울을 벗더라도
나는 간직하리라.

　소중한 것의 괴로움,
기다리는 마음은
절망의 어느 시절보다도
안타까워라.

오 나는 간직하리라.

(協同, 1946.8)

어머니의 품에서
—歸鄕 日記

　나는 노래한다. 어머니의 품에서……
黃土山이 사방으로 가리운
죄그만 동리.
한동안 시달려 江줄기마저 매마른 고장

　머리 숙이나이다. 땀 흘리는 사람들이어!
그래도
무연하게 넓은 들에는
온갖 곡식이 맺이어 스사로 무겁고
산고랑에까지
목화다래는 따스하게 꽃피지 아니했는가!

　七十 가차운 어머니
이곳에 혼자 사시며
도라오기 힘드는 아들들을 기다려
구부렁구부렁 농사를 지신다.

　아 그간

우리네 살림은 허터져
내 발디딜 옛마을조차 없건만
나는 도라왔다.
어머니의 품으로…… 고향에 오덧이

  그러면 나는 무엇을 노래할거냐
어머니의 품에서……
그러면 나는 무엇을 노래할거냐
동리사람의 틈에서……

  논에는 허수아비
들에는 새 보는 사람
그러면 이네들은
온 一 年의 피와 땀을 무엇으로 지키려는가,

  풍년이어!
다락같이 올러가는 쌀갑이어!
이것이 무엇이냐

다만 한 사발의 막걸리……한자리의 풍장과 춤으로
모든 것은 보채는 여울물처럼 자자들 것인가.

　나는 노래한다. 어머니의 품에서……
黃土山이 사방으로 둘러싼
팍팍한 동리.
눈 가린 馬車말이 그저 앞으로 달리듯
이곳에는
농사에 바쁜 사람들,

　아 그간
우리네 살림은 쫓기어
내 발 디딜 옛마을조차 없건만
나는 도라왔다.
어머니의 품으로……고향에 오덧이

(新天地, 1946.11)

소

저기 소가 간다.
큰 허리를 온통 둥뼈로 떠가지고
장거리로 끌리어간다.
저 순하디순한 소는 주인을 받은 것이다.

장거리의 장사꾼들은
저녁 상머리에서 이를 쑤시며
저 눈 큰 짐승의 맛을 이야기할 것이다.

잔뼈가 굵도록 다만
혀가 빠지게 부리운 저 소
순하디순하게 생긴 에미령한 눈
저것은 지금 눈을 끔벅어리며 어딘지도 모르고 끌리어간다.

한번 메 하고
웨쳐보도 못한
저 소는 주인을 받은 것이다.
그냥 쟁기를 끌고

숨가쁘게 매질만 받었드면
이 어려운 겨울을
그래도 콩꺼풀과 여물로 편안히 쉴 수 있었을 것을....

　저기 소가 간다.
큰 허리를 온통 동빠로 떠가지고
그 뒤에는 저 소보다도 순량한 농군들이 채찍질을 하며 뒤따러간다.

　아 유하디유한 무리들
저기 소와 같이 에미령한 눈을 가진 농사꾼은
주인을 받은 큰 소를 별르며 별르며 장거리로 끌고 간다.
아 저것이 끌려가는 소고 끌고 가는 농사꾼이다.

(조선주보, 1946.11.14)

313

落花頌

산산히 부서진 이름이여!
허공중에 헤어진 이름이여!

— 素月

한 철
아름다운 꽃잎알은 흐떠이 젓것만
썩어진 열매여!
버레먹은 약속이여!

온 겨울 사냥개와 모리꾼에 쫓기어 날쌔듸 날쌘 사슴이의 발
아 이것이 이 땅의 약삭빠른 무리들의 몸짓이라면……

닥어오는 저녁스럼에서
맑은 湖水가에 비쵀든 저의 모습이 차차로 흐리어질 때
그것을

안도하는 마음으로 바라보는 사슴의 눈

아 이것이 이 땅에서 순박하다는 젊은이들의 눈초리라 한다
면……

　　노여운 하늘 웨치는 폭풍속에도
우리들이 부르는 沈默의 노래
소리없는 呼哭이여!

　　헤아릴 수 없는 꽃잎인
아낌없이 저버리는 우리의 삶에
찬란한 꿈길이여!
우리들은 노래 부른다. 갑진 주검의 노래.

　　　　—海內, 海外의 無名戰士의 주검에 드리는 노래

　　　　　　　　　　(新天地, 1946.12)

첫겨울

감나무 상가지
하나 남은 연시를
가마귀가
찍어 가더니
오늘은 된서리가 나렸네
후라딱딱 휘이
무서리가 나렸네

(協同, 1947.1)

손주의 밤

들창 박게는
어둠과 치위가 둘러싸고 잇는데
늙은 하라버지는 손주의 집세기를 삼고
어제까지 소리를 내어
가에다 기억하면 각하고 가에다 니은하면 간하고 외우치던 손주
아이가
오늘은
우리들 우리들 그리고 동무 동무 하고 외운다.
우리들 우리들은 무엇이고
동무 동무는 무엇이냐
평생을 두고 농사만 짓든 사람이
이제는 떼를 지어
밤에도 산속에서 통나무를 집히고
아베와 형들은 언제나 도라올건가
아베나 형들은 어느때나 돌아올 수 잇슬가
온종일 산시 발을 헤치고 다니며
망태기에 가랑입을 글거온 손주아이는
그 불땐 방에서 마음조차 안뇌이는 공부를 하다가

선생이 도라가면
그대로 누어서 이불도 업시 새우잠이 들을 것이다
온 집안이 뼈가 빠지게 논밭은 가꿔도
삼동을 모두가 포대기 하나업시 살어가는 이 집안
손주아이마저 원망스러운 목청으로 힘을 돗구어
우리들 우리들 그리고 동무 동무하고
외우치는 이 소리는 무슨 뜻이냐
들창박게는
어둠과 치위가 애워싸고 잇스나
석가래도 얏튼 방안에는 등잔불을 켜노코 화루를 두루고
늙은 하라버지는 억울한 심사를 누르며
손주의 집신을 삼고
손주의 눈초리는 독수리의 눈으로
새로 새로 나타나는 글자와 거기에 나타나는 말뜻을 찾는다.

(自由新聞, 1947.1.1)

어린 동생에게

　술취한 사나이
위태로운 거름거리를
부추기듯,
사랑이여! 아니
나를 사랑하는 스승이여! 동무여!
또 나어린 동생아!
너희들이다
—몸 가누지 못하는 내 마음을
바른 길로 이끌든……

　걷잡을 수 없는 세월 속에서
어린 동생아
너는 강철 같은 규율, 열화 같은 의지에 조차
東紡에서
京電에서
鐵道勞組에서
和信爭의단 속에서,
또
눈에 뵈지 않는 곳곳에서

勤勞하는 人民들의 눈을 띠우고
그것이 또한 왼 人類의 눈을 띠우는 것이기도 할 때
나는
오늘도 보았다

　七月 三日 피로 물든
저녁 訓練院 앞에
朝鮮貨物―
數千의 종업원이 生死의 問題를 위하야
그 속에는
자기의 몸이 貨車에 깔리우며
숨이 끊어질 때까지, 正當한 요구를 위하야
싸운 사람이 있다

　六十餘 名의 重輕傷者
총대를 던지고 직업을 팽개치는 사나이
길거리에서 날러온
무수한 유리병
이것이 무엇을 말하는지

아 나어린 동생아
나는 피할 길 없이 후끈거리는 네 입김에 온몸이 바작바작 말른다

　따로 떼어놓고 보면
무한히 어수룩하고
어려 보이는 너희들
어데서 나오는 거친 힘이냐

　성낸 말같이 너희들을 앞으로 달리게 하는 힘이
鋼鐵 같은 規律—
불타는 意志라 하면
끝없이 연약한 기운, 에릿에릿한 사랑만이
　　　　　나를,
몸가누지 못하는 나를,
그 뒤에 따르게 하는 것이다
아 이처럼 말하려는 나
이처럼
발빼려는 나,

　　너의 뜨거운 사랑을
肉親이란 묵은 생각에서 느끼든
다만
옳다는 그것만이
냉혹한 現實에서 합치든,
너의 불붙는 의지로
가물거리는
참으로 가물거리는 내 사랑의 심지에
폭발되게 하여라!

　　강철같은 규율—
熱火같은 의지,
아 이런 것이
불붙기 비롯하는 내 가슴에
끝없는 내 것으로 만들어 달라

　　　　　　　　　　　(1946.7, 百濟, 1947.2)

벽 보(壁 報)

동무가 왔다.
숨소리를 씨근거리며
큰 거리를 마음놓고 다니지 못하는 것은 시골서 온 동무다.
또 다른 동무가 온다.
또 다른 동무는 앞서온 동무의 안해가 죽은 것을 알리어 준다.
앞서온 동무는 또 다른 동무의 삼촌이 죽은 것을 말한다.
그러나 동무들은 자기의 서룸을 말한 것은 아니다.
비 오듯 하는 총알 사이로
동무들이 이 머나먼 곳을 찾어온 것은
결단코 쫓겨온 것이 아니라
잠시, 이 넓은 서울에서도, 아니 발닿는 곳마다
모든 동무들의 자기와 같은 움직임에
영기를 돕고저 함이다.
자, 무엇이 제일 웨치고 싶은 말이냐
외마듸소리라도 웨치고 싶은 말을 하여라.
그리하야 우리는 먹을 간다.
붓을 든다.
조히를 편다.

하나하나 연결된 우리들의 피ㅅ줄이 죽어나갈 때
이것으로는 나의 젊음이 참을 수 없다.
그러나 우리들의 리성은 이것을 참는다.
어둠을 타서 벽보를 붙인다.
멀리 파출소 앞에서는 총끝에 칼을 꽂은 순경이 섰다.
시골서 온 동무의 눈초리는
총소리를 들은 늑대와 같이 불이 흐른다.
풀칠을 했는가
음,
도리혀 내가 한눈을 팔었구나.
풀칠을 햇는가
음,
도리혀 내가 한눈을 팔었구나.
벽보는 한장한장 온 거리의 담을 차지한다.
이 벽보는
아츰이 있는 사람만이 보는 것이다.
먼동이 트기 전부터 일하러 가는 사람 우리의 동무들
이 벽보는

아츰을 밤으로 삼는 무리들을 위한 것은 아니다.
한 동무의 웨침이
만 사람의 소리없는 아우성으로
우리는 다만 틔워오는 먼동을 위하야 벽보를 붙인다.
풀칠을 햇는가
음,
도리혀 내가 한눈을 팔었구나.

(百濟, 1947.2)

한술의 밥을 爲하여
—國恥記念日을 當하며

　한술의 밥을 위하여 아니 다만 한 모금의 죽을 위하여
다시 고향을 버리고 가는 형제들
허기져 우는 애를 등에 업고
누더기진 세간마져 없이
이제 되돌아가는 길은
목숨도 재물도 보증할 수 없는 눈보라가 기다리는
전란의 땅
또 그런가 하면
날마다 날마다 조각배에 목숨을 걸고
어제까지
값싼 품팔이로 혹은 징용으로
모진 피를 빨리던
원수의 나라
오 그곳을 찾아가는 형제들

　한 끼니의 밥을 아니 다만 한 모금의 죽을 위하여
한시도 잊지를 못하고 찾아온 고향을
다시 버리고 가는 형제야

맑은 가을 하늘이 날마다 계속하는
이곳 남조선에
말도 한 마디 못하고 그대들을 보내는 우리의 창사
온 여름을 견디어온 쌀값보다 비싼 강냉이라든가
밀가루에
깨끗이 씻치어졌다

  오늘의 치욕을 모르는 무리가
어찌 지난날의 치욕을 말하겠느냐!
자칭하는 지도자여!
나라의 우두머리여!
너 먼저 피를 흘려라
8월 29일 아니 그보다도 코 옆에 있는 8월 15일
아 오늘날 우리는 무엇을 요구하느냐
그리고 너희들은 무엇을 약속하느냐

  한 술의 밥을 아니 다만 한 모금의 죽을 위하여
형제를 속이고 부모를 파는 이 땅에

우리를 해방하여 주었다는 은혜의 나라에서는
이미 구제에 써버린 삼천오백만 딸라!
그 덕에 각가지 자동차는 분주히 달렸고
값비싼 까소링은 물 쓰듯 했으나
우리들 시민은 전차조차 타려도 온종일 기다리었다
밥을 굶어도 함마는 들어라
밥을 굶어도 심부름은 하여라
그래서 너희들은 무엇을 약속하느냐
그리고 우리는 무엇을 요구하느냐

　　한 끼니의 밥을 위하여 아니 다만 한 모금의 죽을 위하여 우리
가 이제는 온전히 목숨을 내걸고 싸울 때
훈련원 넓은 마당에서는
오늘 이 국치의 기념일을 이용하여
자칭하는 지도자여!
이 나라의 기름진 배때기여!
너희들은 어린 사슴 같고 양 같은 우리의 인민을 돌려내다가
또 어떠한 일을 저지르려 하느냐

인민의 깨끗한 피를 마구 흘리어
그 피로 좋은 자리를 꿈꾸는 더러운 것들아
아 이 땅에 자칭하는 지도자여!
나라의 우두머리여!
너 먼저 피를 흘려라
너 먼저 그 썩은 피를 흘려라.

(우리 文學, 1947.3)

봄에서

흙이어!
내가 발덧고섯는 우리의 땅
悠久한 祖上들의 땀과
매마른 屍體를
그리고
기름진 壓制者의, 反逆者의
드러운 몸채를 받고도
말없이 티끌로 도리키는
오, 흙이어!

어느듯 고향은 궁박해
큰 내물 江줄기는
그 험악한 모래바닥을 내놓고
나는 발바닥에 몹시는 백히는 잭알길을 밟으며
갑작스러히 더 해가는
옛길을 것는다

山이어!

아니 이제는 떼잔듸도 없는
시뻘건 흙뭉텡이어!
고향사람은
언제부터였는가
기름진 잔듸와 적은 풀벌레
그 작은 그늘에 조을게 하던
다박솔까지도 베어 때어서
解放이 준 두 해 겨울에
그렇다! 너까지
아 너까지
옥에서 억울한 나달을 보내는 나의 兄弟와 같이
시뻘어케 머리를 깎기웠구나

　　그러면 고향의 하늘이어!
悠久한 歲月을 두고
휘양창 맑고 푸른 너의 날세는 무엇을 길러왔느냐.
보아라. 나와 나의 동생과
또 우리의 모든 동무들은

다만 펑퍼짐한 가슴, 적은 총알이 맞기 좋은 넓은 가슴을 헤치고
옳은 일을 위하야 일어섰다.
수돌이는 감격한 어조로 말한다.

　이놈아 이놈아
썩어빠진 詩줄이나 쓴다고
내 고향 순량한 동무는
너를 덮어놓고 동무로 역이지 않느냐
그리하야 이 나는 우는 것이다.
오 이 시꺼먼 손,
땀에 배인 때에 절은 입성의 냄새
나는 미리부터 둥굴고 싶은 감정이다.

　흙이어!
고향의 봄이어!
그래도 너는 이속에 물이 오르고
동네집 기울어가는 울타리 밑에도
어굴한 무덤이 나날이 늘어가는

공동산에도
강파른 떼잔듸 속에서
흙이어!
너는 생명의 새싹을 보내주었고
벗이어! 너는 나에게 다시 한번 용기와 희망을 돋구어주었다.

(新天地, 1947.8)

북조선이여

건설의 쇠망치 소리는
우리의 노래
용광로 끓는 가마에
새로 되는 강철이 합창을 한다.

애타게 바라는
우리 조선 우리 인민의
진정한 자유를 향하여
발굽이 떨어지게 달리던
나의 젊음아!
너의 노래는
오늘 여기에서
무진장의 원천을 얻었다.

북조선이여!
너의 벅찬 숨결은
얼음장이 터지는 큰 강물
새봄을 맞이하러

움트는
믿어운 생명력!

　여기엔
구김없는 생활과
가리워지지 않은 언론이 있다.

　완전한 언론의 자유!
이것은 맑은 거울이다.
이곳에
티 없는 인민의 의사는 비치고
구김없는 생활
그는 우리 앞에
주마등으로 달린다.

　날카로운 쇠스랑으로
살진 흙을 일구는 동무여!
억세인 손으로

보일러를 울리는 동무여!
그대들
넘쳐흐르는 가슴엔
일하는 즐거움이
샘솟고 있을 때.

　무연한 산과 들이여!
끝없는 논과 밭이여!
지평에 달리는
기관차와
도시에 수없는 공장들
이거 하나하나가
어느 것이고
인민의 것이 아닌 것이 있느냐.

　보아라!
살진 땅과 착한 도랑을
우리는 길이 후손으로 하여금

옛날에는 어찌하여
그것이 놀고 먹는 개인의 것이었는가를
이해하기 어렵도록 하여주리라.

  아 나는
이 땅의 임자인
노동자, 농민이 그려진
우리의 화폐를
내 손에 쥐일 때
우리 앞에 놓여진
민주 북조선 자립경제의 확립을 보고
나는 맹서할 사이도 없이
그저 앞으로만 달리고 싶다.

  북조선이여!
우리 인민의 영원한 보람을
키워주고 있는
나의 굳세인 품이여!

날아가리라!
천마와 같이
우리의 자랑은
찬란하다 북조선이여!
너는 삼천만 우리의 발판
우리의 깃을 솟구는 어머니 당이여!

(현대조선문학전집, 1948)

二月의 노래

나는 지금
얼음장이 터지고
밀려나가는
대동강 기슭에 서 있다

봄보다 먼저
갈러지는 얼음장보다 앞서
우리에게 들려오는 소식

남조선 곳곳에서
우리 인민의
피 끓는 항쟁!

항쟁이여! 새 생명이여!
불붙는 자유를 향하여
아 오래니 짓밟히던
우리의 권리를 찾아
애타게 달리는 항쟁의 길이여!

  2월의 철기는   잔혹하게도
마지막 겨울의
사나운 몸부림을 치는가
강기슭의 눈데미를 휩싸며
울부짖으며
어지러이 내두르는
찬바람도
내게는 부드럽기만 하다

  봄보다 먼저
밀려 나리는
얼음장보다 앞서
남쪽에서 우리에게 보내오는 소식
―유엔 위원단이여 물러가라!
―미군정이여
너희들 군대와 함께 어서 나가라!
―반대다 반대다
남조선 단정의 음모는……

이렇게 일어난 불길은
곳곳의 경찰과
反動賣國賊의 앞잽이를 뒤흔들었다

　원수와 싸워서 죽은
남조선 우리의 형제를
노래하자
언 땅을 피로 녹이는
우리의 새 생명을 노래하자

　그곳에서는
새로운 원쑤가 얽어맨
쇠사슬
교통과 통신의 쇠사슬
묶였던 우리의 인민이 끊어버리고
그리고는
애타게 외친다
남조선도

북조선 같은 새날을 찾자고

　―북조선이여!
그대들이 내세운 헌법을
우리는 절대로 지지한다고
남조선 민전은
남조선 인민을 대표하여
우리에게 웨친다

　2월의
아직도 날카로운
마지막 겨울의 입김이여!
너조차
갈러지는 얼음장
떠나려가는 얼음장을 막지는 못하나니
어느 누가
우리의 새 생명과
우리의 새 봄을 막으려 하느냐!

  나는 지금
얼음장이 터지고
밀려나가는
대동강 기슭에 서 있다

  봄이여! 찬란한 봄이여!
너는
어느 곳보다도 앞서
우리의 힘찬 노래를 가져왔구나.

(文學藝術, 1948.4)

南浦客舍

—동지 呂雲熙 그는 꽃나이 서른에 해 넘는 신양으로 먼길 떠나다.

1

　두 달 넘어 함께 있던
너의 병실 찾으니
낯익은 간호부는
말없이 눈물로 대답하누나

　지금도 부르리라
네 발길 닿은 곳 어데서나
수없는 젊은이들은
여운희……여운희……너의 이름을

　동무여 길이 돌아갔는가
병실에도 봄모종 하려고
꺾어온 꽃다발
그렇다 나는 이것으로
네 무덤을 고여야 하는가

　주인없는 이름을

다시 한 번
나직이 부른다.
장하다 굳세었던 너의 청춘아.

       2
  눈감아지던가
눈감아지던가
네 몸에 넘치는 젊음과
압박하는 우리의 날

  원수들의 독 있는 화살을
스스로의 가슴으로
방패삼아
남조선의 민청원을 이끌던 동지

  앞서는 이곳에 너를 찾으니
12월 7일은 왔구나
동무야 기다리던 날은 왔구나

쇠잔한 몸에도
뒹굴듯이 기꺼하더니.

　동무야 네 마음 애타게 닫던
그곳 남녘의 땅에는
원수들의 모진 매질에
척추의 기둥이 부러진 너의 동생

　먼젓번 항쟁을 불지른
철도 총파업에
농성하는 기관구 속에서
사랑하던 기관차를 안고 쓰러진
단지 하나인 너의 동기는
아직도 자리에서 일지 못하고

　두 어린 자식의 목줄을 달은
무거운 떡함지들
이고 달리면서도

동무와 동무의 연락하는 쪽지를 들고
오늘도 번잡한 거리에 나서 있을
그대의 아내

　어찌 그뿐이겠느냐
아니 그보다도
네 손으로 기른 수많은 청년들
다시 저마다의 가슴으로
원수의 총칼을 막아내는 조선의 방벽들

　미어지는 쇠창살
쇠창살마다
원수를 갈아 마실 듯
날카로운 눈초리는 놈들은 살피며
오히려 씩씩하니 둘러앉아서
내일의 싸움을 의논하는
조선의 방벽들

숨 모으려는 너의 귓결에도
들려오지 않더냐
동무야
불길로 오르는 그 함성
새로운 조선이 외치는
그 함성

3

너 어디 있느냐
병상에 누워서도 한시를
편안히 쉬이지 못하던 네 젊음
지금은 너 어디 갔느냐

미처 알지 못하는
너의 무덤은
그 어디서 높은 곳에 날리는
깃발 모양
내 마음을 이리도 간절히 부르고 있느냐.

　휘날리라 깃발이여!
언제나 우리 앞에 날리며
우리의 힘을 불러주는 것
깃발이여 휘날리라.

　다시 한 번
흐려질 이름을 부른다.
손질하여라 너를 사랑하던 가슴과 가슴에
깃발같이 너의 남긴 뜻이여
손 저어주려마.

                                        (조국의 깃발, 1948.4)

남포병원
―남포 소련 적십자병원에서

　나의 병실 남으로 향한 창에는
해풍이 조을고
부두 앞으로 나아간 곡물 창고
여기에 모이는 참새떼는
자주 나의 창에 앉았다 갑니다.

　병든 사람도 깨끗이 흰 옷을 입음은
이곳의 차림
조심조심 음성을 낮춰
상냥한 여의사 이국의 손님은
밤사이 증세를 살필 제
말없이 펴 보이는 나의 '부끄와리'
'하라쇼'
미소를 구슬같이 굴리며

　그는 책장을 덮는다.
―평양에서 박사님을 뫼셔오리라
그래도 안되면
당신을 우리나라 소련까지도 가게 하여

온전히 낫게 하리다.—
쇠잔한 맥박을 헤이며
성심껏 말하는 당신의 음성
내 어찌 이곳에서 낫지 않겠습니까.

　유리에 어둠이 까맣게 앉아
창문이 스스로 큰 거울을 이루는 밤이나
깊은 잠 속에
바다 끝 등댓불이
샛별같이 빛날 때에도
타마라 알렉산드로브나! 그대는
당신의 잠 깨운 병자를 위하여
웃음짓는 얼골엔 사뭇 근심이 넘쳐라.

　이럴 때이면
오랫동안 비꾸러진 나의 마음이
몰래서 우는 것이 아니라
내 고향 먼 곳에 계신 어머니시여!
당신이 목마르게 그리워집니다.

　　어머니여! 어머니여!
당신이 자식들을 향하여 기울이는
그 사랑과
여기 수염자리가 거칠은 이 아들이
어느 곳에서나 애타게 구하던
크나큰 사랑이
많은 시냇가
조약돌처럼 구르고 있습니다.

　　조용한 희열이
분수와 같이 흐트러지다가도
숫제 뛰어보고 싶은 마음
창 앞의 참새떼를 쫓으려 하여도
그조차 날지 않는 평화로운 나의 병실입니다.

　　　　　　　　　　　　　　(영원한 친선, 1949.2)

• 부끄와리 : 러시아어로 '언어를 배우는 교본'을 일컬음.
• 하라쇼 : 러시아어로 '좋다'는 뜻임.

찬 가
—조선인민군에 드리는 시

왓적 왓적 왓적
언 땅을 녹일 것 같은
힘찬
발자국 소리들

만 사람도 한 사람으로 움직이는
완전한 통일 속에서
큰 거리로 우리들의 노래를 부르며
행군하는 그대들
모두 다 담벼락 같은 가슴을 내밀고
넘쳐흐르는 힘조차 강철같은 규율 속에
말없는 기관총! 기관총 모양
삽시간의 천둥 번갯불 머금고
격류와 같이 움직이는 거친 발자국 소리.

균열된 땅덩이에
줄기차게 내려치는 빗발과 같이
우리의 마음을 흐뭇이 적시는

　힘　찬
발자국 발자국 소리들.

　왓적 왓적 왓적
둑　근　둑　근　둑　근
만 사람의 가슴은
그대들 발자국 소리를 따라
힘차게 뛴다.
아 얼마나 기다렸는가! 이날이 오기를……

　젊은 군대
새로운 군대
해방된 조선 인민의 승리
눈부신 평화를 위하여
빛나는 오늘
인류 역사의 앞줄에
힘차게 행군하는 그대들

　아 오래인 예속의
동방천지에
지금은 민주조선의
찬란한 깃발 밑에서
모든 인민의
진정한 자유를 옹위하는
영웅들이여!

　우렁찬 합창이 들려오는 듯
힘찬 대열
온 세계 민주의 힘이
행군하는 발자국 발자국 소리
우렁찬 그 소리.

　녹슨 쇠밧줄
제국주의의 쇠고랑들이
곳곳에서 물러져 나가며
이 소리는

월가를 지배하는 그들의 골빽을
그들에게 충성을 바치는 곳곳의 반역자
놈들의 골빽을
스스로의 강박관념으로 하여
힘차게 밟게 할 산더미 같은 구둣발 소리!

　오 반세기
우리 조선이
제국주의 강도놈에게
무장을 걷히었다가
여기 처음으로
유량한 나팔소리 우렁찬 노래
지축을 흔드는 발자국 소리
이것이 군대다.
목마르게 구하는 자유독립
우리 민족의 진정한 자유를 향하여
거침없이 앞으로 나가는
이것이 우리 인민의 군대다.

　왓적 왓적 왓적
언 땅을 녹일 것 같은
힘찬 발자국 소리들
힘이다! 이것이 우리의 힘이다.

　아 우리들의 힘으로
한시라도 빨리 세우려 하는
민주주의 조선인민공화국!
당신의 보드라운 날개를
찬란히 펴기 위하여
용솟음치는 파도와 같이
조국이 부르는 곳으로
역사가 가리키는 곳으로
그대들의 발자국 소리는 이 땅을 울린다.

　젊은 군대 새로운 군대
우리 조선 인민의 군대!
너는 오늘이 있기 전
사나운 눈보라 비바람 속에도

장백산 산줄기 그 속이
원수들 찾아서 숱한 피 흘린
우리의 장군과
우리들의 투사가
높이 쳐들은 햇불을 받아왔나니.

　젊은 자랑! 새로운 힘!
우리 조선 인민의 우람한 성새여!
너희들은
오래니 기다리던 우리 인민의 가슴에
새로운 자랑을 부른다.

　왓적 왓적 왓적
장쾌한 폭풍 속에도
즐거이 노래 부르는 파도와 같이
제 힘에 넘쳐 설레이는
삼천만 우리의 가슴에
힘찬 발자국 발자국 소리……

(창작집, 1948.9)

우리는 싸워서 이겼습니다.
―스탈린 대원수께 드리는 시

우리는 싸워서 이겼습니다.
미국 침략자의 피 묻은 손을
제 조국 강토에서 몰아내는 싸움에……
크나큰 이 승리

솟구치는 이 기쁨
아 우리는 어디에다 제일 먼저
이 사실을 고하오리까!

스탈린이시여!
우리는 싸워서 이겼습니다.

잿더미 된 도시에서
흙가루가 된 농촌에서
그래도 우리는 원수들을 몰아냈다는
빛나는 긍지와 탁 트여진 자유로
새로이 해방된 우리 인민은
저 저마다의 높이 끓는 정열을 붙안고
건설의 망치와 복구의 삽자루를 휘두릅니다.

　우리 민족 만대의 은인이신
스탈린이시여!
우리 인민의 친근한 벗이시며
새로운 민주공화국 앞길을 밝혀주는 스승이신
당신이시여!

　오늘의 우리들
위대한 당신의 나라 붉은 군대에게서
불타는 애국심과 끝없는 투지를 배워온
인민군대와 빨치산들은
이르는 곳마다 찬란한 승리를 떨치며
제국주의 강도들의 야욕을 쳐부십니다.

　아직도 우리 강토의 한 귀퉁이선
식인귀 같은 살인도당의
미국 군대와 그 앞잡이들이
저들 마지막의 섬멸 앞에서 발버둥치고
머리 든 독사떼 같은 놈들의 항공기

곳을 가리지 않고 미쳐 날뛰나

　불붙는 가슴에 키질을 하듯
이것은 우리들의 분노와 힘을
돋우게 하고
후퇴를 모르는 우리의 무력을
승승장구 앞으로 내닫게 하며
원수들의 숨통은 더욱더 힘차게 졸리고 있습니다.

　위대하신 이름
스탈린 대원수시여!
당신은 주셨습니다.
식민지 노예의 멍에서 하덕이던
우리에게다
질풍과 노도를 휘몰아치는
인민의 숨겨진 힘을……

　평화와 민주를 사랑하는

창조한 국가 조선민주주의인민공화국은
오늘 제국주의 침략자를 몰아내는
빛내는 자기의 전투 속에서
거대한 강도 미제를 거꾸러뜨리며
세계의 인민 앞에 외칩니다.

　스탈린이시여!
당신은 우리에게
우리들의 숨겨진 힘을 땡겨주시었으며
또 우리들은 당신의 밝으신 길로
평화와 민주를 사랑하는
인민의 끝없는 힘이란 어떤 것이란 것을
모든 세계에 역력한 사실로서 알으키고 있습니다.

　미제여! 너의 피 묻은 손을
조선에서 떼라!고 외쳐주는
온 세계 근로하는 인민들이여!
우리는 당신들의

다함 없는 고무와 격려로
나날이 크나큰 승리를 기록합니다.

　싸우는 불란서의 이태리의
그리고 수많은 피 흘린
희랍의 스페인의 투사들이여!
아니 우리나라
이승만 괴뢰에게 무참한 죽임을 당한
수십만의 애국자들이여!

　우리는 이제 찬란한 민주의 승리 앞에서
먼저 가신 당신들의 빛나는 길을
오 거룩한 레닌 스탈린의
넓고 큰 길을
빛나는 조국의 통일독립의
꽃밭 속에서
마음껏 찬양할 때는 가차웠습니다.

(영광을 조선 인민군에게, 1950.8)

모두 바치자

　　아빠는 현물세를 바치러
　감자 달구지를 몰고
　읍에 가시고

　　엄마는 목화밭에
　두 벌 김을 매는
　평화스러운 날

　　아가는 산등성이
　다박솔이 자라나는 언덕배기로
　어린 송아지와 함께 뛰고 놀 때에

　　악마의 날개와 같이
　검은 그림자를 어른거리며
　원수의 미국 전투기는
　하늘에서 기관총을 퍼부었다.

　　들깨밭에서 쓰러지며

아가 있는 쪽을 바라보는 엄마—

　고사리 같은 손으로
빈 하늘을 부여잡는
아가

　또 그리고
소리 없이 쓰러지는
어린 송아지

　미국놈들은 비행기 위에서
잔인하게 웃으며
이 광경을
저희들 웃음거리로 카메라를 찍는다.

　저놈이 원수다!
우리 조국의 통일독립을
방해하는 놈

저놈이 원수다!
아름다운 조국 산하와
우리 인민을
저희들의 영구한 노예로 만들려는 놈!

원수 미제를 쳐부수는
영용한 싸움에
우리는 모두 힘을 바치자!
우리의 가진 모든 것을 바치자!

(조선여성, 1950.8)

長　詩

戰 爭
― 銃이 웃는 것은, 戰爭 自身이 詩人이기 때문이다.

宣戰布告

~~~~~~~~~~~ㅈ ㅓㄴㅍ ㅏ

어린애 키우는 집의 강아지같흔 詩人.

戰爭의 株券을 팔고사는 古典的이 못되는 實業家.

박쥐의 나래. 卽. 쥐의 나래.

JERNFFA~~~~~~~~~~~

지게미. 턱지끼. 消化物.   과. 等等.

家畜들의 理想村.

아가!

너의들의 싸홈은 어른에게 따귀밧겐 마즐 것이 없단다아.

아가아아,

너, 그런 짓하다 손버힐나.

電波~~~~~~~~~~

電波에 뭇어오는 雜音. 雜音.

~~~~~~~~

~~~~~~~~

트 르르르

트, 트,

裝甲自動車에 업혀가는 탕크.

싸이드·카─를 타고나온 機關銃.

自走式 高射砲.

水陸兼用의 戰車.

유니폼─을 가리(갈아)입은 選手들은 피스톨의 信號를 기다리며
스타─트의 線을 도적질한다.

　칼과 칼의 불같은 사랑.

불같은 抱옹.

≪이제 圖書館을 갈거 먹는 歷史家는 白紙의 處女性을 柔欄
(蹂躪)할 것이다.≫

　(第一情報)

나븨는 薔薇까시에 날애를 찔니여 흐득엿든 것이다.

號外!
―病든 말. 발을 저는 配達夫.
방울을 흔드는 것은 安全地帶의 新戰法이다.

號外!
古木에 달나부터 敵狀을 偵察하는 潛望鏡.
眼鏡照準器를 裝置한 最新式小銃.

夕刊. 今日號外 一次發行. 本紙不再錄.
定價 一部五錢.
「수숫대가 쓰러지며 허수아비의 뺨을 갈겼다.」

―第二電通―

自殺未遂
―靑色少年의 遺書.
「젊은 사람아!
所有權,
所有權!

너의들은 所有權의 偉大함을 모르느냐?
≪너는 길거리에 날녀 단이는 가랑닢이라도 주어보아라!≫

　權利!
權利.
權利의 六條目.
언청아!
너는 그년이 사랑하지 안트라도 게집을 삼어라.」

　朝刊 第一面.

「참새가 太平洋 航路를 빗두로 그리고 軍營을 脫走하엿다.」
　　　　　　　　　　　　　　　　　　　　—第七電通—

有力한 肥料會社들의 非公式的 轉向.

　나의 아저씨는 新聞을 본다.
나의 아저씨는 나의 아저씨의 콧딱지를 우비고 앉엇다.
아랫턱에 수염이 멋가락 숭숭 나왓다.

바람이 불일 때마다 아저씨의 수염은 蘭草를 그린다.
「四君子」를 조와하는 아저씨는 「四君子」를 아지 못한다.

아저씨는, 지저분―하게 허트러진 活字 속에서 傳統을 차즐 수 잇느냐?

捕虜.

―이놈앗! 왜 精神을 못차리고 이런델 왓!
新出의 정숙한 先禮.

대구리와, 대구리와, 대구리와, 대구리와, 塹壕 냄음새를 풍기
는 얼골과, 콧구멍. 거츠른 수염자리.
新出은 유리窓 없는 房에서 先輩를 見學한다.
寂寂히 숨여드는 바람ㅅ세는 故鄕의 흙내음새를 실허오는가,
어둠컴컴한 房.
쎄멘트壁에 젊은 士官은 손톱을 갈고 잇다.

用途를 잃은 勳章이 下士官의 가슴에서 할멈의 젓틍이처름 느러젓다.

上官은 下官의 傷處에서 코코아를 할는다.

그렇타!

弱한 者일수록 깐듸가 될 수 잇다.

깐듸.

깐듸.

신발창을 뜨더먹는 깐듸는 차라리 염소를 부러워한다.

　戰線에 징을박은 鐵兜.

煙幕은 第一線에 模範工場村을 세우고,

나는,

나는,

小뿌르조와지의 아들이다.

헉— 헉— 헉—

나는 心臟이 弱하다.

나는 小뿌르조와지의 아들이다.

　징기쓰汗이 北部戰線에 물밀 듯 미러 나온다.

項羽氏는 수염에게 倒立運動을 命한다.

렌즈, LENZE.

렌즈.

新聞記者의 活躍. 活躍.

急流에 고기 튀듯 튀는 記者의 手腕

한 녀석에게 말(馬)과 말(馬)과, 말(馬)과, 말(馬)과, 창, 칼, 방패.

갑옷. 투구. 활. 전통. 시위.

타……타……타……타트……

敗造(走)兵이 도라스며 웃는다.

「그렇타, 나는 이런 (녀)석들만 잇다면 現代의 힌 덴벅도 될 수 잇다.

少年詩人은 꾀테 詩人을 우서준다.

타, 타, 타, 타,

草兵도 科學의 偉大性만은 時代性만은 똑똑히 알고 잇다.

  이놈과 이놈

이놈과 이놈

        저놈과 저놈,

        저놈과 저놈

팔낭개비를 돌니고 가든 偵察機가 코우슴을 치며 爆彈을 뿌린다.

　　―飛行機에 裝置된 無線電信.
　「나는 이제 큰 功을 일웟다. 勳章 한 두어개만 特別히 鑄造하여라.」
見本無代進呈.
見本無代送呈.

　　(나는 어느 詩人이 석냥에 毒瓦斯 냄새를 풍기여 日常의 常識
으로 그것을 區別하여 適當하게 防備한다는 이야기를 들엇다.)

　　戀愛를 할터 먹는 詩人.

　　窒息性毒物＝鹽素. 호스겐. 지호스겐.
糜爛性毒物＝로스트(佛名이페릿트). 루이싸이드.
催淚性. 재채기를 하도록 하는 性質의 毒物.
＝臭化벤질. 鹽化삐크린. 鹽化아세도페논.
　(요따위 抒情詩들은, 彈丸의 炸裂과 함께, 不完全한 防毒面을 透
過케 하야 재채기와 눈물을 흘니도록 만드러, 防毒面을 벗지 안이
치 못하게 하야, 이 때를 타서 致死的인 激烈한 毒瓦斯를 配達하는

것이다.) 지페니엘 靑化砒素. 仝鹽化砒素.

　一分間의 致死. 아담싸이드.

「아저씨의 번쩍어리는 턱을, 어느 化學者가 探照燈으로 製本하엿다.」

　病院.
들것. 들것. 들것. 들것. 들것. 들것.
　　　　　　　　　　赤十字旗.
催名判官의 榮職을 어든 軍醫.
喪제가 된 看護婦.
발목이 썩어드는 兵丁.
뱃 속에 드른 彈丸, 배를 째이고 잡어내는 彈丸.
軍醫의 鑛山熱.

　一負傷兵이오. 목숨이 경각에 있읍니다.
핫! 上官!
—⋯⋯⋯⋯⋯⋯담배연긔⋯⋯⋯⋯
—캠플注⋯⋯⋯

—하, 하, 하, 하, 그대는 아즉도 戰爭을 모르나?

—……射를 請하오.

—사러날 希望이 없는 걸, 웨 貴한 캠플을 消費하느냐—말야!

—핫! 上官, 親舊는 遺言을 하고 싶어 합니다.

입을 움질거리며, 애쓰는 꼴을 좀 보십시요.

          아—上官, 캠플을, 어

서 캠플…………ㄹ

—비켯! 遺言은 個人의 事情이야.

  旗!

平和와 博愛를 날니는 赤十字의 旗.

날니는 旗빨.

붕대를 감은 閻羅國.

(까—제, 핀셋트, 메쓰, 注射, 고무掌甲, 탈지면, 간호부.)

靑色圓瓶.

黃色六角瓶. 유리마개.

病!

瓶,

瓶.
病!
靑年아! 너는 戰爭을 하려거든 宗敎를 밋어라.

　어머니의 편지.
少年志願兵의 鄕愁.
아가! 어서 도라오느라.

　여보게!
내 안해에게, 내가 끗까지, 죽는 瞬間까지도, 그대를 부르다 죽엇
다고 傳하여 주게.
친구의 부탁.

　鄕愁. 女子를 그리는 鄕愁.
이브는 나 어린 아담을 익이엿다.
올타! 자리 비엿나니
내, 銃을 꺽그리라.

分別없는 利己主義의 發達.

脫走兵.

「아아, 나는 나의 친구의 게집의 젓퉁이에 얼골을 파뭇고, 어머니의 품에도 마음껏 안길 껏이다.」

天才少年. 十六歲 詩人.

老詩人의 評價 「序詩」

나는 그대에(의) 作品에 놀남이 아니노라.

二八, 꽃포기같은 年齡에

내, 진즉이 놀남이노라!

거지 아히놈이 麥酒병 깨여진 유리로 대가리를 문질너주고 돈 한푼을 밧엇다.

瓶.

消毒瓶. 가위.

注射. 注射가 멋 피우는 噴水. 庭園. 噴水.

―들것에 메여오는 詩.
―구르마에 실녀가는 詩.

　白血球의 睡眠.

　農夫는 발을 멈췄다.
黃昏은 억개를 눌으고
―鐘소래 들녀오느냐?
깍,
까악, 까악 까악, 까악,
이제.
吉鳥 가마귀떼는 죽어가는 저녁노을을 춤추고 잇다.
<뭉툭한 주등이에 찍혀 올느는 송장의 쪼각.>

　地圖의 빨간 줄. 파란 줄.
去勢 當하는 黃色. 노란빗 地所.
試驗管 속에 담기여 熱을 밧는 國勢圖.
時計추와 함께 振動되는 過去.

現在. 現在를 갈거먹는 現在.

우리에게 現在가 어듸 잇느냐!

時間을 타고 나드리가는 報告書. 命令. 秋(秘)密電通. 秘密電報.

電送寫眞.

報告書.

一分.

三百六十個 發射!

타, 타, 타, 타, 타, 타, 타, 타, 타,

飛行機의 爆音.　　　列車砲.

單葉, 複葉, 三葉,의 飛機.

부웅— 붕— 붕—

愛國心을 메워주는 將令,

愛國心을 메고 죽는 兵士.

單肉砲身, 複肉砲咸.

깨소린, 피의 嗅氣.

말발꿉.

말발꿉, 발꿉, 꿉, 꿉, 꿉, 꿉,

騎兵用의 三吋七 榴彈砲.

―따의 구르는 鄕愁. <귀를 잘느는 蒙古兵.>
四十二쎈치. 砲口. 砲口.
軍旗,
忠實한 記錄. 총마즌 자욱. 발꼬린내. 입구린내.
―鐵橋의 流失.
―囊舟에 依한 渡河, 軍用橋의 架設.

　放牧展覽會.
끈떠러진 脚絆.쭈그러진 변또상자,(地下三千尺에선 應當, 나폴
레온 三世가 두 팔을 벌니여 쭈구러진 알미늄을 어루많엇을 것이
다.)
떠러저나간 구두. 구두콧백이. 긔관총 꼬다리.
고향을 잃은 단추. 코가 말너부튼 휴지
寫眞.
사진,
女子의 사진
게집의 사진
어머니의 寫眞.

(죽어 넘어진 兵丁의 저고리엔 몃군대(데)에 傷處가 市街圖를 鳥
瞰하고 잇다)

　　移動風景.
집시타잎의 집세기.
國境警備隊.는 銃을 겨눈다.
「누구냐!
……
누구냐!
……
쏠테다!
……
<비틀거름을 하다 싶이 어름판을 달녀 오든 사나히가 쓰러젓
다.>
탕!
……
탕!
탕!

靈魂의 午後.

黃昏의 葬禮式을 擧行한다.
낄눅, 낄눅, 낄눅. 우름에 체한 기럭이떼가 상여를 메고 간다.
黃昏.
黃昏은 기럭이떼와 함께 永久히 이 따에서 遂(追)放당할 수 있을까?

戰場의 밤이 로맨틱한 개선의 꿈은 아니다.

軍用犬의 追憶.
우슴.
戰爭에서 우는 놈처럼 毒한 놈은 없다.
씨네마를 求景하는 兵士들,
追憶의 스크린
記억力의 正확性.
科學者는 硏究室을 뛰처나와 이곳으로 오느라.
棺속으로 自進하야 드러간다.
─쐐깃 소리.

—쐐기 맞우는 소리.

散亂한 들판에선 퍼—런 불똥을 튀기고 잇다.
피직!
피직!
피직!
이놈들이 갯똥불이란 말이냐?
밤의 눈섭을 할는 詩人.
네온을 버린 사나히가 뒷골목으로 드러간다.
(늙은 거지가 늙은 黃昏을 질머지고 제 그림자를 밟으며…밟으며…)
(黃昏과 함께 흐미—하게 지여지는 그림자를 밟으며…밟으며…)
(그림자와 함께 흐미—하게 지여지는 自己의 生命을 밟으며… 밟으며…)

늙은 詩人은 쓰레기와 함께 置分한 쎄멘트 自敍傳을 쓴 사람들, 自宣(?)傳을 한 사람.
루—쏘가 참회록을 訂正하겟느냐?

賣文家는 두더쥐의 눈이다.
아이예 懷中電燈도 밝히지 마라.
　星光조차 흐릿─한 밤.
軍用犬의 追憶
戰場의 밤이 로맨틱한 개선의 꿈은 아니다.

　　　　비둘기가 花瓣과 달넛다.
　　　　軍隊는─ 이제 祝砲를 울니라
피직.
직.
지, 지, 직.
비나리는 밤의 燐光.
線香의 曲線은 배암처름 나름나름, 그리고, 그리고, 얽고, 얽고,
헤드라이트와 HeadLiGHT.

　Go!
거(북)의 등에 촛불을 달녀라.
STOP!

거북(龜)의 등에 촛롱을 떠러푸려라.

　―나두 히틀러쯤은 될 건데, 아서라―

총 한방에 파울일세. <熱血의 愛國靑年>

骸骨과 骸骨의 對話.

　―蔣介石.

　―「是氣所磅磚萬古凜烈存,

當其貫日月生死安足論.」

나는 忠臣으로 죽은 忠臣 하라버지의 忠臣의 詩句를 崇拜하엿드라

네.

　―요꼴,

　―요꼴,

　―愛國도 저를 爲한 愛國인 것을……

　―난 내 안해가 보구싶어 죽겟네.

　―홍, 그년, 그년, 그년은, 지금 엇던 영감놈과 맛부터 지랄을 할

는지도 모르겟고나!

　―나는 어리석엇다.

아— 아아아, 나도 어리석엇다.
—그렇타! 나도 늦게야 肉體의 必要性을 늣기엿다.
—콩멍석같은 껍데기라고 그냥 부처둘 것을……
후유—

骸骨들의 咀呪. 피로.

被(疲)勞의 中毒.
피로.
被(疲)勞는 생쥐와 같이 希望을 갈거 먹엇다.
이 따의 톡기는 어데로 갓느냐!
너는 좀더— 빨니 떨녀거든, 그 묵어운 귀를 잘너버려라.
(CUP CUP CUP CUP CUP)

허허허허허
너는 도야지의 우슴소리를 들어 봤느냐?
암도야지는 꿈을 꾸느니라.
꼬부라진 꿈을 꾸느니라.

犧牲(도야지, 닭, 개, 염생이. 소, 말, (쇠가죽은 말가죽보다 즐
기고 추렁크에도 구두안 울타리에도 쇠가죽이 빗싸다.)
七面鳥가 죽는다.
죽음은 肥料다.
그렇타! 肥料가 잘 썩기를 바라는 것은 밀녀오는 時代性,
現實性이다.

바닷물에 떠가는 갈매기.
갈매기같은 詩人은 肥料라도 될 순 없을까?
갈매기의 屍體.

미련한 바다는 뱃가죽을 출석어린다.
四十二糎. 海岸砲의 祝砲.一固定砲架留彈砲.
平射.
曲射.
戰鬪艦.喇叭.부어오르는 樂手의 주둥이.
巡洋艦, 驅逐艦, 羅針盤, 十九吋, 口經.

列과,

列과, 列과, 列과,
異國情緖에 담긴
大砲의 거문 팔들은 두 팔을 버리고 敵艦을 환영한다.
魚雷.
魚雷. 魚.雷.
물껼.   물껼. 물껼.

　龍宮을 그리워하는 水兵이 잇느냐?
旅行을 즐기는 水兵.

　水晶의 丹柱와 丹柱, 羅馬式의 宮殿.
人魚.
龍女. 비눌이 눈부시는 겨드랑이.
異端者!
너는 龍都엘 길 적엔 두 다리를 질느고 가거라.

　歸化!
勿論. 洪·尹·吳 三忠臣은 明나라가 안이면, 거북의 등에 업히
여 도라와야 할 것이다.

龍宮의 잔채.
맘몬아!
너는 忠孝烈士의 歡迎門을 높이 세우라.

　名譽의 戰死.
驅逐艦의 亂舞.

　彈丸과 彈丸이 氣候鳥처름 나르고,
리—더—가 되고퍼하는 十九吋의 巨門.
게집의 젓꼭지를 할는 詩人아!
너는 그래도 夕潮에 갈매기를 더듬느냐.
戰死.
嗚銳(咽)의 戰死.
그래도 허뷔적어리는 도야지는 목숨이 부텃고나.
그렇타!
家畜에게 틈이 잇다는 것은 짧은 冬眠이고나.

　밤이란,

밤이란,
傳統의 藝術品을 鑄造하는 抒情詩人의 꿈이다.

　　배암　　　　　　　—긴 冬眠의 꿈.
배암의 가는 혓바닥, 가는 허리, 가는 궁둥이, 가는 꼬랭이.

　　칭, 칭, 감어녹이는 배암의 꼬리.
鐵條網의 刺戟.
鐵條網. 鐵條網. 電氣에 醉한 鐵條網과 鐵條網들이 억개동모를
하고 맴을 돈다.
질척지근한 陰氣.
두더쥐를 志望하는 工兵.
坑道　　　　方向探知機.
地下戰!
敵의 坑道를 엿듯는 地中聽音機.
決死隊에 뽑혀가든 下等兵이 가슴을 뚤펏다.
삽과 삽. 괭이. 괭이. 삽과 삽. 鑿岩器.
「그렇타!
울타리 넘어 果樹園엔 샛밝안 生命이 주렁주렁 열녓다.」

勳章의 어머니.
赤外線通信. 軍用犬. 雙眼鏡.
鐵兜.
防彈具(海老)
투덜투덜한 低氣壓이여!

　　누가 쩌—내리즘과 性交를 하여 주겟느냐.
미친 고래처럼 요동하는 潛航정.
포푸라의 卒倒.
燈台가 쓰러진 밤은 아지못할 不吉에 싸혓다.
뒤흔드는 그의 궁등이.
水雷.
水雷.　　水雷의 亂射!
쩌—내리즘의 亂産.
쩌—내리즘은 發酵素의 가난뱅이다.

　　홀몬과 홀몬과 홀몬,
아이예,

너는 빠이칼에서 失戀을 하지 말어라.

　삘딍이 문허진다.
原稿紙가 찌저젓다.
해바라기의 失戀.
아가! 널랑 詩人이 되지 마러라.
해바라기 같은 詩人은 손꾸락을 빠러먹다가 강아지를 더리고 웃는다.

　꿀독에 빠저죽는 놈이 幸福이냐.
勳章을 차고 죽는 놈이 幸福이냐.
詩는 五錢만 가저도 코를 풀 수 잇다.

　위이—
위이—
위이—
위이—
木乃伊와 木乃伊가 뚜벅뚜벅 거러나와 뚜벅뚜벅 握手를 한다.
—에집트의 再現을 바란다.

—그렇타! 우리는 우리의 事業을 爲하야 生殖器를 잘너야 한다.

　哀古(告), 哀古, 哀古, 哀古, 哀古, 哀古, 哀古, 哀古, 哀古, 哀古.

百日紅이 百日만에 시드럿구려,

나븨가 죽엇구려.

매암이도 허물을 벗는 구려.

生이란, 이런가요.

　상제가 운다.

쎈티멘탈이 운다.

늙은 詩人이 메고 가는 삿갓가마 속에서 쎈티멘탈이 쪽쪽어린다.

　熱砂!

山으로 불녀 山으로 싸히는 熱砂.

流郎(浪)의 별가루,

그렇타! 志望者는 速히 이곳에 生埋를 當하라.

　<機會를 엇는 날 老(考)古學者는 너의들의 化石을 博物館에 간직할 것이다.>

標本이 되고 시푸냐!
標本이 되고 싶으냐?
　융·푸라우.
「얼마간 六法全書엔 輪姦에 對한 條目은 病들 것이다.」
　　　　　　　　　　　　　　　—賣笑婦의 말—

부르튼 皮부에 絞(紋)의를 놓아준 雜兵들의 指絞(紋),

決死隊의 개별.
—침이 말는 년.
—입설이 튼 년.
賣笑婦는 콩 서되도 밧지 못하는 암도야지다.
病든 도야지.
도야지를 奈落으로 떠러트린다.

　落下傘. 펼쳐지지 안는 落下傘.
二十億 燭光의 太線.
探照燈이(새로 사온 萬年筆과 같이) 깨끗한 黑板을 더럽혀 놋는다.
音響信號機.
電車內에서 奔走히 活躍하는 喉頭受話機와 脣頭送話機.

―混信을 利用하는 秘密한 電信. 電話.
―周彼(波)數 高調에 依한 秘密한 電話. 電信.

塹壕掘鑿 自動車의 散步.
防楯을 꿰뚫는 徹(鐵)甲彈.
煙幕의 信號
編隊飛行航路의 大擧襲來!
「照準臭는 火砲의 生命이니라」
地中軍隊의 戰鬪에 協力한은 爆擊機.
리벤스뿌로젝타 ―
스토―크, 모―터. 電氣發火에 依한 射擊.
手榴彈이 싸가지고 온 毒瓦斯.
燒痍彈에 뒤밋처― 드러오는 瓦斯彈.
아……
루……
까……
리……
아루까리性의 大大的 必要!

化學者가 양잿물을 잔뜩 처먹는다. 바람을 타고 온 毒瓦斯가 함
쏙 안긴다.

배암은 개고리를 넣고도 군소리를 하는 놈이야!

그렇타! 戰爭이 滿足한 적은 없다.
注文을 따루는 化學者의 創作.
「殺人光線法全集」全5冊.
—目次
第一卷. 光線의 應用.
第二卷. 電波의 應用.
第三卷. 紫外線의 應用.
第四卷. 現下學界에서 알지 못하는 放射線의 必要와 應用(一).
第五卷. 現下學界에서 알지 못하는 放射線의 應用(二).
「尾言」戰爭은 불가살이다.—

大提學「殺人光線」氏는 戰爭을 키우기 爲하야 戰爭의 乳母노
릇도 한다.
—大砲를 달퀘라!

—軍艦을 달궈라!

「우리애기 자장 잘두 잔다.

뒷집개두 콜콜 잘두 자구

우리애기 자장 잘두 잔다.」

怪力線(듸스·레이)의 活躍報告書.

第一次—

人馬 各動物外에 生物을 모조리 녹혓다.

第二次—

飛行機와 自動車의 運轉을 停止싯혓다. <이는 或시 交通巡査로 轉向치나 안나 하는 疑心이 잇다.>

第三次—

遠距離에서 火藥을 爆發식혓다.

第四次—

電信, 電話, 電燈, 其他一切의 電氣施設을 破壞식혓다.

第五次—

一切의 可燃體엔 火災를 뿌려주엇다.

第六次—

電氣輸送時에 金屬線의 代書業을 하엿다.

eTc

　地圖의 破瓜.

桃色姦通.

　새싹은 滿朔이 되였으니, 너는 전날, 당기꼬리가 잔등이에　박이여 좀이나 不便하엿겟느냐!

　벌서 너는 午前브터 비르는구나.

處女야!

처녀야!

　産婆를 불러다 주런?

　—흥, 産婆.

—흥, 産婆.

　産婆가 고무掌甲을 넣어 애기를 잡어 빼기에는 너의 純潔性이 넘으도 부끄러우냐?

　危태롭진 안나?

　애기는 다시 戰爭을 하기 前까지는 幸福될 것이다. 저녁노을이 스기전은 幸福이다.

　　새아츰.
輕氣球를 높이 空中에 꼬지라.
薇(微)笑는 歷史를 모르고,
눈물은 고인 적이 없다.
戰爭이란 動物은 反芻하는 재조를 가젓다.

▪ 미발표 유고로 전해지다가 1990년 7월호≪한길문학≫지에 발굴 게재되었다.
▪ 여기서 한자 및 한글 표기가 잘못된 것은 발표분을 그대로 제시하고 괄호 속에 윗점
(點) 처리를 해서 바로잡았다.

首 府

—首府는 肥滿하였다. 紳士와 같이

1

首府의 火葬터는 繁盛하였다.

山마루턱에 드높은 굴뚝을 세우고

자그르르 기름이 튀는 소리

屍體가 타오르는 타오르는 끄―름은 맑은 하눌을 어질어놓는다.

市民들은 機械와 無感覺을 가장 즐기여한다.

金빛 金빛 金빛 金빛 交錯되는 靈柩車.

豪華로운 울름(음)소리에 靈柩車는 몰리여오고 쫓겨간다.

繁(煩)雜을 尊崇하는 首府의 生命

火葬場이 앉은 黃泉고개와 같은 언덕 밑으로 市街圖는 나래를 펼쳤다.

2

덜크덩 덜크덩 貨物列車가 鐵橋를 건늘 제

그는 飽食하였다.

四處여(에)서 雲集하는 貨物들

수레 안에는 꿀꿀거리는 도야지 도야지도 있고

家畜類― 食料品.― 原料. 原料品. 材木. 아람드리 消化되지 않

은 材木들―

石炭―重石―亞鉛―銅. 鐵類
보ㅅ 다리 멱대기 가마니 콩, 쌀, 팟, 木花, 누에꼬추 等
巨大한 首府의 巨大한 胃腸
官公用의
民私用의
貨物, 貨物들
赤行囊―郵便物―
묻어들어오는 機密費, 運動費, 周旋費, 企業費, 稅入費
首府에는 變裝한 年貢品들이 絡繹하였다.

　　3
　江邊가로 蝟集한 工場村―그리고 煙突들
皮革―고무―製菓―紡績―
釀酒場―專賣局……
工場 속에선 무作定하고 煙氣를 품고 무작정하고 生産을 한다
끼익―끼익―기름 마른 皮帶가 외마듸 소리로 떠들 제
職工들은 키가 줄었다.
어제도 오늘도 동무는 죽어 나갔다.

켜로 날리는 몬지처름 몬지처름
山등거리 파고 올으는 土幕들
썩은새에 굼벙이 떨어지는 춘여(추녀)들
이런 집에선 먼─촌 一家로 부처온 工女들이 肺를 앓고
세멘의 쓰러기통 룸펜의 寓居─ 다리밑 거적때기
勞動宿泊所
行旅病者 無主屍─깡통
首府는 등줄기가 피가 나도록 긁는다.

   4

   紳士들이 드난하는 곳
주뻿주뻿 하눌을 찔너 위협을 보이는 高層建物
둥그름한 柱塔 ─ 점잔흔 높게 뵈려는 人格
꼭대기 꼭대기 발도듬을 하야 所屬의 旗ㅅ 발이 날린다.
무던이도 펄넉이는 旗ㅅ 빨들이다.
씩, 씩, 뽑아올나간 高層建物─
公式的으로 羅列해 나가는 都市의 美觀
首府는 가장 적은 面積 안에서 가장 많은 建物을 갖는다

首府는 무엇을 먹으며 華美로히 춤추는 것인가!

뿡따라 뿡, 뿡, 연극단의 군악은 어린이들을 꼬리처럼 달고 사잇
길노 돌아나가고

有閑의 큰아기들은 戀愛를 愛玩犬처름 외진 곳으로 끌고 간다.

『호, 호, 사랑을 鬪牛처럼 하는 것은 古風이애요』

5

쉿―쉿―물너스거라

쉿―쉿―조용하거라

―外國使臣의 行列

閣下, 閣下, 閣下―

看板이 넓어서 거추장스럽다.

가차히 오면 걸려들면 負傷!

눈을 가린 馬車馬가 아스팔트 위로 멋진 발굽소리를 홍겨워 내뻗
는 것도 이럴 때다!

6

招待狀―獨奏會 獨唱會

樂聖―歌聖―天才的 作曲家
男爵의 아들―子爵의 집
首府의 藝術이 언제부터 이토록 華美한 悲劇이엿느냐!
饗宴과 饗宴
藝術家들이 건질 수 없는 수렁 속으로 빠저 드러가는 일은 슬픈 일
이다.

   7
  旅行들을 합니다
똑똑하다고 자처하는 사람은
서울을 옵니다
英米語, 華語, 內地말 조선말
똑똑하다는 사람들은 뒤리뒤석거 이야기를 합니다.
돈을 모은 이는 首府로 移住합니다
平安한 成金法이외다
祖先의 土豪질한 遺産
金鑛
―확千金 투기―

돈을 많이 모은 사람은 故鄕을 떠납니다
돈을 많이 모은 사람은 故鄕을 떠나옵니다.

　8
　博物館—寺院—佛閣　敎會堂……
뾰—족한 피뢰침들
市民들은 이러한 곳을 別莊처름 단인다
市民들은 이러한 곳을 公園처름 단인다
이런 곳에는 많은 男子가 온다
이런 곳에는 많은 女子가 온다
秀麗한 自然을 피하야온 사람들
模造된 自然이 있는 公園으로 몰리여온다

　9
　首府는 어느 때 始作되고 어늬 때 끝이는 것이냐!
카페와 빠—는 나날이 늘어가고
제비처름 날신한 禮服—
대체 이놈의 雁造貨幣들은 어데서 만드러 내이는 것이냐!

詐欺―陰謀―橫領―買受―重婚……
도리킬 수 없는 悔恨과 건질 수 없는 悲哀
퇴패한 절망에 젖인 大學生들―
醫師와 醫學士
너들은 푸른 燈불 밑에서 무슨 물고기와 같은 憂愁들이냐!
下水道工事費―
道路鋪裝工事費―
堤防工事費―
人件費 窓窓이 활짝 열어제치고 이스몸을 들어내고 웃는 中小商
業者
中小商人들의 悲壯한 愛嬌
『어서요 옵쇼 오십쇼』
18間 大路―竝立된 街路燈―街路樹
다람쥐처럼 골목으로 드나드는 택시들―
외길로만 다라나는 電車들 電車는 目的이 없기 때문에
저놈은 車庫로 되드러간다
튜랙―
모터― 싸이클 그냥 싸이클

無盡會社의 外交員들은 自轉車로 단니며 調査에 交通費를 받는다

10

대체 쩌―나리즘이란 어째서 과부처럼 살찌기를 좋와하는 것
인가!

廣告―廣告―廣告―化粧品, 食料品

氾濫하는 廣告들

메인·스튜리―트 한낮을 속이는 숙난한 메인·스튜리―트

이곳을 거니는 紳商들은

官能을 어금니처럼 액긴다

밤이면 더더욱 熱亂키를 바라고

撞球場― 麻雀俱樂部― 베비, 콜프

門이 마음대로 열니는 술막―

카푸에―삐―레스트란―茶宛―

젊은 男爵도 안인 사람들은 왜 그리 야위인 몸뚱이로 단장을 두르며

肥滿한 商街, 肥滿한 建物, 휘황한 燈불 밑으로 기여들기를 좋와

하느냐!

너는 늬 애비의 슬픈 敎訓을 갖었다

늬들은 돌아오는 앞길 東方의 太陽─한낮이 솟을 제
가시빽다귀 같은 네 모양이 무섭지는 않늬!
어른거리는 燈롱에 首府는 한층 부어올은다

   11
   首府는 地圖속에 한낫 化膿된 汚點이였다
숙란하여가는 首府─
首府의 大擴張─隣近邑의 編入

(浪漫, 1936.13)

海 獸
—사람은 저 빼놓고 모조리 김승이었다.

港口야
게집아
너는 悲哀를 貿易하도다.

모—진 비바람이 바다ㅅ 물에 설레이든 날
나는 貨物船에 업듸어 口(嘔)吐를 했다.

배ㅅ전에 찌프—시 안개 끼는 밤
몸부림치도록 가깝하게 날은 궂인데
속눈섶에 이슬을 적시어가며
港口여!
거문 날세여!
내가 다시 上陸하든 날
나는 거리의 골목 벽돌담에 오줌을 깔겨보았다.

컴컴한 뒤ㅅ 골목에 푸른 燈불들,
　　봉—
봉—

자물쇠를 채지안는 또어 안으로, 浮華한 우슴과 삐어의 누른 거
품이 북어오른다.

　야윈 靑年들은 淡水魚처럼
힘없이 힘없이 狂亂된 ZAZZ에 헤엄처 가고
빩―안 손톱을 날카로히 숨겨두는 손,
코카인과 한숨을 즐기어 常習하는 썩은 살뎅이

　나는 보았다.
　　港口,
港口,
　　들레이면서
수박씨를 까바수는 病든 게집을―
바나나를 잘러내는 遊廓 게집을―

　四十九度, 毒한 酒精에 불을 달구어
불 타오르는 술잔을 연겊어 기우리도다.
보라!

질척한 內臟이 腐蝕한 內臟이, 타오르는 強한 苦痛을,
펄펄펄 뛰어라! 나도 어릴 때에는
입가생이에 뾰롯—한 수염터 모양, 제법 자라나는 良心을 지니었
었다.

　발레製의 무듸인 칼ㅅ 날, 얼골이 뜨거웠다.
面刀를 했다.
極히 어렸던 時節

　港口여!
눈물이어!
나는 終是 悲哀와 憤怒 속을 航海했도다.

　게집아, 술을 따루라.
잔잔이 가득 부어라!
自嘲와 絶望의 구덩이에 내 몸이 몹시 흔들릴 때
나는 口(嘔)吐를 했다
三面記事를,

略(咯)血과 함께 비린내 나는 病든 記憶을⋯⋯

　어둠의 街路樹여!
바다의 方向,
오 限없이 凶측마진 구렝이의 살결과 같이
늠실거리는 거믄 바다여!
未知의 世界,
未知로의 憧憬,
나는 그처럼 물 우로 떠단이어도 바다와 同化치는 못하여왔다.

　家屋안 김승은 오즉 사람뿐
나도 그처럼 頑固하도다.

　쇠窓ㅅ 살을 부짭고 우는 게집아!
바다가 보이는 저쪽 上頂엔 外人의 墓地가 있고,
하―얀 비둘기가 모이를 쪼웃고,
장난ㅅ 감만하게 보이는 汽船은 퐁퐁 품는 煙氣를 작별인사처럼
피어주도다.

港口여!
눈물이어!

絶望의 흐름은 어둠을 따러 땅 아래 넘처흐르고,
바람이 끈적끈적한 妖氣의 저녁,
너는 바다 변두리를 도러가 보라,
오―이럴 때이면 이빨이 무딘 찔레나무도
아스러지게 나를 찍어누르려 하지 않드냐!

이년의 게집,
五色,
七色,
領事館 꼭대기에 때묻은 旗폭은
그집 굴뚝이 그래논게다.
지금도 절룸바리 露西亞의 貴族이 너를 찾지 않드냐.

燈臺 가차히 埋立地에는
아직도 묻히지 않은 바닷물이 웅성거린다.

오― 埋立地는 사문장
동무들의 뼈다귀로 묻히어 왔다.

　어두운 밤, 소란스런 물결을 따라
그러계 검은 바다 위로는
쑤구루루……쑤구루루……
부어올은 屍身, 눈ㅅ 자위가 헤맑언 人夫들이 떠올라온다.

　港口야,
幻覺의 都市, 不潔한 下水口에 病든 거리어!
얼마간의 돈푼을 넣을 수 있는 죄그만 지갑,
有毒植物과 같은 賣淫女는
나의 소매에 달리어 있다.

　그년은, 마음까지 나의 마음까지 할터노아서
理由없이 웃는다. 나는
賭博과
싸움,

흐르는 코피!
나의 등ㅅ 가죽으로는 배ㅅ가죽으로는
自暴한 뽀헤미안의 固執이 시루죽은 빈대와 같이 쓸 쓸 쓸 기어
단인다.

　보라!
어두운 海面에 어른거리는 검은 거림자,
김승과 같이 추악한 모습
恒時 위협을 주는 무거운 不安
그렇다! 오밤중에는 날으는 갈매기도 가마귀처럼 不吉하도다.

　나리는 안개여!
서름의 港口,

　稅關의 倉庫옆으로 다름박질하는 中年 사나히의
쿨―렁한 가방
防波堤에는 水平線을 넘어온
海潮音이 씨근거리고,

바다도, 陸地도, 한치의 領域에 이를 웅을거린다.

　港口여!
눈물이어!
나는
못쓰는 株券을 갈매기처럼 바다ㅅ가에 날려보냈다.
뚱뚱한 게집은 부—연 배때기를 헐덕어리고
나는 무겁다.

　雄大하게 밀리처 오는 오— 바다,
潮水의 쏠려옴을 苦待하는 病든 거의들!
濕疹과 最惡의 꽃이 盛華하는 港市의 下水口,
드러운 수채의 검은 등때기,
급기야
밀물이 머리맡에 쏠리어올 때
톡 불거진 두 눈깔을 휘번덕이며
너는 무서웠느냐?
더러운 구뎅이, 어두운 굴 속에 두 가위를 트리어밖고

　　뉘우치느냐?
　게거품을 북적어리며
　쏠려가는 潮水를 부러히 보고
　不平하느냐?
　더러운 게거품을 북적어리며……

　　陰狹한 씨내기, 사탄의 落倫,
　너의 더러운 껍데기는
　일즉
　바다ㅅ 가에 소꼽노는 어린애들도 주어가지는 아니하였다.

(시집 『城壁』 1937.7)

荒蕪地

—모—든 生物은 荒蕪地에서 出發하엿고 荒蕪地에로 還元하엿다.—著者

1

荒蕪地에는 거츠른 풀잎이 함부로 엉크러젓다.
번지면 손꾸락도 베인다는 풀.
그러나 이 따에도
한때는 썩은 菓일을 찾는 개아미떼와 같이—村民과 노나리ㅅ군
이 북적어렷다.
끈허진 山허리에
金돌이 나고,
끝없는 노름에 밤ㅅ별이 해이고
노누멕이ㅅ도야지,
數없는 도야지
의 生목아지는 뻘근 피를 줄기처 쏟앗다.
自暴한 마음은 잔, 잔이 돌아가고
人間들은, 人間들은, 우섯다.
함부로 술을 부르고 함부로 노래를 부르고,
　　　우섯다.
　　우섯다.
　우섯다!

웃는 것은 우는 것이다.
사람처노코, 원통치 않은 놈이 어듸 잇느냐!
사람들은 몰리면 싸우고, 몰리면 쥐여뜻엇다.
廢鑛이다.
荒蕪地, 욱어진 풀이여!
文明이 氣候鳥와 같이 이곧을 들려간 다음,
너는, 다시 原始의 面貌를 도리키엿고
엉크른 풀, 욱어진 속에 일홈조차 감최여 가며……
오—너는 벌레먹은 落葉과 같이 洞口에서 멀리 하엿다.

    2

  悲劇을 반가히 맞이하는 季節,
險한 天候에 썩은 물거품이 출렁거리는 貯水池.
어두운 구름이 덮이고
음산한 바람은 휘몰려……
限없는 悔恨을 飼育하는 가을 물사살들,
금시!
水門

이 넘칠ㅅ 듯,

쏘낙이여! 쏘치라. 모―진 비바람과 더부러

딴딴히 갈러진 논판도, 검어케 썩은 논바닥도, 모조리 쓸어버려라.

풍, 풍, 도는 모―터와 機械ㅅ 소리에 마비가 되여

無感覺하고도 無氣力한 두 팔을 내여저으며

悲劇을 반가히 맞이하는 靑年들.

希望은, 봄철

노고지리와 함께 구름 속에 묻어버리고

나는,

생각한다.

아프리카의 砂漠에 食料를 찾아

떼지여 나르는 풀묵지(蝗)의 强烈한 集團.

또, 그와 같은, 上代의 流(遊)牧民.

統一된 雰圍氣와 情熱的인 行動 속에서, 그들은 無數한 屍體를
버리며 간다.

　生存에서 生存을 求하야……

　쎈치멘탈이 어듸 잇느냐!

　즐거웁게, 즐거웁게 슬픔을 모르는 속에

그들은 無數한, 無數한, 屍體를 버리며 갓다.
꿈과 實在를 區別치 안는 單純한 思惟에,
生存의 權利를 强烈히 慾求하는 單純한 思惟에,
허나, 그들은 길이 永遠의ㅅ 사람,
또 하나 따른 나라는 머릿 속에 옛 동모를 불러주엇다.
洞口 앞에 늙은 둥구나무 자라기까지,
컴컴한 둥구나무 그림자 울섶에 덥칠 때까지,
그러나 無限한 歲月이다.
썩은 枯木남구에도, 뿌리는 깊이 位置를 찾이하엿고
울타리ㅅ 가에 늙은 개가 어두운 밤중에 간간히 미치여난 것도,
그놈의 짓이다!
그놈의 짓이다!
혹독한 가므름에 논판은 龜裂이 되고
억수같은 쏘낙이에 몰리우는 불근 洪水는,
오─흙뎅이와 돌꽉만이 안이엇섯다.
갈러지는 울음ㅅ 소리에
썩은 용구새와 部落, 部落, 은 휩쓸려 갓다.
─여긔가 洛東江 따래긴가요?

―여기가 놀미, 강갱인가요?

오―………의 바다.

떠나려가는 집웅에 몸을 실리여

祈禱를 올리는 것도, 來生을 비는 것도, 찬송가를 부르는 것도,

오―즉 한길, 갈릴레아의 바다.

어제도, 오늘도,

침침한 待合室에 가득― 채인 災民의 騷擾.

愴凉한 汽笛을 울리며 北方으로, 北方으로 간다는 移民列車.

저러케, 싸느란 달이 地球에 매여달리여,

멧박휘를 멧박휘를, 멱박휘를,……. 限없이 돌아나(가)는 동안

벌레 울고 시냇물은 흘럿다.

허나, 人生에는 무엇이 남어잇느냐!

水分이 말러붙은 미이라(木乃伊)

에집트砂漠에 말없이 앉어잇는 스―핑스.

山間의 돌ㅅ뎅이, 부처쪼아(가)리.

사람은 연달어 나엇고 괴로움에 쪼들리며 연달어 죽엇다.

巨―찬 齡이여! 너는 어듸 잇느냐.

이제 몇 차례 械械가 繁盛한 다음,

모—든 惰怠와 享樂이 疫病처름 만연한 다음,
歲月이여!
너는 우리에게서 上代流(遊牧民이 꾀이든 꿈도 거더드렷다.
죽어진 나의 동모는 어디 잇느냐!
나는 火葬場에 타오르는 검은 煙氣를 歷歷히 보앗다.
매운 챗죽이 空間을 후리고
玩具처리 亂雜히 交錯하는 그네의 人氣가 三等席 觀衆의 나사
를 감꼬,
人形이다. 曲藝師!
腸子 한오락이도 묵어워지는 밤의 써—커스
强烈한 의욕에 한(찬) 나의 戀人은 어듸 잇느냐!
琉璃, 眼鏡알에 밤안개는 저윽이 시리고
恒常,
꿈이면 보여주든 동모의 나라도,
이제 오래인 歲月에 褪色하여서
나는 꿈속, 어늬 구석에서도—
鮮明한 色彩를 보지는 못하엿다.
저러케 싸느란 달이 地球에 매여 달리여,

멋박휘를, 멋박휘를, 멋박휘를……, 限없이 돌아나는 동안
욱어진
文明이여!
　　　　엉크러진,
　　科學.
偉大한
　　引力이여!
너는 우리에게 무엇을 알리여 주엇느냐!
疾視와 원恨의 눈초리로 軌道는 가느즉이 울엇고
선하폄. 하아— 하아— 蒸氣를 품으며……
뜨내기다! 침쟁이, 고라리,
科學이 매움도는 幼兒처럼 어즈러울 때,
뽀—
뽀—
愴凉히 汽笛은 울고
박아지, 종구랙이, 소반귀퉁이에 흔들거리며, 어제도,
　　　　　또, 오늘도,
　車는　떠낫다.

3

鑛夫의 피와 살쩜이 말러붙은, 헐은 도로꼬.
廢驛에는 달이 떴다.
텅— 뷔인 敎會堂, 다— 삭은 생철집웅에,
十字架 그림자,

빗

두

로

누이고
洋 唐人. 鑛山家의 아버지, 聖堂의 牧師도,
企業과,
술ㅅ집과 旅幕을 따러 떠돌아가고
外人의 墓地, 信者의 安息處,
귀신이 잇다면 응당,
멋 차레이고 아귀차게 울었을께다.
할레루야의 노래,
버들숲에 젖은 은은한 鍾ㅅ소리,
유—난히 발소리나는 尼僧의 密會.

아이쓰·크림의 興味!
前날은, 이처름 쓸쓸치는 않엇섯다고,
충충한 그늘
거믜줄같이는 끈끈한 未練.
끝없는 레일이 끝없이 흐르고 휘이고,
軌道의 無數한 枕木들,
되인 서리와 强한 비바람에 깍기워
썩은 버섯, 질긴 비듬풀
녹쓰른 軌道에 엉크러젓다.
해설피 장마철에는
번개불이
    쏵―――
쏵―――하늘과 구름을 가르고,
腐敗한 枯木이 가―끔 불똥에 넌겨 백히고,
따이나마이트 爆發에
山脈도, 鑛夫도, 景氣도, 우슴도,
깨여진 다음,
荒蕪地는 끔찍한 흉터이엿다.

뻰들 뻰들한 민판엔 터러귀가
숭, 숭, 소치여 나고
古都에 허트러진 개왓장처름
待合室門 앞에는 石炭쪼가리가 구으른다.
쌓느란 달밤에
잉, 잉,
잉, 돌ㅅ뎅이가 울고
無人境에
달빛 가득— 실은 헐은 도록꼬가 스스로히 구른다.
　구른다.
한밤이 밝어오는 부헝이의 울음ㅅ소리,
어둠을 헤치며
　　우웅—
　　우웅—
들리여 오고
야무지게 나래꺽는 불근 올빰이
퍼—런 눈빛이 서리여 흐르며
機械들이 허구리를 뚤허노흔 충충한 廢鑛속,

어둠이 첩첩이 접히운 숲, 골자구니에,
산울림은 친다.
칼키ㅅ발도, 독기ㅅ날도 번지여 보지 못한 묵어운 숲,
도모지가 그악한 밤이다.
부헝이의 올빰이의 아당찬 울음이 典當鋪처럼 猖獗하는 밤이다.
부헝아! 너의 우는 곧은 어듸냐!
밤눈을 뻘거케 밝혀가지고 목이 말러서
너는 또 荒蕪地, 가을 풀섶에 깃드린 弱한 벌레마저 쪼으려 하는
것이냐!
컬, 컬, 컬, 컬, 哄笑하는 포·나팔트의 둥그런 뱃대기.
자주ㅅ빛으로 물드러가는 歐羅巴全圖의 破局!

東洋墨이 濕疹과 함께 번지여나는 포·나팔트의 수박같은 뱃대기.
끝없는 絶望과 咀呪에 새암이 소사,
어두움 속 휘영—찬 바람이 도으는 검은 물 고인 廢鑛에
孤寂이 번지여주는 웃쓸한 초조.
묵어운 炭素와 壞坑에 窒息되야
곡갱이채 깔리운 炭夫.
요란스러히 구을러 나리는 石崩!

싸늘한 달밤,

이런 때, 그—굴 속에는, 이런 때, 그—굴 속에는,

氷河時代에도, 아니 創世記에도, 살었엇다는

(묵어운 나래, 충충한 그림자를 펄럭어리며 까츨한 네발 쌀, 쌀,

쌀 긔여오르고)

새편도 아니고 또, 짐승편도 안이라는 박쥐의 떼,

久遠한 歲月, 오—충충한 鬱憤, 검은 習俗이여!

모—진 亡靈, 부프른 魂葩,

사나운 野獸들이 뜨더먹다 내여버린 脊椎骨.

그 위에 쉬이고, 누읍고, 꿈뀌고,

바윗틈으로 번지여오는 달빛을 꺼리여 가며,

충충한 洞窟 안에선, 어둠의ㅅ새가 나른다.

박쥐가 나른다.

4

눈보래 집단치는 시베리아의 邊方,

怪疾病이 盛行하는 濠洲의 大陸,

발바닥이 타고 목이 맥히고, 오아시쓰가 모래 旋風에 묻헛다는
패이고, 패엿다는 묻히고,

隊商,

駱駝(駝)의 등허리, 사하라, 또는 아라비야.

니코라이 二世時,

斯祈(詐欺)師와 賭博者와 殺人, 强盜, 國事犯,

모―든 前科者의 무리는 바이칼 湖水의 沿邊으로 쫓기여 왔고,
零下 七十度.

돌덩이와 같은 어름엔 에스키모의 움막을 짓고

봄철,

그리고 여름철,

무서운 監視 밑에, 찌르릉―찌르릉― 녹아나리는 어름짱에 그의
집들은 흔어저 버렷다.

大英帝國.

크다란 旗ㅅ폭 밑으로 그들의 大洋洲移民政策엔

前科者와 不傴者와 急進靑年의 무리,

怪疾病 惡質의 氣候 속에서

天使와 같이 天使와 같이 溫順한 羊을 기르며……

一年의 한 차례 或은 두 차례,

本國船이 가저오는 싸릇한 鄕愁와 엉클한 술에 羊털을 貞烈夫人
의 머릿단처름 깍거보냇고,

靑春도, 希望도, 欲求도, 目的도, 家族도, 親知도, 追憶도,

모조—리 헌신짝처름 버서버리고

말업는 ×뿌리와 뜻없는 싸홈에

단추꼬다리를 버서부치고,

더웁다. 攝氏 四十二度,

外人部隊는 땀을 흘린다.

高速度로 發展되는 렌즈의 文明.

날르는 機械, 飛行船,

마쉬버리는 機械, 마쉬버리고,

깨여버리고 곤치여보는 機械의 實驗室,

두 팔을 들어 歡迎하는 入門

씩— 씩— 뽑아올라간 굴뚝,

검은 野心처름 검께 피여오르는 연기에

대장깐에 사그러붓는 납똥과 같이 靑年의 意志는 사그러붓고,

숫한 絶望과 無氣力 속에 自墮落의 술을 마시며 젊은 意志는 못쓰는 機械와 같이 죽어버린다.

生産이 多量으로 되어나오는 工場의 商品이여!

傾向이 多量으로 쏠리여오는 靑年들의 데카단쓰여!

5

暗黑속에 덩어리저 흐르는 深淵

暗黑속에 덩어리저 흐르는 悖倫

게렌츠키—는 죽엇다.

事業을 爲하야, 사랑하는………도 그리고……….를

급기야는 自己의 목숨까지도,

聖經의 한 구절은 이러하엿다.

「오—즉 하날의 뜻을 行하는 者만이 나의 어머니요. 나의 兄弟느니라.」

그리스도여!

고르고다 언덕에 悲痛한 最後를 맞인 젊은 預言者여!

靑年들은 이여 그대의 뜻을 따룃나이다.

술ㅅ잔을 깨물어 산산이 바스러진 유리쪽을 뱉으며, 피를 뱉으며,

피흐르는 붉근 입술에 불타는
윗—카(火酒)!
무서운 憤怒에 몸을 떨구며
   오늘은
울알— 내일은
아—므르.
눈 속에서도 잠잔다는 빨치—산……
   어두음이여!
   어두음이여!
齷齪한 復讐는 너에게 무엇을 남기여 주엇느냐.
個人間의 嫉視와 利害關係는 反動으로 휘몰아치고
한쪽에서는 주먹을 울부쥐고 떠들 때여도,
괴로움과 멍석딸구에 밀리여
때묻은 車는 구른다.
北方으로——
北方으로——
運命이여! 너는 어듸 잇는냐!
세상의 모—든 矛盾 속에서 생기여나오는 얄구진 作戱여!

매방아깐이 돌아가고,

매음도는 늙은 소에 암니가 달코,

낄, 낄, 낄, 이럇!

家畜의 등으로 배얌되야 나르는 가는 회차리,

훈훈한 溫度. 물 속에 들어가서도 타오르는 石회의 내음새,

小市民과 細層人이 飮食物처름 쉽사리 쉬여버릴 때,

노아의 大洪水여! 다시 한번 밀치라!

페스피아의 火山이여!

다시 한번 터지라.

그리고 깨우처 달라,

오— 廣大한 運命의 바다.

    6

   青年—

충충한 洞窟에 묵어운 나래, 大學 豫科生.

검은 망또안에 두 팔을 숨기우고

豪快한 우슴, 커다란 訶諂.

巨—大한 折衷이여!

임자 없는 비인 房안엔 담배연기와 한숨이 잼기여 잇고
너의는 한번도 묵어운 絶望 속에서 헤여날지는 못하고,
不吉한 族屬이여! 아카데믹한 部類.
박쥐는 짐짓 네 마음의 化身이거니.
밝는 햇볕을 두려워함이여! 꺼—려함이여!
落葉과 같이 저자에 몸을 구을리며,
異邦貴族의 장돌뱅이. 化粧品 馬車.
아코디온 굽이치는 슬픈 뱃대기에 기럭이, 찬 날개를 띄여가노니,
너의는 길이 어둠의ㅅ 사람, 濕氣에 배여 마르지도 못하리로다.
어이, 밝는 햇볕을 꺼—려함이여!
나는 能히 벌지 안코 數百年을 살어왓섯다.
스스로히 남과 벗하지 안코 지내왓섯다.
거러지는 길이 —名門의 後裔,
路頭에 헤매이며도 惰怠와 無氣力을 사랑햇노라.
어둠의 새, 不吉한 나의 마음이여!
소리없는 四圍가 넘우나 不安하야
어즈러운 豫感에 豫感을 흐느끼면서,
悲哀를 반가히 맞이하는 새,

네 訃報를 띄울 어늬 곧도 찾지는 못하였으니,
말없이 나래질치다는 웃둑 스고 웃득 스고,
너는 무엇을 생각하느냐!
一七九三年,
오—— 그 무서운 푸랑쓰大動亂,
키로친 博士의 最後는 自家製品
키로친에 끚맡이엿고,
暴虐과 恐怖의 밤,
로스피엘은 주먹 볼따귀에 목숨을 빼앗기엿다.
포나팔트의 嘲笑, 에고이즘의 개선,
그 다음, 普佛戰爭의 말발꿉을 뒤니여
오— 또 그 무서운 巴里콤뮨—
琉璃窓과 生命이 맛바스러지는 市街戰.
琉璃窓과—가 맛바스러지는 市街戰.
피묻어 나려오는 過去의 싸홈 속에서,
終是 너는 무엇이 그리 쓸쓸한게냐!
검은 疑心과 習俗에 묵어운 나태를 날애질치며
꿋꿋내 濕윗새, 충충한 나래, 어두운 마음이여!

오――네 第一 끄리여하고 第一 괴로워하는 게
네 第一希望하고 반가워하는게 안이엿드냐!
極
에
서
極으로! 懊惱의 밤은 흐르고
새야, 밤 어두움 속
사람 몰래 銀杏나무에서는 銀杏꽃이 핀다는 이야기가 잇지 안느냐!
不吉한 새,
박쥐의 충충한 나래여!
海底電波에 무서운 秘密은 서로히 얽히고,
罪惡은 서로히 부드러치고
大使館地下室의 수상한 눈짜위,
大使館自動車의 수상한 文書,
어제도, 또, 오늘도 라듸오에서 傳하는 소리,
뉴―쓰, 페퍼―의 當(唐)惶한 題目
너는, 부헝이의 毒한 주둥빽이를 진이지는 못하였으나,
食人種 土人의 率直한 態度를 부러워하고,

440

아득—한 無知에의 憧憬과 건질수 없는 悔恨을 하며
오— 그러나 終是 검은 疑心과 충충한 習俗에 나래를 나래질치며,
너는 아지 못한다.
너는 아지 못한다.
거치른 풀잎이 엉크러진 荒蕪地에서
번지면 손꾸락도 베인다는 强한 풀잎이,
되인 서리에도 피에 젖어 成長하는 걸,
어우러진 풀 속에 가지가지 일홈모를 풀이여!
完全치 못하든 前日, 眞理에 가차운 풀은 老衰하엿고,
完全에 가차우려는 이제, 새로운 眞理를 꾸미랴는 적은 풀들은
成長하엿다.
어두움 속이여!
어두움이여!
기탄없는 罪惡이 白晝와 같이 橫行하고,
混沌이 冬眠하는 배암처름 꿈틀거린다.
必然이여!
歲月의 수레박휘가 구르는대로
따러나오는 像寫幕,

뿔근 洪水여! 뿌리채 솟치라.
숨어흐르는
火腦여! 山脈을 뚫고 다시 한번 터지라!

▪ 이 작품은 일차로 1937년 11월호 ≪子午線≫에 그 일부가 발표되었으나, 후속고는 나
타나지 않았다. 더구나 시집 『獻詞』에 실릴 때도 ≪子午線≫의 수록분을 다시 축약했
기 때문에 후속고가 없는 것으로 생각했었는데, 1994년도 말 이 작품 전문의 육필원
고가 입수되어 여기에 이것을 다시 수록한 것이다.

제2부

譯詩部

에세─닌 시집

에세—닌 시집

나는 農村 最後의 詩人

　나는 농촌 최후의 시인
판때기로 건늬인 적은 다리는
조심성스러운 노래 가운대,
白樺잎새 피우는
작별의 미사속에 나는 서 있다.

　황금빛 불꽃으로
밀초는 눈부시게 타오르고,
달빛에 어리는
나의 掛鐘은
나의 子正을 울릴 것이다.

　새파라니 물든
들가운대 길에도,
미구에 무쇠의 손님은 나타나
그의 검은 손은

하눌빛 맑게 비쵀이는
밀보리를 실어가리라.

　아, 목숨을 갖지 않은
낯서른 손길이어!
너는 내 노래의 목을 조를 때
갓 패인 보리이삭의 망아지들은
전부터 낯익은 나를 위하야
코를 불리라.

　바람조차 슬픈 우름소리를
실어간 다음,
소조한 망아지들을 잠재울 때면……
오라지 않어 달빛에 어리는
나의 掛鍾은
나의 子正을 울릴 것이다.

(1924)

平和와 은혜에 가득찬 이 땅에

平和와 은혜에 가득찬 이 땅에
이즘은 별로히
사람들도 오지 않는다
나도 오라지 않어
보잘것없는 살림살이를 꾸리고
이 고장을 떠나가리라.

그리운 白樺숲이어!
사랑하는 이땅 넓은 들이어!
이처럼 넘처나는 모든것 앞에서
내 마음은 시름에 막혀버린다.

이 平和로운 세계에서
나의 번뇌는 깊이를 모른다.
이 때문에만 불려진 노래도 헤일 수 없다
아 이 시름 많은 땅 우에 사는 몸으로
숨쉬고 살 수 있는 것만도 얼마나 복된 일이냐.

입마초며, 꽃을 꺾으며, 풀밭을 헤맬 수 있는 것만도
그리고는 또

이곳에 사는 김승들을 어린 동생처럼 어루만져 주며
발길로 차거나, 주먹으로 때리지 않은 것,
이런 것만 갖고도 나는 복되었다고 생각한다.

　저, 빽빽한 숲속엔 꽃도 피지는 않았을 것이고
白鳥의 목아지를 닮은 밀보리 이삭도
바람결에 소곤거리지는 않을 것이다
그런 것을 생각하면
이처럼 넘처나는 모든 것 앞에서
내 마음은 알 수 없는 떨림에 몸을 가눈다.

　서리인 안개 속에 금빛으로 빛나는
저 밭두럭도
오라지 않어서는 이 땅에서 흔적마저 없어지리라
그런 것을 생각하면
이 땅에서 나와 함께 사는 이들이
나는 한없이 그리워진다.

(1915)

메밀꽃 피는 내 고향

　모밀꽃 피는 曠野의 토스카 속에서
나는 고향사리에 넌더리를 내었다
그리하야
집없는 거지나, 밤도적같이
나는 기우러가는 내 집을 버렸다.

　안신할 곳을 찾어서
白日下에 헤매일 때
아, 너무나 눈부신 세월이었다.
가장 가까운줄 알었던 놈도
날카로운 匕首를 내 가슴에 겨눈다.

　무르녹는 풀밭, 오솔길에도
다사로운 봄빛이 회롱을 할 때
한없이 마음 끌리어
우두머니 서 있는 나를……
또 무엇이
내 나라 지경 밖으로 몰아내려 하느냐.

451

   잼처, 내 고향 집에 도라가면
알수 없는 安堵에
내 마음 기쁘고,
어설푸른 저녁 어둠 창까에 닥어들 때
아 그때 나는 목을 매리라.

   은빛같은 실버들
울타리 가에 상냥히 머리 숙이고
먼발에 개짖는 소리 속에서
이 不淨한 屍體를 묻을 것이다.

   湖水 가에는
키를 나린 달님의 조각배가
가없이 흐르고, 떠나려갈 때……
이래도 러시아는
언제까지나 살어있고
울타리 가에서 울면서 춤출 것이다.

                                              (1915)

452

적은 숲

 적은 숲, 넓드란 草原에
끝없이 번지는 달빛
또 뜻하지 않던
쏘다져 나오는 방울소리.

 더렵혀진 길
이 길을
어떠한 러시아 사람이라도 다 거렸을 것이다.

 아 썰매여! 낯서른 썰매여!
바짝 얼은 솔잎의 흔들리는 소리
내 아버지는 농사꾼
나는 농사꾼의 자식이다.

 名聲 같은게 무에냐
詩人이란 말조차 구역이 난다
이 낡어빠진 동리를 집어던진 뒤
얼마나 많은 나달이 흐른 것이냐.

　이 나라, 이 넓은 들판을
한번이라도 본 이는
어드런 白樺나무 밑뿌리에라도
뜨거운 입술을 부비지 않고는 못백이리라.

　어러붙는 치위 속에 잎새 소리를 내며
러시아의 젊은 나무나무들이 꽃을 내달고
발을 맞추어 춤추고 노래부를 때

　아 손風琴이어! 죽엄의 독약이어!
생각하면 이 울부짖는 소리에 합처
틔끌과 같이 따에 떠러저간 것은
어찌 때비린 名聲뿐이었겠느냐.

(1921. 11)

봄

暴風雨는 지났다.

짓밟히는 落葉에도
사모치는 슬픔은 어리고
나는 새로운 生活을
첫 꿈꾸는 마음으로 맞이하였다
오늘, 나는
資本論 속에서 읽는다
詩人에는 詩人의 法則이 있다고.

아직도 눈보라는
울부짖고 있으나
그것은 벌써 배쩐에 부다치는
물에 뜬 송장과 같은 것이다.
나의 頭腦는
더욱 더 맑어가고
나는 쾌활하고 설량한 다봐리시치.

아까워 마러라
썩어저 스러지는 것에게
저, 미처 날뛰는 눈보라 속에도
수집고 뜻없는 마음으로
죽을 수 있다면,
나에게 있어
죽엄 또한 근심할 바 못 된다.

오, 지저굴 지저굴 지줄거리는 적은 새들이어!
잘 있었느냐
되똑어리지 마라
네가 싫타면
나는 네 날개틸을 씨다듬지도 않이하련다
너는 너다히
그냥 울타리에 쉬어라.

宇宙에는 運行回轉의 法則이 있다.
그것은 이 세상의 모든

살고 살려하는 것들을 支配하는
한개의 嚴然한 法則이다.

　아름다운 새떼여!
뭇 사람들과 같은 하늘을 이고 사는 네가 아니냐.
높은 나뭇가지에
몸을 빗겼다 앉었다 하는 것도
훌륭한 너의 權利다.

　추라한 단풍나무여!
잘 있었느냐
정말로 너를 허수히 여겨 잘못되였다
저처럼 누데기를 입히어 미안하고나
그러나 새로운 입성은
벌써 너를 위하야 마련되었다.

　네가 재촉치 않어도
四月은 초록색 모자를 너에게 씨워줄 것이고
댕댕이 넝쿨은

다시금 부드러운 넝쿨로
네 몸을 안어 주리라.

　또 어여뿐 시악씨는
우물의 물을 길어다
네 몸을 씻지 아니하겠느냐
十月의 매운 바람에도
네가 지지 안토록

　그리하야 밤이 되면은
달은 하눌높이 둥실둥실 떠서 오른다
달은,
먼발의 개짖는 소리쯤으론
달은 꺼지지 않었다
그리고 사람들은 저의끼리 피 흘리고 싸울 때,
저 달조차 눈에는 없었든 것이다.

　이제는 싸홈도 끝났다
보아라

레몽色의 달빛이
연두옷 입은 나무나무의 우으로
비오듯 퍼부웃는 것을……

　내 가슴아, 노래 불르라
새로운 감동의 물결을
끓어 올리어
봄의 讚歌를 부르라.

　大地여!
너는 쇠철판이 아니다
쇠철판 우에
어떻게 새싹이 눈을 트겠느냐
이거다! 나는 똑바로
책 줄의 말뜻을 받어드렸다
그리하야
나는 資本論을 理解한다.

(1924)

어머니께 사뢰는 편지

　늙으신 어머니어!
상기도 평안하시오니까
나 또한 살았노라. 그립소이다 어메여
상기도 당신이 사시는
오막사리에
그 말할 수 없는 저녁 노을이 서고 있읍니까.

　나는 들었노라
당신이 애타는 마음을 숨기고
나로 인하야
가슴을 조이신다고……
이따금 철지난 헌옷을 꼬내 입고
신작로가으로 나오신다고……

　어스므레한 해설피면
어느 때나 꼭 같은 예감에
떨지나 않으시는지,
선술집 싸홈자리서
무듸인 식칼에 젖가슴 깊이

찔려 너머지는 이 자식의 모습.

　아니라구요, 어머니시어! 마음 평안하시라
이는
당신의 안타까운 마음의 옥매듭이오
당신을 보입지 않고 죽기까지
무도한 놈으로는
행여 아지 마시옵소서.

　나는 아즉도 옛날부터의
사랑스런 당신의 아들
나의 꿈꾸는 바는 단 하나
미칠 듯한 번뇌를
한시라도 밧비 뛰처
추녀 얕은 나의 집에 돌아갈 것 뿐.

　봄은 가고, 물오른 가지와 넝쿨이
나의 집 좁은 뜰을 덮을 때
아 그제야말로 나로 도라가리라

461

다만 옛날과 같이
새벽마다
나의 머리맡을 흔들지는 마시옵소서.

　그때에는 어머니,
미처 깨지 않은 나의 꿈을 깨우치지 말어주소서
꿈길이 스러진 나의 번뇌를
당신이어! 흔들지는 말어주소서
일즉부터 길이 어긋나고
生活에 고닲힌 이 아들이외다.

　그립소이다, 어메야,
당신만이 나에게는 오직 하나인 광명(光明).
나로 인하여
마음 아여 상치는 마시옵소서
그리고는
철지난 헌옷을 끄내 입고
자꾸만 신작로 가으로 진정 나오시지 마시옵소서.

어릴 적부터

　어릴 적부터, 차돌같은 기상으로
나는
이름이 높았다.
만약에 詩人이라도 되지 않았든들
이제쯤의 나는 강도나 소매치기가 되었을 것이다.

　깡 마르고 키적은 나지만
아히들 사이엔
언제나 엄지 손꾸락,
코피를 흘리고 집에 온 것도
한두 번은 아니다.

　깜짝 놀래어 쪼차나오는
어머니더러
입설 터진 입을 우물럭어리며
—아무것도 아니야, 돌뿌리에 걸려서 너머젓대두……
내일까지두 안가서 다 낳는대두……

그, 뒤끓는 뜨거운 물같은 성품의 시절이
아조 멀어진 이제도
이때껏 아모도 눈에 거들떠보이지 않는
커드란 간떵이는
내 詩가운대 흐르고 있다.

찬란한 글짜가 山같이 쌓이는
끝없이 이어나간
詩 줄의 뒤로
싸홈새 빠른 개구쟁이의
옛적부터의 간떵이가 보이지 않느냐.

그때와 꼭같이 지금도
눈우엔 뵈는게 없고, 웃줄렁거리는 나이다.
나는 내 노래의 처음 닷는 곳을
발길로 차버리며 달리어간다.
어릴 적에는 한끗 가야
귀쌈을 마젓지만

이제는 온 마음까지 피투성이다.

　그러나 이제는, 어머니같으신 분이 아니라
겔겔거리고 웃는,
아모것도 모르는 賤民들에게 들려주는구나
―아무렇지도 않다. 돌뿌리에 걸렸을 뿐,
내일까지도 안간다니까……
내일까지도 안간다니까……

(1919)

나의 길

生活의 흐름은 기쁨에 넘치고
나는 이 동리의 오래인 住民,
이 땅에서 보고온 모든 事物은
이 가슴 속에—
조용 조용히 노래부르자
오, 나의 지난날.

동네 집들은 목도린 양 둘리고
그 속에
향냄새 피어오르는 묵은 敎會堂—
등잔불은 정다웁게 끔벅어리는
아 어렸을 적 생각이
이처름 생생히 떠올을 줄이야.

창밖에는 귀를 째는 눈보라—
방안에는 페—치카, 할머니 그리고 냐웅이,
내가 아홉 살 때의 일이다
할머니는 마른 나무가지로 페—치카에 불을 집히며

때때로 입을 벌리어
커드랗게 하품을 하시고

　눈보라는 사나운 소리로 울부짖고 있었다.
窓가에는
송장이 미처서 춤추는 것 같았다
이런 때였다 쓰아―리가
日本에게 戰爭을 청한 것은,
그리고
먼 곳에는 여기 저기에 十字架가 明滅하였다.

　그 시절의 나는
러시아의 음모도
戰爭의 목적도 理由도
무어하나 아는 것이 없었다.

　다만 리야잔의 들판에서
백성들은 씨를 뿌리고

467

또 이것을 건을 뿐
이것이 나의 고향이었다.

　백성들은 한껏 不平을 늘어놓든 것이며
뒤구녕에서 주먹질 하든 것이며
하누님과 쓰아―리를 거더치우자고 하든 말만이
지금도 내 머리에 떠오른다.
멀리서는
저, 레몽빛 저녁 노을이 微笑를 지었을 뿐―

　그때에 나는 처음으로
마음속에 韻律을 갖었다
맴도는 감정에
현기를 느꼈다
그리하야 나는 맹서를 하였다.
이처름 내 마음이
焦燥에 애타는 以上
모든 感動을

노래 속에 짜 넣으리라고—

　정말 오래된 일이다
모두가 가물가물한 속에
나는 생각해낸다.
그때 동리 영감네들이 서글프게 하든 말을
— 그건 쓸데없는 생각이야
어쩨피 쓰려거든
밀보리에 대한 것을 쓰는 게 좋아
그보다도 말(馬)에 관한 것이 더욱 좋지—

　그 시절은, 뮤—즈에게
어쩔줄 모르든 때였다.
머리 속에는
남모르게 피어오르는 꿈
나는 名聲과 財物을 얻자
리야잔에는 나를 위하여
記念像을 세울테이지—

그리고 열다섯에는
나는 완전히 사랑의 노예가 되어 있었다.
외접은 게 좋았고
가슴 속엔
두 방맹이 치는 생각이 숨겨저 있고—
커지면
저 색시들 가운대의 한 색시와
나는 반듯이 같이 살리라 하고
……………………………

세월이 흘러갔다
사람들의 모습은 변했다
사람들을 빛외는 햇볓조차 변한 것이다
그리하야
적은 동리의 思想家인 나는 都會로 나갔고
나는 그곳에서 第一流의 詩人이 되었다.

그러나 作家生活의 싫증에

病들고 피로한 나는
여기 저기로
낯서른 고장을 헤매어 다녔다
눈앞에 닥치는 것에 믿음을 줄 수가 없고
스처가는 것에 마음은 잡히지 않어
세상은 다만 虛相으로 버리고
돌보지 않었다.

　그때 나는 理解하고 있었다
러시아를 이와 같은 것
名聲이란 이와 같은 것이라고,
그리하야
어쩔 수 없는 서글픔은 毒藥처럼
온몸에 퍼졌다.

　아, 詩人인 것에 咀呪가 있거라
이 虛僞의 世界에서 빠—지고 싶다
나를 좀 쉬이게 하라

다만 쉬이게 하라
리야잔에
記念像 나부래기도 세우지 말라.

　아 러시아여! 쓰아—리의 나라여!
엥간한 슬픔이다
貴族의 寬容이어!
그러나 이런거 모두가 무엇이냐
모스크바여!
내 絶望의 방탕한 몸부림을 받어드려라.
저꼴을 보아라!
안꼬 안기는 모든 것이……
그리하야 나는
나의 詩 가운데
阿諛하는 賤民들의 싸롱 속으로
리야잔의 틀진 말(馬)을 모라 넣었다.

　늬들은 얼마나 오만상을 지프렸든 것이냐

그도 그럴 것이다
로리강이나 장미꽃에 낯익은 너의들이다
그러치만 너의들 황감히 바뜨는 빵쪽은
아 그 빵쪽은
똥물에 튀한 것이다.

　그리하야 세월은 흘렀다
詩에도 노래 불리지 않은 수많은 일은
이 속에 흘러간 것이다
帝政을 거꾸러트리고
偉大한 權力을 잡은 勞動者의 軍隊가
커다랗게 앞으로 나온다.

　나 역시
낯 서른 고장에 떠도는 것이 멀미가 나
고향의 집으로 돌아왔다
애련한 치마를 두르고
연못가에는

정다운 白樺나무들이 서 있다.

　白樺숲이여!
어쩌면 너의들 가슴은 이처럼 아름다우냐
아무런 여인네의 젓가슴도
이처럼 흐뭇 ―하지는 못하다.

　햇볕이 번쩍이는, 이 들판
내 고향의 들판에
밀보리를 가득이 실고 오는 수레들이
나있는 쪽으로 向하여 온다

　모두다 내 얼골을 모르는 모양이다
나도 여러 사람 앞으로 가차히 간다.
보라, 나의 할머니가
나에게는 눈도 거들떠 보지 않고 거러온다.
아 저 테 없는 마래기를 보면
이상한 소름이

내 등꼴을 電流와 같이 흐른다.

　그러나 정말로 할머니일까,
정말로 나를 잊으신 것일까
이대로
아 이대로 지나가시게 하리라
내가 없는 것이 얼마나
할머니 마음은 편안하실까
그러타 하드라도
저 주름살 입가에까지 깊이 접힌 주름살은
천연 순교자와 같지 않은가.

　날이 저무러도
나는 모자를 눌러쓰고
(이 쓸쓸한 눈초리를 숨기기 위하야)
삭쨍이만 남은 들판으로
실개울의 종잘거림을 듣기 위하야
저 들판으로

몰래 나가자.

　어쩔 것인가
아 나의 젊음은 이미 지나간 것을……
참다운 일에
몸을 단속치 않으면 안될 때는 왔다
서두르는 내 마음은 벌서
노래를 부르고 있는 것이다
아 새로운 내 동리의 生活이어!
새로운 힘으로
나를 가득히 하여라!
일즉이 지난날
내 고향 리야잔의 틀진 말(馬)이, 이 나를
名聲으로 향하여 모라 보내듯 ―

싸베—트 러시아

暴風은 지났다 少數의 사람만이 무사하였다
정다히 서로 이름 부르던 이들도 적어졌다.
나는 다시 고향으로
八年 동안이나 돌보지 않든 고향으로 도라왔다.

누구의 이름을 불러야 옳으냐
나는 살었다. 이 슬픈 기쁨을 난홀 데는 어듸에 있느냐
저편에는 날개가 부러진 風車— 木製의 적은 새가
눈감고 서 있다.

나를 아는 사람은 없구나
모두다 나를 잊어버린 모양이다
옛날 내집이 있든 자리엔
두엄덤이가 되고 쓰레기만 산처럼 쌓였다.

生活은 뒤끓는 것이다
늙은이의 젊은이의 모든 얼골은 맴돌고 있다.
그 한복판에 나는 서 있다.

모든 눈짜위는 짜증 속에 불타고 있는 것이다.

　머리 속에 생각은 미처서 날뛴다
고향이란 무엇이냐
이런 것은 다만 幻想에 그치는 것인가
고향 사람에게 있어서 나는
다만 타관에서 흘러온 동냥아치 같은 것에 지나지 않는 것일가,

　아 나는……
나야말로 이 동리 태생으로
옛날 한 사람의 여편네가
러시아의 방탕한 詩人을 낳엇기 때문에
동리도 그 이름을 알려지게 되련만.

　마음 안에선 속살거린다
무엇이 너를 屈辱으로 몰어넛느냐
헐벗은 백성들의 집집에도
새로운 시대를 피워올리는

저 새로운 빛깔을 못 보느냐.

　너의 한때는 지났다
새 사람이 새 노래를 부르는 것이다
그들의 마음을 잡는 것은— 벌서 한 개의 村落이 아니라
온 大地가 그들의 어머니다.

　아 나의 고향아, 나는 어쩌면 이처럼 우수꽝스런 인간이 됐느냐
쭉 빠진 볼에 피끼마저 없이
'市民'이란 말조차 귀에 거슬린다
제가 난 고장에서도
아 나는 타관 사람 모양 되어버리었구나.

　저것을 보아라
新生의 村民들이 옛날 敎會에 가듯
面싸베—트로 몰리어간다
서투른 문자를 써가떠
이들도 生活에 대하여 討論을 하는 것이다.

날이 저문다
어슬푸른 들판에 저녁 노을은
얇은 金箔의 장미꽃을 뿌리고
그 빛깔이 도랑ㅅ 가의 白楊나무에 비쳐어
문앞에 매인 송아지처럼 보일 때,

벌서 얼골에는 죽음끼가 보이는 붉은 군대가
얼골을 찡그리며 지난 이야기에 정신을 판다
부존누이 將軍의 이야기라든가,
페레코브 奪取의 기나긴 이야기를
조금씩 주―짜빼며 지껄거린다.

아 글세 우리들은 간신히 그놈의 데를 빼섯는데……
그런데 그 뿌르조아놈들이 ……어쩌구 저쩌구……
단풍나무 가지가 기―ㄱ 귀를 움추린다
할머니들은 남몰래 어둠 속에서 한숨을 지운다.

山쪽에서 나려오는 농군출신의 共靑들

손風琴을 무작정 울리며
데미얀의 宣傳歌를 부르면
그 소리가 커드랗게 산울림친다.

  아 여기가 내 고향이다
여기가 나를 낳은 땅이냐
나도 市民의 벗이라고 얼마나 詩 속에 웨첫는가
그러나 인제 내 詩는 아모짝의 소용도 없다.
사실은 나부터도 쓸데가 없어진 것이 아닐까,

  고향의 옛집이여, 용서하여라
그 전날 네게 받히든 모든 힘은 끝났다
이제는 나에게 노래도 청하지 마라.
네가 괴로워할 때
나는 그처럼 노래부르지 아니했느냐

  아 나는 모든 것을 받어드린다
있는거 그대로를 받어드린다

마련은 되었다 여러 사람들의 뒤를 따러 나도 가리라
온 정신을 十月과 五月로 도리키자
그러나 사랑하는 리라 나의 風琴만은……

　사랑하는 리라만은 남의 손으로
어머니에게도 동무에게도 아니 안해에게까지도 돌릴 수 없다
리라만은 몸을 마끼어
나에게만 부드러히 노래 불러주었다

　꽃피어라 젊은이어! 굳건히 살어가거라
너에게는 새로운 生活 새로운 멜로듸가 있다.
나만은 단지 홀로……낫서른 國境을 향하여 떠나가련다.
미처서 날뛰는 反逆의 가슴을 안고
아 永遠히……

　그러나 온 遊星의 우에
民族의 원한이 스러지고
不正과 悲慘이 없어졌을 때

아 그대야말로 나는 詩人의 온 정신을 기우려
大地의 이 第六部를 노래하고 讚美하자
'러시아'라는 端的인 이름 밑에서

(1924)

나는 내 才能에

　나는 내 才能에
굳은 信念을 갖이고 있다.
詩를 쓰는건
그리 힘드는 일이 아니다
나의 기쁨과 나의 괴로움
이것은 다만
고향으로 불타오르는 그리움 속에 있다.

　세상의 詩人들은
똥 본 오리처럼 지껄거린다
시약시라든가
별이라든가
달이라든가
이런 나부랭이가 그들 詩의 샘이다
나에게는 그와 달른 感情이 불타오른다
이 가슴 속에는
곧힐 수 없는 苦惱가 웅수리고 있다

골빡 속에
지글지글 끓고 있는 것은
남들과는 전연 틀리는 생각이다.

　나의 소원은 무엇이냐
各人에 대하여 자랑과 뽄새를 줄 수 있는
그러한 詩人이 되고
또 市民이 되려고 하는 것 뿐
훌륭한 싸베—트 共和國에 있어서
나는 으붓자식 모양,
눈치받는 존재가 되고 싶지는 않타.

　내가 모스코바에서 떠러저 난 것은
벌서 오랜 일이다
그곳에서 나는 民兵들과 발을 마추어
생활하지를 못했다
나의 모—든 술낌의 주접도
하나 하나 타내어 그들은 일컫을 하고

나는 苦惱의 풀무 속에 있는 거 같었다.

　그들 市民의 友情을
나는 깊이 고마워한다
그러나 다만
내게 있어 괴로웁든 일은
그곳에서는 벤치 우에서 재우든 일이며
장속에 불상한 앵무새라든가, 하는 괴상한 詩를
술취한 나머지에
불리운 것이다.

　나는 諸君들의 앵무새가 아니다
나는 한 사람의 詩人이다
저 데미양 베뜨누이 같은 者와
함께 取扱은 받고 싶지가 않다
시험쪼로 나에게
술을 한주발 앵겨라
그러면 이 눈은 당장에

번쩍이는 영채를 쏟을 테니까—

　나는 모든 것을 본다
그리고 모든 것을 밝고 밝게 아러낸다.
이 새로운 時代는
諸君들에게
한낮중의 乾葡萄조차 주지는 않을 것이다
싸베—트라는 이름이 폭풍과 같이
온 나라를 휩쓸고 있다.

　그것은 그저 빙글 빙글 돌아서
思想을 뿌리는 風車와 같은 것이다.
사랑하는 사람들아, 기웃거리며 다녀라!
諸君들에겐 未來가 約束되었다.
나는 諸君들의 어린 조카고
諸君들은 모두다 나에게는 아저씨뻘이다.
자 에세—닌아
조용히 맑스에 向하여 앉자

그리하야
저 따분—한 글자 속에서
크나큰 지식을 받어드리자.

　안개에 싸인 시내물 같이
날과 달은
부질언히 흐를 때,
大都市는 책 속에 느러슨 活字처럼
번쩍어리고
가추 모스크바에 있든 나조차
이제는 바─크의 거리까지 떠나려왔다.

　그리고 神父는
謹嚴하게 神託을 傳授한다
─저것을 보아라
시꺼믄 油田의 키(櫓)는
敎會의 十字塔보다 얼마나 아름다우냐,
神秘의 안개 속도 이제는 싫타

詩人은 노래 불러라
—더 좀 굳세게 살라고.

　물 우에 뜨는 原油는
가슴을 두르는 입성과 같다
하눌에는 밤이 찾어오고
수없는 별을 뿌릴 때
나는 이 淸純한 가슴에 맹서를 한다.
바—크의 하늘의 별보다
번쩍이는 街燈이 훨씬 더 아름답다고……

　나의 꿈은 工業의 힘에 눌려버리고
내 귀는 人間 에넬기—의 爆흡 속에서
헤어나지 못한다
아 이제는 제—발 그만두어라.

　天上의 모든 것은 빛을 던지고—
이 땅에서는 이러한 힘이

우리들은 더욱 더 단순하게 만든다
나는 조용히 내 목을 어루만지며
이처럼 말하자
―때는 가차웁다고.

　자, 에세―닌아
조용히 맑스에 향하여 앉자
그리하야
저 따분―한 글자 속에서
크나큰 지식의 수수꺾이를 풀자.

(1924)

하눌빛 녀인의 자켙

　하눌빛 녀인의 자켙
그리고 푸른 눈동자
나는 어떠한 진실도 사랑하는 사람에게 말하지 안는다.

　사랑하는 사람은 뭇는다
밖은 눈보라가 치고 있지요
난로를 피우겠어요 당신은 이부자리를 깔어주세요.

　나는 사랑하는 사람에게 대답한다
지금 높은 곳에서
누군가가 히듸힌 꽃송이를 뿌리고 있다
너는 난로에 불을 피우라
그리고 자리도 깔어놓아라
　아 지금 내 가슴에는 네가 있는 게 아니라 눈보라가 휘모라치고 있
다.

(1925.12)

눈보라

눈보라는 무섭게 휘모라치고
끝없는 벌판에
보지 못하든 썰매가 달리어간다.

낯서른 젊은 사내가 썰매를 타고
달리어간다

나의 幸福은 어듸에 있느냐
미칠 것 같은 나의 기쁨은 어듸에 있느냐
모든 것은
사나운 선풍 밑으로
똑같이 미처날뛰는 썰매를 타고 가버리었다.

망난이의 뉘우침

　아무나 노래를 부를수 있는 것이 아니고
어느 능금이나
사람들의 발등에 떠러지는 것은 아니다
이것은 그중 훌륭한 뉘우침
망난이의 뉘우침을 들어라.

　나는 일부러 머리칼을 쑥방맹이로 만들고
골통은 정말 어깨우에 올려논 남포등잔
너의들의 마음의 가을이
잎이 진 마음의 가을이
절망 속에 빛나는 것을 보면 할량없이 기쁘다
욕소리 상쏘리의 돌풀매가 우박같이
나를 향하여 날러올 때
정 조와서 못 견듸겠구나
그렇게만 되면 나는 두 손으로 온몸에 잔뜩 힘을 주어
성내어 떨리는 나의 머리털을 움켜쥐리라.

　그때 멋드러진 것은 얼마나 하겠느냐

마음속에 떠오르는 것은
그 수풀이 무성한 湖水가와
바람에 흔들리는 느릅나무의 목쉬인 소리
내 마음 어느 구석엔가는
어머니, 아버지가 살고 게시다.
두 분은 내가 쓰는 詩 같은 거 방귀만큼도 안 녀기지만
다만 이 아들이, 논뺌이나 밭때기처럼 신통하여 못 견듸는 것이다
열푸르게 거무른 농사철의 단비와 같이 작고만 대견하여 못견듸
는 것이다
너의들이 내게 던지는 욕소리 상쏘리를 듯다 못하면
그분들은 소스랑을 춰켜들고 쪼처나올 것이다.

　아 가난한 농사꾼이어
당신들은 정말로 밉상이구려
여전히 하누님이나 수령같은 것에는 움추러들며
당신들이 낳어서 길른 이 러시아의
그중 훌륭한 詩人은
어째서 몰라보느냐.

그 자식이 맨발로 가을물 고인 데
가을물 고인 데 발을 듸밀 때
너의들은 조마조마하야 마음이 어러붙지는 아니하느냐
그런데 이 자식은 지금 썰크햍을 쓰시고
유난히 번쩍이는 칠피구두를 잡쬈다.

　그렇다고는 하지만 그 자식의 마음 속엔 옛날과 다름없이
촌 개구쟁이의 억지가 눈을 까뒤집고
고기깐 간판의 소 그림만 보아도
먼—발에서 인사를 한다
번화한 거리에서도
호기 있이 다러나는 馬車를 볼 때
나는 그와는 달리 고향의 밀보리밭 분전냄새를 생각해내고
진정 새색시의 긴 치마를 잡는 것처럼
말이란 말의 궁둥이를 두드리고 싶다

　그리운 고향
사랑하는 내 고향아!

설령, 너에게 누른 버들의 슬픔이 있다하여도
그 더러운 돼지의 거두리라든가
조용한 밤중을 뒤엎어놓는 개구리, 맹꽁이, 둑거비,
이런 것들이 악을 쓰는 울음소리를 듯고 싶다
아 어릴 적 생각에 내 마음은 묻힌다
울타리 넘어 단풍나무는 저녁 노을이 불붙는 속에
몸을 굽히어 불을 쪼이고
숫개의 등을 듸듸고
나는 그 단풍나무 가지 까치의 둥지에서
몇번이나 까치말(알)을 훔친 것인가,

   그리웁다 단풍나무
네 노래는 지금도 그처럼 멋대가리가 없느냐,
옛날부터 언제나 바람이 불때면 끼ㄱ 끼ㄱ 울면서 눈을 감고
축 느러진 가지를 뜰 앞에 흔들었다
벽장문이 어듼지, 부엌문이 어듼지 빵 쪼가리가 어듸 있는지
아무것도 모르는 너
어머니 몰래 빵쪼가리를 훔쳐와 갖고는

얼마나 네 옆에서 몰래 먹었든 것이냐
아 그리하야 너와 내가 정이 들었다

　나는 그때와 조금도 다름이 없다
내 마음도 그전대루다
병든 들국화모양 내 눈은 내 얼굴에 꽃피고 있다
잔디풀 욱어진 詩의 자리를 펼치고
말솜씨를 부드러히 너에게 인사하련다
—편안히 쉬시라구요
—여러분 편안히들 쉬시라구요
저 들판에는
저녁 노을의 낮질도 끝났다
오늘밤 나는 창까에 기대어 마음껏 달빛에 잠기고 싶다

　창백한 빛이다 어쩌면 저리도 할쓱한 빛이냐
이같은 속에서라면 금상 눈감고 죽엄이 온대도
별로 별로 뉘우침이 없으리라
설령 이 몸이 街燈 꽁문이에 매달려 죽었다 하여도

497

그까진 게 무엇이냐.
옛날부터 낯익은 그리고 정들은
무작정 타고 다니던 폐가사쓰여!
너의 보드라운 안장조차
지금의 나에게 무슨 소용이 있느냐.
쥐뿔 같은 것들을 노래하고 讚美하기 위하야
타고난 재조를 떨칠랴고 그래서 나는 왔다
금과 은의 수실을 해달은 내 머리털
내 머리털은 술이 되어 머리 속에서 넘처 흐른다.

  아 나는 금빛 돗이 되어
저 나라로 흘러가고저웁다

(1920)

가버리는 러시아

偉大한 勝利者— 레닌主義의
으붓 자식인
우리는 아즉 많은 것을 아지 못하고
새로운 노래를
할아버지, 할머니, 가르키든 그대로
구틀로만 부르는구나.

동무여! 동지여!
祖國에는 무어라 해야 옳을 破戒가 연닷는 것인가
무어라 해야 될 슬픔이
이처럼 뒤끓는 기쁨 속에도 숨어 있는가
결국은 그 때문이다
흐르는 괴침을 찌저던지며
共靑의 꽁문이를 쪼처가려고,
나도 벼르는 것은—

슬픔을 붇안고 꽁문이를 빼는 사람들을
나는 타내지 못한다
늙은이는 대체 어듸로

젊은이를 쫓어가야 하느냐
그들은,
아즉도 벼딴에서 털리지 않은 벼알과 같이
씨나락이 될랴고 남은 것이다.

　그리하야 나 自身—
늙은이도 아니고, 젊은이는 더욱 아닌,
이 運命은 時代를 위하여
거름이 될 뿐.
그러기 때문이다
카바레—에서 울리는 키—타 소리가
나에게
달듸 단 꿈을 풍기는 까닭은—

　사랑하는 끼—타여!
마음껏 울려라
집시—의 색시야, 아모거라도 좋으니
힘차게 울려라

愛撫도 平穩도 없었든 시절
저 災殃된 세월을 잊을 것 같은
그러한 노래를 울리어 주렴아.

　나는 싸베―트 政權을 원망한다
빛나는 靑春을
鬪爭 속에서 지내지 못한 나는
크나큰 恥辱을 느낀다.

　내가 본 것은 무엇이냐
그것은 싸홈이다
그리고 듣는 것은
노래가 아니라 砲聲이었다.
그러기 때문이다 누렇게 뜬 얼굴을 하여가지고
내가 걱구러저 넘어질 때까지
이 地球 위를 줄다름 친 것은―

　그러나 나는 어쨋든

幸福하였다
크낙한 폭풍 속에서 다시 없는 印象을 얻었다
旋風은 나의 운명을
황금꽃 수놓은 옷을 입혔다.

　무엇을 숨기랴
나는 새 사람은 아니다
지난 해부터 나는
한편 다리밖에 없는 사내가 되었다
강철의 군대를 쫓어가려고
추썩어리다 나가자빠저
한편다리를 날린 것이다.

　또 이런 사람들도 있다
그들은 나보다도 더욱 不幸하고
훨신 더 무참하게 일혀버리고 있다.
이러한 친구들은
키에 까불리는 쭉젱이와 같이

멋모르는 사건의 거세인 물살에
섭쓸려 버렸다.

　나는 그들을 알고
그들을 보았다
눈은 늙은 소보다 슬푸고 에미령하고
人類의 平和로운 사업가운대
연못과 같이
그들의 피는 고여 넘쳤다.

　누구냐 여기다 돌을 던지는 놈은
지독한 냄샐래 견딜 수가 없다.
그대로 두어라
그들은 이대로 죽어가는 것이다
가랑잎에 언친 티끌 모양
썩어저 버리는 것이다.

　또 이런 것도 있다

이네들은 信仰이 두터운 축이다
바보스런 눈을 휘번덕어리며
天堂가기를 업드려 빌고
무작정 뒤통수를 긁으며
新生活이 어쩌구 저쩌구 주절거린다.

　나는 귀를 기우린다
내 눈앞에 완연히 나타나 보이는 것은
니마를 맞대고
무언지 공론하는 농군들—
—싸베트 政權 밑에 生活은 얼마나 아름다우냐
야 밀가루 좀…… 그리고 잔 못을 좀……

　무에라고 주서 지꺼리너냐,
온통 니틀이 솟도록—
자나깨나 빵 이야기 감자 이야기
어듸에 무엇이 生活이냐
내가 뽑은

쓰라리고 재수없는 제비를 원망하야
매일밤 나는 생트집을 무엇 때문에 하는 줄 아느냐.

   鬪爭 속에 살아온 사람들
크낙한 思想을 몸으로써 직혀온 사람들
나는 그들이 부러웁다.
헛되이 써버린 젊은 시절이기에
나같은 것은 생각나는 것조차
없지 않은가.

   염치도 없다
아 체통도 없고나
過渡時代 좁은 틈사구니서 삐저난
이 몸의 不運—
내가 받히려고 힘쓰는걸 가지곤
아모런 도움조차 되지 못하고
그냥 제멋대로 집어던진 노래가
珍重히 녁여진다면

　사랑스런 키—타야
마음껏 울려라.
집시—의 게집애야 아모거라도 좋으니
힘차게 울려라.
愛撫도 平穩도 없었든 시절
저 災앙된 세월을 봉할것 같은
그러한 노래를 울리어 주렴아!

　아 이 원통함이 술로서 씨서질 수 있는가
거치른 들판을 무작정 헤매인대도
이 몸둥이를 사뭇 짓니긴다 하여도
어떻게 마음 속의 苦惱를 씻을 수 있느냐
그때문이다
흘러내리는 괴타리를 찢어 던지고
共靑의 뒤에서 나도
줄다름질을 치고 싶어진 것은—

(1924)

제3부

散文部

作家論·詩論 및 기타 ──────

美術評

隨筆과 時論 및 기타

作家論 · 詩論 및 기타

조선시에 있어서의 상징
―素月詩의 <招魂>을 中心으로

산산히 부서진 이름이어!
허공중에 헤어진 이름이어!
불러도 주인없는 이름이어!
부르다가 내가죽을 이름이어!

심중에 남어있는 말 한마디는
끝끝내 마저하지 못하였구나.
사랑하던 그 사람이어!
사랑하던 그 사람이어!

붉은 해는 서산마루에 걸리었다.
사슴이의 무리도 슬피 운다.
떨어져 나가 앉은 산우에서
나는 그대의 이름을 부르노라.

설움에 겹도록 부르노라.
설움에 겨웁도록 부르노라.
부르는 소리는 빗겨가지만

하늘과 땅 사이가 너무 넓구나.

선채로 이 자리에 돌이 되어도
부르다가 내가 죽을 이름이어!
사랑하던 그 사람이어!
사랑하던 그 사람이어!

이것이 소월의 시 <초혼(招魂)>의 전문이다.

나는 이 작품을 중심으로 조선시에 있어서의 상징(象徵), 더 자세히 말하자면 이 땅 시인에 있어서의 상징의 역할과 독자에 있어서의 상징의 역할을 이야기하고자 한다.

<초혼>의 저작연대(著作年代)는 적확(的確)히 알 수 없으나 1925년 12월에 간행된 그의 시집 『진달래꽃』의 <고독(孤獨)> 일련 속에서 볼 수 있고, 또 그의 유일한 사우(師友)인 안서(岸曙)씨의 기술에도 『진달래꽃』 안에 있는 모든 작품은 대개 그의 소년기인 오산학교(五山學校) 중학부 시절에 구상이 된 것이라 하니, 1903년 출생인 그로서는 이 작품이 스물 안팎의 소산일 것이다.

그 당시 미처 3 · 1운동이란 거족적인 대사건은 일어나지도 않고 일본은 제1차세계대전의 여파로 점차 부강해지며 이 땅에 일제 헌병정치는 날로 심하여갈 때 적도(敵都)에서 학업을 중도에 그만두고 고향에 돌아와 교편을 잡은 문학청년 김안서(金岸曙). 그리고 그의 영향을 누구보다도 많이 따른 소년 김소월(金素月). 그러나 이러한 속에서 소월이 중학부 2년급이 되는 해 그들은 조선사람이면 누구나 일생 동안에 큰 충격을 받았을 1919년 3월 1일을 맞은 것이었다.

그때의 안서는 열렬한 정열의 시인이었다. 그러기에 그는, 이 땅에서는 제일 먼저 시집을 간행하는 광영(光榮)을 가졌고 또 그 시집이 서구의 서정세계를 처음으로 이 땅에 소개하는 영예도 가진 것이다. 그러나 불행히도 그의 환경과 위치는 다감한 그로 하여금 보들레르와 베를레느와 랭보를 근원으로 하는 불란서의 상징파와 아더 시몬즈를 일련으로 하는 영국의 세기말파(이 것도 상징주의의 영향을 가장 많이 받은)를 좋아하게 하였다.

그가 동경에 있을 때 일본에서도 서구시(西歐詩)의 이입(移入)에는 우에다(上田敏)와 나가이(永井荷風) 등의 상징시 번역이 풍미되었으며 이 땅에서도 그보다 후에 나온 유위(有爲)한 시인들이 처음에는 이와 같은 경향으로 흘렀으나 여기 구태여 '백조(白潮)'일파의 예를 들 것도 없다.

소월이 시를 사랑하고 시를 보는 눈은 안서를 통하여 떴다. 그러니까 그에게서 조금치도 안서의 기운이 들지 않았다고는 할 수 없다. 그러나 나는 여기에서 소월의 상징시와의 관계를 강조하려는 것은 아니다.

우리는 <초혼>을 읽을 때 시 속에 있는 그대로 "사랑하던 그 사람이여!"를 아무렇게나 생각하여도 좋다. 이름의 주인공(소월이 그처럼 마디마디 사무쳐 부르는 주인공)이 과거 무너져버린 우리의 조국 조선이라고 하여도 좋고, 또는 그냥 그의 사모하던 한 여인이나 더 나아가서는 아무런 흥미도 없는 그의 어버이라도 상관이 없다. 시가 독자에게 주는 것은 무엇보다도 그 의미는 아니다.

> 선 채로 이 자리에 돌이 되어도
> 부르다가 내가 죽을 이름이어!
> 사랑하던 그 사람이어!
> 사랑하던 그 사람이어!

이렇게 읽고 나면 위선 가슴에 콱 막히는 것은 애절한 곰감(共感)이다. 그리고 다음에 느껴지는 것은 자신도 모르게 그와 함께 외친 무언의 부르짖음일 것이다. 이 뒤엔 독자가 어떠한 연상을 하든지, 각각 자기 깜냥대로 그 의미를 찾는 것도 상관이 없다. 그러나 시는 제일 먼저 느끼는 것이다. 느낌으로써 받아들인다. 그리하여 이 향수(享受)되는 것이 다 각기 한때의 사람으로서 어떠한 공통성을 갖느냐 하는 데에 그 작품의 위치는 결정이 된다.

이 점에서 소월의 시 <초혼>은 그의 전 시작뿐만 아니라, 8월 15일 이전 일제의 부당한 학정 아래에서 씌어진 조선의 시 가운데에서도 그 한결같은 심정에 있어 그 애절함에 있어 그 모든 것을 다 기울이고도 남는 정열에 있어 이만큼 아름다운 시는 별로이 없을 것이다.

<초혼>을 통하여 느끼는 것은 지금도 우리는 우리의 가장 중요한 것 아니 가장 소중한 것을 잃어버렸다는 형언할 수 없는 공허감(空虛感)을 깨닫는 것이요, 또 작자와 함께 이 상실한 것에 대한 애절한 원망(願望)을 돌이키는 것이다. 그러므로 <초혼>이 의도한 바는 어느 것이라도 좋다. 적어도 이 땅에 생을 타고난 우리가 여기에서 느끼는 것은 숨길 수 없는 피압박민족의 운명감이요 피치 못할 현실에의 당면이다.

우리가 시를 받아들일 때 피할 수 없는 것은 그 위치이다. 우리는 어떠한 사소(些少)한 감정과 정서를 통하여서도 가장 중요한 위치를 돌아보지 않을 수 없다. 더욱이 시인들의 입에는 무형의 재갈이 물리고 그들의 붓끝에는 소리없는 수갑이 채워져 있을 때, 적어도 그들을 통하여 무엇을 다시금 느끼고 찾으려 하는, 이 땅의 독자에게 있어서는 저절로 어떠한 상징의 세계를 구하지 않을 수는 없다.

그 누가 나를 헤내는 부르는 소리
불그스럼한 언덕, 여기저기
돌무더기도 움직이며, 달빛에
소리만 남은 노래 서리어 엉켜라.
옛 조상들의 기록을 묻어둔 그곳!
나는 두루 찾노라. 그곳에서
형적 없는 노래 흘러 퍼져
그림자 가득한 언덕으로 여기저기
그 누가 나를 헤내는 부르는 소리
부르는 소리…… 부르는 소리……
……………………………

그러므로 소월이 다시 <무덤>이라는 시를 내놓는다 하여도 우리는 여기에서 먼저와 같은 민족성에서 오는 크나큰 공감을 느끼게 된다. 이 속에서 그 상징성이 비유로 떨어지지 않는 것은 다만 그의 예술적 표현이 우수하였음을 말하는 것뿐이다.

그러나 소월은 한란계(寒暖計)와 같은 시인이다. 혹독한 슬픔과 억압과 절망을 따라 그때, 그때의 분위기와 환경을 따라 그의 시는 수은주(水銀柱)와 같이 상승하기도 하고 하강하기도 하였다. 좋은 의미로 말하여도 그는 정신의 자기세계를 파악하지 못한 박행(薄幸)한 시인이었다. 이리하여 소월의 시는 조선의 양심적인 시인이면 으레히 가졌을 소극적이나마 반항과 자유를 위한 상징의 세계는 깊이를 찾지 못하고 말았다.

조선에서 처음으로 서구의 시를 이식(移植)한 것이 모두 상징시의 입김이 닿은 것이요, 국내에서도 순전히 문학청년 출신으로 된 시인('백조'의 懷月, 月灘, 尙火)이 배출하여 그들이 즐겨 따른 것도 상징시의 세계였으니, 이것은 이 땅의 역사적 환경의 필연적 소산이나, 이 땅의 상징시가 소위 불란서에서 베를레느를 거쳐 말라르메가 주장한 형식의 완벽을 위한 심볼리즘이나 혹은 영국의 아더 시몬즈가 보들레르의 영향을 받아 자국내의 세기말의 일파와 행동한 그러한 상징의 세계와도 다른 것은 두말할 것도 없는 것이다.

물론 이곳에서도 '백조' 창간 당시 서구 상징파의 영향을 가장 많이 나타 냈다고 볼 수 있는 회월과 월탄도 그 작품표현에 있어 기분상징(氣分象徵)(그 것도 소시민의 입장에서)의 역(域)을 벗어나지 못하였고, 이 때의 가장 위대 한 시인 이상화씨도 처음에는 이들과 같은 경지에서 더 나가지 못하였으나, 차차로 그의 정신적인 발전은 관념상징의 역(域)에 이르러 의식적으로 민족 적인 운명감과 바른 현실을 튀겨내려는 노력에까지 나갔다. 그러므로 상화 씨의 작품세계가 곧장 경향적인 색채를 띠게 된 것은 당연한 일이며, 또 자기의 테두리를 벗어나 더 큰 안목(眼目)으로 세상을 보게 된 것은 그 당시 1920년대의 조선적인 현세에 있어서는 문단뿐 아니라 이 땅 정신사 상에 있어서도 큰 혁명적인 사실이었다.

요컨대 조선의 시작품이 처음으로 외래의 사조를 받아들인 것도 상징의 세계였고, 또 우리의 정치적인 환경이 양심적인 자의사(自意思)를 표시하려 면 저절로 작가가 그 작품세계에 상징적인 가장(假裝)을 하지 않을 수는 없었다. 그러나 이 땅의 시인은 누구 하나 상징의 세계의 핵심을 뚫은 이도 없었고 또 이 세계를 형상적으로도 완성한 사람은 없다.

이것은 물론, 사상의 후진성과 형식의 미성숙에 연유된 것이다. 이 땅에서 상징의 세계를 받아들일 처음의 본의는 그 받아들인 사람들의 경제적 토대 가 아무리 유족한 것이라 하여도 그것은 유락(愉樂)을 구하는 것이 아니라, 견딜 수 없는 식민지의 백성으로서의 내면 모색과 정신적 고뇌의 발현(發顯)

내지 합일로 볼 수밖에는 없을 것이다.

백조동인 가운데 또 하나 우수한 소질을 보여준 시인 노작(露雀)은 눈물에 젖은 낭만을 풍기고 뒤의 월탄도 낭만을 지닌 의사(意思)를 산문으로서 보여주었다. 1920년대 ― 3·1운동의 여파와 사이또(齋藤實)의 문교정치의 엷은 틈으로 뚫고 나온 우리 문학의 태동(胎動)은 돌이켜보면 참으로 눈부신 일이나, 한편으로 생각하면 살얼음판을 걷는 것 같고 눈물겨운 일이었다. 무엇을 받아들이느냐 또 어느 것을 가져오느냐, 여기에도 당황할 일이었으나 사회적인 위치로 보더라도 이 땅에서 문학을 한다는 것은 그리 큰 명예도 안되고 더구나 생활의 수단은 염의조차 할 수 없는 것이다.

이럼에도 불구하고 그들로 하여금 문학에의 길로 발벗고 나서게 한 것은 순전히 이 땅에 삶으로 인하여 벅차는 가슴을 호소하기 위함이요, 자기의 위치를 탐색하기 위함이요, 또 불의의 일에 반항하고 투쟁하기 위함이었을 것이다. 그러므로 현재까지 문학을 자기의 생명으로 알고 싸워온 이는 거의 모두가 이십 안팎의 소년이었다. 이것은 설명할 필요조차 없다. 이처럼 깨끗한 피와 끓는 가슴만이 모든 이해관계를 떠나 오로지 정의와 진실을 향하고 나갈 수 있는 까닭이다.

조선의 현실은 이들로 하여금 정상(正常)한 발전을 하기에는 너무나 가혹한 조건이 누적하였고 또 이것을 무릅쓰고 싸워 나가기에는 너무나 과중한 부담이었으며 잠시도 휴식할 사이 없는 투쟁이 필요하므로 언제나 그들은 그들의 청년시대가 지나감과 함께 문학생활도 떠나보내지 않을 수는 없었다.(물론 나는 여기에서 어느 한정된 범위 내에 자위하고 소극적인 불평과 불만의 표시를―이것조차 내종에는 순수문학에 상치되는 것이라고 배격하는 부류도 많았지마는―하는 타성적인 문학인을 염두에 두지 않은 것은 사실이다.)

자꾸 새로 나오는 청년들, 이네들도 3·1운동이니 광주학생사건이니 하는 거족적인 정신운동이 점차로 위축하고 일제의 비망(非望)이 더욱더 커감을 따라 우리 시단은 말할 수 없는 저조를 보게 되어 처음 우리 땅의 청년들의 빛나고 씩씩하던 그 정신은 흔적조차 찾을 수 없고, 다만 한정된 자기세계와 위치를 감수하며 이것을 합리화하려는 비진취적(非進取的)인 무리의 자칭하는 예술지상적 견해와 그렇지 않으면 건전한 비평정신은 없이 그저 감정적으로 몸부림치고 들뛰는 시인 이것도 주로 청년, 아니 소년이라야만 쓸 수 있었다는 것은 이 땅을 위하여 지극히 불행한 사실이다.

여기에서 우리는 서구 상징주의의 정당한 해석과 소화를, 그리고 조선내에 있어서 상징세계의 필연성과 그 역할을 논의할 기회조차 없었으며, 또한 다른 문예사조와 마찬가지로 깔고 뭉갠 것도 어찌할 수 없는 일이다. 어떠한 곡절을 거쳐서라도 19세기말에 전 세계의 문학사상계를 휩쓸던 세기말의 부패한 퇴폐사조와 여기에서 우러난 상징주의는 이 땅을 찾고야 말았을 것이다.

그러나 조선에 있어서의 이 사조의 수입은 안서를 효시(嚆矢)로 하나 연하여 뒤에 나타난 백조동인의 일부에서도 이것을 어떠한 이념상의 공명과 소화에서 발전시킨 것이 아니고, 당시 너무나 고루(固陋)하였던 봉건사조에서 처음으로 시민의 한 성원으로 눈뜨기 시작하는 그들이 감정적으로, 이것이 심하다면 정서적으로 받아들인 것에 불과하다. 그리고 시인들이 처음으로 문학에 있어서의 상징성을 중대시하고 한 방편으로 쓰게까지 된 것은 외래의 사조와는 아무런 관련도 없이 이 땅 식민지적인 질곡(桎梏)에서 그들이 조그만치나마라도 우리들의 정당한 권리를 요구 내지는 주장하기 위하여서만이었다.

여기에서 문학상의 상징사조가 서구와 조선에 발생된 근거를 밝히자면 구라파의 상징주의는 그 당시 지배계급에 있는 부르주아지가 정신문화에서 벌써 그의 진보적인 역할을 다하고 행동의 도피에서 오는 현상이었음에 불구하고 이 땅에서는 처음으로 눈뜨는 시민계급이 우선 그 기분적 상징세계에서 자기 위치와의 공감성을 발견한 것이었고, 나아가서는 진보적인 청년들이 처음으로 어느 나라와도 비할 수 없는 후진제국주의의 식민지에서 정당한 자의사와 공통된 민족감정을 걸고 나와 합법적으로 싸우는 데에 그 거점을 잡은 것을 알 수 있다.

다시 그러면 이 땅의 독자로서의 상징성을 어떠한 방식으로 받아들였느냐는 것이겠으나 독자로 앉아서도 이상의 경우를 떠날 수는 없는 것이다. 물론 우리는 각 개인의 환경과 체험과 또 그 지식 정도에 따라서 어떠한 작품이고를 느낄 것이겠으나, 하나의 커다란 일치점은, 공동체의 문화환경을 가진 우리들로서 결정적인 것은 민족감정에 부딪칠 때에 누구나가 다 같은 느낌을 받는 것이다.

나는 이상에서 조선시에 있어서의 상징세계가 갖은 역할과 독자들의 향수(享受)한 위치를 밝히었다. 그리고 다시 서구에 있어서의 상징세계는 그 문학적 표현에서 산문에는 아나톨 프랑스의 작품과 같이 그 세계가 최고도로 발전하여 이 정신은 벌써 하나의 형이상적 관념 애완에 이르게 되고, 시에 있어서는 형식의 너무나 완벽한 말라르메의 도회(韜晦)의 세계를 거쳐 종내에는 발레리의 해설을 위한 해설에까지 이른 것과 스스로 다르다는 것도 명백히 되었을 것이다.

그러면 조선시에 있어서 상징은 현정세 아래에서는 어떠한 양상과 역할을 가질 것인가. 이것은 물론 우리 조선이 세계제국주의의 간섭 아래에 있는 한, 그리고 우리 인민이 식민지적(이것은 정치뿐 아니라 경제적인 면에서라도)인 면모를 벗어나지 않는 한 건실한 면에서도 일제시대에 뜻있는 선배들이 한 방편으로 쓰듯 또한 방편상으로 쓰지 않을 수는 없다. 그러나 이와는 반대로 여기에서 또 하나의 악용된 영향을 지니고 갈 것도 잊어서는 안 된다.

이것은 1930년대 이후 더욱이 일지(日支)전쟁의 단초로부터 문학을 지망하기 시작한 젊은 층과도 사랑하게 된 애호층이 자기들도 모르는 사이에 받아들일 왜곡되고 보잘것 없는 위축된 정신세계이다.

이 시대에는 이 땅은 물론 비교적 언론이 자유로울 수 있던 일본에서도 당시의 지상에 발표할 수 있던 작가들은 지나간 독일 낭만파와 같은데서 자기와의 합일점을 찾아내어 일로(一路) 어거지로 조작한 일본정신 같은 데에 적극 협력하거나, 그렇지 않으면 불란서 상징파의 절대적 영향에서 생겨난 독일의 시인 슈테판 게오르게의 순정예술관(純正藝術觀), 즉 현실의 생활은 진정한 예술의 방해물이요, 인간의 사유(思惟)와 충동도 예술 가운데에서는 빼내야 할 것이요, 정치적 사회적인 것은 일체를 금하고 더 나아가서는 그 세계관조차 시와는 무관계한 것이라고 열렬히 주장하는 이 사조를 영합하여 이 일런에서 싸고도는 이론가(군돌프와 베르트람)와 작가(한스 카롯사와 헤르만 헤쎄 등), 그렇지 않으면 릴케(물론 이상에 열거한 사람들이 상징주의자라는 것은 아니다) 같은 사람들이 일부 문학청년간에서 (현실에 영합하는 착의(窄義)적인 면에 있어 비진취적인 점에) 주조를 이룬 것은 사실이니, 무어 하나고 일본을 거치지 않고 받아올 수 없는 이 땅의 정세로서는 이것이 끼친 바의 해독――즉 투쟁과 진취를 거세당한――을 가히 짐작할 수 있는 일이다.

이 철기. 다섯 개의 수챗물 구녕을 가진 연못은 사뭇 권태(倦怠) 속에
서 깔고 뭉갠다. 둘러보면 끊임없는 비바람에 씻긴 다만 불길한 빨래
터. 모진 비바람을 고(告)하는 지옥의 번갯불에 파랗게 질려 보이는
안쪽 층층대에는 거러지의 떼들이 꿈틀거리고 너는 그들 청맹과니의
푸른 눈동자를 그리고 말라 비틀어진 삭신을 두른 때묻은 아래옷을
조소(嘲笑)하였다. 아, 병대(兵隊)들의 빨래터. 공동의 목욕장. 물은 항
상 거멓고 아무리 더러운 병자라도 꿈에조차 이곳에 빠진 놈은 없었다.
　　예수가 맨 먼저 대업을 행한 곳도 여기다. 나약한 사람 같지 않은
무리와 함께……

　　차라리, 분노의 시인 랭보가 현세를 지옥으로 느끼고 이것을 두드려 부수
자고, 이십이 되어 남달리 먼저 자의식(自意識)에 눈뜬 이 희유(稀有)한 천재
가 틔워준 상징의 세계를 이 땅의 청년들이 받아들였던들 지금의 시인들은
벌써 문학을 집어던졌거나, 그렇지 않으면 진정한 격분에 눈을 떠 훨씬 더
찬란한 이 땅의 시문학을 꽃피게 하였을 것이다.

　　본고는 일단 여기에서 그친다. 그러나 나의 입론(立論)이 소월의 <초혼>
과 <무덤>을 통하여 하여진 것을 부족히 생각하는 이가 있을까 하여 다시
그의 작품 가운데에서 순전히 민족적 감정만을 걸고 나온 작품을 몇 개 보족
(補足)하겠다.

　　　　나는 꿈꾸었노라. 동무들과 내가 가즈런히
　　　　벌ㅅ가의 하로일을 다 마치고
　　　　夕陽에 마을로 돌아오는 꿈을……
　　　　즐거이……… 꿈 가운데.

521

그러나 집 잃은 내 몸이어!
바라건대는 우리에게 우리의 보섭 대일 땅이 있었더면……
이처럼 떠돌으랴. 아침에 저물손에
새라새롭은 탄식을 얻으면서……

　이처럼 시작하는 그의 시 <바라건대는 우리에게 우리의 보섭 대일 땅이
있었더면>하는 것도 있거니와 그보다도 더 구체적인 것은 소월이 그 말년에
3·1운동 당시 오산에서 그가 다니는 중학교의 교장으로 있던 조만식(曹晩
植)씨를 사모하여 노래한 것이 있으니

平壤서 나신 인격의 그 당신님, 제이 엠 에쓰,
德없는 나를 미워하시고
才操있던 나를 사랑하셨다.
五山 계시던 제이 엠 에쓰
十年 봄만에 오늘 아침 생각난다
近年 처음 꿈 없이 자고 일어나며.

얽은 얼굴에 자그만 키와 여윈 몸매는
닮은 쇠끝 같은 志操가 튀어날 듯
타듯하는 눈瞳子만이 유난히 빛나셨다.
民族을 위하여는 더도 모르시는 熱情의 그 님

素朴한 風采, 仁慈하신 옛날의 그 모양대로,
그러나 아아 술과 계집과 利慾에 헝클어져
十五年에 허주한 나를
웬일로 그 당신님
맘속으로 찾으시오? 오늘 아침,

아름답다 큰 사랑은 죽는 법 없어,
記憶되어 恒常 내 가슴 속에 숨어 있어
미처 거츠르는 내 양심을 잠재우리,
내가 괴로운 이 세상 떠날 때까지……

하는 이 시 <제이 엠 에쓰>가 바로 그것이다. 이것만 읽어도 소월이 직접
정치적인 행동은 없었다 하나 그 민족적인 양심만은 끝까지 갖고 있었다는
것은 짐작할 수 있다.

(신천지 1947. 1)

소월시의 특성
—시집 『진달래꽃』의 연구

시집 『진달래꽃』의 첫 장을 펴면 이러한 시가 있다.

먼훗날 당신이 찾으시면
그때에 내말이 '니젓노라'

당신이 속으로 나무리면
'무척 그리다가 니젓노라'

그래도 당신이 나무리면
'믿기지 않어서 니젓노라

오늘도 어제도 아니잇고
먼훗날 그때에 '니젓노라'

—<먼 후일>

조선이 갖고 있는 서정시 속에서 무류(無類)한 광채를 던지는 이 작품과
또 그의 <님의 노래>는 스스로 나로 하여금 괴테의 <들장미>를 생각게

한다.

저 아이 보아 장미화를 보았어라
거친 들에 홀로 핀 장미화를
가지 피어 고웁고 새롯한 양
가까이 보려 달음질 뛰어갔네
보고 나니 기쁜 정 넘치어라
장미화 장미화 붉은 장미화
거친 들에 붉은 장미화

아해 말이 내 너를 꺾을란다
거친 들에 피어난 장미화야
장미 대답 나는 너를 찌를란다
네 맘에 나를 영영 못 잊도록
나도 그냥 있진 않을테야
장미화 장미화 붉은 장미화
거친 들에 붉은 장미화

그 아해는 함부로 손에 대어
들에 핀 그 장미를 꺾었어라
장미도 지지 않고 찔렀으나
울어도 소리쳐도 쓸데없이
장미는 할 수 없이 꺾인 것을
장미화 장미화 붉은 장미화
거친들에 붉은 장미화

(박용철 역)

1765년에서 동 68년 사이에 씌어진 괴테의 소곡집(小曲集) 속의 이 작품과

525

1920년에서 23년 사이에 씌어진 노래와는 기이하게도 두 시인의 연령이
17세에서 20세 사이로 부합된다. 그리고 연대의 차이는 거의 한 세기 반이나
되나, 그들의 노래가 불려진 환경이 서로 눈뜨는 시민사회였다는 것도 자미
(滋味)있는 일이다.

　다같이 물불을 모르고 꿈과 희망에 넘쳤을 소년기의 서정인데, 어찌하여
한 사람은 그토록 명랑하고 쾌활하며 또 한 사람은 애조(哀調)와 음영(陰影)
이 가리워 있을까. 이것은 시민사회의 자각이 하나는 쉬투름 운트 드랑
(Sturm und Drang)의 숨가쁜 희망과 투쟁의 시대요, 다른 하나는 3·1운동
의 계기를 통한 자각과 체념의 시기였으니까 그 역사적 사회적 환경의 차이
가 그렇게 많던 것은 짐작할 수가 있다. 그러나 <님의 노래>를 다시 한번
보자.

　　　　그리운 우리님의 맑은노래는
　　　　언제나 제가슴에 젖어있어요

　　　　긴날을 門밖에서 서서들어도
　　　　그리운 우리님의 고운노래는
　　　　해지고 저무도록 귀에들려요
　　　　밤들고 잠들도록 귀에들려요.

　　　　고이도 혼들리는 노래가락에
　　　　내잠은 그만이나 깊이들어요
　　　　孤寂한 잠자리에 홀로누워도
　　　　내잠은 포스근히 깊이들어요

　　　　그러나 자다깨면 님의노래는

하나도 남김없이 잃어버려요
들으면 듣는대로 님의 노래는
하나도 남김없이 잊고말고요.

이 노래는 그 표현양식을 부자유하지 않은 7·5조로 꾸며 가지고 구김새 없는 그의 심정은 내재율까지도 무르익어 스스로 슬픈 음악을 듣는 것 같은 감정을 준다. 더욱이 같은 시집 속에 있는 <초혼>에 이르면 이것은 슬픈 서정이 아니라 절규다.

혹자는 말하기를 이것은 두 사람의 차가 사회환경에 있는 것이 아니라, 개인의 사정에서 달라지는 것이 아니냐고 한다. 그러나 무구(無垢)한 감정이란 소년기에 있는 것이라, 두 사람이 다 홀로이 연모하기도 하고 또는 쓰라린 상처도 입었을 것이다. 다만 아직 때묻지 않은 그들의 감성 속에 세상이 어떻게 표현되었느냐 하는 것은 중요하다.

작품으로 보면 아마추어의 것으로밖에 볼 수 없는 이들의 것이 하나는 무한히 즐거웁고 아름다운 움직임을 또 다른 하나는 턱없이 애절하고 정지적(停止的)인 세계를 원래가 특출한 천분(天分)으로 그들의 붓끝이 거울과 같이 그 시대와 사회를 비친 것이다.

127편의 호대(澔大)한 수효를 모아 간행된 소월의 시집『진달래꽃』은 이런 의미에서 그 시대 조선의 청춘의 감정을 비치인 거울로 가장 우수하며 또 일정(日政) 폭압(暴壓) 하에 있어서의 우리의 문화재로도 대단히 귀중한 유산이라 아니할 수 없다.

『진달래꽃』은 1925년 12월 26일 발행의 일자로 매문사(賣文社)에서 간행하였다. 이 출판소인 매문사라는 것은 제법 간판을 걸고 영업을 하는 출판소가 아니고, 그의 은사 김안서가 자비로 간행하는 문예동인지 ≪가면(假面)≫

의 편집소이며 또 그의 살림집으로 사무실조차 없는 곳이었다. 안서 선생의 말을 들으면 이 시집의 원고는 이미 이 책이 간행되던 3년 전에 다 책으로 매어 가지고 출판되기를 기다린 것이라 한다.

시골에 살고 경사(京師)에는 별로 아는 사람이 없으며, 또 그리 이름도 알려지지 않은 그의 첫 작품집을 이윤에 빠른 장사치들이 출판할 리는 없다. 원고가 책으로 매어진 채 3년이나 굴렀다는 것은 일견 불운한 것 같으나 그 때의 형편으로는 그의 시를 극진히 아끼고 사랑하는 그의 스승 안서가 자기의 돈을 들여 출판하지 않았던들 있을 수 없는 일이다.

거듭 말하거니와 이 안에 있는 시고(詩稿)들은 대략 1920년에서 2,3년간 에 씌어진 것으로 그간의 소월은 중학교 4,5학년, 교원생활 1년, 상대예과 1년생, 그리고 그가 있는 곳은 정주의 오산중학, 서울의 배재, 오산의 교원, 동경의 상대 이렇게 된다. 그리하여 이 시집의 시편이 편찬된 체제는 스스로 문학청년의 깨이잖는 모습을 그대로 노정(露呈)하였다.

이 시집 속에 수록된 것은 거의 그 시절의 전 작품일 것으로 이 책을 간행 함에 있어 시집 전체의 조화라든가 체제의 효과라든가 작품의 되고 안된 것, 내면세계의 통일성 이런 것은 염두에도 없고 그저 모든 것을 버리기 아까웁다는 듯이 모이어 있다.

어린 사람이 제법 세상을 오달(悟達)한 것처럼 자기의 견해와 아울러 일장 훈시를 작품 속에 늘어놓는가 하면, 금시 몇장 안 넘어가서는 거의 선인들의 작품을 채 소화도 하지 않은 채 그냥 연습이라 할까 이러한 것도 거리낌없이 들어 있다. 이런 점은 되려 아름다운 것이다. 지순(至純)한 마음은 자기를 표시할 때 부끄러움이 없다.

나보기가 역겨워
가실 때에는
말없이 고이 보내드리우리다.

寧邊에 藥山
진달래꽃
아름따다 가실 길에 뿌리우리다.

가시는 걸음걸음
놓인 그 꽃을
사뿐이 즈려밟고 가시옵소서

나보기가 역겨워
가실 때에는
죽어도 아니 눈물 흘리우리다.

　　　　　　　　　　　　　　　　—<진달래꽃>

　소월은 이 지순한 마음 때문에 형식 그것이 갖고 있는 맛보다도 내용에서 우러나는 멋이 여러 작품을 조선 서정시의 보옥(寶玉) 속에 빛나게 한다. 이리하여 <삭주구성(朔州龜城)>의 절창, <산유화>의 정밀(靜謐)한 관조(觀照), 더욱이 이러한 정서가 <금잔디>에 이르면 내용과 형식은 한꺼번에 무르익는다.

　잔듸,
　잔듸,
　금잔듸,
　深深山川에 붙는 불은

529

가신 님 무덤가에 금잔듸
봄이 왔네 봄빛이 왔네
버드나무 끝에도 실가지에
봄빛이 왔네 봄날이 왔네
深深山川에도 금잔듸에

　"이처럼 자유히 말하며 아름다운 수법을 마음대로 표현한 소월에 대하여
그 당시로 말하면, 모두 다 외조식(外調式) 언어사용에 열중하여 조선말다운
조선말을 사용치 못하던 때에, 소월이는 순수한 조선말을 붙들어다가 생명
있는 그대로 자기의 시상표현(詩想表現)에 사용하였던 것이외다. 여하간 그
당시에 이러한 조선말을 사용하였다는 것은 한 개의 경이(驚異)가 아닐 수
없었던 것이외다." 하고 안서가 칭찬하였지만 이 칭찬을 답하고도 남음이
있으며, 또 이 공적으로 말미암아 그의 영광은 장구한 세월을 뒷날에 미칠
것이다.

　소월은 그 작품을 표현하는 데에 있어도 세심으로 주의를 하였다 한다.
그가 역시 일본 시가의 7·5조를 끌어다가──일본에서는 신시도 처음에는
거개가 7·5조를 존중하였다.──그것을 새롭게 딴 효과를 보기 위하여 줄
줄이 늘이지 않고,

꿈에 울고 니러나
들에
나와라

하는가 하면,

저 山에도 가마귀, 들에 가마귀,

하고 그냥 내려밀기도 하고

그냥 갈까
그래도
다시 더 한번……

하는 식으로 배열하여서는 음절의 호흡과 심지어는 그 글을 읽는 시각의
효과까지를 보이기도 하였다.

그의 시의 표현방식에 있어서의 특질은 범용한 시인들이 형식에 사로잡혀
천편일률적(千篇一律的)인 그것이 아니라, 어디까지든지 구속이 없고, 또 그
내용을 위하여서는 어떠한 자유로운 행동이라도 서슴지 않는 결단성이 있어
내부에서 용솟음치는 감정이 있으면 그대로 외부의 음절을 무시하여버린다.
그러므로 이 외부의 음운(音韻)이 가미되어 있는 것은 대개가 객관성을 띠게
되는 민요조와 무한한 사모(思慕)로 인하여 비교적 조용할 수 있는 여유
있는 노래로 7·5조를 갖추게 된다.

『진달래꽃』속에서 소월이 무엇보다도 가장 자기를 노래한 것은 '님에게'
일련 속의 10편 시와 '바리운 몸' 일련 속의 9편 시, '고독' 일련 속의 5편
시일 것이다. 젊음이 가지는 무한한 동경(憧憬)과 절망에서 오는 체념과 억압
에서 오는 몸부림은 이 세 부류의 노래 속에 가득 차 있다. 그러나 이 전편을
통하여 덮이는 무거운 공기와 어두운 그림자는 두말할 것 없는 그 당시 이미
행동력의 완전한 구속을 받은 조선 식민사회의 공기이다.

동무들 보십시오 해가집니다
해지고 오늘날은 가노랍니다
웃옷을 잽시빨리 입으십시오
우리도 山마루로 올라갑시다.

동무들 보십시오 해가집니다
세상의 모든 것은 빛이납니다
인저는 주춤주춤 어둡습니다
예서더 저믄때를 밤이랍니다

동무들 보십시오 밤이옵니다
박쥐가 발뿌리에 니러납니다
두눈을 인제그만 감으십시오
우리도 골짜기로 나려갑시다

아무리 세상이 어지럽다기로 세상에 대하는 시인의 감성이 이럴 수가 있는가 생각되지만, 그 당시를 가만히 살펴보면 소지주(小地主) 출신인 그로서는 당연한 일이다. 그 때는 아직도 우리 문단에 신경향파도 나올락 말락한 때이니까 당시 상징파 데카당스의 소개자 안서에게 문학수업을 한 그에게 더 무엇을 기대하겠는가.

다만 옳은 것을 희구하는 그의 청춘이 아직 세상에 때묻지 않은 그의 긍지가 뚫고 나갈 길을 찾지 못하여 목마르게 외치며 몸부림칠밖에는 없다. 나 어린 그에게 이것이 전부이다. 만일에 그가 좀더 나이를 먹고 과감히 자기를 노래했다면 그의 노래는 스스로 자기와 자기의 입장을 옹호하여 오늘과 같은 결과를 맺지는 못하였을 것이다.

이것은 소월에게 오히려 유리한 점이 되었다. 소월의 시의 갖고 있는 매력

중의 하나는 그의 한계가 막연한 데에도 있기 때문이다. 부정한 힘에 억눌려 있을 때 그 부정한 힘에 항거하려는 태도는 수하(誰何)를 막론하고 정당하게 보인다. 이것은 바로 소월의 시에도 적용되는 것이다.

> 엉긔한 무덤들은 들먹거리며
> 눈녹아 黃土드러난 멧기슭의,
> 여긔라, 거리불빛도 떠러져나와,
> 집짓고 들엇노라, 오오 가슴이어!
>
> —<찬 저녁>

이 소월이 한동안 여러 가지 면으로 읽히었다. 어떤 사람들은 그를 민요시인으로서 새로운 감각과 정서의 민요시를 쓴 사람으로서 추대하며 요새같이 세상이 어지러운데도 민요체의 소월을 모방하기에 바쁜 청년들도 있는 현상이다. 그러나 "소월이 자신은 어떤 이유인지 모르거니와 민요시인으로 자기를 부르는 것을 그는 싫어하며, 시인이면 시인이라 불러주기를 바라던 것이외다"고 안서의 글에는 적혀 있다.

일찍이 안서 선생과의 사담에서 선생은 소월이 민요시인이란 말을 꺼린 뜻을 민요라는 것을 아직 천한 것으로 생각하고 한 모양 같다 하였으나, 나는 그가 이처럼 얕은 감정에서보다 시의 사명을 자아의 표현이란 데 중점을 두어서 이런 말이 나오지 않았나 생각한다.

이 밖에도 저 유명한 <엄마야 누나야>와 <부헝새>같은 것은 동심(童心)의 세계를 방황하여 그의 다양성을 말한다. 그러나 소월이 노래한 작품세계는 고요한 산촌(山村)으로 일관하여 도회적인 곳은 찾을 수 없다. 이 산촌의 세계와 그 속에서 생겨나는 생활이 바로 곧 기계문명에서 뒤떨어지고

새로운 역사에서는 후진된 생활을 하는 조선사람의 환경과 자연 부합하는
것은 자미있는 일이다.

여기에 비하여 전체로 도회생활을 그리고 도회인의 말초신경도 날카로이
찍어낸 이상화씨와 『진달래꽃』의 시인과는 좋은 대조가 된다. 상화씨는 그
의 시세계가 다분히 도회적인 요소를 가져 자의식의 불꽃이 시시로 퍼뜩이
는데, 소월은 전연 없는 것이다.

무엇보다도 소월의 작품세계는 아마추어의 정신에 차 있음을 느끼게 한
다. 다감한 청년기에——야심은 있으나——공리를 떠나서 잠시 끄적인 시
편들, 이것은 자각한 자아의식을 갖고 정서와 의사를 구사하는 문학이 아니
다. 그러므로 이곳에 특색은 전달은 있으나, 주장이 없는 것이다.

이것은 소월뿐이 아니다. 대부분의 조선시인들이 이 범주를 벗어나지 못
한다. 그것은 이 땅 시인들의 제작과정이 대체로는 무구(無垢)한 청년기의
자연발생적인 유로(流露)에 글이 있기 때문이다. 그러므로 8·15 이전에 있
어서는 패망 직전 언어도단의 일본 국민시를 제한 외에 강력한 반동시는
없다.

이것은 두말할 것 없이 그 시인들 하나하나가 훌륭한 사람이라 그런 것이
아니라, 생활을 자기 손으로 하지 않기 때문에 세사에 객관적일 수 있고,
그 향상열과 성장과정에 가로놓인 청춘의 시기를 시작(詩作)하였기 때문이
었고, 또 스러지는 청춘과 함께 붓대를 놓았기 때문이다.

> 함께 하려노라 비난수하는 나의 맘
> 모든 것을 한짐에 묶어가지고 가기까지
> 아츰이면 이슬맞은 바위의 붉은 줄로
> 긔어오르는 해를 바라다보며 입을 벌이고

떠돌아라, 비난수하는 맘이어, 갈매기같이
다만 무덤뿐이 그늘을 얼른이는 하늘 우흘
바다가의 잃어버린 세상의 있다든 모든 것들은
차라리 내 몸이 죽어가서 없어진 것만도 못하건만.

또는 비난수하는 나의 맘 헐벗은 山 우헤서
떠러진 잎 타서오르는 낸내의 한줄기로
바람에 나부끼라 저녁은 흩어진 거믜줄의
밤에 매즌 이슬은 곧다시 떨어진다고 할지라도

함께 하려하노라, 오오 비난수하는 나의 맘이어
있다가 없어지는 세상에는
오직 날과 날이 닭소래와 함께 달아나버리며
가까웁는 오오 가까웁는 그대뿐이 내게 있거라!

    <비난수하는 마음>을 통하여 소월이 호소하고 몸부림만 쳐도 모든 것은 인정되었다.
    여러 방면에 걸쳐놓은 그의 소재 이 한없이 매력 있고 귀중한 소재는 지순한 서정의 세계에, 동심의 세계에, 민요풍의 정서에 비유하기 어려울 만큼 아름다운 운율을 창조하여, 가난한 우리의 언어를 살지게 하였다. 소월의 시는 다른 나라 초창기의 우수한 시인과 같이 가차운 예로는 상화와 함께 조선시문학에서 처음으로 자유롭고 활달한 일상의 우리 용어를 살려 아름다운 생명을 짜낸 시인이다.
    소월의 가치는 시집 『진달래꽃』 하나로 족한 것이다. 그의 희유(稀有)한 재질은 불모지 조선의 시화(詩花)에서 처음으로 꽃 핀 좋은 싹이며, 일정하에서 출판된 적지 않은 시집 출판 속에서 이 시집의 간행은 가장 뛰어난

공적을 가진 것이라고 하겠다.

그의 작품은 시집『진달래꽃』이외에도 이 책이 간행되던 당시 ≪가면≫이란 잡지와 ≪삼천리≫에 종종 실린 것이 있으며, 더욱이 그의 사후 유고로서 미발표의 시작이 50여 편이나 되어 이것은 뒤로 발표되지 않았고 그의 은사 안서가 간직하고 있는 채 있다. 그러나 이것은 소월을 애호하는 사람들에게는 궁금한 것이나 작품으로는 그리 중요한 것이 못 될 것이다. 그의 중단되었던 작품생활과 또 빛나지 못하는 사생활을 아는 사람이면 그 이상을 기대할 수는 없기 때문이다.

『진달래꽃』127편 중에는 앞으로 개개의 작품에 대하여서 논의될 작품도 많이 있다. 아직 우리 조선에는 한 작가에 대한 개인의 연구가 적으니만치 이런 것은 많은 시험이 될 것이다.

(조선춘추, 1947.12)

자아의 형벌

1

　생야일편운기(生也一片雲起) 사야일편운멸(死也一片雲滅) 부운자
체무본질(浮雲自體無本質) 생사거래역여시(生死去來亦如是)라 하였
사옵니다. 저는 이렇게 생각하옵니다.(1)

　한동안 조용하던 소월의 마음에 파문을 던진 것이 있었다. 『망우초(忘憂
草)』──안서의 한시역(漢詩譯), 그것은 남이 보면 그렇게 크게 문제될 시집
이 아니었다. 그러나 소월로서는 안서의 이 작은 업(業)이 한없이 마음에
키이었다.

　　　동으로 가면 동대문이요
　　　서으로 가면 서대문이요
　　　남으로 가면 남대문이요
　　　　　　　　　　── 안서, <광화문 네거리에서>

　이미 정열조차 고갈하여 별것을 다 시로 쓰는 그의 스승, 일찍이는 그의

광명이요 그의 동경이던 안서가 이제 와서는 그가 볼 때 한낱 시의 반도(反
徒)요 백면서생인 청년 이흡(李洽)에게 '시땜쟁이 김억'이란 표제로 풍자시
에까지 오르내리게 되었으나, 그래도 꾸준히 밀고 나가는 스승의 모습은
소월의 초조한 마음을 그대로 두지는 않았다.

 "잊자 하시는 선생님이 잊지 아니하시고 주신『망우초』책은 역문(譯文)이
라든가 원작이라든가 졸혹가(拙或佳)는 막론하옵고 고침(孤枕)에 꿈 이루기
힘들 때마다 낭공(囊空)에 주붕(酒朋)이 없어 무료하올 때마다 읽겠사옵니
다"(2) 하는 서신과 함께 오랜만에 볼 수 있는 그의 시고(詩稿)가 안서에게로
갔다.

> 三水甲山 내 왜 왔노
> 삼수갑산이 어디메냐
> 오고나니 奇險타
> 아하 물도 많고 산첩첩이다.
>
> 내 고향을 도루가자
> 내 고향을 내 못가네
> 삼수갑산 멀드라
> 아하 蜀道之難이 예로구나.
>
> 삼수갑산 어디메냐
> 내가오고 내 못가네
> 不歸로다 내 고향
> 아하 새드라면 떠가리라.
>
> 님계신 곳 내 고향을

내 못가네 내 못가네
오다가다 야속타
아하 삼수갑산이 날가둡네.

내 고향을 가고지고
삼수갑산 날 가둡네
불귀로다 내 몸이야
아하 삼수갑산 못 벗어난다.

제(題)를 <차안서선생삼수갑산운(次岸曙先生三水甲山韻)>이라 붙어 있는 이 작품이 처음부터 발표를 위한 것이 아니고, 서신 속의 부분이라고는 하나 이것이 지금엔 세상에 알려진 그의 절작(絶作)이다.

이 작품이 세계는 전체가 애절한 분위기와 호소로 면면히 짜여 역시 소월이 아니면……하는 느낌은 주나 그의 작품으로서는 저조를 면할 수 없다. 민요조로 풀려나간 압운(押韻), 이것도 왕년에 형식을 이리저리 바꾸어 꾸미던 7·5조의 묘미(妙味)와 신선한 감각을 볼 수는 없고 어구의 중복은 거듭하여 후중한 느낌을 준다. 그럼에도 불구하고 여기에 일률(一律)로 가하여지는 음영의 압력은 두말할 것도 없는 절망감이다.

모처럼 붓을 든 것이 이렇다. 나도 시가 쓰고 싶으다. 나도 이렇게 시를 쓸 수 있다. 이처럼 별러서 쓴 그의 시가 이러하였을 것이다. 『망우초』가 간행된 것이 1934년 그의 죽던 해였으니까 소월이 아무리 별렀대야 그 작품의 주조만은 바꿀 수 없었을 것이다.

이 해, 소월은 여러 해를 살아온 구성군(龜城郡) 남시(南市)에 있었다. 처음 치패(致敗)한 가재(家財)에서 분깃을 받아 가지고 고향인 곽산을 나올 때에는 동아일보 지국장이라는 지방에서는 유지의 지위가 남시에서 그를 기다리기도 하였다.

한낱 일화(逸話)를 가지고 그의 생활 전체를 이야기하는 것은 온당치 않겠으나 그의 만년에는 이런 일이 있었다. 여러 해를 두고 남편의 강권에 못이겨 반주(飯酒)를 함께 하여오던 소월의 부인은 그를 따라 장거리의 선술집에까지 동행을 하였다 한다. 그러면 그는 돌아오는 길에 대로상에서 춤을 추고는 하였다 한다. 이러한 소월이 시가 그의 오매(寤寐)에 잊을 수 없는 세계라 하여도 잠시 스승의 소업(小業)에 깨우쳐 그냥 뛰쳐나기는 할 수 없는 일이다.

몸부림을 치는 것, 그냥 받아들이는 감성밖에 없는 사람이 몸부림을 치는 것, 이것은 아무리 선의로 생각하여 모든 사회악과 부정에 항거하는 몸짓이라 한다 하여도 이것은 일호(一毫)의 공(功)이 없는 것이다. 이러한 감정은 2차대전으로 말미암아 승리한 위대한 민주주의가 우리의 눈을 띄워주지 않았던들 대개의 소시민이 헤어날 수 없는 수렁이기도 하여 더욱 몸 가차이 느끼는 감정이다.

이런 점에서 소월이 장기(長技)라 하면 몸부림치는 것이 남보다 능동적이었다고 할까. 그러나 이것은 처음부터 문제가 아니다. 그 때의 정세, 즉 소월의 만년, 1933, 1934년을 곁들인대도 별것은 아니다. 포학한 일본이 만주침략을 끝마치고, 안으로는 우가끼(宇垣一成)가 이 땅의 총독(總督)이 되어 자작농(自作農) 창정(創定)이니, 전향 정객에게 이권분여(利權分與)니 하던 이것보다는 소월이 그의 만년을 어떻게 알았으며 그의 생을 어떻게 처리하였느냐 하는 것이 여기에는 중요한 명제이다.

소월은 1934년 그 해 서른 두 해의 생명을 가지고 스스로 목숨을 끊었다. 하루 저녁 다량의 마약을 복용한 그는 아침이 되어도 일어나지 않았다. 그리고 그의 집에서는 외문(外聞)을 돌리어 병사로 발표하였다. 이것이 소월의 생애였다.

> 선 채로 이 자리에 돌이 되어도
> 부르다가 내가 죽을 이름이어!

　일찍이는 이처럼 목메어 호소하고, 또 그런가 하면 한편으로 조용하게 목청을 낮추어

> 엄마야 누나야 강변 살자
> 뜰에는 반짝이는 금모래빛
> 뒷문 밖에는 갈잎의 노래
> 엄마야 누나야 강변 살자

　이렇게 꿈꾸던 생활은 그에게 없었다.
　천진한 시인, 정직한 가련아(可憐兒), 이렇게만 생각하려던 나는 그의 죽음과 그의 죽음의 결행을 전일(前日)의 불운한 시인 에세닌과 비하고 싶었다. 소월과 에세닌, 이것은 물론 대조도 안 되는 일이다. 그러나 이 두 사람이 자아에게 향하여 내리는 최고의 형벌인 자살의 길을 취하였을 때, 나는 그들의 행동을 동일한 경지에서 나무랄 수 없었으며 되려 사랑하지 않을 수 없었다.
　시집 『진달래꽃』을 간행할 당시 역시 그의 스승 안서가 발행하던 잡지 《가면(假面)》에 쓴 시편들과 그 후 파인(巴人)이 발행하던 잡지 《삼천리》에 뜨문뜨문 발표된 한시역(漢詩譯)을 남겼을 뿐, 여러 해 동안 전연 붓을

던지다시피 한 소월이나마 나는 그의 죽음이 온전함이 아님을 알았을 때, 과거의 모든 것은 이 냉혹한 자아의 형벌로서 풀 수 있는 것이 아닐까 이렇게 생각하였다. 그리하여 이것이야말로 양심이 요구하는 지상명령으로 알았던 것이다.

2

　　제가 구성 와서 명년이면 십년이옵니다. 십년도 이럭저럭 짧은 세월이 아닌 모양이옵니다. 산촌 와서 십년 있는 동안에 산천은 별로 변함이 없어 보여도 인사(人事)는 아주 글러진 듯하옵니다. 세기(世紀)는 저를 버리고 혼자 앞서서 달아난 것 같사옵니다. 독서도 아니하고 습작도 아니하고 사업도 아니하고 그저 다시 잡기 힘드는 돈만 좀 놓아보낸 모양이옵니다. 인제는 돈이 없으니 무엇을 하여야 좋겠느냐 하옵니다.(3)

　소월은 그의 시집이 간행된 그 다음해 즉 1926년에 구성으로 가서 1934년 그가 세상을 떠날 때까지 한 곳에 살았다. 그러므로 그의 구성생활은 그 초년(初年)을 제한다면 온전히 시생활(詩生活)에 있어서는 공백시대이다.

　전장(前章)에 서술한 소월의 생태는 오랫동안 내가 생각하던 방식이었다. 나는 그의 시 생활의 공백시대 그것보다도 이것을 통하여 그가 절작(絶作)으로 남긴 <차안서선생삼수갑산운>에 표현된 그의 심경에 좀더 관심을 가졌다.

　구성에서 곽산까지는 그리 먼 곳이 아니다. 풍을 친다면 엎어지면 코가 닿을 곳인데 "오고나니 기험타. 아하 물도 많고 산도 첩첩이다"하고 "불귀로다 내 고향, 아하 새더라면 떠 가리라"하여 자기의 위치를 우리나라에서 제일 험한 삼수갑산(三水甲山)에 비하였을 리가 없다.

이 시를 읽으며 이 사람은 무엇을 하나, 왜 이리 깔고 뭉개기만 하는가 하고 안타까이 그의 지향하는 것을 같이 지향하다가도 혀를 차는 나는 그의 자기(自棄)하는 정신을 경멸하기도 하고 허순하게도 느끼었다. 저도 모르게 절망까지를 긍정하는 이 무력한 위인의 앞길은 점쟁이가 아닌 사람이라도 그는 견딜 수 없다고 단정할 것이다.

소월이 "내가 오고 내 못 가네" "삼수갑산 날 가둡네/ 아아 삼수갑산 못 벗어난다"하는 것은 조금 남은 그의 꿈──지난날에 그의 보람이었을── 이것마저 버리는 것이다. 그의 마음은 한 노래를 꾸미는 데에도 이처럼 기력 (氣力)이 암암하다.

몸부림도 무서운 것이다. 여러 해를 두고 하여온 자아의 학대! 이것을 위한 감정의 운동은 그를 꼼짝달싹도 못할 만큼 피로하게 하였다. 그가 이러한 때 인간 최후의 단안을 내린 것이 겨우 그 누질린 무력(無力)이 마지막으로 매인 투전패란 말가.

아니다 아니다 소월은 그런 것이 아니다 하고 그를 애착하는 감정이 이것을 싸고돌려 한다. 양심이 요구하는 지상명령이 자아를 형벌할 때 목숨을 스스로 잘라라 하는 일은 없다. 죽음은 끝이요 또 자기를 없애는 것이니, 이것은 형벌이 아니다. 그러면 앞서서 나는 왜 소월이나 나아가서 에세닌의 죽음에 대하여 아름다운 옷을 입히려 하였는가. 여기서 중요한 것은 그를 싸고돌려 하는 심정 또 그를 편애하는 감정의 정체이다.

이토록 마음이 키이고 안타깝고 한 것을 내가 오래인 세월에 깨달은 그에게서 느낀 나 자신의 지향하지 못한 부분이었다. 선뜻 스치고만 스러지는 작은 감정의 하나하나이라도 이것이 그를 내 곁으로 오게 한다. 내 처지는

543

이러니 관대하게 보아줄 수는 없으나 친구의 입장은 이러니 동정이 안 갈 수 없다는 것은 일면 떳떳하여도 보인다.

남의 처지를 미화시켜 합법적으로 자아를 변명하려거나 고전 계승의 표방 아래 그 그늘 밑에 자취를 숨기려는 심사와 쾌히 결별하기 위하여서는 속히 이네들과의 사이에 놓여진 거리를 밝혀야 된다. 이러고 보면 일찍이 에세닌이 자살을 하였울 때 "우리는 한 사람의 셀요샤조차 구하지를 못하였다. 앞으로 그의 뒤를 따르는 수많은 청년들을 위하여는 무슨 일이라도 하지 않으면 안 된다"고 부르짖은 그 당시 루나찰스끼의 말은 오늘에도 남의 일이 아니다. "우리 고청원(共靑員)의 책상 위에는 『공산주의 입문』과 함께 에세닌의 얇은 시집이 놓여 있다"고 기급을 하여 놀란 부하린의 말은 어제까지도 아니 실상은 무의식중의 현재까지도 오래인 과거를 통하여 정서상의 감화를 입어온 우리에게 있어 많은 시사를 주는 것이다. 그렇다. 급격한 전환기에 선 우리에게는 이성과 감성이 혼연(渾然)한 일체로서 행동과 보조를 맞추기는 힘드는 일이다.

> 아 이 원통함이 술로써 씻어질 수 있는가
> 거칠은 들판을 무작정 헤매인대도
> 이 몸둥이를 사뭇 짓이긴다 하여도
> 어떻게 마음 속의 고뇌를 씻을 수 있느냐
> 그 때문이다
> 흘러나리는 괴타리를 찢어 던지고
> 共靑의 뒤에서 나도
> 줄달음질을 치고 싶어진 것은……

이것은 말년까지 작품을 통하여 보조를 맞추기에 피 흐르는 노력을 아끼

지 않은 에세닌의 안타까운 몸짓이다. 의지와 감성의 혼선은 이처럼 장벽을
건넌다. 하물며 그 생활에서 모든 것을 내어던진 소월, 소월에서랴.

산에는 꽃이 지네
꽃이 지네
갈봄 여름 없이
꽃이 지네.

소월은 그저 관조적인 표현에서만 더 많이 그의 해조(諧調)를 볼 수 있다.
지금 우리 주위의 정세는 여러 고팽이의 위기와 침체와 고난이 있다. 닫다
가도 한번씩 이 위기가 닥쳐올 때마다 마음의 준비를 갖추지 못한 감정인들
은 심한 상처를 입는다.

그때마다 생각키이는 이 감정, 자아에게 내리는 최고의 무자비한 형벌!
준열한 양심이 요구하는 지상명령! 이처럼 버젓하고 떳떳하여 보이는 듯한
감정 속으로 뛰어들려고 한다. 그렇다. 더욱이 지금의 현실은 양심이라는
것만이라도 생각하려 하는 소시민 인텔리에게는 참으로 괴롭고 어려운 시기
다.

무위(無爲)한 소시민 인텔리 이들도 옳은 것을 위한 투쟁이 바른 길로
살기 위한 투쟁이 단 한 번이나 혹은 두 번쯤만이라면 구태여 스스로의 목숨
을 끊는 경거(輕擧)에는 나가지 않을 것이다. 겹쳐오는 투쟁과 또 여기에
따르는 고역과 상처 이것은 계산에서가 아니라 육체로 받아들이기는 조만한
일이 아니다.

어떻게 해결을 짓자. 결말을 내리자. 되도록 숭없지 않게……이처럼 가장
하려는 패배정신은 스스로의 생명을 끊어버리는 무모한 짓까지도 하게 한

다. 이 정체(正體)! 우리가 알기 싫어하는 이 정체는 자아가 절박한 경우에 처하여 행동을 요구할 때 그 행동을 갖지 못하는 무위한 인간이 처음으로 하여보는 일종의 행위이다.

단 한번의 용단! 이 얼마나 피곤하고 가엾은 처지에 있는 사람의 처사이냐. 그것이 더욱이 자기의 박약한 지조를 살리기 위한 지키기 위한 또는 그렇지 않다면 각각(刻刻)으로 더러워지는 자기 자신을 그 더러움 속에서 건지기 위한 최후의 방법이었다면 사리(事理)의 시부(是否)는 밀어놓고라도 일말의 측은한 정을 금할 길은 없다. "자살은 자유주의자가 마지막으로 사용할 수 있는 피난처"라고 일상에 존경하는 E형이 그 옛날 필자와의 대담 끝에 이런 말을 하여 그때의 나는 그를 대단히 매정한 사람이라고 원망까지 하였지만, 지금까지도 저도 모르게 소시민을 고집하려는 나와 또 하나 바른 역사의 궤도에서 자아를 지양하려는 나와의 거리는 다름 아닌 이것이다.

지상명령과 마지막 한 장의 투전장!

이것은 또한 우리가 앞으로의 고전문학을 받아들이는 데 있어서도 어제와 오늘의 상거(相距)를 여기에 두어야 할 문제이기도 하다.

(신천지, 1948.1)

※ 註) 1,2,3은 소월이 안서에게 보낸 서신. 인용은 김억(金億) 편의 『소월시초(素月詩抄)』에서 인용한 것이다.)

백석론(白石論)

백석을 모르는 사람이 백석론을 쓰는 것도 일종 흥미있는 일일 것이다. 하나 시집 『사슴』 이외에는 그를 알지 못하는 나로서 그를 논한다는 것은, 더욱이 제한된 매수로서 그를 논한다는 것은 쉬운 일일 수 없다. 남을 완전히 안다는 것도 결국은 자기 견해에 비추어가지고 남을 이해하는 것인만큼 불완전한 것인데, 더욱이 그의 시만을 가지고 그의 전 인간을 논하는 것은 대단 불가한 일일 것이다. 그렇기 때문에 나의 백석론은 씨의 작품을 통하여서 본 씨 자신의 인간성과 생활을 논의함이라고 변해(辯解)를 해야만 된다.

백석씨의 『사슴』은 어떠한 의미에서는 조선시단의 경종이었다. 그는 민족성을 잃은 지방색을 잃은 제 주위의 습관과 분위기를 알지 못하고 그저 모방과 유행에서 허덕거리는 이곳의 뼈없는 문청(文靑)들에게 참으로 좋은 침을 놓아준 사람의 가장 한 사람이다. 그러나 이것은 백석의 자랑이 아니라 한편 조선청년들의 미제라블한 정경이라고 볼 수도 있는 일이다.

나 보기의 백석은 시인이 아니라 시를 장난(즉 享樂)하는 한 모던 청년에 그쳐버린다. 그는 그의 시집 속 '얼럭소새끼의 영각' 안에 <가즈랑집>·<여우난골족(族)>·<고방>·<모닥불>·<고야(古夜)>와 같은 소년

oo

기의 추억과 회상을, '돌덜구의 물' 안에 <초동일(初冬日)>·<하답(夏畓)>·<적경(寂景)>·<미명계(未明界)>·<성외(城外)>·<추일산조(秋日山朝)>·<광원(曠原)>·<흰밤>과 같은 풍경의 묘사와 죄그만 환상을 코닥크에 올려 놓았고, '노루'와 '국수당 넘어'에도 역시 추억과 회상과 얕은 감각과 환상을 노래하였다.

그는 조금도 잡티가 없는 듯이 단순한 소년의 마음을 하여가지고 승냥이가 새끼를 치는 전에는 쇠메돌 도적이 났다는 가즈랑 고개와 돌나물 김치에 백설기 먹는 이야기, 소똥도, 갓신창도, 개니빠디도 타는 모닥불, 산골짜기에서 소를 잡아먹는 노나리꾼, 날기멍석을 져간다는 닭 보는 할미를 차 굴린다는 땅 안에 고래등 같은 집안에 조마구 나라 새까만 조마구 군병, 이러한 우리들이 어렸을 때에 들었던 이야기와 그 시절의 생활을 그리고 기억에 남는 여행지를 계절의 바뀜과 풍물(風物)의 변천되는 부분을 날치있게 붙잡아다 자기의 시에 붙여놓는다. 그는 아무리 선의(善意)로 해석하려고 해도 앞에 지은 그의 작품만으로는 스타일만을 찾는 모더니스트라고밖에 볼 수가 없다.

그는 시에서 소년기를 회상한다. 아무런 쎈치도 나타내이지는 않고 동화(童話)의 세계로 배회한다. 그러면 그는 만족이다. 그의 작품은 그 이상의 무엇을 우리에게 주지 않는다. 그는 앞날을 이야기한 적이 없다. 자기의 감정이나 의견을 이야기하지 않는다.

사실인즉슨 그는 이러한 필요가 없을는지도 모른다. 근심을 모르는 유복한 집에 태어나 단순한 두뇌를 가지고 자라났으면 단순히 소년기를 회상하며 그곳에 쾌감을 느낀다면 그것은 자기 하나만을 위하여서는 결코 나쁜 일이 아니니까, 다만 우리는 그의 향락 속에서 우리의 섭취할 영양을 몇 군데 발견함에 지나지 아니할 뿐이다.

하나 우리는 이것을 곧 시라고 인정한 몇 사람 시인과 시인이라고 믿는 청년들과 및 칭찬한 몇 사람 시인을 생각하지 않을 수 없다.

현실을 그냥 변화시키지 않고 흡수하기 쉬운 자연계의 단편이 있다. 가령 제주도에는 탱자나무에도 귤이 열린다 하고 평안도에서는 귤나무에서 탱자가 열린다 하자. 물론 이것을 아름답게 수사한다면 모르거니와 그냥 기술한다고 하여도 제주도 사람들에게는 평안도의 탱자열매가 시가 될 수 있고 평안도 사람에게는 큰 귤이 시가 될 수 있는 것이다.

이와 마찬가지로 백석의 추억과 감각에 황홀하는 사람들은 결국, 그의 어린 시절을 그리고 자기네들의 생활과 습관을 잊어버린 또는 알지 못하는 말하자면 너무나 자신과 자기 주위에 등한한 소치임을 여실히 공중 앞에 표백(表白)하는 것이다. 만일에 이상의 내 말을 독자가 신용한다면 백석씨는 얼마나 불명예한 명예의 시인 칭호(稱號)를 얻은 것인가. 다시 그를 시인으로 추대하고 존숭한 독자나 평가(評家)들은 얼마나 자기네들의 무지함을 여지없이 폭로시킨 것인가!

이렇게 말하면 내 의견을 반대하는 사람은 신문학이니 새로운 유파(流派)이니 하며 그의 작품을 신지방주의나 향토색(鄕土色)을 강조하는 문학이라고 명칭하여 옹호할 게다. 하나 그러면 그럴수록 이러한 사람들은 자기의 무지를 폭로하는 것이라고밖에 나는 볼 수가 없다. 지방색이니 무어니 하는 미명하에 현대 난잡한 기계문명에 마비된 청년들은 그 변태적인 성격으로 이상한 사투리와 뻣뻣한 어휘에도 쾌감과 흥미를 느끼게 된다. 하나 이것은 결국 그들의 지성의 결함을 증명함이다. 크게 주의(主義)가 될 수 없는 것을 주의라는 보호색에 붙이어 가지고 일부러 그것을 무리하게 강조하려고 하는 데에 더욱 모순이 있다.

그리하여 외면적으로는 형식의 난잡으로 나타나고 내면적으로는 인식의 천박이 표시가 된다. 모씨와 모씨 등은 이 시집 속에 글귀글귀가 얼마나 아담하게 살려졌으며 신기하다는 데에 극력 칭찬을 하나 그것은 단순히 나열에 그치는 때가 많고 단조와 싫증을 면키 어렵다. 미숙한 나의 형용(形容)으로 말한다면 백석씨의 회상시는 갖은 사투리와 옛 이야기, 연중행사의 묵은 기억 등을 그것도 질서도 없이 그저 곳간에 볏섬 쌓듯이 그저 구겨넣은 데에 지나지 않는 것이다.

백석씨는 시인도 아니지만 지금은 또 시도 쓰지 않는다. 그리고 나는 또 백씨를 알지 못한다. 그러니까 이 위엣말은 많은 착오도 있을 줄 안다. 하나 나는 작품으로 볼 수 있는 백석씨만은 가급적으로 음미(吟味)를 하여 보았다.

백씨와 나와는 근본적으로 상통되지 않은지는 모르나 나는 백씨에게서 많은 점의 장점과 단처(短處)를 익혀 배웠다. 그리고 한편으로는 백씨에게 감사하여 마지 않는다.

'시인'이란 칭호가 백석에게는 벌써 흥미를 잃었는지 모르겠으나 나는 참으로 백석을 위하여 그리고 내가 씨에게 많은 지시를 받은 감사로서도 씨가 좀더 인간에의 명석한 이해를 가지고 앞으로 좋은 작품을 써주지 않는 이상, 나는 끝까지 그를 시인이라고 불러주고 싶지 않다. 그것은 다른 범용한 독자와 같이 무지와 무분별로서 씨를 사주고 싶지는 않은 참으로 백석씨를 아끼는 까닭이다.

(풍림, 1937. 4)

지용사(師)의 백록담

백록담은 권운층 위 산정에 고인 맑은 못이다. 이 이름으로 제(題)한 시집이 처음 간행된 것은 1941년 9월 그때는 문화 부면에 종사하는 무리들까지 억압하는 세력에 아첨하여 한참 더러운 꼴을 백주에 내놓고 부끄럼을 모를 때이다.

'지용'은 용이하게 "깊은 산 고요가 차라리 뼈를 저리우는"(장수산)곳에서 그때를 초연할 수 있었다. 남들은 작가 생활을 계속하려고 추악한 현실에서 발버둥치기도 하고, 혹은 비굴한 억합(抑合)으로 얽매일 때 이 세계를 벗어나 오로지 자기 순화를 꾀하고 깨끗함을 지키기에는 그가 취한 언어만의 연금술 더 찍어 말하자면 감각만의 연금술이 유리한 길이기도 하였다. 그러나 이것이라고 아무나가 할 수 있다는 것은 아니다.

> 물도 마르기 전에 어미를 여윈 송아지는 움매 ―움매―울었다. 말을 보고도 등산객을 보고도 마구 매어달렸다. 우리 새끼들도 모색(毛色)이 다른 어미한테 맡길 것을 나는 울었다.
> ―<백록담>

연금술 속에도 세속의 일이 낑긴다. 이것이 얼마나 우리의 삶에는 엄연한
현실이며 애절한 일이냐.

　　백화(白樺) 홀홀
　　허울 벗고,

　　꽃 옆에 자고
　　이는 구름

　　　　　　　　　　　　　　　　　　　—<비로봉>

　　산골에서 자란 물도
　　돌베람빡 낭떠러지에서 겁이 났다.

　　·····················

　　가재가 기는 골짝
　　죄그만 하늘이 갑갑했다.

　　　　　　　　　　　　　　　　　　　—<폭포>

　　문 열자 선뜻!
　　먼산이 이마에 차라.

　　우수절(雨水節) 들어
　　바로 초하루 아침

　　새삼스레 눈이 덮인 뫼뿌리와
　　서늘옵고 빛난 이마받이하다.

　　　　　　　　　　　　　　　　　　　—<춘설>

이처럼 탁마하여 자구자구가 티 하나 없이 맑고 깨끗한 위치를 차지하여 우리나라 풍경물시에 무류(無類)의 보옥(寶玉)을 가져온 지용사, 그러나 이 희유의 연금술사도 한번 냉혹한 현실면에 부닥치면 선상(船上)에 끌려온 신천옹(信天翁)모양 그 화려하던 날개깃도 보기 싫게 퍼덕일 뿐

들새도 날러와
애닲다 눈물짓는 아침엔.

....

아깝고야, 아기자기
한창인 이 봄밤을,

촛불 켜 들고 밝히소
아니 붉고 어찌료,

—<소곡>

끝이 아니나 늘면 무엇하리 조로 맺어진 소곡과 맨 앞에 인용한 <백록담>의 일련은 다부찬 현실을 속세라고 피하여 따로 나간 사람이 그 속세에 발목을 잡힌 좋은 예이다. <백록담>의 일절에서 그 완전한 지향은 없었다 하나 민족적인 예상과 비감을 포착한 것은 공통적인 우리의 표현이라 하면 <소곡>의 센티와 자폭(自暴)은 '지용' 개인 본심의 꽁지를 남의 눈에 띄우게 한 것이다.

시집 『백록담』은 전편을 통하여 이것을 시 학생의 에튀드로 돌린다면 찬란하였을 것을……. 그러나 그처럼 숨기려 하는 자아 감정이 이 희유한 연금

술사로도 가릴 수 없어 군데군데에 그가 입각한 토대— 그리 높지 않은 차라리 안 보는 편이 나았을 대(臺)는 드러나고야 만다. 일찍이 넘쳐나는 춘정(春情)의 회의와 움트는 자의식을 풀 잔이 없어 가톨릭에 귀의한 '지용'사 그는 그의 작품 세계에서 보는 한 이 치열한 정신을 육체로서 받아들인 것이 아니라 커다란 외형적인 힘에 안도하여 완전한 형식주의자에 빠졌던 것이다. 1935년에 『정지용시집』을 세상에 물은 후 그냥 묵묵 불언하던 그가 여러 해 만에 다시 발언한 것은 이가 시릴 만큼 맑게 닦여진 형식의 세계임은 필연적인 일이다.

(예술통신, 1947. 1. 8)

에세—닌에 관하여

1

그렇다 두번 다시 누가 돌아가느냐
아름다운 고향의 산과 들이여! 이제 그러면……
신작로 가의 포푸라도,
내 머리 우에서 잎새를 흔들지는 아니하리라.
추녀 얕은 옛집은 어느결에 기울어지고
내 사랑하던 개마저 벌써 옛날에 저세상으로 떠나버렸다.
모스크바 이리 굽고 저리 굽은 길바닥에서
내가 죽는 것이
아무래도 전생의 인연인 게다.

……………………
………………………

너무나 크게 날으려던 이 날개
이것이 타고난 나의 크나큰 슬픔인 게다.
그렇지만, 뭘……
그까짓 건 아무것도 아니다

555

　　나는 동무야! 나야말로 결단코 죽지는 않을 테니까 ―

　나는 이 노래를 얼마나 사랑하여 불렀는가. 그것도 술취한 나머지에……
물론 이것은 8월 15일 훨씬 이전의 일이다. 그때 일본은 초전에 승승장구(乘
勝長驅)하여 여송도(呂宋島)를 거침없이 점령하고 저 멀리 싱가폴까지 병마
(兵馬)를 휘몰 때였다.

　나는 그때 동경(東京)에 있었다. 그리고 불운의 극에서 헤매일 때였다.
하루 1원 8,90전의 사자업(寫字業)을 하여가며 살다가 혹간 내 나라 친구를
만나 값싼 술이라도 나누게 되면 나는 즐겨 이 노래를 불렀던 것이다.

　그때의 나의 절망은 지나쳐 모든 것은 그냥 피곤하기만 하였다. 나는 에
세―닌의 시를 사랑한 것이 하나의 정신의 도약(跳躍)을 위함이 아니었고
다만 나의 병든 마음을 합리화시키려 함이었다.

　시라는 그저 아름다운 것, 시라는 그저 슬픈 것, 시라는 그저 꿈속에 있는
것, 그때의 나는 이렇게 알았다. 시를 따로 떼어 고정한 세계에 두려 한
것은 나의 생활이 없기 때문이었다. 거의 인간 최하층의 생활소비를 하면서
도 내가 생활이 없었다는 것은, 내가 나에게 책임이란 것을 느낀 일이 없었기
때문이었다. 그리고 피곤하기 때문이었다.

　그때의 나는 이런 식으로 에세―닌을 이해하였다. 이것은 물론 정말 에
세―닌과는 거리가 먼 나의 에세―닌이었다.

　　말(言語)이란 오래 쓴 지전 모양 구겨지고 닳고 헤어져서, 처음 그
　　말을 만들었을 때의 시적 위력을 잃는다. 우리들은 새로운 말을 만들
　　수는 없다. 말의 창조라든가, 총명한 언어는 될 수 없는 일이다. 그러나
　　우리는 숨어버린 말들을, 맑은 시속에 함께 넣어 이러한 것을 살리는

방법을 발견하였다.

이것은 에세—닌의 말이다. 에세—닌이 한참 큰 발견을 한 것처럼 만약에 자기를 따라오지 않으면 이도저도 못할 큰 난관에 봉착하리라고 그의 벗 기리로프에게 충고하던 말이다.

나는 이 말을 끄집어내어 여러 사람앞에 혓바닥을 내밀려고 하는 것이냐, 아니다 함께 서글퍼하고자 함이다. 그도 소시민이었다. 모든 것을 안일(安逸) 속에 처결하려고 하는 그래서 자기도 모르게 간편하여 보이는 이 고정개념 (固定槪念)을 휘두른 것이다.

정지한 속에 있는 것이 어느 하나이고 썩어버리거나 허물어지지 않는 것이 있느냐 아니 엄정한 의미에 있어서는 정지란 말조차 있을 수 없다. 안일을 바라는 그들이 스스로의 묘혈(墓穴)을 파는 것, 그것도 살아가는 동안은 하나 의 노력이었다는 것은 이 얼마나 방황하는 소시민들을 위하여 슬픈 일이냐.

> 달이라도 뜨는,
> 에이 쌍, 달이라도 뜨는 어쩔 수 없는 밤이면
> 고개도 들지 않고 뒷골목을 빠져나가
> 낯익은 술집으로 달리어간다.
>
> ....
> ....
>
> 그렇지만, 뭘……
> 그까짓 건 맘대루 해라
> 나는 동무야! 나야말로 결단코 죽지는 않을 테니까—

이처럼 노래하던 에세—닌은 그의 나이 서른에 겨우 귀를 닫은 채 스스로의 목숨을 끊었다.

이 몸부림만으로는 안되는 것이다. 이처럼 어려운 세상에서 스스로의 목숨을 이웃기 위하여는 아타까운 몸부림이 아니라 눈에 보이지 않는 참으로 피 흐르는 싸움이 있어야 하는 것이다.

2

드디어 8월 15일은 왔다.

그것이 조만간에 올 줄은 알았지만 그렇게 빠를 줄은 정말 뜻밖이었다. 그때 나는 병원에 누워 배를 가르고 대동맥을 자르느냐 안 자르느냐의 관두(關頭)에 있었기 때문에 나에게 있어서 외출은 불가능한 것이었다.

그러나 나는 날마다 밖으로 나갔다. 나가지 않으면 못배길 용솟음이 가슴 속에 있었기 때문이다. 날마다 나가서 보고 듣는 것이 모두 새로운 것뿐이었다. 하루 사이에 세상을 보는 눈은 달라졌다. 그러나 이 눈앞에 나타나는 사물에 똑바른 처결을 내릴 방도(方途)를 갖지 않은 나는 우선 당황하는 것이 제일 먼저의 일이었다.

1917년 그때 러시아에는 인류사회에 역사가 있은 후 처음으로 근로대중이 정치적으로 승리를 한 크나큰 해였다. 이 해 에세—닌의 나이는 조선식으로 쳐도 불과 스물셋이었다.

짜르의 압정과 그간의 넌더리나는 대전(大戰)의 와중(渦中)에서 다만, 꿈과 아름다움과, 고향으로 향하는 자연의 찬미와, 뒤끓는 정열밖에 미처 마련하지 못한 그의 가슴은 어떠하였을까.

날이 갈수록, 그리고 날이 가면 갈수록 환멸(幻滅)과 비분(悲憤)밖에 나지 않고, 그나마 병석에 아주 눕게 된 나로서는 그의 일을 남의 일처럼 보기가 힘들게 되었다.

그러나 그의 받아들이는 감성은 너무나 컸고 이것을 정리하는 그의 이성은 너무나 준비가 없었다.

> 나는 고향에 왔다.
> 어릴 적에 자라난 이 조그만 동리를,
> 이제 십자가를 떼어버린 교회당의 뾰족탑이
> 소방서의 망보는 곳으로 기울어진
> 이 조그만 동리를……
> ………………
> ………………
>
> 안녕하십니까, 어머니 안녕하십니까,
> 이 병들고 퇴락한 동리의 모습을 보면
> 내가 아니고 늙은 소라도
> 메 하고 울었을 것이다.
> 벽에는 레닌의 사진이 붙은 카렌다
> 여기에 있는 것은 누이들의 생활이다.
> 누이들의 생활이고 나의 생활은 아니다.
> 그래도 사랑하는 고향이여!
> 나는 네 앞에 무릎을 꿇는다.

이 노래 때문에 나는 얼마나 울은 것인가. 8·15 이전부터 나의 바란 것은 우리 조선의 완전한 계급혁명(階級革命)이었다. 이것만이 우리 민족을 완전 해방의 길로 인도할 줄로 확신하면서도 나는 한편 이 노래로 내 마음을 슬퍼

하였다.

　나의 본의가 슬픔만을 사랑하려는 것이 아니었는데에도 불구하고 어찌하여 이와같은 감정에 공명(共鳴)하고 이와같은 심상에서 헤어나지를 못하였는가.

　이것은 무척 어려운 문제 같아도 기실 알고 보면 간단한 것이다. 요는 세상을 어떻게 보느냐에 있다. 정지한 형태로서 보느냐, 그렇지 않으면 끝없는 발전의 형태로서 보느냐에 있다.

　누구보다도 정직한 에세―닌, 누구보다도 성실한 에세―닌 누구보다도 느낌이 빠르고 또 많은 에세―닌, 이 에세―닌의 노래 속에서 그의 진정(眞情)을 볼 때 나는 저 20세기 불란서 최고 지성인이요, 최고 양심가라는 지드를 생각지 않을 수 없다.

　"우리 문화의 완전한 자유와 완전한 옹호를 받을 수 있는 곳은 사회주의 사회에만이 가능한 것이다."라고, 나치의 횡포에 분연(憤然)히 일어났던 그도 그의 방소(訪蘇) 기행으로서 자기의 한계를 들춰내고 말았다.

　지드가 쏘비에트를 방문하였을 때 그때 쏘비에트는 벌써 제3차 5개년 계획의 비상한 건설 도상에 있을 때였다. 이처럼 생각하면 에세―닌이 살았던 그 당시 10월 혁명이 승리를 한 뒤에도 가장 혼란과 투쟁 속을 거쳐 겨우 일곱 해만에 네프정책을 쓰게 된 것이니, 누구보다도 받아들이는 힘이 많고, 누구보다도 느끼는 바가 많은 에세―닌만을 나무라기는 좀 억울한 대문이 있다.

　"만세! 지상과 천상의 혁명!" 10월 당시 이처럼 좋아서 날뛰던 에세―닌에게, 천상의 혁명이라는 말까지 한 관념적인 해석이 있다 치더라도 누가 그 기쁨의 순을 죽이고, 그 기쁨의 싹을 자른 것이냐,

　나는 만번이라도 이 점에 대하여 긍정하는 사람이다. ―새로운 이념(理念)

의 사회에 묵은 해석을 가지고는 보조를 맞추어갈 수 없는 것이라고, 그러나 이 움트려는 옳은 싹을 자른 것은 누구이냐. 그것은 오히려 처음부터 반동하는 사람들의 힘이 아니고 되려 공식적이요 기계적이며 공리적인 관념론적인 사회주의자들이었다.

이것은 현재 조선에도 구더기처럼 득시글득시글 끓는 무리들이다. 물론 그까짓 구더기 같은 것들에게 밀려난 에세—닌을 훌륭하다는 것은 아니다. 오히려 안타까운 편이다. 그리고 에세—닌이나 나를 위하여, 아니 조그만치라도 성실을 지니고 이 성실을 어데다가 꽃 피울까 하는 마음 약한 사람들을 위하여 공분(公憤)을 참지 못한다는 것이다.

이것은 러시아뿐만 아니라 온 구라파의 한개의 전율(戰慄)이라고 하던 에세—닌이 어쩔 수 없는 몸부림을 칠 때에, 부하린조차 기겁을 하여 그의 시를 금지하고 그의 몸까지도 구속하자고 서두를 때, 그는 쓸쓸한 코웃음으로 이것을 맞았을 것이다. 그는 끝가지 자유롭고, 또 그 자유를 위하여 누구의 손으로 죽은 것이 아니고 스스로의 손으로 자기의 목숨을 조른 것이다.

"아 우리는 한 사람의 셀요샤(에세—닌의 애칭)조차 구할 수가 없었다. 그러나 그의 뒤를 따르는 수많은 청년들을 위하여 우리는 어떠한 일이라도 해야만 한다"고 루나촬스끼로 하여금 부르짖게 하였다.

3

나는 농사꾼의 자식이다. 1895년 9월 21일, 리야잔스크 현 가쯔민 주 리야잔스크 군에서 났다.

집이 가난한 위에 식구들이 많아서 나는 세살 적부터 외가 편으로 돈 있는 집에 얹혀 가 길리우게 되었다.

이렇게 하여 나의 어릴 적은 지났다. 내가 커지면 나를 동네 선생님으로 앉히려고 열심히 권했으나, 그 뒤 특수한 목사 양성학교엘 들여보내고 이곳을 열여섯에 졸업한 나는 또 모스크바의 사범학교를 다니지 않으면 안되게 되었다. 그렇지만 이 일이 없이 지난 것은 다행이었다.

나는 여남은 살 적부터 시를 썼는데, 참말로 옳은 시를 쓴 것은 열여섯이나 열일곱 때부터이다. 이때의 어드런 작품은 나의 첫번 시집에도 넣었다.

열여섯살 때 나는 여러 잡지에다 내 시를 보내었는데 그게 도무지 발표되지 않아 초조하여 부랴부랴 서울(당시는 페테르스부르크)로 올라갔다. 여기서는 사람들이 나를 환대하였다. 맨 먼저 만난 이가 부로그, 그를 만나서 눈앞에 자세자세히 뜯어볼 때 나는 처음으로 산 시인을 본 것같이 땀이 났다.

전쟁과 혁명과의 기간 중, 운명은 나를 예제로 몰아보냈다. 나는 우리나라를 가로세로 북빙양(北氷洋)에서 흑해(黑海)와 이해(裏海)에, 서유럽에서 중국, 이란, 또 인도까지도 나돌아다녔다. 나의 생애 중에 가장 좋은 시기는 1919년이라고 생각한다……

위에 인용한 것이 그의 자전(自傳)의 일부이다. 그의 작품 속에도 쉴새없이 자기 이야기가 나오니까 이것만 가져도 대강은 짐작될 것이다.

그러나 에세―닌의 생애에서 가장 큰 사건은 1921년 세계적인 무용가 이사도라 던컨과의 관계이다. 그해 가을 쏘비에트 정부의 초청으로 온 던컨과, 에세―닌은 만나자마자 서로 좋아하고 떨어질 수 없는 사이가 되었다.

그러나 이것이 하나의 뜬 구름과 같이 지날 수 있는 염문(艷聞)이었다면 별일은 없었을 것이다. 그러나 일생을 같이하고 싶다는 데에는 큰 문제가 되지 않을 수 없다.

전형적인 부르주아 이데올로기를 신봉하는 미국의 인기화형(人氣花形)과, 새로운 이념인 프롤레타리아 이데올로기를 체득하려고 참다운 노력을 하는 성실한 시인과의 정신적인 공동생활이란 될 수 없는 일이다. 그러면 남는 것이란 애욕밖에 무엇인가. 그리고 또 이 애욕을 연장시키기 위하여서도 두 이념 중에서 하나는 완전히 버려야 한다.

그러나 덩컨이, 그 당시 아직도 혼란기에 있고 또 피 흐르는 건설기에 있는 쏘비에트에 머물러 이와 보조를 맞출 수는 도저히 없는 일이요, 더더구나 누구보다도 성실하려는 에세—닌이 위대한 혁명완수에 두 팔 걷고 나선 자기의 조국을 팽개치고 미국인으로까지 귀화할 수는 없는 일이다.

"결국 그것은 사랑할 만한 그리고 신실한 인물에게 맞지 않는 사건이었다. 여기에는 곡절이 있다고 나는 생각한다. 그것은 언제인가 '흥, 알 수 없는 일이로군. 현대는 결단코 한 사람의 천재를 괴롭히지는 않을 것이야, 면목없는 일은, 특히 화려하게 면목없는 일은 항상 천재를 돕는 것이니까' 하고 숨겨진 조소(嘲笑)와 모멸(侮蔑)을 던지던 때, 그리한 때의 그의 태도 같은 게 이 사건을 일으킨 것일 것이다." 하는 의미의 기리로프의 말이 일리 있다.

그만한 것쯤은 알았어야 할 에세—닌, 또 응당 그만한 것은 알았을 에세—닌이 주책을 떨고 1921년에서 1922년에 걸쳐 남로(南露)와 이란, 이태리, 불란서, 아메리카로 두루 덩컨의 뒤를 쫓은 것은 대체로 각처에서 볼 수 있는 천재병 문학청년의 비굴한 심사에서 오는 오만과 무책임의 소행이다.

그러나 우리의 현명한 에세—닌은 이것을 박차고 고국으로 돌아왔다. 역시 그에게는 적으나마 그의 성실이 있었던 것이다. 그러나 성실이라는 것도 마음과 노래로만 읊는 것이 성실은 아니다. 그렇다면 이러한 성실은 일찍이 그 말년까지, 더우기 말년에는 일상 있을 곳이 없어지면 시료(施療)병원엘 찾아가는 참담하고 무능한 베를레느에게도 있다. 새 시대의 요구는 자기와는 따로 떨어진 아름다움이 아니라 완전한 한개의 인간이다.

에세—닌이 여기에 낙제한 것은 당연한 일이다. 그때 물론, 러시아는 내려 밀려오던 짜르의 압정과 대전의 막대한 거비(據費)와 혁명 전취(戰取)의 피 흐르는 투쟁과에 피곤할 대로 피곤하였고, 거기에 또 엎친데 덮친 격으로 전세계의 국가라는 국가는 전부 자본주의국가로 쏘비에트사회의 건설을 될 수 있으면 누르려고 하여 여기에 대비하려면 1942년에야 겨우 처음으로 시작한 1차 5개년계획도 생활필수품보다는 중공업을 하지 않을 수 없는 것이었다.

에세—닌의 옳은 마음이 조국으로 오기는 왔다. 그러나 그의 마련없는 정신으로는 그 어려운 시대를 지내기 어렵다. 더우기 덩컨을 버린 것은 그의 이념이고 감정이 아니었다. 생애를 통하여 보면, 또 성격적으로도 전체로 감정의 지배를 받고 있는 그 마음이 이로 인하여 편할 수 없었다.

여기에서도 그의 음주와 난행은 심하여졌다. 그가 이같은 생활에 그쳤다면 이야기거리는 안된다. 그러나 에세—닌은 어떻게 사는 것이 바른 것인 줄도 알았으며, 또 무력한 그의 의지를 어떻게 하면 살릴까 하고도 애를 쓴 사람이다.

"그가 각처로 떠돌아다닌 것은, 이것이 그에게 필요한 것은 아니었다. 그는 흡사 무엇을 잃은 사람이 그 잃은 것을 찾으려고 나선 것처럼 여러 나라로 돌아다녔다. 그리고 그가 외국에서 돌아왔을 때 그때는 이미 옛날의 에세—닌은 아니었다"고, 그의 추도회(追悼會)의 강연석에서 셀시에네비치가 한 말은 옳다.

이리하여 그는 마지막의 구원을 고향에 걸고 고향 리야잔으로도 가보았다. 그러나 끝까지 자력으로 버티려는 기색이 적고 외부 환경의 힘에 기대려 하는 그에게 구원이 있을 수는 없었다. 여기서도 참담한 패배를 한 것은 물론이다.

어떻게 하면 살까, 어떻게 하면 살 수 있을까, 노심초사(勞心焦思)하던 에세―닌은 그의 가장 떳떳한 삶이란 스스로의 목숨을 끊는 것이라는 데에 결론이 왔다.

그리하여 그는 마지막 믿고 바랐던 고향에서 짐도 꾸리지 않고 레닌그라드, 그 전날 덩컨과 처음으로 백년의 헛되인 약속을 맺은 호텔 바로 그 방을 찾아가 그 방에서 죽었다. 이때가 1925년 12월 30일이었다.

4

에세―닌이란 성은 러시아 고유의 성으로, 이 말뜻엔 가을의 즐거운 명절, 땅에서 주는 것, 과일의 풍년, 이런 것이 들어 있다.

그를 3백년 전에 살게 하였다면 그는 3백의 아름다운 시를 쓰고, 봄에 물 오르는 순 모양 즐겁고 감격된 넋의 눈물을 흘리어 울면서 아들 딸을 낳고, 그리고 지상의 날의 문지방 옆에서 밤의 불을 지피었을 것이고―― 숲속에서 가리어진 초당의 어데선가 잠잠히 짧고 빛나는 비애를 맛보았을 것이다.

그러나 운명은 그로 하여금 우리들의 날에 낳게 하였고, 지구전화(地球電化)와 타드린의 주전탑(週轉塔)과 유리투성이와 콘크리트 투성이의 도회에 관한 열병적 탐닉(眈溺) 속에, 다 썩은 양배추와 이(虱)구뎅이에, 또는 네거리에서 저주하듯 외치는 축음기소리 가운데, 길거리에 내버린 시체(屍體)와 핏기조차 얼어가는 동무들 사이에, 사탄의 교사(敎唆)와 형이상학의 기술(奇術)에 의해, 그는 모스크바에서 살고 있다.

이 말은 알렉세이 똘스또이가 에세—닌을 격려하던 문중(文中)에 그의 모습을 그린 부분이다.

세상에서는 그를 모두 농민시인, 또는 러시아 최후의 농민시인이라고 한다. 과연, 그의 노래한 자연의 묘사와 전원의 풍경은 누구도 따를 수 없는 아름다움을 가졌다. 그리고 초년과 말년에는 농촌을 배경으로 하는 작품이 많았으며 자기도 <농촌 최후의 시인>이란 시까지 썼다.

그러나 그는 끝까지 전원시인은 아니었으며 더더구나 농촌 최후(자타가 이 최후라는 말을 쓸 때에는 다 의식적으로 스러져가는 전 사회의 환경과 이념을 이야기한 것이겠지만)의 시인이라고 부르기는 어렵다.

그는 끝까지 도회의 시인이었으며, 도회의 말초적인 신경을 가진 데카당이었으며, 도회생활의 패배자로서 그의 어렸을 적 고향을 그리는 것이, 한편으론 허물어져가는 전 사회의 외모와 그곳에조차 나타나는 새 사회의 악착같은 침투력에 소스라쳐 놀란 것에 부합되었고, 또 이러한 것이 그의 불타기 시작하는 절망감에 기름을 부은 것이다.

이 당시 러시아에 종이조차 없었을 때 그는 구시꼬프와 마리엥꼬프와 함께 자기의 시를 수도원의 벽에다 쓰기도 하고, 카페나 다방에 써 붙이기도 하고, 이것을 각처로 다니며 읽기도 하였다. 그래서 그런지 그의 작품이 눈으로 보면 좀 길고 지루하나 소리를 내어 읽고 듣자면 대단히 큰 효과가 난다.

1915년에서 1925년, 이 십년 간에 그는 장단(長短)의 시를 합하여 무려 열 권의 시집을 내었다. 이 나어린 시인에게 눈부시는 세상은 얼마나 많은 자극을 주었는지 가히 알 수 있다.

더우기 말년, 그의 스스로 초래한 방탕과 몸부림엔 심신이 모두 상하여, 모스크바에서 굶어 죽다시피 괴혈병(壞血病)으로 죽은 부로그, 또 시리야웨츠의 죽음, 이것은 반동파의 시인이나 정부에게 총살을 당한 그리미요프의 회상, 이런 것은 그를 더욱더 초조하게 만들었다.

"아마 나도 시골로 가면 건강이 회복되겠지, 약이나 좀 먹구 하면……그러면 이번엔 얌전한 시악시에게 장가두 들구" 이렇게 만나는 친구마다 이야기하던 에세―닌의 귀향은 뜻하지 않은 그의 목숨을 줄이는 귀향이 되고 말았다.

그의 죽음을 섭섭히 여기는 모든 시붕(詩朋)들은 그를 애도(哀悼)하는 밤을 가졌고, 살아서 끝까지 보조를 맞추기는커녕 자꾸 탈선을 한 그에게 쏘비에트 정부는 국장(國葬)으로 후히 대접하였다.

거듭 말하거니와 "우리는 한 사람의 셀요샤조차 구하지를 못하였다. 앞으로 그의 뒤를 따르는 수많은 청년들을 위하여는 무슨 일이라도 하지 않으면 안된다"고, 부르짖은 루나촬스끼의 말을 생각지 않을 수 없다.

1946. 2. 17

끝으로 나의 허튼 생각을 정리할 자료를 모아 준 인천 신예술가협회 여러 동무에게 감사의 뜻을 표한다.

(『에세―닌 시집』, 1946. 5)

농민과 시
— 農民詩의 成立을 中心으로

농민시의 성립! 이것은 물론 우리 인류가 원시사회에서 농경생활로 정착하였을 때부터 가능한 것이다.

그러나 논을 갈고, 밭을 이루며, 씨 뿌리고 가꾸는 것을 전업으로 하는 일정한 층이 생기었을 때, 이들의 시 감정을 표현하기에 절대 조건인 언어조차 벌써 그들의 것은 아니었다.

"태초에 말씀이 계셨다. 말씀은 하느님과 함께 있었으며, 말씀이 곧 하느님이었다."(요한복음 1장) 여기에 이 말을 끌어올 필요도 없이 우리 인류사회에 계급제도가 확립되었을 때, 그때부터 언어는 벌써 근로자의 복리를 위한 것이 아니라, 지배계급의 지배를 위한 도구에 지나지 않았다.

그래도 몇 천년을 내려오며 그들의 울음 울은 바 웃음 웃은 바의 정서는 한편 민요의 형식으로 누가 지었는지 또는 누가 불렀는지도 모르며 그들의 가슴 속을 흘러오다가 변형되기도 하고 잊혀지기도 하였다.

농민이 사람으로서의 대우를 받게 된 것은 극히 최근의 일이다. 선진 구라파에 있어서도 시민계급이 눈을 뜨기 시작하여 비로소 르네쌍스의 자아의 발견에까지 이르렀으나 이것은 도시의 상공업자나 시민들이 눈을 뜬 것이지 농민이 예까지 이른 것은 아니었다. 더욱이 지배계급이 그들의 문학작품 속에서 농민을 하나의 사람으로서 다룬 것은 아주 최근 십구세기 낭만파에서 비롯된 것이다.

전원과 농민을 그린 작품은 적잖이 볼 수가 있다. 그러나 이들이 아무리 진취적인 것을 썼다 하나 이것은 어디까지나 방관자(傍觀者)의 감정이요 붓 끝이지 실지로 호미를 쥐고 괭이를 메는 농민들의 감정은 아니다.

근로하는 사람들은 그 근로함에서 오는 땀의 기꺼움과 즐거움을 노래하기는 커녕 부당하게 억눌리는 사역(使役)으로 말미암아 그들의 괴로움과 억울함조차 감정으로 표시할 시간의 여유와 마음의 준비조차 없었으므로 여기에 농민시의 성립이란 가능한 듯하면서도 기실 엄밀한 의미에서는 불가능하였던 것이다.

　　동창이 밝았느냐
　　노고지리 우지진다
　　소 치는 아이들은
　　상기아니 일었느냐
　　재너머 사래긴 밭을
　　언제 갈려 하느니

여기 얼핏 들으면 참으로 평화롭고 아름다운 전원(田園)의 풍경과 생활을 읊조린 시조를 우리들은 볼 수가 있다.

그러나 이 시조는 숙종조의 영상(領相)까지 지내인 남구만(南九萬)의 소작(所作)이다. 봉건사회에서 인신(人臣)으로 할 것 다하고 늙어 고향에 돌아가 읊조린 안락한 감정이다.

> 늙은이는 지팽이 짚고
> 젊은이는 봇짐 지고
> 북망산이 어데멘고
> 저기 저 산이
> 바로 북망산이다.

하는 민요와 대비하여 볼 때 얼마나 현격한 감정의 차이인가.

　농민시는 원칙적으로 농민이 쓴 시라야 될 것이요, 또 농민 출신의 시인의 작품이라야 될 것이다.

> 저 건너 갈미봉에
> 비 묻어들 온다.
> 우장을 두르고
> 기심을 맬거나
> 얼얼렁렁 상사뒤
> 어여뒤여 상사뒤

　이 노래는 한 이십년 전까지도 각 시골에서 모를 낼 적 같은 때에는 농민들이 풍장을 치며 즐겨 부르던 노래다.

　우리는 여기에서 농민들의 근로하는 즐거움을 엿볼 수 있다. 백제시대부터 전하여 왔다는 이 노래도, 이마즉에는 요리집에서 기생이나 선술집에서 갈보가 악을 쓰고 부르면 주색잡기에 골몰한 천하 잡놈들이 화창(和唱)하는 이외에 별로 들을 수 없다.

　이것을 볼 때 상업자본주의사회와 제국주의 밑에서 신음하는 농민들의 생활이 오히려 봉건사회보다도 얼마나 가혹한 것이냐는 것도 알 수 있다.

구라파 문학에 있어서도 천대받은 농민이 등장하지 못한 것은 당연한 일이다. 그것은 농민 자신이 자아(自我)를 찾을 길이 없었기 때문이다. 오직 러시아에 있어서만이 1861년 농노해방(農奴解放)의 시기를 전후하여 농민 출신의 시인과 농노 출신의 시인이 문단에 등장하여 농민시의 성립의 가능성을 보여준 것은 이것 또한 러시아사회의 후진성에도 연유한 것이겠으나, 그보다는 전세계의 유례없이 광대한 면적이 거의 농경지라는 데에서 온 것이었다.

러시아문학에 있어서의 농민시는 그동안 여러가지 우여곡절(迂餘曲折)을 거치었으나 1917년 시월혁명의 완전한 승리로 말미암아 농민도 처음으로 인류사회에서 정당한 대우를 받게 되어 여기에 괄목할 만한 발전을 보게 된 것이다.

> 자는 것들은 그대로 두어라.
> 해가 꼭두를 지를 때까지
> 힘쓰려는 사람만이 나가자
> 우리들의 앞길은 구습 먼저 깨뜨리는 것!
>
> 달은 밤을, 그리고 해는 낮을 돌리듯
> 붉은 깃발을 높이 날리며
> 우리는 전열(戰列)로 나간다.
>
> 놈들은 너무도 오래 우리를 잠재웠고 농락하였다
> 그래서 마소와 같이
> 조상들은 매에 못 이겨 황천엘 갔다.
>
> 달은 밤을, 그리고 해는 낮을 돌리듯

붉은 깃발을 높이 들고서
우리는 전열로 나간다.

피를 빨던 세월은 지났고
노동자와 농민은 쇠사슬을 끊었다.
논밭도 풀리니
초가에는 이엉조차 새롭지 않으냐

달은 밤을, 그리고 해는 낮을 돌리듯
붉은 깃발을 높이 날리며
우리는 전열로 나간다.

　　<농민의 진군>이란 이 시는 혁명 직후에 디에브 곰야코브스키의 부른 노래다. 이 시는 확실히 희망에 넘치고 환희에 넘쳤으며 이를 읽음으로 인하여 그 당시의 사회성이며 시대성을 느낄 수 있다. 그러나 이 시에서는 아직도 농민의 안락한 생활감정이라든가 여기에서 오는 아름다운 세계는 그려 있지 않다.

　　아직도 이 땅에는 소개되어 있지 않으나 참으로 눈부시고 찬란한 농민의 시는 혁명 이후에 자라난 러시아 농민의 청년들, 그리고 고르호오스를 겪어낸 그들이 보는 농촌과 자연과 그들의 생활의 노래에서만이 찾을 수 있을 것이다.

　　그러면 이 땅의 시인들에게 있어서는 농촌을 어떻게 그렸으며, 또 혹시라도 농민 시인이 있었는가, 조선에 신문학이 들어온 것은 이 땅이 벌써 후진제국주의국가 일본에게 정복을 당한 후였으며, 그나마라도 전문적인 시인이 시민으로서 처음 눈을 떴을 때는 벌써 1920년이 훨씬 넘은 뒤였다.

이 중에도 제일 훌륭한 시인 이상화(李相和)씨가 처음으로 자아에 눈을 떠 만들어진 시<빼앗긴 들에도 봄은 오는가>는 우연히도 농촌을 배경으로 하였다. 그러나 이 사실은 상화씨가 다만 그 출신 계급이 농촌 지주였다는 데에 기인한 것이고 조선에는 아직도 봉건잔재가 뿌리 깊이 남아 있기 때문이었다.

지금은 남의 땅 ── 빼앗긴 들에도 봄은 오는가?

나는 온몸에 햇살을 받고
푸른 하늘 푸른 들이 맞붙은 곳으로
가르마 같은 논길을 따라 꿈속을 가듯 걸어만 간다.

입술을 다문 하늘아 들아
내 맘에는 내 혼자 온 것 같지를 않구나
네가 끌었느냐 누가 부르더냐 답답워라 말을 해다오.

바람은 내 귀에 속삭이며
한 자욱도 섰지 마라 옷자락을 흔들고
종다리는 울타리 너머 아씨같이 구름 뒤에서 반갑다 웃네.

고맙게 잘 자란 보리밭아
간밤 자정이 넘어 내리던 곱은 비로
너는 삼단같은 머리를 감았구나. 내 머리조차 갑븐하다.

혼자라도 가쁘게 나가자,
마른 논을 안고 도는 착한 도랑이
젖먹이 달래는 노래를 하고 제 혼자 어깨춤만 추고 가네.
⋯⋯⋯⋯⋯⋯⋯⋯⋯⋯⋯⋯⋯⋯⋯⋯⋯⋯⋯

내 손에 혼미를 쥐어 다오
살찐 젖가슴과 같은 부드러운 이 흙을
발목이 시도록 밟아도 보고 좋은 땀조차 흘리고 싶다.

강가에 나온 아이와 같이
쨤도 모르고 끝도 없이 닫는 내 혼아
무엇을 찾느냐 어데로 가느냐 우서웁다. 답을 하려무나.

나는 온몸에 풋내를 띠고
푸른 웃음 푸른 설움이 어우러진 사이로
다리를 절며 하루를 걷는다. 아마도 봄 신령이 접혔나 보다.

그러나 지금은——들을 빼앗겨 봄조차 빼앗기겠네.

이처럼 절창을 부른 뒤에 그는 <비 갠 아침>이란 시밖에 아무런 농촌시
를 쓴 일은 없다. 빼앗긴 고향, 빼앗긴 조국을 생각할 때 뼈에 저리게 읊조리
고 외치는 그였으나 그도 역시 소시민의 테두리를 온전히 벗어버리지는 못
하였으며 또 소시민이란 아무리 코딱지 같은 곳이라도 도시를 의거하고 생
활하지 않을 수 없기 때문에 그의 시는 저절로 농촌에서 멀어지고 말았다.
　이러한 경향은 상화씨 뿐만 아니라 시집『봄 잔디 밭에서』를 내인 포석(抱
石), 조명희(趙明熙)씨에게서도 볼 수 있는 일이며, 우리 시단에 가장 풍부한
소재만을 보여준 소월(素月)에게도 있다.

우리 두 사람은
키 높이 가득 자란 보리밭, 밭고랑이 위에 앉었어라.
일을 필(畢)하고 쉬이는 동안의 기쁨이어!
지금 두 사람의 이야기에는 꽃이 필 때……

오오 빛나는 태양은 내려 쪼이며
새 무리들도 즐겁은 노래, 노래 불러라.
오오 은혜여! 살아 있는 몸에는 넘치는 은혜여!
모든 은근스러움이 우리의 맘속을 차지하여라.

세계의 끝은 어디? 자애의 하늘은 넓게도 덮였는데
우리 두 사람은 일하며 살아 있어
하늘과 태양을 바라보아라. 날마다 날마다도
새라 새롭은 환희를 지어내며, 늘 같은 땅 위에서

다시 한번 활기있게 웃고 나서 우리 두 사람은
바람에 일리우는 보리밭 속으로
호미 들고 들어갔어라 가즈런히 가즈런히,
걸어 나아가는 기쁨이어! 오오 생명의 향상이어!

이것은 <밭 고랑 위에서>라는 소월의 시로서 시집 『진달래꽃』 안에 있는 것이다. 이 시집 안에 있는 시는 대개가 그의 학창시절에 쓴 것이라 하나 그때의 정세로 보면 이 시는 도피의 정신으로밖에는 볼 수가 없다.

그는 자기만 보았지 미처 자기의 주위를 형성하고 있는 사회에 눈이 어두웠으며 또 그렇지 않다면 세상은 어찌 되었든지, 나 혼자만 깨끗하면 그만이라든가 하는 생각은 유태교의 바리새 적부터 있는 일이지만, 이것은 순전히 적에게 자기를 굽히고 들어가는 피난처이다. 정복자들은 이것을 바란다. 그러나 이것은 농민을 위하여 부른 노래도 아니요 이 땅 농민의 현실적인 생활감정은 더군다나 아니었다.

이 뒤 1930년대에 박아지(朴芽枝)씨가 처음으로 계급적인 처지에서 농민시를 썼으나 별로이 특기할 작품이 없는 것은 섭섭한 일이었고, 이것도 중일

전쟁(中日戰爭)의 파문으로 전연 그 발전의 여지조차 갖지 못한 것은 어쩔 수 없는 일이나, 8월 15일 이후에 다시 언론에 소강(小康)을 얻어 권환(權煥) 씨 같은 분도 농민시에 관심을 두고 <이서방두, 김첨지두 잘사는 주의>라는 시를 써서 농민의 의사를 대신하였으나 이 또한 확연한 농민시로 보기에는 거리가 있는 것이었다.

거듭 말할 것도 없이 조선에 있어서의 진정한 의미의 농민시의 성립은 위선 그들로 하여금, 정당한 인간적인 대우를 줌에 있고 또 이 인간적인 대우라는 것은 남이 주는 것이 아니고 각자가 싸워서 찾아야 하는 것이므로 아직도 전도가 있다고 볼 수가 있다.

조선의 농민시, 이것은 앞으로 가능한 것이며 당연히 있을 것이며 또한 우리의 역사와 사회적 환경으로 보더라도 찬연히 빛나게 될 것이다.

어서 농민에게 토지를 주어라, 이것은 적국 일본뿐 아니라 구라파의 후진제 약소국에 있어서도 이미 이번 대전으로 인하여 토지개혁(土地改革)이 실시된 것이요 또 북조선에도 금년부터 시작된 것이니 어서 이쪽에도 토지의 무상분배가 실시되어 역사가 있은 이래로 빨리고 눌려오기만 하던 이 땅의 농민들로 하여금 처음 허리를 펴게 하고 다시 그들로 하여금 살아가는 즐거움을 느끼게 하여 근로하는 농민들로 하여금 그들의 감정과 정서를 서슴없이 노래 부르도록 하라.

농민시의 성립! 그것은 농민의 완전한 해방에서 비로소 자리가 잡히는 것이다.

(협동 1947. 3)

토지개혁과 시

"우리들은 한평생 소원이던 땅의 임자가 되어 몇 천년래의 지긋지긋한 지주의 착취와 천대에서 벗어났습니다. 우리들은 네 활개를 쭉 펴고 내 땅에 씨 뿌리고 김 매고 새로이 논밭을 일구고 농사법을 개량하여 1946년도에 비하여 작년도에는 미곡만 하더라도 18만톤이나 더 추수하였습니다."

"우리들은 새 집을 짓고 그의 주인이 되며 닭 한 마리 변변히 제 것으로 가지고 있지 못하던 우리들은 황소를 가지고 있습니다."

"학교는 고사하고 낫 놓고 ㄱ 자도 모르던 우리는 우리나라 글을 배우게 되었으며 우리의 아들 딸들에게 소, 중, 대학의 문이 쭉 열렸습니다. 우리들이 정성을 다하여 조국에 드린 애국미(愛國米)는 북조선의 최고 학부 김일성 대학의 건축 기금이 되어 이미 그 제1기 공사를 끝마치고 있습니다. 어찌 그것뿐입니까. 옛날에 관청이라고 하면 무서워 곁에도 못 가던 우리들이 오늘에 와서는 정권의 주인의 한 자리를 차지하고, 나라의 살림을 다스려 나가고 있습니다. 도 군 인민위원회 위원 중에 우리 농민이 1천 2백 56명이며 북조선 인민회의의 대의원으로써 62명이나 됩니다. 이 어찌 과거의 우리들이 감히 상상이나 할 일이겠습니까."

이 위의 말은 지난해 4월 우리의 납북연석회의가 열렸을 때 그 둘째 날 축사에서 북조선 농민 대표 박창린 동무가 한 말 중에서 몇 마디를 추린 것이다.

그 날 이 박 동무의 말을 듣고 남조선에서 온 대표들은 감격하여 모두 울었다. 그렇다. 그냥 들어도 감격의 눈물겨운 일인데 더욱이 남조선의 실정과 대비하지 않을 수 없는 그들의 가슴은 미어지는 것 같으면서도 또 한쪽 조선에서는 위대한 소련 군대의 영웅적 승리로 말미암아 해방된 북조선에서 이룩된 빛나는 민주 개혁의 이와 같은 성과를 형언할 수 없는 기쁨으로 느끼었을 것이다.

토지개혁이란 위대한 역사적 사실을 당하여 여기에 감격하고, 여기에서 힘을 얻고, 또 이 기쁨을 기록한 것이 어찌 많지 않을 수 있겠는가!

　　　　땅이여, 땅이여! 나를 낳은 어머니시여!
　　　　사랑하는 아들과 이야기 좀 하세요.
　　　　당신의 뫼 밭과 벌판에는
　　　　끝이나 가히 보이지 않습니다

　　　　당신의 풍성하심은 헤아릴 수 없습니다
　　　　이것은 다함이 없이 놓여 있습니다
　　　　땅이여, 땅이여! 얼마나 한 불행을
　　　　우리는 당신을 위하여 참았습니까!

　　　　오랜 세월을 두고 당신이야말로
　　　　우리들에게는 말하기 어려운 소망이 아니었습니까
　　　　캄캄한 어둠 속에서 가난한 사람의 운명이
　　　　당신을 두고 노래 부르지 않았습니까

우리들로 하여금 옴짝할 수 없이
마지막 썩은 기둥뿌리도 팔게 한 것은 당신이 아니었습니까
우리들을 이주민의 화물열차에 실어
고향을 떠나보낸 것이 당신이 아니었습니까

해마다 해마다 부자놈의 발 아래
우리가 절해 온 것은 당신 때문이 아니옵니까
인민들의 울라지밀의 길로
걸어가게 된 것이 당신 때문이 아니옵니까

나를 낳은 어머니시여! 살진 땅이여!
오랜 세월을 내내 당신은 사로잡힌 몸이 아니옵니까
우리가 끝에서 끝으로 온 나라를
돌아다닌 것도 당신 때문이 아니옵니까!

땅이여 땅이여! 새벽 하늘이 붉었습니다
이리하여 당신은 우리를 위해 사방으로 활짝 열렸습니다.

—백석 역

이 시는 이사코프스키의 <땅>이라는 노래이다.

땅이여! 땅이여! 당신에게 명맥을 걸고 있는 우리들 농민이기 때문에 우리
는 "마지막 썩은 기둥뿌리"까지도 팔아가며 당신의 곁을 떠나지 않으려고
몸부림쳤던 것이며, 다시 낯선 곳 혹은 한번 가면 다시 돌아올지도 모르는
곳에까지 농토를 얻기 위하여 "우리들은 이주민의 화물열차"—이것은 도회
지에서 오물을 버리기 위하여 싣고 다니는 차와 다름이 없는 것이겠으나—
에 몸을 실어 원통하게도 고향을 떠나갔었던 것이 아니었느냐고 옛날 차르

시대를 회상하여 부르는 소연방 농민의 이 외침은 바로 우리 조선 아니, 전 세계 농민들에게 뼈저린 공감을 주는 것이며 그러기 때문에 우리 농민들은 모든 인민의 길인 레닌주의의 길로 걸어간 것이 아니냐고 다시 외치는 말을 이 시 속에서 읽을 때 이것을 읽는 모든 사람들은 옳다! 그렇다! 하고 두 주먹을 쥐지 않을 수 없다.

땅이여, 땅이여! 새벽 하늘이 붉었습니다.
이리하여 당신은 우리를 위해 사방으로 활짝 열렸습니다.

그리하여 농민은 승리를 하고 이상과 같은 희망과 자신을 노래한다.
이 시는 땅과 소비에트 농민생활을 노래한 소비에트의 무수한 시 가운데에 다만 한 가지의 예에 지나지 않는다. 우리는 선진 소련의 이처럼 훌륭한 시작품들을 하루라도 속히 우리의 문화 속에 이식해야 하겠다. 그러면 토지개혁에서 오는 이와 같은 감격의 사실을 우리 북조선의 시인들은 어떻게 노래 부른 것인가!

내가 밭갈이한다
"마라……마라…… 돌자……"
이 가난뱅이 경선이 제 밭을 간다
젊은 때도 소작의 멍에에 창이 빠지고
지친 나날이 가난에 얽매어
남의 땅 한 또약에서 까무러져도
제 땅이란 못 쓰고 죽어질 팔자라던
이 옹석받이 경선이
오늘은 제 밭을 간다

"의나 ……의나……의나……"
소붓이 수구러져 눕는 밭고랑
신부인 양 수줍은 보슬 흙
어머니의 젖가슴인 듯 훈훈한 흙 냄새!
아아 농부의 마음 그 한 속에
아담진 희망을 북돋아 올리는
제 땅의 애틋한 이 밭고랑!

밭 가는 소리 들려라!
이 고장 가난뱅이들이
때때로 남의 땅에 목숨을 걸고
꿰어진 살림을 거제기로 불을 받더니
오늘은 제 밭을 가누나
"의나……마라……마라……"
노고지리도 귀 기울여 듣는 이 소리
농부의 가슴을 후련히 틔우는 이 소리
아아, 나의 어린 때 그 피 쏟던 어느 봄날의 상처에서
세월의 붓대를 잡아채는 이 소리
주머니를 뒤집어 털 듯이
설움에 맺힌 그 분통을 헤쳐놓는 이 소리.

이렇게 시작되는 긴 시 <땅의 노래>는 우리 북조선 토지개혁을 노래한
조기천(趙基天)씨의 서정서사시이다.
이 시는 우리 조선에서 토지개혁을 주제로 노래한 작품 가운데서 가장
좋은 작품인 것으로 이 내용 속에는 가난뱅이 경선이의 반생을 통하여 주마
등과 같이 달리는 우리 조선 농민들의 사회적 환경과 역사적 사실을 그리며
다시 오늘의 빛나는 민주 개혁과 농민들의 행복된 처지를 밝힌 무게 있는

작품이다.

강도 일본 제국주의자가 우리 조국의 강토에 그 흉측한 발톱을 박았을 때 그들은 '토지조사'란 가면을 뒤집어쓰고 이 땅 순량한 농민들의 토지를 한푼의 대가도 없이 무상으로 빼앗아 동척의 흡혈망(吸血網)에 집어넣은 광경을 조기천 씨는 <땅의 노래> 속에서 경선의 집안을 통하여 우리에게 보여주며

> 묻노니 이 고장 사람들아!
> 무덤 속 선조의 해골까지도
> 누울 곳 잃어 개발에 채웠거니
> 어찌 백성이 살 곳 있었으랴

하고 그 당시의 참담한 정경을 노래하였다.

그러나 이 모든 것은 오늘 제 밭을 가는 경선이의 회고인 것이다. 오늘의 행복을 더욱 달콤하게 느끼기 위한 지난날의 뼈저린 회고이며 다시 오늘날의 더욱더 힘찬 분발을 위한 회고인 것이다.

> 그 날
> 풍년 옥수수 알 배기듯
> 사람들이 모였던 그 날
>
> ....
>
> 역사의 큰 날
> 인민정권의 대종을 받아
> 김 장군이 정의의 칼 높이 들어

     착취의 검은 손 찍어버리고
     이 고장 집집에 행복을 나눠준 그 날……

경선이와 북조선 농민들은 모두 다 "와도 가도 못 본 첫봄"을 맞이한 것이었다.

그리하여 사뭇 즐거움에 싸여서 밭갈이를 하는데 신작로 가에는 지나가던 소련 병사 우리 조선을 진정으로 해방하여 준 이 우방의 병사가 그도 농민 출신의 병사였는지 처음으로 제 땅이 되어 즐거움에 넘치는 이 고장 농민들의 부지런한 일손을 보고 와락 달려들며

"뽀나트?"

하고 자기의 뜻을 알겠느냐고 목마르게 다지며

"오첸하라쇼!"

대단히 기쁘다는 말을 외치는 것이 아닌가!

무한한 기쁨과 자신과 희망을 가지고 자기 맡은 농사일에 바쁜 사람들.

     "마라……마라……돌자……"
     젊은 때도 소작의 멍에에 창이 빠지고
     지친 나날이 가난에 얽매어
     남의 땅 한 또약에서 까무러져도
     제 땅이란 못 쓰고 죽어질 팔자라던
     이 응석받이 경선이
     오늘은 제 밭을 간다
     "의나……의나……의나……"

이것은 더 두말할 것 없는 우리 북조선 농민들의 뚜렷한 오늘의 모습인

것이다. 그리하여 토지를 받은 농민들의 감격과 그 생활은 여러 시인들에
의하여 아래와 같이 표현된다.

생각하면
가슴이 아파난다
오십이시구
육십이시구
땅을 다루기에 지친 아버지시다
오랜 가난에 들볶인 어머니시다
박 참봉의 삿대질에
묵묵히 참아온 아버지시다.

그렇게 뼈저리던 그 날을 돌아보시매
토지 받은 감사에 목이 메신
우리 아버지였다
우리 어머니였다

열 섬 감자다
한 알이라도 보람지게 하여
장한 힘 도웁는 것이 본심이라 하시며
큰 놈으로만 고르시는
어머니의 옳은 생각에
웃음 짓는 아버지였다

너 부디 잊지 말아라
김일성 장군의 사진 한장 구해 오라
....

— 김광섭, <감자 현물세>

이처럼 우리 땅의 시인들은 토지개혁의 혜택을 입은 북조선 우리 농민의 생활과 농촌을 아름답게 그리었다.

그뿐만 아니라 이처럼 행복한 환경에 있는 북조선 우리 농민은 우리나라의 절반이나 되는 남조선 땅에서 원수 미 제국주의자들의 식민지 노예화정책과 토착 지주들의 가혹한 착취로 허덕이는 동포들을 생각하여,

> 우리 마을이여
> 우리 논이여
> 오늘은 모두들 모내기하건만
> 절반 논이 비었구나
> 제 주인을 찾지 못한
> 남조선 벼 포기들을 잊을 수 없어라
>
> ···············
>
> 모내기하는 날아
> 모내기하는 날아
> 남북조선이 다함께 모내기하는 날아
> 우리들은 그날을 위하여 투쟁한다.
>
> ─이원우, <모내기하는 날>

하고 농민들의 튼튼한 의지와 다함없는 형제애를 노래 부른 것도 있다.

해방 이후 우리 시인들에게서 불려진 노래 가운데 제일로 많은 수효는 농촌과 토지개혁을 노래한 시편들이다.

이것은 물론 우리 조선이 과거 야만 일제의 독아(毒牙)에 물리어 그 경제

경영이 원시적인 농경생활과 그 외에는 원료품 생산의 지대로밖에 되지 않았던 사회적 환경에도 의한 것이며, 그렇기 때문에 토지개혁은 여러 가지 민주 개혁 중에 가장 큰 자리를 차지하며 따라서 여기에서 오는 감격이 모든 시인들에게 큰 충격을 주었기 때문이다.

토지를 분여 받은 농민들의 형언할 수 없는 감격과 또 그들의 생생한 생활면이 노래 불려지려면 아직도 끝이 없다.

참으로 농촌의 빛나는 앞날을 노래하는 시들이 자꾸자꾸 쏟아져 나와야 하겠다.

그러나 우리는 다른 데보다도 이 농촌 시에서 많은 결함을 손쉽게 찾을 수 있다.

이것은 작품 표현에 있어서의 유형화(類型化)이다. 유형화라는 실제의 표상 그것이 아니라 하나의 보편화된 개념을 말하는 것이니 가까운 예를 들면 이러하다.

우리는 흔히 옛이야기를 들을 제 어느 이야기에서나 그 이야기의 주인공인 여인은 다 같이 얼굴은 씻은 배추 줄거리 같고 머리는 물찬 제비꼬리 같으며 그 처녀는 물동이를 이고 우물가로 나온다. 이것은 물론 예전 여인을 그림에 있어 가장 보편적인 사실을 말함일 것이다.

이와 같은 현상은 과거의 미술 전람회 같은 데서도 많이 본 사실로 지금부터 15년 전만 하여도 유화를 그리는 사람이 대개가 여인을 그리면 그 여인은 물동이를 이었거나 그렇지 않으면 옆에 끼고 섯는 것을 그리었다.

이것은 그 설화자나 화가에 있어 가장 쉽게 대상을 포착하는 길이다. 자기가 이야기하고 싶은 바를 가장 손쉽게 이야기할 수 있는 가장 보편적인 개념이다.

이와 같은 유형화는 새로운 것을 창조할 수는 도저히 없다. 그러면 농촌을 배경으로 한 시들 속에 벌써 유형화되었다는 표현은 어떠한 표현일까?

그것은 흔히 여러 시인의 작품에서 나오는 기와집 지었다는 이야기, 전깃불 들어왔다는 말, 현물세 바치러 간다는 말, 라디오, 재봉침, 유성기, 비단옷 이러한 것들이다.

물론 기와집을 지었다면 오늘의 농촌생활이 얼마나 유복하다는 것을 말하려 함이고 전깃불이 들어왔다면 옛날 일제 시대에는 놈들이 영리적인 면만 계산하여 두메산골 같은 곳에서는 일부러 전선을 끌어다 불을 켤 수는 도저히 없었던 것인데 오늘은 인민이 정권을 틀어쥐고 자기의 새 살림을 자기의 손으로 꾸려나간다는 것이 이야기되는 것이며 또 현물세로 말하더라도 전 같은 부당한 지주의 착취와 관청의 가혹한 과세가 아니라 자기의 즐거운 근로소득을, 자기네들을 위하여 움직이는 나라에 바친다는 기쁨이 품기어 있고 또 기타의 라디오 유성기 비단옷, 이런 것도 오늘의 향상된 농민 생활을 말하는 것이겠으나 이러한 현상을 통하여 그 시인이 어떠한 감격과 정서와 충격을 느끼는 과정이 표현되지 못하고 다만 그 현상 자체를 그대로 적어낸다면 그것은 시인이 할 일이 아닐 것이다.

본래 유형화라는 것은 창조를 가져올 수 없는 기계적인 전달이다. 그러면 시인들은 왜 이러한 수법을 쓰는가, 그것은 어느 것보다도 자기의 정서를 다 듣지 않고 당장 적을 수 있기 때문이며 창조를 하기보다는 추종을 하는 것이기 때문이다.

그러나 이것은 옛날의 썩은 선비들이 구인들의 시구 중에서 좋은 말을 떼어두었다가 이렇게 저렇게 문맥만 통하게 골격을 맞추어 가지고 시 한 수를 이루었다고 좋아하는 퇴보적인 정신과 다름이 없다.

참다운 시라는 것은 시구의 조각보를 꾸미는 것도 아니요 또 공식화한 현상의 포착도 아니다. 실로 참다운 시라는 것은 이처럼 일상화된 현상과 생활과 일상적인 감정을 가지고도 어떻게 고상한 감정 즉 높은 정신의 세계에까지 끌어올리는가에 있다.

그러므로 인민의 고상한 감정과 정서를 포착하여 이것을 높은 정신의 세계로 끌어야 할 오늘의 시기에 있어서 이 같은 안이한 작시의 태도로 인하여 더욱 이 농촌시에서 많이 나오는 시인들의 유형화된 이 작품을 우리는 단호히 배척해야 될 것이며 또 새로이 시를 쓰려고 하는 동무들은 많은 사람들이 흔히 빠지기 쉬운 이러한 결점을 단단히 경계하지 않으면 안 될 것이다.

이 유형화라는 것은 비단 농촌시에만 있는 것이 아니라 우리 생활면의 전체에 있는 것이다. 그러므로 이 같은 단점이 시작품에 나타나게 되면 그 작품은 개성이 없는 것이 되고 일상 생활면에 나타나면 그 사람은 주견이 없는 즉 비판정신이 박약한 사람으로 될 것은 물론이다.

(청년생활, 1949.5)

---

* '뽀냐트' : 러시아어로 '알겠습니까'의 뜻.
* 오쳉하라쇼 : 러시아어로 '매우 고맙습니다'의 뜻.

시단의 회고와 전망

우리는 가장 절박한 때에 있어서 그 사람의 성실을 알 수가 있다. 이러한 의미에 있어서 8월 15일 이후의 우리의 시단을 회고하는 것은 옳을 것이다. 그리고 나는 이 회고에서 모든 것을 선의(善意)로만 해석하여 온 나의 생각이 엄연한 사실 앞에 부딪칠 때에 얼마나 위험한 것인가를 통절히 느꼈다.

우리는 한때 붓대를 꺾이었고 또한 스스로 꺾기도 하였다. 그러나 이 꺾이고 꺾은 것은 한낱 외관상의 것이요 적어도 조금 만큼의 성실이 있는 사람이라면 그 내용이야 어느 것이든 스스로의 불타오른 생명력과 함께 그 노래도 계속해야 되었을 것이다.

8월 15일 이후는 이 점에 있어서도 전일 외관상으로나마 붓대를 꺾인 시인들이 다시 스스로의 노래를 세상에 물어 만인 앞에 자기의 성실을 심판 받아야 옳았을 것이다.

그러나 이처럼 전에도 없고 후에도 없을 우리 민족의 혼란기를 당하여 우리의 시인들은 무엇을 노래하였는가. 이네들은 해방 즉후(卽後)를 당하여 이구동음(異口同音)으로 결혼식장에서 축사와 같은 말을(이것도 시라고 할 수 있으면) 노래하였을 뿐이다. 그리고 이 중에도 좀 체면을 아는 사람의 하나둘은 또 하나의 쇠사슬이 있다는 것을 부언하였을 뿐이다.

이러한 수작도 처음 한번쯤이면 좋다. 그러나 전에 붓대를 들었었다는 경력 그거 하나만으로 많은 지면을 얻은 이네들이 곳곳에서 축사에 분주하다는 것은 아무리 선으로 보아도 이것은 참으로 가엾은 정도가 아니라 추태다. 시를 형식만으로 여기고 또 여기(餘技)로만 생각한다면 그 사람은 아무리 자기를 변명한대도 그는 그의 생활을 형식으로 또는 여기로밖에 생활하지 못하는 사람이다. 1910년대 우리의 선배들이 그때까지에 군림(君臨)하던 한시(漢詩)의 지위를 땅 위에 끌어내릴 때 나는 그분들의 본의로 다만 형식파괴와 외방문화 이입(移入)의 추종으로 보지 않는다. 그보다 훨씬 더 중대한 이유는 참다운 시의 생명력을 그 당시 썩은 선비들의 완전히 형식화한 여기(餘技)속에서 내어오는 데 있었다.

8월 15일 이후로부터 지금까지 노래 부른 시인들이여, 그대들은 어떠한 노래를 불렀는가 다시 한번 생각해 보라. 물론 이 중에는 좋은 시를 그리고 옳은 정신을 보여준 이도 있었다. 또 전에는 별로이 눈에 뜨이기 어렵던 현실에의 적극 관심을 보이기도 하였다. 그러나 만약 시단이라는 게 있다면 이 시단에 흐르는 도도(滔滔)한 꾸정물 속에 그들의 힘은 너무나 약하다.

여기에서 절실히 느끼는 것은 우리의 당면한 긴급문제는 우리 동맹(同盟)의 대외적인 선언 강령보다도 성명서보다도 우리 동맹 안에 있는 멋 모르고 덤비는 형식주의자(결과에 있어서) 또는 가장 엄숙한 생활투쟁 속에서 노력을 게을리하여 저절로 되는 형식주의자(결과에 있어서)들의 청산이다.

새 사람이여 나오라. 모든 선배들이 일제의 폭압 밑에서도 굳세게 싸웠다는 것은 새빨간 거짓말이다. 그리고 진정 가슴에서 우러나오고 진정 노래하지 않으면 못 견딜 그런 때에 써진 것이 아니라면 이왕(已往)에 붓을 들었던 사람들은 이 중대한 현실에서 아까운 지면을 새 사람들에게 양보하라.

(중앙신문 1945. 12. 28)

민족주의라는 연막
— 일련의 시단시평

요즘에 발표되는 시를 읽으면 누구의 작품을 막론하고 우선 정치색이 앞선다. "또야" 소리를 연발하며 읽게 되는 것은 거개가 정서와 감동이 통일되지 못하고 또는 무재주와 관념과 추상과 모호가 혼유하기 까닭이다. 대체 무엇을 썼느냐, 또 어느 것을 말하고자 하였으나 여기에서 필요한 것이 작문 공부다. 대부분이 작문 공부도 안한 조선의 시인들 한동안은 예와 의를 가지고 의논하던 이들이 시를 쓰면 거개가 정치다.

만인이 노래하는 정치시 아니 좀더 정확하게 말하면 모든 사람들이 작품에 나오는 강한 정치성인 것은 우리와 같이 긴박한 정세하에서는 피할 수 없는 일이다. 시는 생활의 반영이다. 새삼스러이 말할 필요도 없다. 한동안 문학의 특수성을 위해서 나아간다는 청년문학가협회까지가 작품에 강한 정치성을 띠고 있다. 우금까지 한 개의 변변한 기관지조차 갖지 못하고 김지(知), 이지(知)의 축사와 격려조차 내던진 오늘에 있어 그들의 작품이 되레 강한 정치성—그 내용이야 여하간에—으로 싸여졌다는 것은 눈뜬 소경들을 위하여 재미있는 일이다. 뻔뻔스런 단독정부 설립운동으로 자칫하면 세계의 화약고가 될 뻔한 남조선에서 민족을 팔아먹는 놈이니 인민을 위하는 사람들이 나가 노래를 부른다면 대체 어떠한 노래일 것인가는 묻는 편이 어리석다. 근간에 ≪문학≫제3호와 ≪문화≫제1호를 읽고 완연히 갈리운 두 개의 방향의 시작품을 지상에 올려 한때 문맹과 문협의 강령이 무엇이 다르냐고 의심하던 층에게 내답코사 한다.

조선문필가협회 조선청년문학가협회 이처럼 굉장한 간판을 걸고 소위 요인들의 축사는 물론 하지 중장의 축사까지 받은 영예의 단체에서는 그간 두 해째나 되어도 기관지(돈이 없어 그런 것은 아닐텐데) 하나 갖지 못하더니 이번 어느 친구의 묘안으로 좌우의 잡지 홍수가 나고 이 틈에 끼어 ≪문화≫ 1호가 나왔다. 이 창간호가 문학 특집으로 이분들의 명표를 박은 기관지는 아니라고 하여도 그와 유사한 것이므로 같은 길을 걷는 나로서는 우선 동축(同祝)의 뜻을 가졌다. 평론부에는 <사상과 현실>이란 어마어마한 제목에 실상은 남의 등뒤에서 주먹질하는 구상유취(口尙乳臭)배의 객담이 들었나 하면 수필란에 모윤숙 여사는 <시베리아로 유형간 조카에게>를 써서 ≪문화≫라는 좋은 잡지 이름에 ≪이북통신≫같은 느낌을 주었다. 다체다난하다. 이곳에 일상 자기가 내세우는 ≪백조≫의 동인 진영에서 말하는 위대한 민족시인 박종화 씨는 무엇을 노래하였나. <고려 천년의 비애>는 한번만 읽어도 이 시인이 심혈을 경주하여 노래한 듯 우리 조선의 좋은 것이면 풍경이건 습관 행사건 미술 공예건 모든 것을 다 틀어 진열한 느낌을 준다 그러기에 "평화를 사랑하는 민족은 태고로부터 예(禮)를 알아 살았다"(1연 4행, 5행)고 다시 "이족은 이 고장을 부르기를 '신선의 나라'라 했다"(3연 9행)고 "이족은 이 나라를 향하여 침을 흘렸다"(4연 6행)고 연이 날 때마다 찬사를 결론 지었다.

나는 먼저로 조선의 시인들이 작문 공부를 못했다고 개탄하였지만 이 대학에 있어서도 의아한 것은 한창 조상을 추켜올리는 도중에 그만 작가가 자기도 취하여 "도적을 지키는 힘찬 개소리 천리에 연했다"(2연 3행)는 말을 넣은 것이다. 나는 구태여 선배의 작품을 꼬느려는 것은 아니다. 그러나 기막힌 것은 이 위의 말이 나오면 우리의 고려는 얼마나 도적이 많으면 힘차게 게 짖는 소리가 천리나 뻗쳤을까 하여 낙담을 하지 않을 수 없다. 이것은 상급학교에서 논리학을 배우지는 못하였다 하더라도 조그만 보통학교에서만이라도 작문 공부를 똑똑히 하였던들 설혹 그것이 사실이라 하더라도 자기의 목적한 바 효과를 해치는 이 행을 넣지를 않았을 것이다.

> 엽전삼백 흰 눈이 이 강산 푹 쌓였을 때 아들과 딸들은 삼동에 글공부가 놀라웠다
> 산마다 황금은 새끼를 처배었다
> 강마다 고기는 기운차게 뛰었다
> 서라벌 백리벌엔 무덤마다 금관총을 이룩하고
> 예성강 맑은 물가엔 집집마다 청자 항아리가 새뜻했다.

여기 4연을 인용한다. 여기를 읽고 생각나는 것은 어쩌면 우리 박종화씨가 이처럼 애교를 부리는 것일까? 그렇지 않으면 어디까지 들여다보이는 음모를 하는 것일까 하고 재삼 탄식하게 된다.

요사이 흔히 읽히는 백남운 씨의 『조선사회경제사』 하나만 읽었던들 아니 그보다도 흔한 팜플렛이나 사리를 판단할 수 있는 사고력 하나만이라도 있었던들 삼동에 글공부를 하고 있는 아들과 딸들이 전부 쳐야 얼마나 되며

또 그것이 누구의 자식이라야 되는가를 짐작할 것이며 '서라벌 금관총'은 누구의 무덤이기에 그것이 흡사 신라인 전체의 생활인 것처럼 과장하는가? 인례(引例)는 무진장하고 또 유치한 정도다. 물론 해방이 되었다는 첫 기쁨을 노래한 시에도 자기를 혁거세 거서우(居西于)의 유전하는 성골의 부스러기라도 되는 것처럼 '삼한갑족'—중앙문화사 간행 『해방기념시집』을 보라—을 지금도 내세우는 그로서는 응당 있을 수 있는 일이다. 그러나 끝까지 그의 박식을 존경하고 싶은 나는 그가 왜 천창만창이 되는 글을 모아가면서 무엇을 호소하려는가에 유의하고 싶다. 차라리 5연은 절구요 애교덩어리다. 여기서 모든 주제는 해명되고 결론으로 재촉한다.

옛과 오늘이 조금도 다르지 아니했다
서른 여섯 해 동안 이리떼에게 짓밟힌 쓰라린 상처가 아직도 아물기 전에
우리는 또 다시 앞문 뒷문으로 호랑이와 사자가 뛰어드는 것을 새파란 눈동자로 지키고 있다.
오호—그렇다. 새파란 이 두 눈동자로 빠안히 바라보고 있다.
고려 천년의 비애가 또다시 용솟음친다
오오 사랑하는
아들과 딸들아
이 꼴이
너희 눈엔 보이지 않는다?
천년 고려의 비애를 두들겨 부서라.

단기 4280. 2.20.으로 끝을 맺는다. 이 대작품의 도미(掉尾)는 얼핏 보면 장중하고 숭엄한 느낌을 줄 것 같다. 그러나 요마적의 재빠른 민주 청년이면

코방귀를 맞을 격분이다.

우리는 여기서 흡사 일정하의 학병 권고문 같은 감을 느낀다. 대체 누구더러 무엇을 부시라는 것인가? 자기는 삼한갑족의 고귀한 몸이라 많이 앉아 있고 젊은이보고는 너희들은 청년이기 때문에 피를 흘리라고 호령하는 것인가? 고래로 시는 명령서도 아니요 격려문도 아니고 자기를 표현하는 것이다. 이것을 지나치게 앞지락이 넓은 일이요, 그렇지 않다면 작문 공부도 못한 사람의 것이라고 일축하는 소리밖에 없다.

여기 또 하나의 희곡 조선청년문학가협회 그 단체의 공동 추천인 작년도 조선시인상의 수상 그리고 과거 학병출정 장려시 <춘추>를 쓴 유치환 씨의 작품 <용시도(龍市圖)>이다. 이 작품은 완전히 정신착란자의 글이다. 한편 이 진영에서 대표적인 시인으로 추상(追賞)하기에 언급한다. 이 시에 표현된 것은 무엇이고 구체가 없고 모든 것이 가공과 몽상과 윤색의 신화 비슷한 협잡뿐이다. 그래도 이 시의 목적은 우리 민족성과 또 넓게 잡으면 인간성과 또는 아름다운 옛날을 꾸미려는 노력이 있다. 소위 신비라는 연막까지도 구성되고 있다. 그러나 여기서도 자기가 살고 있는 세태는 속일 수 없어 지금 서울 한복판 명동 거리에서 매국상품을 팔고 사던 군자도 ○○○○속에서 물건을 사고 파는 건달꾼 협잡군 오사리잡놈들이 들끓으며 화려한 채색 자줏빛 연기에 풍악소리 계집들의 환대의 웃음소리, 이 시인은 다시 봉건사회를 동경하고 예찬하는 것인가, 이러한 행간을 넣어 지금 민주여성연맹을 그만두고라도 애국부녀동맹에서도 이 말을 들으면 케케묵은 몸이라고 안면에 가래침을 뱉을 것이다.

여상(如上)의 대표적인 두 분이 그러할 때에 박목월의 "서산 마루 찬란히 이는 강물에"하고 김달진의 "나는 어느새 오후를 걸어가고 있었다" 한들이들은 보통학교 다닐 때 조선어 작문 시간이 없었다면 그만이 아닌가, 이들이 의식하고 썼든 의식하지 못하고 썼든 그들의 작품에서 나오는 자기네들의 위치와 정치성은 자연 요즈막에 한동안 뒤끓던 단독 정부설에 결부되고 또 이것이 깨어지자 25세 이상이 선거권을 갖기로 하자고 완강히 주장하며 친일파 숙청보다도 총선거를 먼저 하자는 무리들과 배경을 같이함을 알 수가 있다. 그들은 무엇 때문에 구각(口角)에 거품을 내어가며 이 땅에 맞지 않는 민족주의를 고창하는가?

여기에 비하면 ≪문학≫3호에 작품을 실은 시인들은 약속이나 한 것 같이 모두가 10월을 노래하였다. 회합이 있을 때마다 수만의 아니 수십만의 군중이 깍지를 끼고 발을 구르며 부르는 노래 "원수와 더불어 싸워서 죽은 우리의 죽음을 슬퍼 말아라" 이처럼 시작하는 열광적인 노래 이러한 감정 속에서 각개의 시인들이 날카로운 감격을 표시하지 않을 수 없다. 어떤 자는 우리의 10월을 3·1 이래의 큰 폭동이라고 하였다. 그럴 것이다. 이런 것들에게는 10월이나 3·1이나가 저희들 이해상 본질에 있어서는 동일한 것이다.

앙칼스런 눈깔처럼 반짝이는
총부리에 앙가슴을 디밀어라

기름 발라 곱게 빗은 하이칼라 뒤통수에
돌팔매로 보석을 박아주마

진오(鎭五)의 노래를 들으면 이러한 무리는 펄쩍 뛸 것이다. 말할 것도 없이 곱게 빗은 하이칼라 머리는 그들이기 때문이다. 아직까지도 다 썩은 권력이 무서워하고 싶은 말들은 삼키는 사람이 많은 이때에 진오는 서슴없

이 이러한 노래를 하였을 뿐만 아니라 다시 이어서

> 철창을 열고 오래비를 꺼내라
> 놈들을 몰아넣고 철창문을 닫아라
> 철창은 너의 것이다. 저승까지 너의 것이다.

하여 놈들의 뒤 꼭지를 으슥하게 한다.

> 산에 들에 넘친 풍성한 곡식을
> 노략질한 무리와
> 무리를 지키는 또 무수한 무리와

싸우기 위래 우선 죽어야 한다고 진오는 몸소 부딪친다. 나는 ≪문화≫의 시인들의 몽유병적 경지에서 이 시를 읽고 처음으로 숯 냄새를 맡다가 맑은 공기를 마시는 것 같다. 여기가 나사는 곳이다. 숨가쁜 우리들의 땅이다 하며 <10월>을 읽은 나는 어느덧 진오가 되어 주먹을 쥐고 벽을 치며 부르르 떤다.

> 일천 무게로 억누르고 짓밟아도
> 항거하여 묵묵히 구비쳐 커가는
> 애타게 일어나는 노력을 노래하자

는 박산운의 노래도 뒤이어 들려오고

> 중국 사람이 나를 물을 때

인도네시아가 나를 물을   때
아프리카며 남아메리카 사람들
파리 시카고 모스크바
세계가 다투며 물을 때
나는 자랑하리라
눈물로 나는 자랑하리라
'일천구백사십육년 가을 항쟁한 영웅들의 겨레이노라'

하고 외치는 조남령의 노래도 들려온다.

　시는 무엇인고. 언어에는 의사 표시를 적확히 전달하는 것이 최상급의 것이다. 우물쭈물들 하지를 마라. 요새같이 혼란한 때에 목적의식을 똑바로 표현하라. 구렁이 담 넘어가듯 우물쭈물 하여도 누구나 속지를 않는다. 이것이 시의 표현에 있어 형식에 치중하려고 하는 유상무상의 자칭 순수 사이비 순수들에게 전하는 말이다.

　진오, 산운, 남령 등 약관 시인들의 작품을 읽고서 되레 나는 넘쳐나는 감격을 걷잡을 수 없다. 이 중에도 진오의 <10월>은 감격과 분노와 희열을 가지고 노래한 10월 이후 10월의 시 30편 가운데 제일급의 것이라고 추상(追賞)하고 싶다. 수많은 동지 시인들이 대상에 겉돌고 있을 때에 진오는 이것을 꿰뚫었으며 그의 정열과 의지와 박력은 일찍이 애상에 근간을 두고 있던 우리 조선시단에 새로운 건강을 초래한 것으로 일정하의 시인들이 이상화 씨와 그 외 수삼인에 불과하고 모두 애조가 떠올랐으며 현금에 있어서도 청년 박산운이 아직도 애조를 근간으로 하고 청년 남령이 몸짓만을 보일 때 진오는 홀로 뛰어나게 씩씩하고 용맹하다. 한 호에 실리는 시편만을 가지고도 우리는 ≪문화≫와 ≪문학≫의 가는 길을 알 수가 있다. 같은 (비슷한

의 동의어로) 강령을 갖고 어째서 문학자들의 회가 두 편으로 쏠렸느냐.
다 같은 민주주의인데 어째서 서로 화목하지 못하냐. 사물의 실체를 보지
못하고 모든 것을 선의—이러한 선의는 일종의 무지이기도 하나—로 보려는
층에게는 이 두 잡지의 시를 잠깐 비교하여도 그 회답은 확연하리라.

> 피 피 선지피가 엉이가 졌다
> 피를 밟고 미끄러지며
> 시체들을 둘러메고 앞을 달린다
>
> 쏠 테면 쏴라, 늬 에미를 쏠 테면 쏴라
> 내 피를 보고 총부리를 돌려라
> 깜정콩알은 반역자의 것이다.

(발표지 미상)

방황하는 시정신

　시는 한낱 청춘기의 오류라 한다. 내 신념의 건강이란 이러한 말을 염두에
두도록 쇠잔한 것인가.

　청년들은 체험하였다. 사람만이 가질 수 있는 것 가운데 가장 위험한 보물
인 언어를 통하여, 그가 일상에 느끼고 일상에 호소하는 귀여운 정서와 왕성
한 정열은 시인들은 어떻게 처리해 왔는가. 머리에 형관(荊冠) 쓰기를 자원하
는 이, 어찌 골고다의 청년 예언자뿐이었을까.

　우리는 잠시라도 우리의 곁에서 떼어놓을 수 없는 양도(糧度)를 보살펴볼
때, 어느 때 어느 곳을 불구하고 가장 민감하며 순수하며 섬약(纖弱)한 시인
들이여! 그대들은 이어 횔덜린(Hölderlin)의 말한 바, 인간이 영위하고 있는
중의 가장 아름다웁고 죄없는 일을 행하여 왔다.

　안한(安閑)한 수엽(樹葉) 속에 즐거이 노래하던 무릇 작은 새들이여! 구주
문단(歐洲文壇)이란 울창한 거수(巨樹)의 도괴(倒壞)로 말미암아 너희들의
안주할 둥지는 어느 곳이냐.

　19세기가 해석하여 주던 서정시(抒情詩)의 개념은 현대에 와선 근본적으
로 용납할 수 없이 변모하였다. 시대는 극도로 메카니즘에 시달려 고요한

명상 속에 잠기어 상징의 세계에 유유히 배회할 수 없는 이때, 전신상흔(全身傷痕)의 알몸뚱이로 우리들이 바야흐로 당하려는 시의 세계는 어떠한 방향일거냐.

안전성을 보증하지 않는 미끄럼대에서, 불과 삼사십년간 몇 세기나 서구보다 뒤떨어진 문명을 쫓기 위하여 선도자들이 미친 사람같이 날뛰며 지쳐나릴 때, 이러한 급격한 간조(干潮) 속에서 우리의 시단은 사조의 다량주문(多量注文)과 유입 속에 태동되었고 또 우리와 같은 젊은 사람들은 늦게서야 이러한 것을 양식으로 하며 내 몸을 성장시킨 것이다.

신뢰할 만한 현실은 어디 있느냐. 나는 시정배(市井輩)와 같이 현실을 모르며 아는 것처럼 믿고 있었다. 이렇게 노래 부를 때의 나는 이미 늦은 것이었다.

내가 이때까지 가지고 있는 것은 무엇이었던가. 내가 이때까지 믿고 있었던 것이란 무엇이었던가.

이조(李朝) 이후, 더 나아가서는 고려(高麗) 이후로 우리의 문화가 자주성을 잃은 대신에, 남의 귀틈으로만 살아온 슬픔을 생각해 보라.

4천년이나 되는 문화를 가지고 이것이 중간에 와서 한번도 자기를 반성함이 없이 덮어놓고 외계(外界)로만 향한 속절없음을 생각해 보라. 그렇게도 우리의 풍토와 문화 속엔 돌아볼 재산이 없었었는가.

험악한 불모(不毛)의 지(地)에 괭이질을 하며 새로운 씨를 뿌리려던 신문학 초창기의 개척자들도 결과에 있어선 앞서 말한 바에서 한 걸음도 나아가지 못하였다.

배낭에 지워준 비통한 숙명으로 인하여 지나온 길가에 핏방울을 떨어뜨리고 온 젊은이들은 다 각기 가슴속에 눈물을 숨기고 앞으로 어떠한 노래를 어떠한 방식으로 불러야 할까.

자기 공허에서 오는 순연한 절망에서 오직 창황(愴惶)하여

> 나도 어디쯤 죄—그만 카페 안에서
> 전통과 유전이 들은 지갑마구리를 열어헤치고
> 만나는 청년마다 입을 맞추리.

하고 일찍이 나는 노래 불렀다.

대체로 빠르나 늦으나 자기를 돌이켜보고, 지나온 사단(事端)에 대하여 깨끗이 정리를 하려 할 때에 앞으로 이 모든 것을 어떻게 소화하여 순연한 우리의 모습을 나타내일까.

위선 시의 형태로만 하더라도 이곳에서 써지는 작품들의 거의 전부가 내지(內地)에서 대정(大正) 초년간에 통용하던 자유시의 방법을 벗어나지 아니하였다. 또는 새로운 수법(手法)을 쓰려고 힘쓰던 이도 그 여기(銳氣)가 줄고 작품실천에 있어 이렇다고 표본을 보이지 못한 것은 대단 섭섭한 일이다.

혹은 한귀퉁이에 자리를 잡고(기실 그분의 의관이란 물 건너온 재생품이건만) 재담(才談)과 열매 없는 괴임새로써 그것을 시의 전부로 자처하는 것은 애석한 일이다.

더욱 그 여향(餘響)이 의외로 컸음은 같은 젊은이들을 위하여 저으기 한심치 않을 수 없다.

조선의 시단에서는 급기야(及其也), 춘기발동기(春期發動期)의 자연발생하는 최정시(催情詩)나 자기쇠망(自己衰亡)의 영탄시(詠嘆詩)나, 신변장식(身邊裝飾)에 그쳐버리고 영영히 집단적인 한 종족의 커다란 울음소리나 자랑을 노래하지 못할 것인가.

소화(昭和) 초년간에 내지(內地)서 주창되던 신산문시운동(新散文詩運動) 이라든가 근간 연시(連詩) 운동이니 하고 진지한 추구를 하듯, 우리도 왕성한 개혁을 하려고 못한다 해도 어떻게 이 문제를 등한히 할까.

우리 본래의 면모(面貌)를 돌이키기 위하여 우리 종족에도 하나의 큼직한 서사시(敍事詩) 같은 것이 나와야 할 것은 필요 이상의 일이나, 시에서도 문학의 장르가 각가지로 분리하여 새로운 서사시를 쓰기에는 입장이 대단 불리한 오늘에 있어 이러한 것을 어떠한 방식으로 수습할겐가.

고전(古典)이 없는 슬픔은 실로 막대하다. 자신까지도 믿을 수 없는 기력 속에서나마, 다만 우리들은 절망에 빠지지 않도록 경계해야만 된다.

피맺힌 발로 무연한 백사지(白沙地)를 헤매이는 청년들이여! 숨막히는 열 사(熱沙) 속에서 건강한 육신에 가시 돋구고, 몇 해씩을 별러 가슴이 무여질 듯 피어나오는 선인장(仙人掌)의 빨간 꽃송이, 그 빨간 꽃송이의 꿈을 아끼지 않으려는가.

(인문평론, 1940. 2)

시인의 박해

　처음부터 유리쪽도 종이쪽도 붙이지 않은 쇠창살을 붙잡고 아우성을 치는 감옥에 있는 사람이나 다 미어진 문창살을 부여잡고 아우성을 치는 시민이나 기한(飢寒)에 떨기는 매한가지다. 일찌기 일본제국주의가 패망의 직전 발악의 신경을 날카롭게 하여가지고 건뜻하면 유언비어(流言蜚語)다 징용회피다 사상불온(思想不穩)이다 하며 갖은 이유로 잡아들여간 것이 전조선을 합하여도 1만 7,8천에 불과하였다. 그러나 요즘 당국의 발표를 보라. 남조선만 하여도 2만을 훨씬 넘었다 한다. 모든 것이 침체상태로 들어가는 이때 감옥만은 번창을 한다.

　해방 당시 텅 비다시피한 감옥은 왜 이리 문이 미어지도록 번창을 하는가? 우리 건국을 해치는 모리배를 모두 집어넣었음인가? 아니다. 그들은 백주에 공공연히 대로상을 왕래하며 그 중에 어떤 자는 신문지상에 민족주의적인 애국시까지 쓰는 자도 있다. 또 신문사를 경영하는 놈도 있다. 그러면 전일에 일본놈 궁둥이를 핥고 다니며 징용에 징병까지 가라고 떠들고 갖은 못된 짓을 하던 놈이 가득 차서 그런 것인가. 아니다. 이런 짓을 한 놈 중에 큰 도적놈은 역시 지금도 자칭 조선을 대표한다는 정당의 당수요 큰 적산관리 공장의 관리인이요 간부요 민법의원의 의원이요 지금 이러한 일로 감옥에 있는 자는 오히려 하나도 없다.

러취 장관의 말에도 대법원장의 말에도 지금 남조선에는 한 사람의 정치범도 없다고 한다. 그러면 이 모든 사람은 도둑놈들인가. 되려 감옥 밖에 사는 우리들은 도적의 위협을 받고 테러의 위협을 받고 ×찰의 간섭을 받는다.

"인도 사람은 굶고 있는데 조선인은 강냉이를 먹으니 행복이 아니냐"고 ×국인 운수부장 코넬손씨는 말하였지만 우리는 지금 행복의 극을 누리고 있는가.

"조선에 있어서 언론자유는 보장한다"고 말한 하지중장이 미소공위(美蘇共委)에도 반탁하던 사람까지 넣으려 하던 이 조선이 그러면 언론자유의 극치를 이루고 있는가? 이것은 내가 말하지 않아도 제군들이 더 잘 알 일이다.

작년 9월 1일 국제청년데이에서 다만 시 한수를 읽었다는 죄명으로 1년의 징역을 하는 동무 유진오(兪鎭五)를 보라. 그리고 연달아 작년 12월 29일 삼상(三相) 결정 일주년기념대회 때 어리석은 내가 시를 읽은 것으로 인하여 나를 찾으려 하고 내가 없는 틈에 원고를 압수해 갔고 또 금년 1월 10일 종합예술제 때에도 극장에 임석한 경관이 사전에 원고를 검열하고 낭독에서 삭제할 곳을 일러준 다음 그 뒤에 읽었음에도 불구하고 그것을 낭독한 여배우 문예봉씨는 당국에 불려가는 불상사를 일으키었다.

시 아니 문학작품을 읽었다고 잡아간 일은 그 지독한 일제시대에도 없던 일인데 지금 민주주의를 외치고 또 민주건국을 원조하려고 하는 미군정하에서 이 불상사는 어인 일인가?

시의 내용에 있는 말쯤은 어느 정치연설이나 회합에 가도 데굴데굴 구르는 일이다. 그러면 우리 민주×찰은 시적 감수성이 예민하여 거의 신경질적인 데까지 간 것인가.

또는 우리의 시가 더욱 위대한 힘을 발휘하여 그들의 잠재한 독소를 흥분 내지는 자극시키는 것일까?

일찍이 우리 시가 이처럼 문제된 일은 없었는데 이처럼 빈번한 당국의 관심과 다시 우리는 국제청년데이에서 국치기념강연회(國恥紀念講演會)에서 삼상 결정 일주년기념대회에서 종합예술제에서 수십만 아니 연인원 수백만의 대관중 앞에서 열광적인 환호를 받은 것은 어디서 오는 것인가.

내가 두번 다시 말할 필요는 없다. 동무 유진오를 석방하라. 만일에 유진오가 유죄라 하면 그의 시를 듣고 열광하여 외치는 군중은 무엇인가. 수만의 열광자도 공범이 되어야 하느냐? 우리는 유진오 동무의 석방을 위하여 끝까지 싸워야 한다. 오늘 내리눌리는 부당한 억압을 참지 못하여 일어선 우리 문화인들이여! 우리 앞에는 열백번 결의를 다시 해야 할 크나큰 싸움이 있을 뿐이다. 우리 인민의 벗인 젊은 시인 유진오를 즉시 석방하라.

(문학평론, 1947. 4)

문단의 파괴와 참다운 신문학

1

인간이 생활하여 나아가는 태도에는 창조적인 것과 추종적인 두 가지가 있다고 구별되는데 요사이 청년들의 기개와 태도를 통틀어 보면 대개는 이 침뱉을 만한 절망과 무기력에서 나온 추종의 생활을 이웃게 되어 그들은 저도 모르는 사이에 영영 그칠 줄 모르는 현실의 악으로 굴복하게 되었다. 굴종 그것은 무언중에 그 상대방을 지지함이다.

"그는 시인이다"와 "그는 인간이다"하는 둘째간에서는 어느 것이 되겠느냐고 묻는다면 서슴지 않고 나는 "인간이 되겠다"라고 맹세를 할 것이고 또 참다운 인간이 되려 노력을 할 게다. 시라든가 노래 혹은 춤 이러한 것은 우리 인생에서 떼일 수 없는 생활에의 한 태도이나 또한 그 이상의 아무것도 아닌 것이라 나는 정상한 인간의 행로(行路) 가운데 문학의 길을 밟으려 한다.

우리는 문단에 있어서도 신문학을 제창하고 나온 몇 사람 선배와 그들의 지나간 행동을 볼 수가 있다. 문학에 뜻을 둔 청년으로서 누구나 새로움을 찾고 향상되기를 바라며 그 만만한 의도에 패기를 가져보지 않은 사람이 어디 있겠는가! 그들은 무거운 전통과 습속에 눌리우며 모진 괴로움을 맛보고 싸워나왔다. 이 점까지는 얼마나 눈물겨운 보람이겠느냐! 하나 다시 그들의 업적을 돌이켜볼 때 그들은 무엇을 위하여 싸워온게냐고 깊이 추궁할 때에 다만 우리는 어처구니가 없어 말 한마디도 할 수가 없을 것이다.

그들은 어떠한 목적으로 신문학을 제창했는가! 문학의 출발점이란 방탕에서 시작하였다고 하는 말이 지금에는 가장 세력있는 사실이 되어버렸다. 방탕에서 방탕으로…… 헤어나지 못하며, 그들은 그래도 신문학을 제창하였다. 글 쓰는 사람의 이름과 의복이 다르다고 새로운 것은 아닐 터인데 그들은 새로운 문학이라고 자처도 하였다.

신문학을 찾으면서도 신문학이 되지 못하고 그 생명력까지 잃은 치명적인 결점은 그들의 신문학이란 결국 형식에서 발전을 그치었기 대문이었다. 있는 집 자식들이 비단의 종류와 의복의 스타일, 재단하는 방법, 이러한 것으로 새것을 찾고 유행을 시키려 들며 그것을 자랑하려는 심리와 같이 그들은 베니를 어떻게 바른다든가 매니큐어는 어떻게 한다는 외화의 충동만으로 창작(예술)에 대한 태도를 하여 왔기에 주요한 가장 주요한 인간의 본질과 창작의 내용을 잊어버렸다.

그들의 생활태도란 결국 현실에 대한 맹종이나 굴종이나 두 중간이었으니까 그들로서 한껏 용단을 한다면 그것은 겨우 조그만 습관과 형식을 깨뜨리는 데에 지나지 않는다. 이러한 생존방법을 하는 그들의 투쟁목적이란 결국 옛날의 양반들이 관리 노릇을 하기 위하여 공부를 하듯이 그들은 문단에 오르기 위하여 하는 수단이거나 그렇지 않으면 공리주의의 입장에서 조금도 떠나지 않은 이기적 수단 이외 아무것도 아닌 것이다.

그들의 목적이란 이처럼 천박하고도 비루하였기 때문에 이러한 신문학에 대하여서는 약간의 불쾌감을 느끼게 한다.

참으로 신문학이란 무엇이냐! 나는 그것을 형식만으로서 신자(新字)를 넣어주고 싶지 않다. 습관과 생활이 그러하여서도 그랬겠지만 대체의 인텔리라는 작가들은 모조리 창작방법에서 내용을 잊은 것 같다. 진정한 신문학이라면 형식은 어떻게 되었든지 위선 우리의 정상한 생활에서 합치될 수 없는 문단을 바숴버리고 진실로 인간에서 입각한 문학, 즉 문학을 위한 문학이 아니라 인간을 위한 문학의 길일 것이다.

조선에 문단이 생긴지 근 30년에 신문학이 어느 것이었느냐! 하고 묻는다면, 어떤 사람은 지용(芝溶)을 찾을 것이요 또 기림(起林)을 찾을 것이요 이상(李箱)을 찾는 이도 있을 것이다. 하나 이분들의 작품을 들어 나는 신문학이라고까지 하고 싶지는 않다. 물론 이분들이 신문학을 세우려 함에 많은 노력과 공헌을 남기었으나 그 의도만으론 신문학이라고까지 말할 수 없다.

조선에 새로운 문학이 수입된지 30년 가차운 동안 어느 것이 진정한 신문학이었느냐고 한다면 그것은 ≪백조≫시대의 신경향파에서 '카프'에 이르기까지 그들의 그룹이 가장 새로운 문학에 접근한 것이었다고 생각된다.

2

오랜 동안 육체노동과 지적 노동의 분리 분업은 불선(不善)한 인간들에게 그 약점을 이용당하였고 내종에는 그것이 습관화하여 이용하는 것이 잘난 것처럼 여겨졌었다. 물론 그 영향으로 소위 문단이란 것도 그러한 방향으로 쏠리고 또 그것이 절대의 세력까지 잡았던 것은 속일 수 없는 사실이다.

우리의 생활이 벌써 이와같은 모순 속에서 진행되었기 때문에 우리는 더욱이 새로운 문학의 주창을 필요로 한다.

물고기들이 물속에 살면서 물을 모르는 것과 같이 인간도 인간을 아는 사람이 얼마 안된다.

요사이 지식인이라는 것은 대개가 인간의 의무를 모르거나 또 그 의무를 숨기려 하는 것인 것 같다.

"인간도 또한 다른 동물과 같이 기아(飢餓)와 추위에서 죽지 않기 위하여 불가불(不可不) 일하지 않으면 안되도록 창조된 존재이다. 그래서 저를 기르고 황천(皇天)에서 몸을 보호하기 위한 이 활동은 타동물과 다름이 없이 인간에 있어서도 또한 본래는 고통이 아니라 기꺼움이었다. 그렇지만 사람들은 자기네들의 생활을 저는 아무것도 안하고 제 대신으로 남을 뚜들겨 부리어, 저는 무엇을 해야 옳을는지 몰라 심심해지고, 그 결과는 제 심심풀이를 하기 위하여 닿는 데까지 우열(愚劣)한 짓과 고약한 것을 고안해 내고 또 한편 그 사람들의 대신을 일하는 많은 사람들은 제 힘 이상으로 맹렬히 일하게 되어 저 때문이 아니고 남 때문에 일하게 되는 것으로 그 일에 싫증을 느끼게 된다"고 똘스또이는 그의 일기 속에 이런 말을 하였다.

이 말은 막연하나마 인간의 의무에 대하여 저촉되었다. 인간이 직업을 분리, 분업하게 된 원인은 첨은 서로 편의를 도웁기 위한 일이었는데 일면의 교활한 지혜는 이것을 뒤집어 놓았다.

인간의 사회란 각자의 편의를 위한 집단생활인 것인데 어찌하여 인간들은 자기의 의무를 이행치 않는가! 그리고 대체의 인간(그 당시 당시) 지배자들은 인간을 위한 즉 자기가 집단생활을 하는 의무상의 행동을 잊어버렸나! 그것은 결국 우리의 눈앞에 이기(利己)의 근성이 떠나지를 않았기 때문이었다.

나는 생각한다. 인간의 지혜란 제 의무까지 무시하여 가면서 그릇 해석된 쾌락을 느끼기 위한 수단은 아니리라고, 그것은 우리가 모두 보고 들은게 그러한 완곡된 관념이요 지혜이었기 때문이지만 이러한 것은 하루 바삐 버릴 필요가 있다.

우리는 어찌하여 우리의 의무를 이행하는 데에서 쾌락을 느끼지 못하는 것이냐!

인간의 의무! 즉 자아만을 버린 인간 전체의 복리를 위하여 문학도 존재하는 것이 옳은 일이라고 생각한다. 그러기에 내가 말하는 신문학이란 과거의 잘못된 근성(지말적인)을 버리고 널리 정상한 인생을 위한 문학이 신문학인 줄로 생각된다.

"현실—자연과 사회의 모든 현상—은 예술의 제재로서 선택될 가능성을 가지고 있다. 그래서 시인이 어떠한 제재를 선택하여 오든가 또는 어떻게 그것을 처리하는가 하는 설혹 무의식이었다고 하더라도 그 시인이 현실에 대한 태도에 의하여 결정된다"고 모리야마(森山啓)는 말하였다.

사실 그것은 우리가 생활하는 속에 그 문학이 나오기 때문이다. 그러기 때문에 우리는 시인이나 작가가 되기 전에 먼저 인간이 될 필요가 있다.

작가들 중에는 흔히 순수한 예술적인 작품을 찾고 무당파적(無黨派的)인 것을 주창한다. 하나 이것은 직업의 기술화로 인하여 생겨나온 오류 이외에 아무것도 아니요, 따라서는 그들의 좁은 의견과 굴종(屈從)은 현실에 모순과 합류하기에 가장 쉬운 것으로 되어버린다.

우리는 터무니 없이 중압되는 현상에만 어지러워 실망, 아니 나아가서 절망 이외에 희망과 반성을 가질 겨를도 얼마 있지는 않았다. 절망! 그곳에서 더 나아가지 못하는 것은 굴종이나 자살이다.

　나는 이 기회에 말하고 싶다. 이때까지의 나는 절망과 심연(深淵)의 구렁에서 벗어나지 못하고 뜻 모를 비명을 부르짖는 청년이었다고. 하나 나는 다시 희망을 갖는다.

　그것은 내가 나의 습관 속에서 벗어나 참으로 인간의 의무를 알았기 때문이다. 나는 이제부터라도 기꺼이 인간의 의무를 이행하기에 노력하겠다. 내가 이제부터 쓰려는 문학은 나의 의무를 위한 문학이다. 나에게 있어서는 이것이 진정한 신문학이라고 생각되고 또 이 길을 밟으려 한다.

(조선일보, 1937. 1. 28~29)

남조선의 문화예술

1. 서 두

'남조선!' 현재 세계 반동제국주의의 아성인 미국이 그 군정을 펴고 있는 남조선은 민주 과업 발전에 찬란한 이곳 북조선에 비하면 그 너무나 생지옥과 같은 데에 분격한 마음을 그칠 수 없다. 일황 히로히토(裕仁)가 무조건 항복을 방송한 그 다음날 서울에서는 소련군대가 입경한다는 소문이 커져 모든 시민이 환호에 넘치며 소련군을 맞으려고 역으로 나갔다. 며칠을 오늘인가 오늘인가 하고 나갔다. 그때 남조선 일대에는 미국 비행기가 상공에 나타나 남조선 주둔 미군사령관 하지중장의 성명서를 뿌렸다. 미군이 상륙하기 전까지는 조선의 치안이 일본인에게 있으며 일본인은 이것을 잘 맡아서 하고 또 조선인민은 미군이 올 때까지는 경거망동하지 말고 일본인에게 복종하라는 것이 그 성명의 요지였다. 이같이 어처구니 없는 쪽지를 줍는 남조선 우리 인민들은 이때까지 그들이 생각지도 못한 삼팔선이라는 것을 알았다. 그들 미 군대는 이러한 쪽지를 뿌리고도 근 한 달이나 지나서야 우리 땅에 상륙하였다.

미국인들은 일본이 항복한 후 3주일 만에야 조선으로 와서 일본 관헌들에게 행정기구를 인계받았으나 이전 행정기관의 거의 전부를 그대로 남겨두었다. 해방 직후 조선 방방곡곡에서는 인민위원회가 발생하였고 또 얼마 후에는 중앙인민위원회까지 설립되었다. 남조선에서 미국인들은 이 인민위원회를 무시하였을 뿐만 아니라 탄압하였다고 그들의 나라의 문사인 루이스 스트롱 여사도 남조선 실상을 이와 같이 말하였다. 여기에서 급한 숨을 돌린 것은 우리와 같은 하늘 아래에서는 살 수 없는 친일파 민족반역자였고 또 북조선에서 목숨만 달고 도망쳐온 이 간악한 친일파 민족반역자들은 남조선을 저희들의 성지로 알았다. 사실 새로 온 미군정은 이것들이 일본 놈들에게서 얻어 찼던 개패를 다시 자기네의 패로 갈아 채우기에 서슴지 않았다. 그리고 그들의 오늘 남조선에 있어서의 프로그램을 볼 때 그들이 우리 인민의 창발력에 의하여 만들어진 인민위원회에 얼굴을 찌그리고 이것을 저희들이 점령하고 있는 남조선에서 강력히 탄압한 본의도 지나치게 알 수 있는 일이다.

우리들은 어저께 남조선에서 가장 쓰라린 날을 보냈다. 우리들은 서울서 어떤 섬유공장(이것은 감성수 일문에서 경영하는 경성방직이다)을 방문하였을 때 파시스트의 참악한 행동을 보았다. 우리들 앞에서 우리들의 바로 목전에서 국제직련이 온다는 삐라를 뿌리는 어떤 노동자 동무에게 경관은 포악하게도 함부로 때린 후 그들을 체포하였다. 그 순간에 우리들은 자유스럽고 안전한 지대에 있지 않다는 것과 우리 자신의 생명도 위험하다는 것을 느꼈다.

고 불국인 루이 사이앙 씨는 1946년도 국제 직맹에서 조선의 노동 실정을
조사하러 왔을 때 서울을 떠나면서 신문기자들에게 이렇게 말하였다. 그때
의 동행이던 월 씨도 전 세계에서 남조선과 같이 자유가 없는 나라는 오직
희랍이 있을 뿐이다라고 하였다. 그리고 이것은 미군정이 남조선에 군정을
펼쳐 얼마 안 되어 될 수 있으면 조선 인민의 감정을 사지 않고 어물어물하려
던 초기의 일이다. 하물며 그들이 식민지적인 모든 현안을 노골적으로 내놓
고 덤비는 오늘의 남조선 사정이야 어떻다는 것은 두말할 필요도 없다. 잠시
이 땅을 지나간 외국인들도 이와 같이 남조선 실상을 말한다. 이러한 고난과
시련 속에서 남조선의 문학예술인들은 우리 민주 진영의 다른 부면과 함께
자기네의 위치에서 과감히 투쟁하며 나날이 성장하고 있다.

남조선의 문학예술인들은 조선문화단체총연맹(이곳에는 문학예술 부면
이외에도 교육 체육 산업 의학 과학 자연과학 급 사회과학 법률 신문 등에
종사하는 문화인들이 개별적인 동맹이 있어 이 산하에는 전부 24개의 동맹
이 있다) 산하에 굳게 뭉치어 활발한 보조를 띠우고 있다. 모든 문화를 인민
에게! 모든 문화는 인민에 복무하는 문화라야 한다! 이것은 남조선 문학예술
인들이 내걸고 싸우는 슬로건이다. 남조선의 문학예술인들은 정치적 경제적
모든 악조건을 무릅쓰고 언론의 최전선에서 일간 신문의 기관지 주간 월간
의 각종 잡지와 여러 단행본 출판물을 통하여 꾸준히 활동하였다. 1947년
5월 현재의 남조선 문화단체총연맹 산하 각 동맹의 총 맹원수는 무려 15만
8천여 명이었다. 처음 각 동맹이 창립할 때에는 한낱 전문가들만의 그룹이
이제에 와서는 반동 미군정의 갖은 탄압에도 불구하고, 밑으로부터 올라오
는 문화에 대한 인민대중의 절실한 욕구와 또 문화를 모든 인민 속에 가져가
겠다는 그들의 열망과 활동은 이와 같이 문화를 애호하고 또 그 지도 부면에

종사하겠다는 결의를 가진 수많은 동지들을 규합한 것이다.

그러나 필자는 지금 이 수기를 적으려 하면서도 이곳 북조선과는 판이한 남조선의 정세를 말하지 않으면 안 되는 것을 크게 유감으로 생각한다. 돌아보건대 현재의 남조선 문학예술이 오늘을 가져오게 된 것은 우리 민족해방투쟁사상에 큰 금을 그은 먼젓번 10월 항쟁에서 오는 성과이다. 인민을 기초로 한 우리의 새로운 문화를 남조선에서는 '10월'을 통하여 더욱 절실히 처음으로 체득한 것이기 때문에 남조선 문학예술의 투쟁기는 여기에서 시작하여도 그 전모를 이해함에 크게 어긋남이 없을 것이다.

이하의 수기는 필자가 과거에 남조선에서 조선문화단체연맹 산하 남조선 문학가동맹의 맹원으로서 남조선문화운동에 실제 가담하고 견문한 바를 기록하는 것이다.(1947년 12월)

끝으로 이 수기를 1947년 5·1절이 지난 며칠 후 남산 미군 사격장 부근에서 알 수 없는 죽음을 한 시인 배인철 동지에게 주노라.

2. 인민항쟁을 통하여

1946년 9월 23일 남조선 전 철도 노동자의 파업에서 발단한 전 남조선인민의 항쟁은 우리 민족해방투쟁사에서 커다란 의의를 가지는 것이다. 이에 크나큰 충격을 받은 남조선 문화 부면에서는 '예술은 인민에게 복무하는 예술이어야 한다'는 강령은 세우면서도 미처 서재나 화실을 나오지 못한 예술인까지 우리의 당면한 임무와 그 구체적인 방향을 깨달은 것은 참으로 의의 깊은 일이었다.

이때 남조선 문학가동맹에서는 용산 기관구에서 농성 중에 있는 3천 종업원들에게 격려하는 성명서와 시작품을 들고 가 직접 현지에서 낭독을 하고 다시 여러 맹원들의 따뜻한 성원인 구원 기금을 놓고 왔다. 연극동맹과 음악동맹 미술동맹 영화동맹 사진동맹에서도 각각 우리와 같은 일을 하였다. 이 중에도 특기한 것은 미술동맹의 박문원 동지가 용산 기관구 안에서 철도노조의 동무들과 함께 농성 중에 체포된 일이며 건강치 못한 그의 몸으로 경찰에서 2개월 가까운 심고를 당하고 자유의 몸이 되어서는 곧 <감방>이라는 해방 이후 남조선 화단에서 그 예를 볼 수 없는 걸작을 낳은 것이다.

이 그림은 쇠창살 안에 갇혀 있는 투사를 주제로 한 것인데 화면은 남조선의 실상을 그대로 말하듯 억누르는 공기 속에 쇠창살이 둘러 있고 이 안에서 세 사람의 젊은 투사들은 서로서로 무엇을 논의하고 계획을 한다. 질식할 것 같은 억압 속에서도 자신과 희망에 넘치며 능히 명일을 계획하는 이 면모는 확실히 새로운 창조를 가져온 것이며 크나큰 자랑을 보태인 것이다. 이 시기에 있어서 스스로 항쟁을 구가(謳歌)한 시인만도 그 수효가 50명이 넘었다. 이 중에도 유진오의 시 <10월>은 발군의 것으로 우리의 가슴에 크나큰 흥분과 감동의 파문을 던졌다. 유진오 동지는 이때 옥중에 있었다. 1946년 9월 1일 국제청년데이 훈련원 대회장에서 <누구를 위한 벅차는 우리의 젊음이냐>라는 시를 읽어 수만의 군중을 열광시킨 것이 그의 죄명이었다. 미군정 재판에서는 그를 오직 시 한 편 읽은 것만으로 10개월 징역이라는 세계에서도 진무류(珍無類)한 판결을 내렸다. 옥중에서도 강렬한 옥내 투쟁을 전개하며 간혹 출옥 동지의 편으로 보내는 그의 시는 한 편 한 편이 우리의 폐부를 찌르는 것이었다. 그의 시 <10월>은 마디마디 인민의 원수들에게 가슴이 서늘한 표현을 주며,

앙칼스런 눈깔처럼 반짝이는
총부리에 앙가슴을 디밀어라

기름 발라 곱게 빗은 하이칼라 뒤통수에
돌팔매로 보석을 박아주마

피 피 선지피가 엉이가 졌다
피를 밟고 미끌어지며
시체를 둘러메고 앞을 달린다

하고 남조선 인민들의 북받치는 감정과 또 10월항쟁이 일어난 직접 동기인
반동경찰의 대구학살사건을 여실히 그려 우리 인민의 굳센 투쟁의식을 잘
보여준다.

철창을 열고 오래비를 꺼내라
놈들을 몰아넣고 철창문을 닫아라
철창은 너의 것이다. 저승까지 너의 것이다.

불꽃이 인다
유리창이 터진다
도망치는 정강이에 삽자루가 날은다
쌀을 내라!
땅을 내라!
아니 목숨을 내라!
피묻은 10월은 앞날을 본다
피에 젖은 10월은 비약을 한다

이와 같이 격월(激越)한 해조(諧調)와 웅건한 투지 그리고 대상의 포착이 직접적인 이 수법으로 그는 조선 시에서 건전한 면만을 들고 나온 시인이었다. 이 같은 박문원 유진오 두 동지는 모두가 20대의 청년이요 해방 직후는 학병동맹을 거쳐온 전사이며 그전에는 학창에 있던 몸으로 일제의 강제 징병을 완강히 거부하여 징용에까지 끌려갔던 굳세인 동무들이다.

전 남조선 인민의 항쟁이 날로 성할 때 서울의 번화한 길목 종로 구리개 진고개 등의 마구리 국제극장(전 명치좌) 앞 정거장 이러한 요소요소에는 각 지방 반동경찰의 주구들이 그물을 치고 있을 때 우리는 듣기에도 가장 시원하고 가슴이 터지며 용기가 저절로 샘솟는 노래를 부르기 시작하였다.

> 원수와 더불어 싸워서 죽는
> 우리네 죽음을 슬퍼 말아라
> 깃발을 덮어다오 붉은 깃발을
> 그 밑에 전사를 맹서한 깃발

이렇게 시작되는 노래는 임화 씨의 노래를 김순남 동지가 작곡한 것으로 이것은 며칠을 가지 않아 전 남조선에 퍼지고 세 살 먹은 아이까지도 부르게 되었다. 일찍이 <해방의 노래>를 작곡하여 남조선 인민으로 하여금 <애국가>보다 더 사랑하여 부르게 하고 모든 민주 진영의 대열에서 그들의 노래를 만들어주며 많은 공헌을 한 동지는 다시 우리 인민에게 잊을 수 없는 곡조와 투지를 심어주었다. 어느 예술보다도 그 양식의 잔재를 청산하기 힘드는 음악 부면에서 내용과 형식을 통하여 제일 먼저 왜후(倭嗅)를 몰아내인 훌륭한 공로자이다. 비근한 예지만 미군정에서 육성시키는 반동적인 국방경비대 해안경비대 또는 경찰원들이 행군을 할 때면 그들이 먼 곳에서 부르며 오는 노랫소리가 반드시 일본 군가같이 들린다. 그러다가 가까워지면 노래는 조선 노래인데 웬일인지 일본 것으로 들린다. 이것은 순전히 리듬과 멜로디의 작용이다. 그런 것을 우리 민주 진영에서는 김순남 기타 음악동맹 여러 동지의 힘으로 완전히 구축하였을 뿐 아니라 그 곡조가 우리의 생활 감정 호흡에 일치하여 스스로 우리의 기쁨 우리의 희망 우리의 용기로 되어진 것은 참으로 이들에게 감사하고도 남음이 있다.

모든 사람은 동맹의 결정과 성명에서보다 이러한 실천에서 더 큰 위명(威名)과 분기(奮氣)를 얻은 것이나 그 시(時) 그 시(時) 동맹의 성명과 결정은 시의를 얻은 것으로 여러 맹원들을 옳은 노선과 옳은 방향으로 인도하는 데에 어긋남이 없었다. 예술이 인민과 굳게 결부되고 또 '모든 문화는 인민에게'라는 구호가 이 때서부터처럼 절실하게 요구된 것은 무엇보다도 영웅적인 인민의 항쟁이 쥐어준 피의 대가였다. 이러한 기운 속에서 11월 8일 문학가동맹이 '문학운동의 대중화와 창조적 활동의 전개에 관한 결정서'를 내었다. 뒤이어 12월 초에는 동맹 안에 농민문학위원회가 새로이 생기었다. 11월 8일의 결정서는 그때 정세의 필연적 요구이며 또 문학인들이 조직의 거점을 통하여 대중을 육성시키며 문학활동의 실천적 전개를 하려는 남조선 문학예술인들 자신의 구체적인 표현이었고 농민문학위원회의 성립도 여상(如上)의 기운에서 이루어진 것이며 농민을 노동자계급과의 공고한 동맹의 정신 아래서 계몽 육성하기 위하여 특별한 관심을 기울이자는 것이 여기서 근본적인 의도였다.

조선문화단체총연맹이 산하의 각 예술단체를 총동원시켜 그 역량을 집체적으로 표현한 것은 1947년 1월 8일서부터 동 15일까지에 가지려한 종합예술제부터이다. 처음부터 한 사람의 변변한 예술가도 갖지 못한 반동 진영에

서는 문련의 이러한 계획이 발표되자 그들은 비열하게도 이 행사의 파괴
공작을 도모하였다. 테러단을 동원하여 우선 시내의 각 극장 관리인을 위협
한다 별에 별짓을 다 하였으나 연극동맹 영화동맹 음악동맹 무용예술협회
문학가동맹이 통합하여 하는 이 행사는 예정의 날짜인 1월 8일부터 시내
중앙극장에서 개최를 보게 되었다. 이 첫 축전은 공연 시간상의 제약으로
많은 인원을 등장시킬 수는 없었다. 그럼에도 불구하고 각계의 예술가들이
총망라된 것은 성사였고 또 이것은 이 땅의 우수한 예술가들이 어떤 정치적
노선을 열정적으로 지지하는 가를 인민대중 앞에 표시하는 산 증거이기도
하였다. 대한민청의 김두한(이 자는 일제시대부터 서울에 이름난 쌈패로 왜
경의 끄나풀이었으며 해방 후에는 테러의 중진으로 현재는 살인범으로 옥중
에 있다)과 그의 도당들이 저희들 상사의 사주를 받고 몸이 달아 뻔질나게
무대 뒤 분장실에까지 와서는 개인 위협을 하였다. 그들은 이 모든 방해공작
이 실패에 돌아가자 초만원을 이룬 관객석으로 나가서 미리부터 준비하였던
수류탄을 무대 위에 던졌다. 세인이 다 아는 이 흉한이 무대 위에 수류탄을
던지며 "폭탄이다! 모두들 달아나거라" 소리를 지르고 앞서 달아나니 장내
는 발칵 뒤집히었다. 폭탄이 터지던 무대가 날아갈 것은 물론 또 사람이
얼마가 상할지 예측할 수도 없다. 배우들은 뛰어 달아났다. 이 순간에 무대로
달려나와 수류탄을 맨손으로 집어들어 가슴 안에 묻으며 소리를 지른 사람
이 있었다 "동무들 조용합시다, 폭탄은 아무 일 없다!" 하고 외친 동무는
음악동맹의 성악가 강장일 동지였다. 해방 이래로 언제나 인민의 선두에서
노래 부르고 또 그 노래를 힘차게 지도한 이 동지의 영웅적인 행동은 이
예술제를 압도적인 승리로 이끌었다. 이 동지의 생명을 걸고 집은 폭탄은
다행히도 불발물이었다. 그러나 영화동맹의 문예봉 여사는 임화 씨의 시를

낭독하고 경찰에 불려갔다.

둘째 날도 김두한의 도당들이 왔다. 그들은 또 공연 도중에 무대를 향하여 연습용 소이탄을 던졌다. 그들의 음모는 시민들을 놀래키어 다시는 이 공연에 오지 않도록 함이었으나 효과는 그들의 생각과는 반대방향으로 났다. 작지 않은 이 극장은 쇄도(殺到)한 군중으로 인하여 겹겹이 싸였다. 경찰은 이러한 대성황에 눈살을 찌푸리었다. 군중에게 위험한 행동을 감행한 무리가 번연히 어떤 자인 것을 알면서도 그냥 시침을 떼던 경찰은 이 예술의 축전을 중지시키려 함에는 손이 빨랐다. 그들은 이 예술제를 보려고 운집한 군중을 멸시하는 눈으로 보며 그들 앞에서 경찰은 공안을 소란케 하는 이 축전을 중지시킨다는 선언을 하였다. 이것은 예술제가 열린 지 바로 그 다음 날인 1월 9일이었다. 공안을 소란케 하는 중요한 내용의 하나는 연극동맹 함세덕 동지의 희곡 <하곡>전 1막이 문제가 되었다. <하곡>은 일정시대 공출이 심할 때의 농촌 참경을 그린 작품이다. 그러나 어쩌면 현 미군정하의 남조선 현실과 틀림이 없는지 말단 관료에 이르기까지 뇌물에 칙갈맞은 장면은 임석한 경관까지도 부끄러움을 참지 못하여 밖으로 나가버리게 하였다. 부당한 중지를 당한 이 예술제는 가혹한 조건 밑에서도 굽힐 줄 모르는 그들의 의지와 투쟁의 보람으로 장소를 바꾸어 이번에는 거리가 도심 지대에서 좀 떨어진 제일극장에서 1월 14일부터 동 18일까지 시민들의 절대적인 성원 가운데 대체로는 무사히 끝을 맺었다. 그러나 여기서도 음악동맹의 김순남 동지는 애국가를 지휘하였다는 이유로 경찰에까지 갔다.

1월 30일 장택상의 악법령이란 이러한 속에서 나왔다. 그 내용이란 연극이 하나의 오락인 줄 알았더니 요새에는 이것을 정치 선전에 이용하는 자들이 많다. 내(장택상)가 일찍이 톨스토이의 예술도 보아왔지만 그런 일은 없다. 이러므로 앞으로의 연극에서는 절대로 그 내용 속에 정치나 사상이 들어서는 용서없이 탄압을 가할 것이며 또 이것을 미연에 방지하기 위해서는 원고의 단호한 검열이 있어야겠다는 것이 그 주지였다. 이것은 처음 포고문의 형식으로 가로상의 요소요소에 붙여 있었다. 이 무도하고 뻔뻔한 간섭은 새로이 싹트려는 우리의 민족문화를 직접 잘라버리려는 매족적 행위임은 틀림없다. 정치와 사상이 없는 흥행을 하라. 즉 아무런 내용이 없는 연극을 하라. 이것은 있을 수 없는 일이지만 이러한 주문은 나날이 성장하는 우리 민주문화의 역량에 대한 적측의 숨길 수 없는 발악이다. 그러나 그 언사의 유치하고 치졸함은 저희 진영의 식자들에게도 웃음을 사고 남음이 있었던 것이다.

조선문화단체총연맹에서는 그때 임박한 3 · 1캄파를 향하여 더 큰 준비를 하고 있다가 난데없는 포고문에 분연히 일어섰다. 전 남조선의 문화인들은 언론 지상을 통하여 성명서를 발표한 것은 물론 개개인이 여기에 대한 부당함을 지적하는 논평을 하고 또 각 단체에서는 항의문을 작성하여 장택상에게 수교를 하고 나아가서는 소위 민정장관 안재홍 미군정 사령관 하지에게까지 담판을 하였으나 그들은 이 포고문을 취소시키기는커녕 더욱 강화시킬 목적으로 서로 책임만을 밀 뿐이었다.

2월 8일 남조선 문화옹호총궐기대회는 시청 당국의 방해 공작에도 불구하고 견지동 시천교당에서 개회를 하였다. 시청에서는 시장이 부재라는 명목으로 그의 사인을 안해 주려 하고 경찰에서는 정보과장이 아직 출근하지 않았다는 구실로 계출서(屆出書)를 접수하지 않아 어떻게든지 시일과 시간을 연장시키고 이날도 군중들에게는 불허가가 된 듯한 인상을 주어 군중이 일단 흩어졌을 듯한 시간을 기다린 다음 허가한다. 이러고도 그들은 군중이 많으면 집회 계출시의 정원(이것은 회장의 좌석 수용 인원이다) 이상이 입장하지 못하도록 무장 경관을 동원하여 간섭을 시킨다. 그러나 이날의 대회는 어느 때보다도 문화를 사랑하는 사람들로 초만원을 이루었다. 대회는 개회를 하자 선열에 대한 묵상이 있을 때 남궁요설(南宮堯卨)의 장중한 베이스로 <남조선 형제를 잊지 말라>하는 노래가 흘러 나왔다. 장내는 모두 다 숙연한 속에서 흐느껴 울었다. 이 노래는 인민항쟁에서 피 흘린 동무들에게 드리는 조가였다. 회의 순서는 남조선 현실 문화 정세에 대한 보고에서 시작하여 각 동맹과 단체에서 문화 파괴자와 이것을 방조하는 반동경찰에 대한 개별적인 폭로와 호소를 하였다. 각계의 대의원들은 눈물을 머금고 마룻장을 구르며 호소하였다. 이 중에도 더욱 애처로운 것은 부당히 학원을 쫓겨 나온 나이 어린 생도들이 학원의 민주화와 학생의 자유를 달라는 제의를 한 것이다. 회의는 끝으로 북조선의 혁혁한 건설도상에 있는 문화정세의 보고를 하고 남조선도 하루바삐 이와 같이 되기 위하여서는 어떠한 시련이나 악랄한 적측의 음모라도 이것을 단호히 분쇄하기 위하여 끝까지 싸움을 사양할 수 없다는 결의를 하였다.

이날의 회의는 다섯 시간에 걸쳐 진행되고 경찰 측에서는 여덟 명의 속기생들을 동원시켜 하나도 빠짐없이 우리들의 언사를 기록해 갔다. 회의 도중에는 격하여 연사들이 자기들도 모르는 사이에 적진에게 도전적인 언사와 통렬한 공격을 던졌다. 그러나 이날은 회의 도중에 연사를 체포하거나 또는 폐회 후에도 경찰에 연행시킨 일은 없었다. 벌써 그들도 전법이 좀 진보한 것이다. 대회에는 많은 문화인들이 모였으나 여기에 참석한 사람들은 이러한 폭로와 공격이 없더라도 이미 경찰의 비행은 잘 아는 사람들이다. 오히려 여기서 섣불리 손을 내어 말썽 많은 이들에게 문제를 더 일으키는 것보다는

차라리 그냥 내버려두어 소문이나 더 나지 않게 하자는 것이 이날 그들의
전술의 착안점이다. 반동경찰이 제 집안 굿으로 돌린 이 대회는 그러나 남조
선 문화예술인에게는 오랫동안 울적하였던 가슴을 풀고 또 새로운 예기(銳
氣)를 돋우는 좋은 결과를 가져왔다. 그리하여 3월 1일 기념 행사에는 연극
동맹만도 두 극장을 차지하여 공연하는 성사를 이루었다.

 3·1행사에는 여덟 개의 극단이 둘로 합하여 하나는 함세덕 작 <태백산
맥>5막과 또 하나는 조영출 작 <위대한 사랑>4막 5장을 각기 상연하였다.
1월 30일 장택상의 포고는 여기서도 발동하여 상연 극본은 만신창을 입었다.
예를 들면 사또가 무고(無辜)한 농민을 잡아다 놓고 때리는 장면인데,

> 사또 : 허 그놈 그저 황소 마냥 농사나 지어먹고 사는 놈으로 알았더니
> 　　　 그놈
> 농민 : 흥 황소도 뿔이 있다 뿔이 있어
> 　　　　　　　　　　　　　　　　　　 ―<위대한 사랑>

 이처럼 농민이 견디다 못하여 대구하는 말까지도 삭제를 시키는 것이다.
더욱이 악질 관헌에게 반항하는 말은 말할 것도 없다. 이 작품은 동학란을
배경으로 하고 탐관오리를 묘사한 작품인데도 그들은 신경을 날카롭게 하여
현재의 저희들의 죄상과 결부한다. 그리고는 저희들의 모든 비행을 숨기기
위하여서는 이러한 사람들에게 군정을 방해하는 것이라고 둘러씌우려 한다.
그러므로 지금 남조선에서는 연극작품 속에 현대가 배경으로 나올 수 없다.
<위대한 사랑>과 <태백산맥>도 그들의 검열망을 빠지기 위하여 시대를
동학민란과 일제 말기로 하였으나 이것도 그들에게는 비수를 목구멍에 받는
것만큼 아픈 모양이다.

　미술동맹 사진동맹에서는 각각 전람회를 가졌다. 회화나 사진의 내용은 점차 지난날의 소시민적 감정과 개인 도취의 경지에서 멀어지고 씩씩한 표현으로 나와 모든 것이 인민과 굳게 결부되어지는 것이 역력하였다. 문학가동맹 이것이야말로 반동경찰이 체머리를 흔드는 단체이다. 문학가동맹에서는 기회 있는 대로 강연회나 시의 밤을 위하여 집회계(集會屆)를 내었다. 그러나 그들은 문학가동맹의 집회에 한하여서는 각 연사들의 사진과 주소 성명을 명기해 오너라 그렇지 않으면 책임자 한 명을 내세워 가지고 그 사람 주소는 정회(町會)의 주거증명까지 첨부하여 어떠한 불상사가 있을 때에는 그 사람이 전적인 책임을 지라는 등의 별별 어거지 트집을 꾸미어 방해를 논다. 이것은 어떠한 단체와 어떠한 집회에도 그 유례가 없는 일이다. 3월 1일 시민대회를 앞두고 인쇄 중에 있던 문학가동맹의 『인민항쟁시집』은 종로경찰서의 불의 습격을 받아 제본 도중에 있던 것을 모조리 빼앗겨버렸다. 모든 출판물은 공보부에서 관할하는 것인데 경찰이 이 시집의 압수를 한 것은 언론 자유에 대한 부당한 간섭이라고 항의를 하니까 그들은 이것을 출판물이 아니라 3·1기념 시민대회를 기회로 폭동을 일으키려는 폭동인쇄물로 취급한다는 것이다. 번번이 꽁무니를 빼는 자들이기는 하지만 다시 군정의 각 기관으로 항의를 하러 갔다. 소위 민정장관 안재홍과의 면담은 김영건 동지와 필자여서 그의 말은 필자도 직접 면담하여 들었다. 그는 말하기를 다른 것은 다 좋으나 인민항쟁의 인민이란 말이 가장 경찰의 귀에 거슬리는 점인데 당신네들은 어쩌자고 이 '인민'이란 말을 썼느냐는 것이 그의 비난이었다. 민정장관의 말로는 분반(噴飯)할 진담이지만 그의 말은 확실히 스스로의 입을 통하여 군정청과 경찰들이 얼마나 인민을 떠나 있으며 또 싫어하고 있는가를 표시한 것이었다. 시집 『인민항쟁』은 끝끝내 나오지 못하였다. 그러나 이 반항은 컸다. 동맹에는 매일같이 각 지방에서 온 동무들로 찼으며 그 동무들은 입을 같이하여 시집을 찾았다. 반동경찰이 신경을 날카롭게 하여 문화 부면을 간섭하면 할수록 역효과를 내어 인민들은 저마다 여기에 관심을 갖고 또 자기네의 문화를 열화와 같이 희구하였다. 민주 역량의 모든 조직이 밑에서부터 올라오는 힘인 거와 같이 문화 부면에도 각 분야에서 이러한 기운이 농숙하게 되었다. 이것도 오히려 늦은 감이 있으나 조선문화단체총연맹의 각 도 연맹은 이러한 요구와 중앙의 기민한 활동으로 전남조선에 걸치어 조직되지 않은 곳이 없게 되었다. 여기에 호응하여 매일 12~13시간의 노동을 강제 당하는 각 직장의 노동자 동무들이 반동 고용주와 악랄한 관리인의 의혹하는 눈을 무릅쓰고 동무들의 얼마 없는 귀중한 시간을 문화 부면 각 서클에 가담한 것은 특기할 일이고 또 모든 학원에서 옳은 선생을 잃어버린 민주학생과 생도들이 그들의 불타오르는 진리에의 욕구와 향상심을 모든 문화예술인들의 문화지도에서 직접 찾으려 한 것도 의의 깊은 일이었다.

문화예술인들은 여기서 비로소 진실로 무거운 책임을 자진하여 갖게 되었다. '모든 문화는 인민에게'라는 슬로건은 단지 구호가 아니었다. 광범하게 눈뜨기 시작하는 인민들은 서투른 우리의 문화활동에도 뜨거운 애정을 기울이는 것이다. 모든 정력을 기울여 진정한 우리 민족문화의 수립에 매진하자! 모든 예술은 인민의 복지와 그 생활 향상에 진력을 기울이자! 이것은 구호가 아니다. 문화 부면에 종사하는 우리 예술인의 한 사람 한 사람이 폐부에서 우러나오는 감정을 그대로 기록하는 것이다. 소위 경무부장 조병옥이는 10월 인민항쟁을 3·1폭동 이후에 처음 보는 불상사라 하였다. 이들 반동 매족자의 눈에는 우리 근대사의 위대한 3·1운동까지도 일정식으로밖에 보이지 않는 모양이었다. 그러나 남조선에 주둔한 미국 군대 중에서도 진보적인 인사들은 고급장교와 사졸에 이르기까지 4백 명이나 모이어 미군의 조선 주둔을 반대하여 전군의 즉시 귀환을 요구하고 남조선의 인민항쟁을 동정하는 데모를 한 일이다. 이 행렬은 1946년 10월 서울에서 일어났다. 그들은 훈련원 앞에서 을지로(구 황금정)로 행진하는 도중 같은 미군의 무장한 헌병대에게 저지되었다. 여기에 관련한 현준섭 소좌(씨는 뉴욕 극계에서 연극 연출을 보는 예술인으로 조선계 미국인이다)와 그 매씨(현역 중좌)는 미군정에 의하여 즉시로 남조선에서 본국 추방을 당하였다. 모든 반동배들이 경악하고 저주하는 10월 인민항쟁은 그러나 남조선 인민에게 처음으로 자신의 힘을 깨닫게 하였고 또 우리 민족문화에는 이 정신에서 새로운 원천을 길러 내도록 하였다.

3. 문화공작단에서

총원 2백여 명의 예술가를 동원하여 전 남조선의 방방곡곡을 찾아다니며 문화에 굶주린 우리 인민대중에게 그들이 목마르게 기다리는 문화란 무엇인가를 깨닫게 한 남조선문화단체총연맹의 문화공작단 파견 운동의 실현은 우리 문화운동사상에 처음 보는 큰 사업이었다. 2백 명의 예술가는 4대로 나뉘어 각각 자기의 맡은 지역을 분담하고 1947년 6월 하순에서부터 동년 7월 하순의 기간에 그 공작활동을 하였다.

남자와도 달라 여자 동무 중에는 젖먹이 어린애를 떼어놓고 우천(雨天)에도 노숙할지 모르는 이 공작대에 흔연히 참가한 동지도 있었다. 옥에서 나온

지 며칠이 안 되어 아직 건강이 염려되는 동지, 가족 부양의 전 책임이 있는 여러 동지, 그 중에는 직장을 떼어놓고도 참가한 인원이 문화공작단의 대부분의 성원이었다. 여기에 참가한 단체는 연극동맹 음악동맹 영화동맹 무용예술협회 문학가동맹 미술동맹 사진동맹 등의 여덟 단체였다. 다행히 필자도 여기에 참가하여 일생을 두고도 영영 잊을 수 없는 행복된 기억을 얻었고 또 예술가 됨이 얼마나 영예스러운 일이라는 것도 절실히 느꼈다. 이 공작을 통하여 대다수의 문화인들은 그들의 미숙한 문화공작에도 불구하고 우리의 인민대중은 얼마나 따뜻한 애정과 뜨거운 공감으로 자기네의 문화에 대한 갈망을 표시하였으며 또 우리 문화인들은 각 지방을 두루 찾아다니며 우리의 인민대중이 반동과 얼마나 피투성이로 싸우고 있는가를 그 눈으로 역력히 볼 수 있는 좋은 기회를 가졌다.

제 1대는 공작 지대가 경남 일원으로 대원의 부서는 대장 유현(柳玄)부대장 문예봉(文藝峰) 오장환(吳章煥) 기록 및 연락 유진오(兪鎭五)로 전원이 50명이 넘었다. 연예의 프로는 무용에 장추화(張秋華) 박용호(朴勇虎), 시낭독에 오장환 유진오 문예봉, 음악은 테너에 강장일(姜長一) 이경팔(李璟八) 소프라노에 한평숙(韓平淑) 반주에 정종길(鄭鐘吉) (작곡가), 연극은 조영출(趙靈出) 작의 <위대한 사랑> 전 3막—본시 4막 5장 이것을 시간 관계상 3막으로 줄였다—을 이서향(李曙鄕) 연출로 예술극단 전원이 출연하는 성사를 이루었다.

1947년 6월 30일 우리의 제1대가 경성역을 출발할 때는 서울에 있는 예술가들의 거의 전부가 다 역 안의 홈에까지 나와서 우리를 전송하였다. 이날 밤 부산역에 닿았을 때는 문련 산하의 예술가들과 맹원은 물론 민주여성동맹원과 민전의 의장단이 일제히 환영을 하여 천여 명 동무들의 우뢰와 같은 박수의 환영 속으로 공작대의 전원은 첫날을 축복 받았다. 지방 민전에서는 대원들의 숙박에까지 심려를 하여 일일이 알선을 하였으며 민애청 동무들은 자진하여 밤을 새워가며 경호의 임무를 담당하여 주었다. 부산에서 발간되는 7, 8개의 일간신문은 단지 2개의 반동신문을 제외하고는 일제히 신문의 전면을 차지하는 환영과 소개의 기사를 게재하였다. 그러나 이것은 우리들 인민대중과 또 인민대중의 이익을 옹호하는 측의 일이고 그 반면에 이럴수록 독아를 내밀어 가지고 공작대를 노리는 것은 미군정하의 행정관청과 반동경찰들이요 테러단의 준동이다.

제2차 소미공동위원회의 속개에서 더욱이 비등된 민주 역량과 이를 축하하는 명의하에 움직이는 우리 공작대를 이 자들은 정면으로 누르지는 못하였으나 7월 1일 동 2일 부산에서 동 3일 동래 울산에서 이처럼 신속하게 그리고 가는 곳마다 적지 않은 반향을 일으키게 되니 마음이 편할 리 없다. 공작대는 가는 곳마다 주야 공연을 위하여 그 어려운 교통 속에서 기차를 오전 3시 혹은 4시에 타기도 하고 취침을 일상 거진 11시가 넘어야 하는 단련을 받으며 왔다. 이 공작대에 참가한 사진동맹의 동지는 도중의 중요한 사실을 촬영하는 것은 물론 서울서 가지고 온 남산 메이데이의 사진, 속개된 소미공동위원회의 그리고 우리 민주진영 지도자들의 여러 가지 귀중한 사진을 가는 곳 민전회관에마다 진열하여 모든 일에 궁금한 지방 동지들의 마음을 풀게 하였고 미술동맹에서는 이에 호응하여 부산 마산 진주 같은 대도시에서 장기간 이동 전람회를 개최하였다. 전평 부산평의회에서는 각 직장의 노동자 동무들과 그의 가족들을 위하여 하루에 한 공연씩을 더 하라는 요청이 왔다. 우리 대원은 이리하여 아침 10시부터 시작하여 밤 10시가 넘을 때까지 계속 공연을 갖게 됨으로써 눈코 뜰 사이도 없었다.

이러면서도 우리 공작대의 임무는 각자의 출연이 끝나는 틈새 틈새에 자기들의 소속한 동맹지부 동무들과 회합을 갖는 것이요 서클원들과 공작을 하는 일이 있다. 그리하여 대원들은 명실공히 자유 시간이란 잠시도 있을 수 없는 활동을 가졌다. 아침 10시 공연은 순전히 노동자 동무들과 그의 가족만을 받기로 되어 우리는 하나의 통일된 군중의 분위기를 느꼈다. 나는 시간이 남을 때면 틈틈이 무대의 막 뒤에서 그들의 움직임을 놓치지 않으려고 노력하였다. 그들은 오후와 밤 공연에 오는 유한분자 소시민들과 달리 극을 보는 감성도 다르다. 예를 들면 도시상인 소시민층은 관극 대상이 위로와 향락이데 이들은 전연 그리한 점이 없다. 그리하여 박수치는 장면도 다를 것이다. 노동자 동무들과 그의 가족들은 확실히 자기의 생활과 합치되고 부닥치며 여기에서 반발하는 장면이 있을 때에야 아우성을 치며 좋아한다. 막 뒤에서 구멍 뚫어진 사이로 객석을 내려다 보던 필자는 이런 때이면 가슴을 쥐어짜게 울음이 나왔다. 그러나 또한 이 새로운 발견은 기쁜 것이었다. 다분히 소시민층의 감성을 벗지 못한 필자는 자기 자신의 위치에 놀라고 부끄러웠지만 이것이다 이것이다 하고 소리치고 싶게 느끼어졌다. 조그만 관극 태도에 있어서도 새로운 역사를 영도할 이 계급은 확연히 진취적이요 창조적인 면이 보인다. 발전하는 역사는 소비가 아니고 창조와 건설인 것이다. 이것을 논리가 아니고 감정으로 느끼었을 때의 필자의 충격과 감동은 형용할 수 없는 것이었다. 열광적인 인민의 모습을 그들이 볼 때에 이 자들은 당황하고 전율하지 않을 수는 없다.

7월 6일 즉 재차 부산 공연의 둘 째 날 밤 무대에서는 연극이 한참 벌어졌을 때 반동테러단은 우리 무대를 향하여 다이나마이트를 던졌다. 이 춘사(椿事)에 우리 대원은 여섯 명이 중경상을 입고 관객석에서는 어린이를 안은 부인 한 분이 중상을 당하여 이튿날에는 이 두 생명이 죽었다. 폭발된 연기가 삭기도 전에 미군 헌병과 C.I.C와 반동경찰은 여러대의 트럭으로 달려왔다. 그리하여 모든 사람들은 한동안 움직이지도 못하게 한 후 경찰은 50여 명을 트럭에 싣고 갔다. 그러나 이 50여 명이란 것은 범인이 아니라 피해를 당한 우리 공작대원들이었다. 이날 밤 경찰서에서는 이 밤 사건과는 아무런 상관도 없는 대원들의 본적과 현주소 직장 연령 이런 것을 필기하고 폭발되는 현장에서 목도한 이야기를 형사들이 무려 20여 명이나 모여들어서 조사한 것이다. 그러나 대원의 본적 현주소 직장 영령은 이미 우리들이 오래전에 벌써 그들에게 보고한 것이었다. 그들은 범인을 찾는 것보다는 이렇게 시간을 허비하고 밤 새로 1시나 되어서 대원들을 숙소로 돌려보냈다. 대원들이 숙소로 돌아올 때에는 통행금지 시간이요 밖에는 어떠한 위험이 있을지도 모르는데 40분이나 넘는 길을 호위하여 주는 경찰도 없이 도보로 쫓아내었다. 그리하여 몹시도 피곤한 몸으로 더욱이 언어도단인 것은 부상당한 동무들까지 끌려갔다가 돌아와 보니 숙소에는 벌써 피스톨을 가슴에 매달고 있는 사복 경관이 지키고 있는 것이었다. 무도한 경찰은 부상자를 병원에 입원시키는 대신에 핑계만 있으면 유치장으로 넣으려 하였고 또 피해 당한 대원들의 신변은 조금치도 생각지 않던 것들이 이제 와서는 뻔뻔스럽게도 숙소를 호위해 준다고 보기에도 몸서리치는 단총을 들고 오지 않았는가. 이 형사 놈은 제가 인민항쟁 때에도 그 단총으로 수많은 사람을 쏘아 백발백중을 하였다는 자랑을 하는 것이었다. 소름이 끼치는 일이다. 우리 대원은 바로 우리 앞에 사뭇 찢어 죽여도 시원치 않을 원수가 우리를 보호한다는 가면하에 감시하고 있는 것을 깨달았다. 이튿날은 도 공보과에서 원고의 재검열을 하자고 하였다. 경찰에서는 공연을 보장할 수 없다고 흥행을 중지하라는 명령이 내려왔다. 그리고 우리 대원이 공연하는 '부산극장'은 도에서 직영하는 것이었으므로 당장 나가라는 것이었다. 구실은 산더미 같다. 우리는 여기서 대항하지 않으면 안 되었다. 도 민전의 의장단이 항의를 하러 갈 때 필자는 공작대를 대신하여 함께 갔었다. 공보과에서는 검열관이란 자가 소미공동위원회 축하의 노래를 삭제하자는 것이다. 의장단의 한 분이 성을 내어 테이불을 치는 바람에 잉크병이 폭삭 엎어졌다. "아니 미군정장관 하지중장도 좋다고 하는 소미공동이요, 또 이것을 축하하는 노래인데 어느 놈이 반대하는가, 이것은 우리나라 독립을 바라지 않는 민족반역자 밖에는 반대하지 않을 것이다"하고 이 분은 소리를 질렀다. 공보과장은 당황하여 답변을 못하면서도 이 노래를 삭제하기 전에는 전체의 공연을 허가할 수 없다고 버텼다. 의장단에서는 그러면 그따위 공연은 그만 중지하자는 것이다. "당신들은 여론을 존중하지 않는가, 만일 이 사실을 즉시 서울로 타전하면 당신들은 모든 사람의 웃음거리가 될 것이니 그래도 좋으냐"고 필자도 달래어 보았다. 그러나 이 사람에게는 이런 말로는 요지부동이었다. 20여 년을 일정하의 도청 고원으로 끌려 다니다가 새로 출세하였다는 이 친구는 과장 자리가 무척 애착이 가는 모양이었다. 세상에서 무슨 모욕을 당하더라도 과장 자리만은 떠날 수 없다는 표정이었다.

우리는 이런 자들과 싸우며 다시 경찰청장을 방문하였다. 그는 표면은 번드르르한 언사로 응대하나 이 친구도 될 수 있는 대로 책임은 회피하려는 눈치였다. 의장단의 요구는 작야(昨夜)의 테러를 즉시 체포하고 그 단체를 해산시킬 것, 공연중에 극장에서 우리 진영의 자위수단을 인정할 것, 그렇지 않으면 공연이 끝날 때까지는 경찰이 그 보호에 만전을 다할 것, 작야 경찰측의 무례한 행동에 진사(陳謝)를 할 것, 금후는 도내 각 지방을 순회할 때

말단 관청에서 일체 부당한 간섭을 하지 못하게 할 것, 이 중에서 한 조건이라도 관철되지 않으면 우리는 자유행동으로 나가겠다는 엄중한 항의다. 소위 경찰처장은 모든 조건을 응락하는 듯이 하며 실상은 연극 문제로 우리를 배제하려는 눈치였다. 문화공작단의 방해공작의 선봉은 경남도 조선인 지사 김철수(모든 중요한 부서에는 반드시 미국인과 조선인 둘이 있다)였다. 이자는 한민당의 지방 간부이다. 극장을 몰아내어 공연을 못하게 하려는 것이 그의 일차 전법인 모양이었다. 50여 명의 인원이 남조선같이 고물가의 곳에서는 하루의 식비만도 만여 원이 넘는다. 어떻게 해서든지 이것을 좋게 해결 지어야겠는데 김철수란 자는 진주에 출장갔다는 핑계로 나오지를 않는다. 이 문제로 인하여 우리가 현재 공연중인 부산극장 관리위원의 한 사람인 경찰청장을 조르는 것은 당연한 일이다. 의장단의 놀라울 만큼 확고한 태도와 씩씩한 언동은 필자가 아무리 몸을 사리려 해도 용감하여지지 않을 수 없었다. 필자는 경찰청장을 보고 만일 극장의 장소 문제가 부당하게 취소된다면 우리는 40만 부산 시민들에게 이 사실을 극장 안에서 농성으로써 호소할 수밖에 없다는 의사를 표시하였다. "흥 총이 있는데 무슨 거정이여". 의장단의 한 분이 그들을 야유하자 "총입니까. 총을 맞은 것이 우리가 이제 한두 번이요. 이것을 계산에 넣지 않고 한 말은 아닙니다" 하고 필자는 말끝을 다졌다. "청장 이것 보시오 지금 서울서 온 동무가 결의를 저렇게 굳게 하니 우리 경남도 민전 산하의 백만 동지들이 그냥 앉아 있을 수야 있습니까. 이렇게 되면 우리도 함께 나서서 동일한 행동을 할밖에 없습니다" 하고 의장단의 다른 한 분이 굳은 결의를 보인다. "아니 여러분은 어쩌자고 자꾸 극단의 예를 취하십니까" 경찰청장이 당황하여 화제를 돌리려 한다. 산하의 많은 동지들을 인솔하고 아무 때나 힘차게 또 굳세게 나갈 수 있다는 자신이 뚜렷한 의장단의 이 미덥고도 굳굳한 태도는 그들과 처음으로 부닥치는 필자로 하여금 헤아릴 수 없는 용기와 감동을 그리고 또 거대한 우리의 힘을 느끼게 하였다. 전장으로 치면 확실히 이곳은 일선이다. 인민항쟁의 발상지인 만큼 이곳의 동지들은 감때가 사납다.

우리는 이러한 싸움 끝에 다시 공연을 계속할 수 있었다. 민전 산하의 모든 우리 진영에서는 각 기관의 대표들이 그칠 사이 없이 공작대를 위로하고 격려하였다. 영도공장 지대에서는 일부러 노동자 동무들의 각 공장노조 대표와 해원동맹의 동무들이 찾아와 눈물을 흘리며 격려를 하였다. 이 동무들은 살림에도 턱없이 모자라는 공임을 위하여 매일매일 열 시간 고된 일을 하는 동무들이다. 이들이 구차한 주머니를 털어 부상한 대원에게 과실을 선사해 온 것이다. 극장 앞에는 시민들이 운집하여 기다리고 있다가 공연이 계속되는 것을 알고 환성을 올리며 입장하였다. 대원도 중상을 입어 일어날 수 없는 사람을 제하고 그 나머지 부상자는 몸에 붕대를 감은 채 출연하였다. 경찰에서는 청장의 지시에 의하여 극장 앞을 무장경관이 지키고 입장하는 관객 중의 남자 시민들은 남자 경관이 부인들은 여자 경관이 각각 분담하여 신체를 일제히 수색하였다. 이것은 흉기 가진 사람의 입장을 미연에 방지한다는 것이나 그 조사방법에 있어서는 일반시민의 불쾌감을 사게 하여 다시는 이 공연에 오지 않도록 하려는 그들의 내심을 적지 않게 느낄 수 있었다. 이곳에 와서 느낀 일이나 부산만 하여도 7·8개의 일간신문이 있는데 도무지 중앙 소식을 알 수 없는 일이다. 완전히 국내통신은 두절상태이다. 이러고도 서울에서 나오는 신문은 연락과 요금 기타 관계로 개인은 보는 사람이 극히 드물다. 밤이 되자 서울 문련 중앙에서 김동석, 박찬모 두 동지가 대원 일동을 위문 겸 격려 차로 이곳에 닿았다. 문련 중앙의 메시지와 민전 중앙사

무국장 홍중식 선생의 격려문도 대동하였다.

 반동측에서는 그들의 의도가 무참한 실패로 돌아가자 다시 계속하여 음모를 그치지 않았다. 다음에는 미군 C.I.C. 까지도 간섭하였으나 아무런 구실이 없어서 물러갔다. 또 그 다음에는 미국인 지사의 명의로 무조건 중지 명령이 내렸다. 갑자기 변을 당한 우리는 무대 화장을 채 지울 틈도 없이 남녀 배우 동무 10여 명을 동반하여 가지고 미인(美人) 지사를 방문하였다. 도청으로 관사로 잘 가르쳐주지도 않는 것을 가까스로 찾아 그의 집 앞에까지 닿았을 때 우리는 그의 조선인 비서 박사란 자를 만났다. 이 자는 조금 전 도청에서 우리를 만났을 때 이 지사의 집을 모른다고 하던 자이다. 이 자가 슬며시 안으로 들어가더니 오래지 않아 미국인 장교가 권총을 빼어들고 고함을 질렀다. "어서 가거라 가지 않으면 쏠 테다" 하던 그는 화려한 남녀 배우의 모습과 동작을 보고 주춤하였다. 서가 놈은 미인 장교를 보고 지금 문밖에 폭도들이 왔다고 흉악한 모략을 세웠던 것이다. 우둔한 소견에는 네까짓 것들이 무슨 영어를 하겠느냐는 건방진 생각이었으나 우리 대에는 일찍부터 영문학자로 널리 알려진 김동석 동지가 있다. 김동석 동지의 유창한 영어에 사실을 안 장교는 도리어 사과를 하였다. 나중에 그들은 자기 체면을 지키려고 공연 허가의 취소는 전연 모르는 일이라고 딴소리를 하였다. 그렇다면 다시 공연을 하여도 무방하다는 사인을 하라고 하여 그들은 자기네의 말에 발목을 잡히어 입맛을 다시면서도 하는 수 없이 사인을 하였다.

 두 번째 부산 공연에서는 필자가 시 낭독을 하다가 경관에게 승강이를 당하였다. 시구에 10월 항쟁과 24시간 파업(1947년 3월 24일 민주 역량을 적 진영에 보이기 위한 전 남조선 일제히 1일간 파업함을 말함)이 말썽이 된 것이다. 이것이 공보과 검열에도 허가된 것이다. 이것이 트집으로 유진오 동지의 시도 또한 말썽이 되어 유진오 시는 전체가 불허가, 필자의 것은 <승리의 날>이 다시 불허가로 되었으나 이 중에는 <공위여!>하는 작품도 끼었다. 공보과장이 마침 극장에 와 있다가 이 꼴을 당하고 일개의 형사에게 굽실거리는 모양은 가관이었다. 공보과 재검열에서 <위대한 사랑>의 한 장면이 깎인 것은 웃지 못할 희극이다. 극중의 여주인공이 동헌 마당을 쳐들어오다가 총을 맞고 죽는 남 주인공을 보고 "내 사랑 내 낭군이 가는 길을 내 어이 못 가겠소 나에게도 죽창을 주시오"하는 장면인데 그의 말을 들으면 죽창은 10월 항쟁서 인민들이 사용한 것이므로 기억이 너무 생생하니 이 말을 빼라는 것이다. 죽창이 안되면 맨손으로 가야 하느냐는 질문에 그러면 칼을 달라고 하라는 공보과장의 명답(?)으로 죽창은 그 후 칼로 출세를 하였다. 이러한 속에서도 9일까지의 부산 예정을 완전히 마치고 10, 11일 밀양, 12일 김해, 13일 진영, 14일 진해, 15, 16일 마산, 17,18일 삼천포, 21,22일 진주, 23,24일 통영, 이렇게 다시 전 경남 일대를 끝까지 돈 것은 참으로 즐거운 보람이었다.

다이너마이트의 세례는 더욱이 우리 인민대중에게 공작대가 오기 전부터 자기네와 한편이라는 것을 느끼게 하였다. 원수들에게 함께 노림을 받는 동무들 그리고 이런 위험을 무릅쓰고 방방곡곡이 자기네를 찾아주는 동무들 이러한 감정은 우리 인민대중을 도처에서 물 끓듯 하게 하였다. 밀양서는 미리부터 관객의 조사가 심하여 사고는 안 났다. 그러나 우리 공작대의 공연 중 반동청년단에 있는 놈이 잘못하여 제 집에 꿍쳐두었던 화약덩이를 제 발로 밟아 폭발된 일이 있다. 이 속에서도 공작대는 하루 공연을 조선모직에 있는 노동자 동무와 그 가족들에게만 바치는 즐거운 시간을 가졌다. 공연이 끝나고는 조선모직회사 공장을 전원이 견학하고 환영회를 받았다. 이 공장

은 모직기만 80대가 넘는 우수한 곳이나 현재 움직이는 대수는 겨우20대도
못 된다고 한다. 공임이 너무 헐하여 도저히 생활이 되지 않으나 모두 다
그만두면 아까운 기계를 버리게 되니 그것이 애처롭다는 것이다. "앞으로
건국이 되면 이게 다 누구의 것입니까. 우리 조선 사람의 것이 아닙니까"
하고 기계 옆에 서서 일하는 동무가 이렇게 말한다. 직접 노동자들은 기계를
사랑하고 나라를 사랑하는 마음이 이와 같다. 잘하면 일인의 소유를 적은
밑천으로 거저 먹겠다는 조선인 기업가들은 그 목적이 뜻대로 안 되면 공장
이야 흐너지거나 썩어지거나 개의치 않는다. 이것과 비교하여 볼 때 여기서
도 인간의 우월은 확연하다. 테러들이 도처에서 신경전으로 나왔다. 어느
날 아무 시 어느 곳에서 습격을 한다. 목표 인물은 누구와 누구다. 이렇게
하여 대원들을 놀래키코자 하였으나 우리 대원들은 규율 있는 단체 행동만
을 하고 자중하여 종시 그들의 계책을 일축하였다. 진주에서 통영을 가는
행정에서는 광복청년단과 독촉 테러들이 우리 공작대가 경남 일대를 다 돌
도록 그냥 두는 것은 저희들의 체모가 깎이는 것이라고 어떻게든지 일전을
해야겠다는 것이다. 진주경찰서에서는 이것을 이유로 통영을 가지 못하게
하였다. "그런 것을 미연에 막는 것이 그대들의 임무임에도 불구하고 도리어
우리에게 중지를 권고함은 희극이 아니냐, 우리는 이러한 사태쯤은 미리
각오하고 출발한 것이 절대로 이 행정을 철회 할 수는 없다."하는 것이 우리
공작대 전원의 결의였다.

우리는 각지를 순회하는 동안에 반동경찰의 특질 속에서 중세기 용병과
같은 그들의 모습을 보았다. 그 미물과 같은 무리들은 그저 저희들이 있는
곳에서 무슨 사고이고　나는 것을 꺼리었다. 주는 총을 받아들고 있으나
인민대중이 한없이 무서운 것이 말단 반동경찰들의 갖고 있는 솔직한 심경

인 것이다. 공작단이 도처에서 인민대중의 뜨거운 환영을 받은 것을 일일이 기록할 수도 없다. 그러나 대원들이 일생을 두고 잊혀지지 않을 인상을 받은 곳은 김해에서 진영으로 가는 도중에서였다. 김해 공연을 마친 우리는 궂은 비가 주룩주룩 내리는 것을 불구하고 다음의 예정지인 진영을 향하여 뚜껑도 없는 트럭에 몸을 실었다. 대원들은 모조리 비에 젖어 하는 수 없이 포장을 뒤집어쓰고 물에 채인 짐짝처럼 뭉기어 가는 중이었다. 차가 김해를 떠나 15리쯤 왔을까, 그때부터 신작로 가에는 5,6명 혹은 우산도 없이 비를 맞으며 떼를 지어 가는 사람들이 있더니 그들이 우리들의 차를 향하여 무엇인가를 던졌다. 이것은 테이프 대신에 신문지로 된 문풍지 같은 것을 국수 가락처럼 가늘게 오려서 이것을 색종이 대신으로 우리에게 뿌려주는 것이었다. "문화공작단 만세" 이러한 친구는 이처럼 소리를 친다. 우리들이 탄 트럭이 산밑에 있는 다리목에 왔을 때 우리는 그곳에 10여 명의 건장한 친구들이 괭이와 쇠스랑과 삽자루를 제 각각 들고 차가 오기를 기다리는 것을 보았다. 운전석 옆에 앉았던 여자 동무들은 테러들인가 하여 질겁을 하였다. 그러나 젊은이들은 질겁을 하는 그들을 보자 도리어 환성을 높이어 삽자루와 괭이와 쇠스랑에 말린 깃발을 풀었다. 삽자루에서는 붉은 기가 휘날리었다. 괭이 자루에서는 민청기! 아 무도하게도 반동경찰에게 해산을 당하여 이제는 있지도 않은 민청의 기 우리에게는 잊을 수 없는 낯익은 이 깃발이 날리는 것이다. 쇠스랑에서는 전평의 깃발, 그 다음은 농민조합의 깃발, 그 다음은 여맹의 깃발 하나하나가 눈물 없이는 볼 수 없는 우리의 깃발들이 우리를 향하여 펴덕이고 있지 않은가. 전원은 몸부림을 치고 싶은 마음으로 여기에 호응하여 인민항쟁가를 불렀다. 해방의 노래를 소리 높여 불렀다. 그 동무들도 목메어 만세를 부르며 우리와 함께 합창을 하는 것이었다. 예서부터 비를 맞으며 가는 50명 혹은 1백 명의 인원이 우리에게 수제(手製)의 신문지 색종이를 뿌리기도 하고 만세를 불러주었고 밭에서 호미로 밭을 매던 농민이나 괭이질을 하던 사람까지 공작대를 향하여 환성을 높이었다. 이곳에서 더욱이 가슴이 찔린 것은 김 매는 할아버지가 역시 그 마나님인 듯한 호호백발 할머니의 허리를 꾹꾹 질러 우리를 가리킨 다음 이 두 양주 분이 우리를 향하여 마치 치성 드리는 사람 모양 두 손으로 빌며 흙바닥에서 큰절을 하시는 것이었다. 트럭이 그냥 달리는 것이 아니었던들 우리는 단박에 뛰어 내려가 흙바닥에 가슴을 부비며 울었을 것이다. "우리는 의지가 약하던 문화인들입니다. 그러나 오늘은 우리도 당신들이 원하시는 일을 원하여 함께 싸우고 있습니다. 지금 북조선에서는 소련군의 적극적 원조와 김일성 장군의 올바른 지도로써 우리들이 소망하는 민주개혁이 착착 실시되고 있습니다. 남조선의 우리는 우리의 힘으로 싸워서 하루라도 빨리 당신의 눈으로 이것을 보시도록 하겠습니다." 이렇게 북받치는 감정을 외치고 싶었다.

굳은 비 속에서 50리 길을 우리는 어떻게 왔는지 모른다. 진영에서는 비를 맞으며 환영하는 동무들이 천여 명이다. 그들은 우리가 차에서 내리자마자 즉시로 공연을 시작하라는 것이다. 신작로에서 줄을 지어 오던 사람들이 모두 우리 공작대를 불러오기 위하여 떠난 사람인 것도 이곳에서 알았다. 감격 속에 젖은 전원은 누구 하나 괴롭다거나 귀찮아하는 표정이 없었다. 극장은 생긴 이래에 처음 보는 대만원이라고 한다. 대만원이 아니라 워낙이 많은 사람이 들어차니까 무대 위로 더운 김이 확 끼치어 숨이 막힌다. 필자는 먼저 부산극장과 밀양의 하루 공연에서 노동자 동무와 그 가족들만의 군중에게 크나큰 감동을 느끼었으나 이곳에서는 그보다도 순박한 우리 농민을 만났다. 그들은 아마도 평생에 처음으로 연극을 구경하는 모양이었다. <위

대한 사랑>이 시작되면서부터 홍분한 군중은 어쩔 줄을 몰랐다. 무대에서
는 50여 년 전 봉건 특권계급에게 무고(無辜)히 죽어나가는 농민들이 그려졌
으나 관중석의 농민들은 확실히 무대 위에 있는 사람이 자기와 아무런 거리
도 없는 착각을 느끼는 모양이었다. 농민 대중에게는 시간과 장소도 관계가
없었다. 억울한 사실 원통한 이 사실이 그들의 생활에 부합되는 데 놀라서
중병 들린 사람이 거울을 보고 놀라듯 그들은 뼈가 아픈 모양이었다. <위대
한 사랑>은 <춘향전>과 유사점이 많다. 여기에서 춘향 어미 비슷한 역을
하는 퇴기가 그 딸인 여주인공을 보고 기안에 창명하지 않는다고 야료하며
어서 냉큼 보따리를 싸 가지고 나가라고 하니 관중석에 있는 농민의 부녀자
들이 "이년아 네나 보따리 싸 가지고 나가거라" 소리를 지르며 조용하지를
않는다. 3막에는 변학도식의 사도가 무고한 농민을 잡아다 놓고 행형(行刑)
하는 장면이 있는데 "저놈 잡아내라"고 관중들이 어찌 소리를 지르는지 연
극이 진행되지 않았다. 좀 조용해야 연극을 계속하지 않겠느냐고 청하나
그들은 이구동성으로 사또 놈을 잡아내어야 떠들지 않겠다는 것이다. 사또
를 잡아내면 어떻게 연극이 되겠는가. 그러나 이 순박한 그리고 몇천 년을
짓눌리기만 하다 처음으로 눈뜬 이 인민들이 이런 생각을 할 여유는 없다.
연극은 사뭇 이렇게 나갔다. 끝 장면에는 동학의 지도자인 청년 주인공이
총에 맞아 쓰러지는 장면이다. 이 주인공이 총에 맞아 쓰러지자 객석에 있는
한 젊은 친구가 별안간 가슴을 치며 "아이구 어떤 놈이 총을 쏘았능기오"
하고 외치는 소리는 그대로 천근의 무게였다. 필자는 어느 책에서 중국 공산
군이 벽지로 다니며 공작하는 대목이 생각났다. 그 글을 읽을 때에는 그리고
이러한 사실이 가능하게 느껴질 때는 설마 어느 먼 나라에 있는 일이거니
생각하려던 마음에, 지금 이 순진하고 때 없는 농민들이 몇천 년을 두고

한 번도 고개를 들어보지 못하던 이들이 우리의 눈앞에서 안타깝게도 그들의 공감하는 바를 외치는 것이 아닌가! '토지는 농민에게로'하는 플래카드를 들었다고도 3개월이 넘는 징역을 사는 남조선이다. 태만하지 않느냐. '모든 문화를 인민에게'라고 외치면서도 우리가 우리 인민에 대한 인식이 이처럼 어두운 것은! 진영은 인구가 불과 칠천의 소읍인데 이날 하루 세 번 공연에서 총 입장 인원이 4천 명이 넘었다. 인근 농촌에서도 많은 농민들이 왔다고는 하나 이러한 숫자는 어느 곳에도 그 예가 없을 것이다. 이곳에서는 우리 대원이 구두징을 박거나 이발을 하거나 도무지 값을 받지 않았다. 돈 벌 생각보다는 연극을 더 잘하여 우리의 속을 시원하게 하여 달라는 것이다.

진영에서 진해까지의 행정은 기차였다. 차가 이 중간 창원(이곳은 1947년 9월에도 경찰을 불사르고 항전한 곳이다)역에 닿았을 때 이곳에서는 2백여 명의 청년들이 승차하는 것을 만났다. 그들은 우리 공작대를 쫓아 일부러 진해까지 가는 길이었다. 그들은 차 중에서 만세를 높이 부르고 인민항쟁가를 부르고 하여 우리의 원기를 고무하여 주었다. 진영과 이 근방 일대의 농촌은 경남에서도 유수한 민주부락이라 경관들이 무슨 볼 일이 있어 올 때면 동네 앞까지 다 들어가지 못하고 반드시 동네 어귀에서 메가폰을 대고 만날 사람의 이름이나 혹은 용건을 외운다는 말을 들었다. 그러나 여기에 못지않은 곳을 우리는 공작단 순회 중에서 여러 차례나 지났다. 삼천포 같은 곳에서는 경찰서장이 우리에게 특청을 하여 왔다. 이것은 유진오 동지가 시 낭독을 못하게 되므로 필자가 여기에 대한 설명 겸 야지를 하고 유 군이 여러분의 얼굴만이라도 보고 싶어 인사를 드리겠다는 순서로 다시 유 군의 아지프로가 나오는 장면인데 이 서장의 말은 우리가 말하는 '당국의 부당한 간섭'이란 말이 자기 지방으로 오해받기가 쉬웠다. 그러니 반드시 그 당국이란 꼭대기에는 도라는 말을 넣어 '도당국'이라고 하여 달라는 것이다.

사실로 경찰이 인민을 두려워함은 당연하다. 그들의 죄상은 너무 크다. 아무리 저희들이 무기가 있다고 하나 인민대중 앞에는 창해에 일속이다. 군중들도 무슨 기회든지 모일 때마다 이러한 힘을 느낀다. 또 진해에서는 이런 일이 있었다. 공작대를 환영하는 군중이 플래카드를 들고 나오고 차에서 내린 사람도 창원에서 오는 동무들 때문에 인원이 너무 많았다. 우리가 숙소를 민전회관에 정하고 짐을 풀어도 군중들은 가지 않고 연설을 한번 하여 달라는 것이었다. 그때는 필자가 반가운 인사를 하였다. 하도 감격하여 소리소리 질렀다. 미군 헌병이 와서 10분 안에 해산하지 않으면 발포하겠다고 하였으나 연설은 그냥 계속되고 군중도 흩어지지 않았다. 그래서 필자는 당지 경찰서에 불리어 갔다. 그러나 경찰에서 문제로 하는 집회 허가가 없이 많은 사람이 모인 것 불온한 연설을 한 것 등에 대하여서는 당지의 민전 의장단이 나서서 이것은 역전에 환영을 나갔던 사람이니 환영객을 벌줄 수는 없는 일이요 연설이라는 것은 백주에 환영에 대한 답변인데 누가 무슨 책임이 있느냐는 항의를 하여 사후 책임은 민전 의장단이 맡기로 하고 필자는 우선 석방이 되었다. 짧은 기간에 여러 곳을 돌려는 행정만 아니었으면 우리는 좀더 차근차근히 우리의 생활상황과 그 동향을 적확히 느끼었을 것이다. 각 지방을 도는 중에 우리는 수많은 청년들의 문학작품을 받았다. 그중에도 잊혀지지 않는 것은 부산 철도기관구에 있는 조용린(趙容璘) 소년의 시와 진영 농촌에 있는 중학생 안성수(安聖洙) 군의 시였다. 이 두 소년은 모두 열 여 덟의 소년으로 그 시도 각각 출신 성분에 따라 다른 점은 재미있는 일이었다.

오막집 극장 대생좌(大生座)앞에 나란히 서 있는 꽃다발들은
어디서 온 누구를 맞이하는 꽃다발이냐
돈주머니에 돈이 안 모여 일 년 내 가도 굿(경상도에서는 극을 굿이
라 한다—필자 주)구경 한번 못 가는 노동자 동무들이
오늘 저녁엔 머리에 기름칠하고 농 안에 깊이 들었던 새 옷 한 벌을
내어 입고
백두산 골연(남조선에서 제일 싼 담배—필자 주)을 입에 물고 대생
좌 앞에 모여들었다.

이렇게 시작되는 이 시는 조 동무의 작품이다. 불행히 이 원고는 필자가
경남지방에서 서울로 귀환하는 도중에서 이동 경찰에게 빼앗긴 바 그 뒤의
문의는 이러하다. 우리가 대생좌에 즐거운 마음으로 돈이 없는 동무들은
돈을 꾸어서까지 간 것은 이 모임이 남조선의 저명한 예술가들이 왔대서
그런 게 아니라 당신네들이 우리 땅의 누질린 인민들을 위하고 또 그 편을
들기 때문인 것이다. 우리는 몸으로써 항전을 하지만 그대들은 예술로써
인민항쟁을 하는 것이다. 그대들은 무대에서 쓰러질 때까지 싸워라. 우리는
기름과 연기에 절은 전장에서 쓰러질 때까지 일하며 싸우겠다는 것이다.
이 시는 필자가 해방 이후 두 번째로 보는 놀라운 시였다. 이 작품의 특질
은 작품의 대상과 작자와의 거리가 없는 것이다. 이것은 필자가 해방 이후
처음으로 놀랍게 본 유진오 동지의 <10월>과 같은 계열에 서는 것이다.
우리와 같이 과거에 문학수업을 한 사람들은 대개가 작자와 작품 사이엔
일단 거리가 있었는데 그들에게는 이것이 없다. 그들이 표현하는 것은 유형
화된 감정이 아니라 적나라한 실감이 그대로 작품인 것이다. 여기에 비하면
진영에서 본 마산중학생 안성수 군의 작품은 형식적으로 대단히 세련되었
다. 감정도 우수하다. 그러나 전자에 비하여 판이한 대조는 내면 정신조차

형식화한 점이 보이는 것이다. 이것은 예술을 재래의 예술 편중에서 학습한 폐단의 좋은 예이다. 필자의 기쁨은 구김없는 싹 새로 눈뜨는 우수한 싹들을 도처에서 본 점이다. 우리 조선의 모든 정세는 그들을 우수한 위치에 놓아준다. 조금이라도 태만하면 도리어 공작하는 사람들이 그 좋은 싹을 오도할 염려가 다분히 있다. 새로운 정신은 스스로 새로운 형식을 가져야 한다. 우리는 비판없이 낡은 형식의 의장을 답습하여 오히려 깨끗한 정신을 때 묻혀서는 안 된다. 남조선 예술인들은 이 문화공작단을 통하여 직접 혹은 간접으로 일찍이 보지 못하던 점을 많이 깨달았다. 문화를 인민 속으로 직접 가져감으로 인하여 예술인들은 서재나 무대에서 밖에 모르던 인민을 이제는 몸으로 부닥치고 한 덩어리로 굳게 뭉치어진 것이다.

필자는 이 공작단에 참가한 도중에 남조선에서 유수한 도시 부산 진주 마산을 돌며 이곳의 상가와 공설시장을 보았고 영남의 거읍(巨邑)과 벽지의 적은 촌락을 지나며 장이 서는 날은 장구경도 하였다. 그리고 한없이 비분을 느낀 것은 남조선 우리 인민의 일상생활의 필수용품이 모조리 외국 상품인 것이다. 하루하루 장을 보는 장돌뱅이의 속에까지 모든 물건은 미국 상품인 것이다. 그저 한미한 수공 생산품인 무명과 베 같은 것을 제하면 과물과 해산물 이것이 이 땅에서 나오는 전부이고 비누 양말 세수수건 심지어 과자 같은 것에 이르기까지 모든 것은 외국 군수물자 잉여품이다. 남조선의 모든 공장문은 닫히고 우리의 쌀이 이런 것들을 들여오기 위하여 외국으로 나가며 그 대신으로는 썩은 강냉이와 말먹이의 밀 포대가 들어오는 것을 생각할 때 우리의 일상 생활용품은 얼마나 고가(高價)한 외국의 쓰레기인가를 절실히 깨달을 수 있다.

제2대는 대장 심영 부대장 김기림으로 이 대의 순회 예정지는 경북 일대였다. 여기에도 50여 명의 대원이 동원되어 대구에까지 갔다. 제2대의 첫 공작지인 대구에서는 반동경찰의 여러 가지 실랑이를 물리치며 우리 공작대가 이틀을 공연하였다. 이곳에서도 테러들이 무대 뒤에 침입하여 연출자를 구타하는 등의 불상사를 내고 경찰은 이런 것을 방관하며 그 익일 오히려 대장과 부대장을 호출하였다. 그들의 용건은 경북지방의 여러 우익 청년 단체들이 불상사를 일으킬 염려가 있으니 공연을 중지하고 즉시 귀경 하라는 것이었다. 그들은 우리 공작대의 두 동무가 호출되었을 때 다른 대원이 동행하는 것을 준열히 거절해 놓고 이 두 동무가 경찰문에서 나가는 시각을 테러단에 연락하여 심영 동지는 그들에게 인사불성이 되게 구타를 당하고 들것에 얹히어 숙소로 왔다. 경찰은 범인을 숨기며 도리어 이런 것을 저의 말의 입증으로 사용하려 들었다. 여기에 대하여 "이것은 예를 든다면 마치 경찰의 입으로 전차를 타면 쓰리가 있으니 전차를 타지 말라는 격이 아니냐"고 조소의 항의를 던진 김동석 동지의 말이 생각난다. 경찰에서는 이 중지령을 어쩌면 선처할 듯이 꼬여 50여 명의 대원을 10여 일이나 여관에 머무르게 하였다. 이것은 우리의 경비를 말리어 공작대로 하여금 그냥 돌아가도록 하려는 그들의 전술이다. 그러나 우리측이 원체 끄떡 없으니까 이 자들은 초조하여 그 허가 문제를 완강히 거절하였다.

제 3대는 대장 황철 부대장 이용악으로 이 대의 공작 지역은 강원도 일대였다. 춘천서는 공연 도중 테러단들이 극장 밖에서 전선을 끊어 극장 안을 암흑화한 다음 돌팔매질을 쉴 새 없이 하여 대원들은 기운을 내자는 뜻으로 인민항쟁가를 불렀다. 경찰에서는 이것을 트집 잡아 공작대가 군중을 선동하는 것이라고 대원을 한 사람 한 사람 구타한 후 서울로 쫓아 보냈다. 우리는 일방 여기에 엄중한 항의를 하여 제3대를 다시 강릉지방으로 보냈다.

제3대가 강릉으로 가던 날은 폭우가 내리던 날이었다. 그들은 서울서부터 폭우를 맞으며 강릉까지 밤 새로 1시쯤 하여 닿았다. 대원들이 모두 초행이므로 전에 한 번 왔던 사람이 일본 여관 자리를 찾아가 그곳이 그저 여관인 줄 알고 문을 두드리었다. 그 집에서는 트럭소리가 나고 자기네를 찾으니까 열어주었다. 그리고는 이 일행이 어디서 온 것을 알자 깜짝 놀랐다. 이 자들은 뒷구멍으로 비상소집을 하였다. 그곳은 독촉 테러 강릉 총본부였다. 이래서 우익 테러들은 서울서 온 좌익단체에게 저희들의 소굴을 찔리었다고 밤 사이에 총동원을 하여 이 집을 겹겹이 둘러쌌다. 또 이러한 사실을 안 그곳 민주진영에서도 동원을 하여 저 자들의 주위를 또다시 포위하였다. 이러한 사태가 사흘 밤 사흘 낮을 계속하였다. 그러는 동안 독촉총본부 안에서 포위 되었던 공작대원들은 한 모금의 물조차도 마시지를 못하였다. 제3대는 춘천과 강릉에서 이러한 사태로 공연을 계속하지 못하고 경찰과는 마찰이 생기어 그 장도는 중도에 그만 좌절이 되었다.

제4대는 대장 서일성 부대장 조허림으로 이 대가 맡은 지역은 충남 북의 2도였다. 이 대는 처음 대전서부터 대성공을 하였다. 대전에서는 2만의 시민이 그들을 맞아 가지고 환영 행렬을 하였다. 일방 미술동맹과 사진동맹에서 하는 이동전람회는 이 대와 보조를 맞추어 공작단이 오는 날은 벌써 개최되고 있었다. 반동테러단들은 시민들이 환영 행렬하는 틈을 타 전람회장을 습격하였다. 그리하여 이 자들이 그림을 면도칼로 찢고 몽둥이로 그 틀을 바수는 등 무수한 낭자를 하고 갔다. 전람회에서 그림을 찢은 소동은 이것이 남조선에서 두 번째의 일이다. 한 번은 미술동맹 3·1절 기념 전 때인데 그때는 정복 정모를 한 학생 놈들이 학련(學聯)의 완장을 두르고 와서 찢은 일이다. 이 학련은 이승만이의 직계 졸도들로서 학교에 나가는 목적은 학문

보다도 학교 테러와 민주학생을 고발하여 경찰에 넘기는 것이 더 중한 짓으로 아는 친일파와 민족반역자의 자식들이다. 이러한 속에서 제4대는 논산 강경 청주 등 각지를 돌아 큰 성과를 이루었다. 비록 예정 목적은 완전히 수행하지 못하였으나 성공에 가차운 편이다. 강경서는 반동경찰이 심한 간섭을 하고 부당하게도 대장 서일성 동지를 이유 없이 유치시킨 일이 있었다. 문화공작단 각대의 성과를 종합하여 보면 대체로는 큰 수확이었다. 그러나 전남북의 2도가 너무 테러단이 발호하고 경찰들이 한층 악질이어서 이 지방을 순회하지 못한 것은 큰 유감이라 아니할 수 없다. 이 순회로 말미암아 남조선 문화단체총연맹의 산하 각 단체의 맹원이 총수 15만에서 일약 30만으로 오른 것은 스스로 놀라운 성과라 아니할 수 없다. 문화를 인민에게 달라고 목마르게 외치는 전 인민 속에서 그 문화를 인민 속으로 끌어가기 위하여 힘쓰겠다고 자원하는 사람들이 날로 느는 것은 우리의 민족문화를 위하여 크게 축하할 일이다. 이러한 점에서 우리 문화공작단이 문화를 직접 인민에게 결부시키는 데에 큰 공을 가져오게 한 함세덕 동지의 희곡 <하곡>과 <태백산맥> 조영출 동지의 <미스터 방>과 <위대한 사랑> 그리고 연극동맹의 여러 맹원들의 전투는 특기할 만한 일이었다.

4. 총검거 총탄압 속에서

해방 2주년 기념행사를 뜻깊게 하기 위하여 연일 골몰하던 남조선 문화예술인들은 1947년 8월 12일 미명에 생각지 못하던 선풍을 만났다. 문학 연극 영화 음악 무용 각계를 통하여 중요한 예술인들은 거의 검거 선풍과 가택

수색을 당하였다. 날이 밝기가 무섭게 반동경찰은 민주 진영의 각 예술단체의 회관에 그들을 늘이어놓고 어느 누구이고 여기에 찾아오는 사람이면 트럭에 실어 각각 관할 경찰서에 실어가는 큰 사건을 일으키었다. 심지어 그들은 문학예술인들이 많이 온다는 명동의 한 다방에까지 트럭을 갖다 대이고 그 안에서 차를 사 마시던 사람을 한 사람도 남기지 않고 잡아갔다. 그러나 매사에 경각성을 높이는 민주 진영의 문학예술인들은 그들의 거의 무차별 무조건 검거에도 불구하고 그리 큰 피해를 당하지 않았다.

1947년 8월 12일 미명에서부터 동 9월 하순경에 이르기까지 늦추지 않고 계속된 전 남조선 민주 진영에 대한 총 검거와 총 탄압은 역시 남조선 반동 측의 전 능력을 기울인 야만적인 행동이었다. 여기에 참가한 것은 미국인 신문 기자를 비롯하여 반동경찰과 및 모든 테러 단체들의 질서 없는 도량(跳梁)이었다. 8월 12일 미명에는 미 군용 트럭(현재는 경찰용)이 온 서울 시내의 중요한 거리를 달리고 있었다. 이것은 파출소마다 들리어 이미 체포된 헤일 수 없는 시민들을 무한정 본서로 실어 나르기 위해서였다. 체포의 범위는 서울시만 하여도 각 구 민전지부의 동 내 말단 책임자까지 이르렀다. 이른 아침에는 벌써 민전 남로당의 중앙본부 인민공화국 남조선문화단체총연맹의 중앙본부 및 민주 진영에 속하는 모든 사회단체와 언론기관은 일절이 그 회관과 사옥을 경찰에게 습격 받았다. 첫날 서울 시내 요소에는 특보대마다 남조선노동당의 음모 미연에 발각 민전의 최고 간부 전부 체포라 하고 대서특필한 반동 제 신문과 우익청년단들의 전단이 붙었다. 그리고는 이것을 떼어버리는 사람이나 저희들을 욕하는 사람이 있으면 잡아가려고 경관과 테러들이 먼 발에서 지키었다. 이것은 미명에서부터 검거 선풍이 분 것과 연결하여 시민의 눈을 놀래키었다. 그러나 일반 시민들은 오후가 채 못 되어 이것은 모두 허보이고 중앙민전의 의장단에서는 민주여성동맹의 위원장 유영준 선생 한 분만이 체포된 사정을 알았다. 시민들은 반동경찰의 일상적인 만행에 비추어 그때 경찰의 이 조치를 다만 임박한 해방 2주년 기념일을 앞두고 민주 진영측의 준비를 금지시키며 반동측의 일방적 주최로 되는 관제행사를 강행하려는 예비수단으로 해석하였다.

그러나 8월 15일이 지나도 이 선풍은 그치기는커녕 도리어 테러단이 각처에서 횡행하며 또 경찰이 그들과 손을 맞잡는 것이 공공연한 주지의 사실로 되자 시민들의 의혹은 점차 커갔다. 남조선의 민주 역량은 그동안 10월 인민항쟁과 24시간 파업 그리고 소미공동위원회의 재개를 통하여 눈부시게 발전하였다. 1947년 7월 27일 전 남조선에 걸친 소미공위 축하 인민대회에서는 민주 역량이 그 실력을 양국 대표 앞에서 유감없이 보여주었다. 그때 서울의 남산대회에 모인 인민들은 무려 50만이 넘었다. 어떤 사람은 60만을 치는 사람도 있었다. 서울의 전 인구가 1백20만인 것을 생각할 때 이날 시민 가운데 참석치 못한 인원이라면 집을 지키는 아주 극한 노유(老幼)와 병자를 제하고는 악질 반동과 빈집을 기웃거리려는 좀도적 뿐이었을 것이다. 부산에서는 20만의 시민이 대회에 모였다. 부산시의 전 인구가 40만이 다 못되는 것을 생각하면 이 숫자는 더욱 놀라운 일이다. 필자는 당시 문화공작단에 참가하여 제1대가 마침내 경남 공작의 일정을 마친 때이므로 부산에서 이 놀라운 사실을 목도하였다. 전 남조선이 이러했다. 이것은 우리 인민이 무엇을 요구하고 또 지지하는가를 표시하는 훌륭한 증거이다. 여기에 조금 앞서 7월 19일 우리 민주 진영의 지도자의 한 분인 몽양 여운형 선생이 테러 흉탄에 쓰러지자 민심을 물 끓듯 하였고 테러의 도량에 대한 민족적 분노도 극도에 달하였다. 민전에서는 시기를 잃지 않고 '테러를 박멸하여 진정한 민주국가를 세우자'는 슬로건을 내세웠다. 여기에는 한민당과 한독당만을 제외한 모든 우익 및 소위 중간 정당까지도 일제히 호응하여 비상구국대책협의회의 결성을 크게 하였다. 인민의 적인 매국노의 무리와 국제 반동 세력이 여기에 전율을 느낀 것은 우연한 일이 아니었다. 이 국제 및 국내 반동파들은 즉시 그들의 충견 조병옥을 시키어 이 거국적인 사업에 해산령을 내리었다. 연달아 미국인 신문기자 유피 통신원이 지금 남조선에서는 좌익 진영에서 몽양 여운형 선생의 장의일과 8월 15일을 기하여 일대 폭동을 계획하고 있다는 데마를 전 세계에 퍼뜨리었고 남조선의 반동 제 신문들은 또 이 미국 통신원의 보도에 근거하여 마치 벌써 다 증명된 사실인 것 같이 특호 활자로 제목을 걸어 이 데마를 전파하였다. 미국인 신문기자의 비열한 흉계와 데마는 이번이 처음이 아니다. 이번에도 처음에도 그러한 데마에 그치는 것으로 알았다. 그러나 그 뒤에 일어난 모든 사실들은 이번 데마는 순전한 데마에만 그치는 것이 아니라 심대한 음모와 간악한 흉계가 숨기어 있었던 것이었다. 그들은 이러한 낭설을 세계 반동파에 전파시키었으며 경찰을 동원시키어 민주 진영의 지도자를 총 검거하고 전반적 테러에 대한 인민대중의 반발을 예기하여 이 재료를 가지고 먼젓번 정판사 사건보다 몇 십 배 더한 남조선 좌익 진영 폭동계획설을 날조하여 남조선 인민의 전위당이요 민전의 중추 세력인 남조선노동당을 송두리째 뽑으려는 의도였다. 미 반동파의 주구와 또 국내의 그 앞잡이들이 이처럼 간악한 흉계를 꾸며 이것을 실행에 옮긴 것이다.

　그러나 우리 민주 진영과 인민대중은 심심한 자중을 하여 그들의 술책에 넘어가지 않았다. 8월 15일 그들이 예기하였던 관제 기념행사의 '성황'은 비참하게도 그들의 소망에서 어긋나고 말았다. 악질 동회의 구장과 반장을 동원시키어 시민들의 강제 행렬 참가를 요구하고 직장에 있는 노동자 동무들을 참가하지 않으면 해산하겠다는 위협으로 대회장에 몰아넣으려 하였으나 이렇게 강제로 대회에 모인 사람은 전 인원을 털어 만여 명도 안 되는 가련한 모임이었다. 이날부터 서울 시내에는 온 장안에 난데없는 야경꾼이 퍼져 서투른 날방망이질을 하였다. 딱딱이를 치는 소리는 귀가 솔았다. 이 자들은 모두가 테러단으로 야간 통행 시간이 지난 후의 집집을 뒤져 민주진영의 주요인물을 튀기어 경찰에 방조하고 이들을 무수히 난타하기 위하여 특주의 배급을 받아가며 움직이는 무리였다. 차츰 지방에서는 불의의 변을 알리기 위하여 중앙에 올라온 동무들 속에는 많은 예술인들을 볼 수 있었다. 이 동무들의 보고에 의하여 우리는 각지의 자세한 상황을 알 수 있었다. 지방에 있어서도 검거 범위는 예술인에게까지 미치어 문련의 각 도연맹과 그 산하의 모든 예술단체인 각 지부의 책임 부서에 있는 맹원들은 모조리 체포되어 그 전원은 대략 쳐도 3백 명을 불하였을 것이다. 낙원동에서는 테러들이 백주대로상에서 사람을 치는데 몇 번만 더 치면 그 맞은 사람이 절명할 지경이었다. 그것을 지나가던 정복 경관이 무슨 일이냐고 물으니 그 자들은 당신이 알 것이 아니라고 도리어 경관을 쫓아보내는 사실을 시인 김광균 씨가 목도하였다. 테러들은 저마다 살인자의 살벌한 얼굴들을 하고 팔목에는 제가끔 이름만 들어도 당장에 구역이 나는 사설 청년단체의 완장을 두르고 떼를 지어 대로상에서 활보하여 그 거리에 통행하는 시민들의 아래위를 훑어보며 무슨 트집을 잡으려는 듯이 서슬이 푸르렀다.

8월 20일에 벌써 인민공화당과 남조선문화단체총연맹의 회관은 이들 경찰이 폐쇄하고 무법하게도 이승만 직계와 대한독립청년단에게 넘겨주었다. 이 자들은 즉일로 동단 중구특별별동대란 간판을 내걸며 야만적 사형(私刑)

의 집행장으로 만들었으며 잇대어 민전회관은 곤봉을 든 테러들이 연일 회
관에 침입하여 감시하였다. 8월 18일 즉 검거선풍이 분 지 일 주일이 지나도
장택상이는 신문 기자단에게 그 검거 이유를 말할 수는 없다는 대답을 흐리
었다. 이때부터 테러단의 준동은 극에 달하였다. 경찰은 저희들의 전력을
기울여도 찾지 못한 민주 진영의 지도자들을 테러단에 찾도록 조력을 구하
였다. 그리고 남조선문화단체총연맹의 기관지 일간신문 ≪문화일보≫는 8
월 12일 폭풍에 불의의 습격을 받아 사내의 대량 검거가 생기어 그 기능이
정지되었다. ≪문화일보≫는 1947년 4월 ≪예술통신≫을 인계하여 게재한
신문으로 그동안 이곳에는 계속하여 진정한 외국문화의 소개와 모든 동맹의
당면 문제를 제기하고 가장 전투적인 예술작품을 게재하였으며 전면적으로
는 광범한 문학예술 애호층의 정신적인 지도와 정치 부면으로서 적극적인
관심을 일으켜주는 역할을 맡아온 꾸준한 신문이었다. 민주 진영의 언론기
관을 탄압하기 위하여 남조선 반동경찰은 처음엔 검거로 그 다음엔 테러로
쉴 새 없이 갖은 몰염치한 방법을 다하였다. 이 틈에 ≪광명일보≫(인민공화
당 기관지) ≪독립신보≫(지난날 신민당 기관지)는 사장과 주필까지 체포되
었다.

그러나 모든 사람이 고대하는 ≪노력인민≫은 암야의 광명처럼 남조선
인민의 앞길을 밝혔고 적측의 갖은 음모와 비행을 폭로하는 선봉으로 매일
시민들의 수하에 쥐어졌다. 반동측에서는 눈을 뒤집어쓰고 ≪노력인민≫을
인쇄하던 출판노조 소속의 인쇄직공 20여 명은 대한노총 강도들에게 납치되
어 꼬박 사흘을 물 한 모금도 못 먹고 경전 지하실 속에서 생명의 위협을
받다가 간신히 구출되었다. 그들은 민주 진영의 신문을 탄압하기 위하여
육상에서 신문 파는 이들을 위협하고 이른 새벽 길목마다 지켜 섰다가 배달

하는 사람까지 잡아서 죽도록 두드리고 신문을 가져오는 곳과 배달하는 매호를 알으켜 내라고 하였다. ≪노력인민≫을 배달하는 동무들은 심지어 한민당의 기관지 ≪동아일보≫ 속에 ≪노력인민≫을 숨겨 가지고 배달하였으나 테러들은 이것까지 조사하여 씨를 말리려 하였다. 경운동에 있는 보성사 인쇄소는 민주주의 서적과 신문을 인쇄하였다는 이유로 테러단에게 강제 접수를 당하였다. 이 반동경찰의 묵인을 받는 강도단은 보성사의 경영자를 잡아놓고 생명과 공장과 둘 중에 어느 것을 취하겠느냐고 협박하였다. 경영자는 당장 곤봉 세례와 공장 파괴가 두려워 좀 생각을 하여보자고 하였더니 이 자들은 즉시로 대서인을 불러다가 인쇄공장을 저희들에게 기부하는 형식으로 문건을 꾸미게 하였다. 이것은 초기 히틀러의 도배가 국제전쟁 방화자와 독점 자본가들의 후원 아래 시가와 은행을 점령하던 것과 동궤의 것이다. 남조선의 일대에는 현재 이와 같은 일이 백주 공공연하게 행하여지고 있다.

테러들의 잔악한 행동은 소련 영화의 독일 범죄자 재판기를 연상시킨다. 20세기의 식인종은 우리 조선의 일부 남조선에도 있다. 장구한 시일을 두고 일제에 충실하던 자 새로이 민족을 팔아먹으려는 자 이것들을 남조선에서는 미군정이 고이 양육하니 이 자들은 뻐젓이 머리를 들고 동족을 살해하는 식인종으로 화한 것이다. 그들은 2개월이나 걸쳐 쉴 새 없이 민주 진영의 동지들을 체포하고 테러단을 동원하여 갖은 만행을 자행하게 하였으나 그 결과는 아무런 소득이 없었다. 그들의 흉계를 뒤집어씌울 만한 대상의 지도자들도 체포되지 않았으며 그들이 기약하였던 테러에 대한 인민의 전면적 반발도 인민의 자중으로 전혀 없었다. 경찰에 체포된 수많은 민주 진영의 동지들은 이리하여 미군정과 국내 반동 진영의 낙심과 초조한 가운데 경찰서 내에 출장 나와 있는 치안관의 약식 판결로 대체는 반 개월 내지 일 개월

간의 구류와 최저 5천 원에서 1만 원에 달하는 벌금형을 받았다. 무고한
인민을 잡아다 실컷 두드리고 굶긴 다음 저희들은 이러한 인민에 대한 갖은
폭악한 행동을 함에 힘을 돋우기 위하여 술에 고기에 특주를 받아 처먹고
이 비용은 다시 고초받은 그 인민에게서 부당한 벌금과 명목상은 기부금이
나 실제는 그 재산을 강탈하여 여기에 충당한다. 반동경찰은 8,9월만 해도
서울에서 수천, 전 남조선에 걸치면 만여 명도 넘는 민주 진영의 인사들을
무조건 체포하며 이런 중에도 질서 없는 테러단의 도량은 점차 강도적 성격
을 노골화하여 그 명령계통은 더욱 문란하여만 졌다. 전 시내의 상가는 모조
리 문을 닫힐 지경에 이르렀다. 여러 끄뎅이로 엉클어진 테러단들은 저마다
상가를 뒤지며 기부금을 강요하였다. 기부금을 내지 않으면 민주 진영 사람
이라고 고문 구타를 일삼는다. 심지어 말단의 테러는 금품을 약취(掠取)하려
고 일부러 누구이든 납치하였다가 돈을 뺏으며 아무것도 생기지 않으면 좌
익이라고 죽도록 두드려 인심은 날로 이 무리들을 저주하게 되었다. 그 가까
운 예로 필자의 이웃에 사는 양곡소매상인이 테러들에게 납치된 일이다.
그는 이 자들의 의도하는 바를 늦게야 깨달았기 때문에 그동안에 벌써 가마
니때기로 전신을 뒤집어 씌어 몸둥이 찜질을 당하였고, 또 열 손가락의 한
손톱 한손톱을 철사 끊는 지께로 마치워 온 손톱이 모두 바스러지는 참상을
이룬 다음 화해한다는 명목으로 장사밑천의 거의 절반을 떨리었다. 테러단
의 계속되는 행동은 저희들을 길러주는 이 토대인 모리 간상배에게까지 커
다란 위협을 주게 되었다. 여기에서 이맛살을 찌푸린 장택상이는 황망히
테러단에게 포고를 내리어 수습할 수 없이 민심과 유리(遊離)한 저희들 앞잡
이와 경찰을 분리시키고 이것을 도리어 저희들 경찰의 반 인민성을 은폐하
는 데 이용하려 들었다. 경찰 당국은 2개월에 긍하여 일부 사설 청년 단체에

656

게 음으로 양으로 군력과 법을 남용하는 것을 인정했으나 그것은 너무나 지나쳤으니 취체와는 아무런 관련이 없고 자기가 사랑하는 우익이라도 잘못하면 이렇게 탄압한다는 제스처를 보이려 한 것이었다. 그리하여 이제까지 쌓여온 인민의 증오를 경찰로부터 테러단으로 돌리려는 것이다. 그러나 이 포고문이 나온 후에도 테러는 계속하여 횡행하였고 이것들은 앞문으로 불러다가 뒷문으로 내보내는 식의 외면상의 검거가 있었을 뿐 아니라 아무러한 경찰의 조치도 볼 수 없었다. 시민들은 그들의 이 낯간지러운 수작에 더욱 구역을 느낄 뿐이었다.

두 달 장간이나 걸린 이 사건을 아무런 설명도 없이 그저 속셈만으로만 위조사건을 씌우려던 경찰과 그 배후 세력들은 이 사태에 대하여 아무리 뻔뻔한 그들일지라도 어떠한 대답이든 있어야만 하게 되었다. 그들은 좁은 머리를 다 쥐어짜 소위 방송국 사건이라는 것을 꾸며 불행히 검거된 남로당의 부위원장 이기석 선생을 무서운 고문으로 억지로 이 사건에 연관시키어 트집의 꼬투리를 조작하였으나 이것으로는 민주 진영의 총 검거와 총 탄압의 이유를 설명할 수 없으므로 그들은 군색한 나머지 새로이 수도청 발표라 하여 이 일이 있기 전 미국인 통신기자가 날조 시사한 남조선 좌익 폭동 음모의 '풍설'을 진상으로 개조하였다. 이 발표는 그 내용이 너무나 허망하기 때문에 웬만한 통신사는 물론 우익에 쏠린 소위 《자유신문》까지도 처음에는 묵살하고 이 기사를 게재하는 것을 거부하였다. 통신과 신문들의 태도는 이 논문(그들은 진상이라는 것을 이렇게 표현하였다)은 연구논문은 될지언정 사실과는 너무나 거리가 멀고 내용이 없으니 우리에게 생생한 사실만을 보여달라는 것이었다. 그러나 경찰들은 그들에게 이 대답보다는 우선 위협으로 그 전문을 게재하도록 명령하였다. 이승만을 필두로 하는 매국적들은 조선의 완전 자주독립과 민주건설을 보장하는 소미공동위원회를 파괴하려고 갖은 발악을 다 하였다. 소미공동위원회의 속개 도중에도 이 자들은 반동경찰의 후원 아래 반탁 데모를 하고 공동위원회장으로 가는 소련 측 대표단에게 돌맹이와 흙덩이를 던졌다. 경찰은 이것을 방관하여 암암리에 그들을 고무한 것은 물론 심지어 이 역도들은 장택상을 시키어 연합국의 일원인 소련에 대하여 허위 중상의 독설을 토하여 우리에게 진정한 해방을 선사한 유일한 우방과 우리 인민과의 이간을 꾀하는 등 갖은 행동을 다 하였다. 이러한 행동의 하나하나만으로도 당연히 국제문제가 될 수 있는 것이나 이 모든 것을 참고 다만 조선 인민의 장래와 그 행복을 염려하여 하루라도 빨리 소미공동위원회의 사업을 성공시키려고 모든 노력을 사양치 않은 스티코프 대장의 열성과 홍대(鴻大)한 도량은 오늘날 비록 국제 국내 반동 세력의 최후 발악으로 이 사업이 휴회되었다 하더라도 길이길이 조선 인민들의 뼈에 사무치는 감사로 남을 것이다.

1947년 8,9월 남조선 반동경찰이 이와 같은 남조선 민주 진영에 대한 총검거와 총탄압의 진상은 대략 이러한 것이 그 윤곽이다. 이러한 폭풍을 통하여 또 한 가지 뚜렷한 그 존재가 나타난 것은 문학예술 부면에 대한 전면적인 탄압이었다. 이것은 남조선의 문학예술이 반동 진영에게 점차로 그만큼 큰 위협을 주는 대상이 되었다는 반증이기도 하며, 일면 인민을 토대로 하는 진정한 우리 민족 문학과 예술이 모든 가혹한 조건뿐인 남조선에서도 날로 성장하여 감을 의미함이다.

해방 2주년 기념 행사를 당하여 남조선 문학예술인들은 우리의 문화와 민주 역량을 성대히 피로하기 위한 이 준비에 당시 그 전력을 기울였던 만큼 더욱이 많은 타격을 받았다. 연극동맹에서는 그때 산하의 모든 극단을 총동원하여 둘로 합하고 하나는 국제극장에서 조영출 동지의 신작을 그리고 또 하나는 국도극장에서 함세덕 동지의 희곡『혹』('고목'의 개제)을 각각 공연키로 되었다. 이런 것을 경찰에서는 혈안으로 탐색하여 그 연극 장소를 습격하여 전원을 체포하는 춘사(椿事)로 모든 공연은 불가능하게 되었다. 반동경찰이 저희들에게 검열 허가까지 맡아놓고 연습하는 이 동맹의 연극활동을 그냥은 중지시킬 수가 없다. 그러나 이 자들은 비루하게도 공연 일자가 박두한 때 여기서 중요한 역을 맡은 배우와 또 그 대행을 할 만한 동지들을 8월의 선풍 속으로 쓸어 넣었다. 더욱이 8월 12일 미명에 극계의 중진과 책임 위치에 있는 10여 명의 동지들은 각기 사택에서 경찰의 습격을 받았으나 요행 체포는 면한 동지들도 그 뒤로는 매일 찾으러 다니고 그 집에는 테러들이 연일 지켜서 기다림으로 얼마 동안은 부득이 지하로 들어가지 않을 수는 없다. 연극동맹 산하의 각 극단이 무슨 공연이든 할 때이면 연일 만원을 이루고 또 관중들 앞에서 저희들의 죄악을 폭로하는 연극을 하여 아우성치는 관중들의 환성을 들을 때 반동측에서는 뼈아프게 안타까워하며 저희들도 연극을 가지려 한다. 그러나 남조선에서 옛날부터 유명하던 사람은 물론 모든 유능한 신인까지 한 사람도 저희들의 수족이 되어주는 연극인은 없기 때문에 여기서도 아무런 인기가 없는 타락 분자만을 모은 이 반동극단은 8월 15일이 되어도 기념공연 하나 못하는 형편이다.

미술동맹에서는 해방 2주년 기념 대전람회를 개최하고자 기일과 장소까지 벌써 한 달 전에 계약하여 놓았으나 이 계약한 장소와 기일을 군정청에서 불법 횡령하고 그 다음은 아무 데서도 장소를 빌려주지 못하도록 협박하여 이 동지들의 사업을 방해하였다. 사진동맹도 이와 같은 처지에 이르렀다. 그러나 미술계에도 연극계와 같이 반동측의 어용작가들이 몇몇 있으나 이

자들은 독립하여 전람회를 가질 만한 역량도 없고 또 실제로 현재 작품을 만드는 사람들이 아니라 과거의 경력을 개뼈다귀 울겨먹듯 하는 무리이기 때문에 아무런 행사도 갖지 못했다. 여류화가 정온녀 여사는 9월 28일 그의 첫 개인전을 화신화랑에서 가졌으나 씨가 미술 동맹원임을 알고 두 시간에 강압적으로 문을 닫았으며 관람하는 손님을 함부로 쫓아내는 폭거를 하였다.

다시 음악건설동맹에서는 8월 15일을 기하여 모든 악곡은 우리 동맹원의 작품만으로 연주하고 노래하는 일대 호화 음악의 모임을 가지려 하였다. 그리하여 가곡은 전부 우리 시인들이 시작품을 우리의 작곡가들이 만든 곡으로 노래 부르기로 되었고 더욱이 인민의 보배로 이름 높은 김순남 동지의 신작 교향곡 발표는 만도(滿都)의 기대와 주목을 끌었으나 이 역시 테러단의 암약과 극장 관리인에 대한 협박으로 와해되었다.

문학가동맹에서 이 통에 또 여러 동지들의 체포령이 내렸다. 서울만 하여도 자택에서 회관에서 노상에서 체포된 작가와 시인과 평론가가 십 수인이 넘었다. 테러단에게 납치된 문학예술인들도 상당한 숫자에 이르렀다. 이 중에서 한둘의 예를 들면 먼젓번 인민항쟁에 향리 제일선에서 활약한 시인 S동지는 밤에 자다가 이놈들에게 쫓기어 아래 셔쓰바람으로 길거리에서 밤을 새운 일이다. 미술동맹 P동지는 월간잡지 ≪민성≫에 북조선 기행문을 사실대로 기술하였다는 이유로 서북청년회에 납치되어 3일간을 인사불성되게 고문당하다 어차피 죽을 바에는 그놈들에게 맞아 죽느니 차라리 빠져나갈 길을 뚫어야겠다고 분신(奮身)하여 그자들의 높은 벽돌집 3층 유리창에서 그냥 뛰어내리어 빈사의 상태에 이르렀다. 테러가 경찰에게 비호를 받는 것은 천하가 다 아는 일이다. 이것은 다른 예이지만 동암동에서는 테러들이 민주 진영 동지의 집을 습격하였다. 불의습격을 당한 이 동지는 대문을 닫아 걸고 화를 피하려 하였으나 테러들은 문짝을 깨뜨리고 들어오므로 할 수 없이 몽둥이를 들어 짓쳐 들어오는 테러들을 문 앞에서 내리쳤다. 그리하여 테러 놈이 그만 절명을 하였는데 경찰에서는 즉시 이 동지를 잡아다 살인죄로 기소하였다. 아닌 밤중에 남의 집 대문을 뻐개고 짓쳐 들어오는 야수를 막기 위하여 정당히 취한 태도를 살인이라고 하며 매일같이 횡령하며 대로 상에서도 무고한 인민을 병신이 되도록 구타하는 테러들을 그들은 한 번도 취체한 일이 없다.

남조선에서는 이러한 소문이 돌았다. 테러들은 백백교보다도 한술을 더 뜬다고, 그리고 이 자들은 무고한 인민을 때려죽여 가지고 거적때기 속에 넣어서 자전거에 싣고 종로바닥을 대낮에 지나가는 것이 아니라 이번엔 좀 더 큰 트럭에 싣고 곧장 한강으로 내버린다는 풍설이다. 이것은 풍설이기보다는 수긍할 수 있는 사실에 가까운 이야기일 것이다.

그러나 이와 같은 속에서도 남조선의 문학예술인들은 쉬지 않고 각자의 사업을 계속하였다. 시인 K 동지는 경찰과 테러 쌍방의 추격을 받으면서도 그가 같은 주간 신문 ≪건설≫—문학동맹의 문화대중화를 위한 기관지—의 편집과 출판의 임무를 계속하였고 다시 문학가동맹 서울시 지부의 기관지 ≪우리문학≫ 5호가 또한 그들에게 추격당하는 여러 동지들의 손으로 간행되었다. 문화 부면의 장택상이란 칭호를 듣는 공보부의 함대훈은 남조선문화단체 총연맹의 기관지 ≪문화일보≫가 그동안 내용을 다시 정비하여 재간한 것을 다시 정간시킴에 적극적인 역할을 놀고 다시 민주 진영의 언론을 완전히 봉쇄하기 위한 신문지 법안을 작성하여 미 군전장관에게 제출하는 등 갖은 악독한 죄악을 꾸몄다. 미 제국주의와 그 밑에서 국내 반동파들이 최후 발악을 쓰는 남조선에서 진정한 문화예술 부면은 미증유의 시련과 고난을 겪었다. 그러나 이 기간을 통하여 우리 민주 진영에서는 가장 약한 성원을 가진 문학예술 부면이 한 사람의 탈락자도 내지 않은 것은 스스로 자랑스러운 일이며 또 다난한 전도를 위하여서도 미더운 일이라 아니할 수 없다.

국제 국내 반동세력과 그들의 충견인 남조선 미군정청 반동경찰은 이번 8월 9월 총검거와 총탄압을 통하여 이 이전까지 취하여 오던 미국식 민주주의의 가면조차 떼어버리게 되었다. 그들은 언론 집회 출판 결사의 자유라는 가면을 내걸고 저희들의 이익을 위하여서는 야젓잖게 행사하면서도 또 그 가면 때문에 일 분이라도 민주 진영에게 전취당하는 것은 눈을 까뒤집고 방해하기에 전력을 다한 것이다. 여기서 그들이 입에 침이 마르도록 칭찬하여 선전하는 미국식 민주주의의 언론 출판 집회 결사의 자유가 현재 남조선에서 어떠한 방식으로 운영되고 있는가를 살펴볼 필요가 있다.

언론자유의 이 미명은 남조선 전체 인민의 구역과 분노를 사는 말이다. 그들은 여기에서 저희들에게 불리한 점을 막기 위하여 군경 포고령 제2호 위반이란 넓은 그물을 늘어놓고 저희들이 비행을 폭로하는 모든 정당한 언론은 미군정 실시상에 방해되는 것이라고 읽는다. 이 예는 남조선에서 가장 많은 것으로 박헌영 선생의 체포령을 위시하여 민주 진영 각 부면의 지도자와 투사를 투옥한 일이다. 그리고 인민이 좀더 널리 자기네의 의사를 표시할 수 있는 라디오 영화 출판물 및 여러 가지 도구를 그들의 수중에 넣었으며 또 넣으려고 갖은 통제를 다 하는 것이다. 집회 자유는 공안을 문란시킬 우려가 있다. 불상사가 생길 염려가 있다. 또는 집회 책임자를 신임할 수 없으니 현주지(現住地) 구역 파출소의 거주증명을 받아오라는 등 온갖 구실로 이것을 미룬다. 출판 자유에 대하여서는 일찍이 레닌 선생님께서도 말씀하시기를 "부르주아 사회에 있어서의 출판물 자유라는 것은 신문들을 발간하여 언론기관들을 매수하기 위한 충분한 자본을 소유하고 있는 자본가들만을 위하여 존립하는 것이다. 자본가가 있는 세계에 있어서의 출판 자유라는 것은 신문들을 발간하여 언론기관들을 매수하기 위한 충분한 자본을 소유하고 있는 자본가들만을 위하여 존립하는 것이다. 자본가가 있는 세계에 있어서의 출판 자유는 부르주아의 이익을 위하여 신문을 매수하며 작가를 매수하며 여론을 매수 또는 위조하는 자유이다. 이는 사실이다. 누구나 언제든가 이를 논박할 수 없는 것이다"고 하였다. 더구나 독점자본주의 또 제국주의의 총본산인 미국의 주둔군이 자의사를 강행하는 미군정하의 남조선에서 이런 식의 자유가 무엇을 말한 것인가는 자명한 일이다. 그들은 남조선에 온 지 불과 반년도 안 되는 1946년 5월에 벌써 위폐사건을 꾸미어 조선에서 가장 충실한 설비를 가진 조선공산당 경영의 정판사 인쇄공장을 접수하고 그 기관지인 일간신문 ≪해방일보≫를 강제로 폐간시키며 이것을 바로 반동 측에 넘기어 ≪경향신문≫을 발간하게 하며 이 인쇄소에는 절대로 민주주의 출판물의 인쇄를 받지 않는 해괴한 행동을 하는 것이며 다시 47년 봄에 문학동맹 발간의 『인민항쟁시집』과 같이 중뿔난 경찰의 간섭과 그렇지 않으면 테러단을 시키어 인쇄소를 협박 강탈 내지는 습격의 방법으로 억압하는 등 이 예로 부지기수이다. 끝으로 결사의 자유라는 것도 남조선 전반 정당 사회 단체에게 일제히 회원 명부와 주소록을 제출케 하여 그들이 자기와의 진영을 임의로 탄압하기에 편리한 방편은 빈틈없이 꾸며놓는 등이다. 돌아보건대 남조선 문학예술인들은 우리 민주 진영의 다른 부면들과 같이 이러한 속에서 자아의 위치를 깨닫고 이 간악하고 비열 무쌍한 국제 국내 반동배와 매족자

들의 죄악을 폭로하며 우리의 진정한 문화를 인민 가운데에 가져가기 위하
여 전력을 기울인 것이다. 남조선의 문학예술인들은 모든 악조건을 무릅쓰
고 우리 인민의 다방면에 긍한 전체적인 화합이 있을 때마다 음악인은 그들
이 만든 인민의 노래를 발표하며 또 모든 인민의 용감한 행진곡이 되도록
가창을 지도하였으며 또 시인들은 가슴에 북받치는 우리 인민의 감정을 호
소하여 한자리에 모였던 30만 혹은 50만 헤일 수 있는 인민 앞에 만세의
환호를 받았다. 이것은 일찍이 시문학이 만인의 사랑을 받던 아테네의 영광
으로도 비할 수 없는 성사다 아니할 수 없다.

　반동매국적의 진영에서도 구색을 맞추기 위하여 남조선 미군정의 전적인
찬사와 축하 밑에 그들은 신문사의 운동부 기자와 매명 선전에 눈이 빨개서
혹간 잡지 한 구석의 설문 가운데 투고하는 칼잡이 의사까지 긁어모아 만든
조선문필가협회와 그 축소 단체인 조선청년문학가협회 등은 저마다 간판을
내걸고 저희들 힘만 있으면 외국 종이와 모든 경비의 원조도 받을 터인데
그 간판에 먼지만 켜로 쌓이도록 그자들은 단 한번의 명토 박은 기관지 한
권을 내지 못하였다. 이 모든 가련한 미물들은 그저 뒤에서 불어주는 월가의
피를 부르는 피리 소리에 발을 맞추어 불 속에 뛰어드는 하루살이처럼 거의
제정신도 없이 펄럭거린다. 조선의 극악한 반동배들은 남조선 우리 민주
역량이 날로날로 성장하고 인민과 굳게굳게 결부되는 데에 놀라 이것을 사
력으로 막기 위하여서는 그들이 신성시하여 마지않는 미국식 민주주의의
도금한 가면조차도 도저히 지탱할 수 없음을 깨닫자 국제 신의와 모든 체면
까지도 죄다 팽개치고 그들의 야수적인 알몸뚱이를 노골적으로 드러내었다.
남조선의 진정한 문학예술인들은 최후의 승리를 전취할 때까지 부단히 투쟁
하는 길이 남아 있다. 그리고 이 같은 과거에서부터 우리 민주 진영의 열렬한

투사들이 우심한 폭풍 속에서 모두 다 지내온 길이다. 해방 이후의 적지 않은 시일을 통하여 남조선 우리 인민은 그들과의 투쟁 속에서 타협이란 절대로 있을 수 없다는 것을 뼈아프게 깨달았다. 문화를 인민 속에 가지고 들어가는 길은 현재의 남조선 같은 곳에서는 더욱 가열한 투쟁이 요구된다. "북조선 인민이 걸어가고 있는 자주독립과 민주개혁 실시와 인민공화국 건설의 인민적 민주주의 노선이 주는 정치적 영향은 남조선으로 하여금 영웅적 항쟁으로 대담히 진출하는 데 커다란 자신과 용감성을 준 것이다" 하신 이정(而丁) 선생의 말씀은 남조선의 모든 정세를 설명함에 가장 적절한 글이다. 현재의 남조선에서 그 역량이 일층 공고하여 가고 있는 우리 문화예술 부면이 오늘의 성과를 이룬 것은 모두 여상(如上)의 근원에서 해명해야 옳을 것이다. 필자는 이와 같은 역경과 고난 속에도 오히려 더욱 굳세어지고 늠름하여 가는 헤아릴 수 없는 동지들을 생각할 때 스스로 눈시울이 뜨거워지며 든든한 마음을 가질 수 있다.

5. 북조선에서

남조선에서는 무고한 인민이 테러단에게 모진 매를 맞고 팔다리를 분질러도 이 매맞은 사람은 병원에 누워 편안히 그 상처를 치료할 수는 없다. 악독한 경찰과 테러는 저희들의 마수에서 벗어난 이 사람들을 잠시라도 그냥 놓치려고는 하지 않기 때문이다. 인간의 탈을 쓴 흡혈귀들은 병으로 신음하는 사람들로 가득한 입원실 문까지도 열어제치고 그들의 흙발을 들이민다. "입원실 속에 민주 진영 치들이 숨어 있다." 문병하는 척하며 모든 연락을 한다. 이러한 구실이 그들의 내세우는 말투다. 이 자들이 미친개와 같이 큰 거리로 싸다니는 남조선에서 해방 전부터 앓던 필자는 신병을 치료할 대책조차 갖지 못한 채 1947년 8, 9월 선풍 속에서 다시 모진 테러단의 밥이 되었다. 몇 해째 끄는 병중의 몸에 다시 온몸이 매에 맞아 먹구렁이 같이 부풀어올랐다. 그래도 마음먹고 약 한번을 바르기는커녕 하루하루의 잠자리를 애써 구하던 필자는 그 후 북조선에 와서 비로소 아무런 근심이 없는 입원생활을 하게 되었다. 이것은 필자에게 있어서 무한한 행복이 아닐 수 없다. 북조선에서의 입원생활은 필자에게 몸에 있는 병만을 고쳐준 것이 아니라 그 찬란하고 혁혁한 환경이 다시 필자의 마음 속에 아직도 다 버리지 못하였던 석일(昔日)의 잔재(殘滓)까지를 개끗이 씻어주었다.

> 건설의 쇠망치 소리는
> 우리의 노래
> 용광로 끓는 가마에
> 새로 되는 강철이 합창을 한다.
>
> 애타게 바라는
> 우리 조선 우리 인민의
> 진정한 자유를 향하여
> 발굽이 떨어지게 달리던
> 나의 젊음아!
> 너의 노래는
> 오늘 여기에서
> 무진장의 원천을 얻었다.
>
> 북조선이여!

너의 벅찬 숨결은
얼음장이 터지는 큰 강물
새봄을 맞이하려
움트는
미더운 생명력!
여기엔
구김 없는 생활과
가리워지지 않은 언론이 있다.

완전한 언론의 자유!
이것은 맑은 거울이다.
이곳에
티 없는 인민의 의사는 비치고
구김 없는 생활
그는 우리 앞에
주마등으로 달린다.

날카로운 쇠스랑으로
살진 흙을 일구는 동무여!
억세인 손으로
보일러를 올리는 동무여!
그대들
넘쳐흐르는 가슴엔
일하는 즐거움이
샘솟고 있을 때,

무연한 산과 들이여!
끝없는 논과 밭이여!
지평에 달리는

기관차와
도시에 수없는 공장들
이거 하나하나가
어느 것이고
인민의 것이 아닌 것이 있느냐

보아라!
살진 땅과 착한 도랑을
이 나라 우리의 땅을
우리는 길이 후손으로 하여금
옛날에는 어찌하여
그것이 놀고먹는 개인의 것이었는가를
이해하기 어렵도록 하여주리라.

아 나는
이 땅의 임자인
노동자, 농민이 그려진
우리의 화폐를
내 손에 쥐일 때
우리 앞에 놓여진
민주 북조선 자립경제의 획립을 보고
나는 맹서할 사이도 없이
그저 앞으로만 달리고 싶다.

북조선이여!
우리 인민의 영원한 보람을
키워주고 있는
나의 굳세인 품이여!

날아가리라!
천마와 같이
우리의 자랑은
찬란하다 북조선이여!
너는 삼천만 우리의 발판
우리의 깃을 솟구는 어머니 당이여!

이 시는 필자가 북조선에 와서 이곳을 노래한 최초의 작품이다. 처음으로 북조선에 온 필자가 남조선과는 달리 건설에 빛나는 이곳의 반가운 모습을 찾아 몇 번이나 국영의 공장들을 찾아가기도 하고 또 지나는 길에서 농촌의 실정을 보기도 하였다. 일찍이는 우리가 상상조차 못한 크나큰 공장을 이제는 우리 인민의 손으로 더욱이 노동자 동무들의 힘으로 움직이고 있는 것이다. 필자는 이곳에서 수많은 노동자 동무들이 그들은 전날과 같이 자기가 고용을 당하고 있는 것이 아니라 이 공장이 스스로 자기네의 것이라는 무한한 기쁨 속에서 일하고 있는 것을 발견하였다. "남조선에서 동무가 왔다. 아 얼마나 고생을 하시었나. 남조선에서 영웅적으로 싸우고 있는 노동자 동무들에게 우리는 이렇게 행복하다는 것을 전하여 달라. 그리고 우리는 그대들을 잊지 않는다고 말하여 달라." 노동자 동무들은 필자가 전하는 남조선 동무들의 소식을 듣고 눈물이 그렁그렁하여 "이 원수를 증산으로 갚겠다. 빛나는 우리의 건설로써 갚겠다"고 몇 번이나 힘차게 맹세를 하는 것이었다. 필자는 이 공장들의 도서실에서 일하는 동무들이 틈틈이 그 휴식하는 시간에 독서에 열중하는 것을 보았다. 이곳에 있는 책장에는 수많은 책이 꽂히고 또 그것을 임의로 꺼내어 보도록 되어 있다. 그리고 이 책 중에도 많이 읽히는 값있는 책들은 10여 권 혹은 20여권씩 꽂아 놓아서 한 사람이

읽을 때 다른 사람들은 기다려야 되는 그러한 불편을 덜고 있는 것도 눈에
띄었다. 필자는 이곳에서 도서실 외에도 또 휴게실에서 훌륭한 그랜드 피아
노가 놓여 있는 것을 보고 놀랐다. 남조선과 같은 식민지적 탄압과 착취의
조건에 짓눌린 노동자 동무들은 잠시의 휴식은커녕 잘못하면 피대에 감기어
원통한 목숨조차 빼앗길지 모르는 악조건의 시설 속에서 나날이 공포에 떨
리는 작업을 하고 있는데 이곳 노동자 동무들은 과연 얼마나 행복한 것인가!
휴게실에는 이것뿐 아니라 라디오와 전축의 설비도 있고 심지어는 장기 바
둑 고누판의 차림도 있었다. 안내하는 노동자 동무의 말을 들으니 거의 전
종업원으로 조직된 각 문화 써클이 있어 자립 극단이 정기적으로 공연을
가지고 있으며 악대는 건전한 인민가요를 일상적으로 지도하며 또한 소설
시 등의 감상회 낭독회 등도 활발히 전개되어 날로 발전하고 있다고 한다.
참으로 놀라운 일이다. 다른 조건 밑에서는 이와 같은 성과의 하나하나만
하여도 몇 십년 몇 백년 끌어서 될 것을 이곳 북조선에서는 불과 1,2년에
깨끗이 해결하고 있다.

그러나 이것은 위대한 소연방이 이곳에서 우리 인민을 해방하였고 또 그
들의 우애 깊은 방조와 우리 민족의 영명한 지도자 김일성 장군의 올바른
영도 아래 우리 인민이 국가의 모든 주권을 잡은 것을 생각하면 저절로 알
수 있는 일이다.

여기에 따라서 이곳의 문학예술이 남조선에서 억압된 그것과는 달리 자유
롭고 활달한 견지에서 발전한 것은 물론이요. 또 이곳의 모든 민주개혁에서
오는 찬란한 개화와 함께 스스로의 꽃을 피운 것도 당연한 일이다. 필자가
이곳 북조선에 와 이곳의 문학예술계를 보고 처음 놀란 것은 8·15 해방기
념 예술축전에서 문학예술총동맹이 그 산하의 문학 미술 음악 연극 영화

무용 사진 등의 각 부문 예술작품에서 각각 1년 중 그 우수한 것을 추리어 총합 백여 명이 넘는 문학예술인들에게 포상을 한 것이다. 그리고 헤아릴 수 없는 많은 신인의 족출(簇出)은 눈부신 일이었다. 어느 예술 부면을 보아도 구면보다는 새로운 사람뿐인데 약관인 그들이 새로 자라는 우리의 문화를 두 어깨에 짊어지고 과감히 뛰쳐나가는 것도 민주의 크나큰 성과를 확인함이다. 그리고 다량의 출판물이 말해 주는 문화활동의 번성! 다시 금년 초두에는 1947년도 인민경제 부흥 발전 예정 숫자 달성에 있어서의 모범 일꾼 포상에 우리 문학예술가들이 북조선 민주 건설에 확고한 민주주의 사상과 애국적 정신으로 열렬히 참가하여 발군의 성적을 올린 노동자 기술자 지배인 사무원 보안원 농민 교육자 의사 등 모든 인민의 모범이 될 일꾼 속에 1급이 4명 2급이 7명이나 가입되어 국가적으로 포상을 받은 것은 더할 수 없는 영예라고 하지 않을 수 없다. 국가에서 신임을 받고 인민에게 사랑을 받는 문학예술가, 이것이 얼마나 우리들의 바라는 바이며 또 지향하는 길인가. 북조선은 이것을 보장하고 있다.

문학예술인들이여! 어서 나오라! 그리하여 인민을 위하여 싸우라! 필자는 외치고 싶다. 남조선에서 진정한 우리의 문학예술을 하는 동지들이여! 동지들이 바라고 싸워나가는 길이 이곳 북조선에서는 날로 성장하고 반석같이 튼튼하여 간다고.

(조선인민 출판사, 1948.7)

美術評

조형미전(造型美展)의 소감(小感)

여러 개의 미술단체가 아직 간판만 걸고 있을 때 가장 늦게 조직되고 또 그 성원에 있어서도 가장 정예한 작가가 많은 이 단체에서 누구보다도 먼저 발표회를 갖게 된 것은 주목할 일이다.

회장의 공기는 대체로 탁하다. 좁은 장소에 많은 작품들을 걸어 군색한 느낌이 있으나 높이 말하면 이러한 조건을 헤아리지 않고 발표회를 가진 그들의 열의가 반갑고 옳게 말하면 여기엔 나열주의가 다분히 많다. 이러한 의미로 생각하는 작가들이 그 작품을 소품이라는데서 소홀히 생각하는 것이 단적인 증거다.

모든 것이 혼란 속에 있는데, 유독 회화만이 청정하고 고매한 위치에 있기는 어려울 것이다. 그러나 이런 때일수록 요청되는 것은 다른 아무것도 아니요 성실이다.

한 사람의 작가가 기왕에 만들어놓은 자기 포름에 그것을 지키기에만 급급하다면 이것은 완전히 비참한 일이다. 이런 의미에서 나는 여기 유수한 멤버들이 어떠한 사정에 의하여든 간에 그가 발표한 작품은 구작으로만 생각하고 싶다.

자연 초창기에 회원을 모으자니까 그렇겠지만 혹간 중학생의 도화같은 느낌을 주는 것도 있으나 대체로 낙담까지 하지 않은 것은 그래도 이곳에서 내일을 찾을 수 있는 까닭일 게다.

선의의 무지에서일망정 힘찬 것을 찾으려고 19세기 초두의 낭만주의를 가져온 작가도 있고 고전을 재인식하겠다는 것이 골동품을 필요 이상으로 단념(丹念)히 그리는가 하면, 한편엔 저 한눈 하나 팔지 않고 열심히 벽에 걸린 명태 꾸레미나 그리는 둔한 작가가 있다.

그러나 나는 이들을 앞에 말한 유수한 멤버들보다도 따뜻한 정으로 대할 수 있다. 이들의 오늘은 자칫 잘못하면 세사에 약은 사람의 실소를 금치 못하리라. 그러나 이들이 오늘의 열의를 그치지 않는다면 그야말로 얼마든지 두려울 존재가 되리라.

지금 우리는 이 거칠은 땅에서 한 순의 싹이라도 볼 수 있다면 이것만으로라도 기뻐하지 않을 수 없다. 그러한 점에서 나는 이 전람회를 역시 무의미한 것이었다고 생각하지 않는다.

<중외일보, 1946.5.26>

새 인간의 탄성

—朝鮮美術同盟 第一回展을 보고

1

새 인간의 탄생! 이것은 가공이나 우연에서 나오는 것이 아니고 다름아닌 자기 자신의 발견이다. 구상화하지 않은 선량한 자아의 모습을 어느 계기에 깨닫는 것이고 또 이 기쁨을 참을 수 없이 느끼는 것이다.

<감방(監房)>——벽화를 위한 습작이라고 부제를 달은——은 우리에게 새 인간의 탄생!을 고한다. 이 그림은 행복되지 않은 우리들의 모습 그대로이라 검고 푸른 색조를 배경으로 하고 세 청년이 둘러앉아 있다. 씨커멓고 두꺼운 쇠창살은 보기만 하여도 압박감을 느끼게 하는 것이 우선 우리가 살고 있는 남부조선의 현실과 공간성을 자아내게 하고, 여기에 꿰어진 양말과 수염조차 깎지 못한 덥수룩한 얼굴이 가차운 동무들의 모습을 생각케 한다. 또 이 절망적인 순간과 같은 분위기 속에서 그들의 용모는 굽히는 데가 없고 다시 무엇을 열심히 계획하고 앞날의 작전을 위하여 침착하게 토의한다. 이 장경(場景)은 우리에게 무한한 기쁨과 신뢰의 정을 가져온다.

<감방>의 작자인 박문원(朴文遠)씨는 먼젓번 8·15기념 조선미술가동 맹 합동전 때에도 <전위>라는 가작을 내어, 그 화면 전체에는 붉은 색깔로 일관하고, 여기에 나오는 차돌같은 청년들의 깍지 끼고 행군하는 모습이 우리에게 많은 감명을 주더니 이번 작품 <감방>에 이르러 완전히 새 인간 의 탄생을 깨닫게 한다.

작자는 겸손하여 새 인간의 탄생!이란 제목을 걸지 않았다. 그러나 여기에 나오는 인물이 보디첼리가 소작한 <비너스의 탄생>의 주인공인 화려한 나체의 여인 아니라도 좋다. 또 우리가 발디디고 있는 땅이 색채가 현란한 진주패(眞珠貝)가 아니라도 좋다. 보디첼리가 발견한 인간! 그것은 오랫동안 암흑시대라 일컫던 중세기 봉건영주들의 강압을 거쳐 십자군의 엷은 틈을 뚫고 성장한 이태리 도시상인층의 대두에서 또 그들의 집권의 여택(餘澤)으 로 깨달은 인간의 발견, 즉 시민층의 자아의 발견으로 인하여 여기에 따르는 메디치 문(門)의 축적된 거대한 재화를 배경으로 하는 진주패의 찬란한 색채 와 승리한 자아를 찬미하는 천사들의 배경은 적어도 이 땅에 있을 수 없는 일이다.

나는 이 자리에 현하에 당면한 우리들의 실정에 불평을 하는 사람도 아니 다. 그리고 자기의 위치와 자아의 발견을 그처럼 훌륭히 표현하고 또 훌륭히 예찬한 보디첼리를 칭찬하기에 서슴는 사람도 아니다. 그렇다면 우리가 절 실한 우리의 생활상 또 선의식(善意識)으로 모색하는 우리의 모습, 미처 생각 지 못하던 이 훌륭한 그리고 또 이 씩씩하고 믿음직한 모양을 대할 때 아무런 느낌이 없다면 이 사람은 반드시 정신상의 불감증이나 그렇지 않으면 거세 된 사람 더 심하게 말하면 우리들이 한 시도 잊을 수 없는 우리들의 적대방일 것이다.

이러한 의미에서 박문원씨의 <감방>은 작가가 습작이라고 겸손하였음에도 불구하고 이번 조선미술동맹 제1회전은 <감방> 하나만으로도 능히 그 공적을 가질 수 있다.

2

이번 12월 10일에서 동 18일까지 백화점 동화와 화신 두 곳에 연하여 개최된 조선미술동맹 제1회전은 번연히 같은 노선을 감에도 불구하고 불성실한 확집(確執)과 경솔한 행동으로 분리되었던 미술가동맹의 조형예술동맹이 완전히 구일(歸一)하여 처음으로 발표하는 작품발표회니만치 그 의의도 크거니와 일반의 기대도 컸던 것이다.

맹원 제씨는 여기에 대처하여 모든 악조건——의식(衣食)의 난, 자재의 난 등등——에도 굴하지 않고 각각 역작을 보여준 것은 기쁘기 한없는 일이요 또 이것만으로도 높이 평가를 받아야 할 것이다.

장내 전체의 분위기는 모두 진지하여 스스로 하나의 열성을 느낄 수 있으며 그림으로 인하여 일찍이 조형동맹 소품전 때에는 차라리 그 지지(遲遲)한 물체의 전사(轉寫)가 없는 아브스트락트 이규상(李揆祥)씨의 작품이 선명하더니 이와 같은 분위기 안에서는 이규상씨가 무엇을 모색하고 무엇을 감각하려 하였는가 하는 반문을 줄이만큼 회장의 공기는 절실한 방향으로 움직이고 있다.

주제의 빈곤, 구성의 영약(羸弱) 이런 것은 작자 자신의 타태(惰怠)와 생활의 빈곤 이런 데서 오는 것이다. 여기 좋은 예로는 조병덕(趙炳悳)씨에게서도

볼 수 있다. 8·15기념전 때에는 들라크로아 화풍의 뛰는 말을 그리어 청년
의 막연한 낭만과 건강을 표현하더니 불과 몇 달이 지난 오늘은 <무제(無
題)>라는 작품의 초현실적인 표현방법을 취하였다. 이것은 두말할 것 없이
조병덕씨 자신이 마음속으로는 건강하려고(이것도 물론 8·15 이후의 분위
기의 양질의 감전(感轉)이나) 하고 또 건강하게 보여야겠는데 그의 생활은
조금도 전일과 다름이 없고 또 그의 내부 이념에 근본적인 곳은 조금도 변화
가 없으니까 자연 그가 새로움이나 건강을 표현함에는 이럴 수밖에 없을
것이다.

　여기 그보다는 좀 구체성을 띠었으나 별반 차이가 없다고 생각되는 것은
오지삼(吳智三)씨의 <황혼>이다. 아무리 회화에서 제명(題名)을 가벼이 친
다 하더라도 <황혼>은 그 제호(題呼)하는 바와 같이 지나가는 것, 스러져가
는 것이지 명일(明日)이나 아침은 아니다. 그리고 쇠꼬리를 붙잡고 몸부림치
는 것 같은 이 청년은 무엇을 안타까와하는 것인가.

　아무리 화면 구성이 완벽하고 또 다이나믹한 기박(氣迫)이 넘친다 하여도
우리는 이 목적의식이 뚜렷치 못한 이 작품에 의문하지 않을 수 없다. 대체
너는 누구의 편이냐? 그리고 또 무엇을 무엇 때문에 힘을 돋구는 데에는
쇠꼬리를 잡아야 하느냐! 나는 결코 화면에서 어떠한 의미만을 중시하려는
사람은 아니다. 그러나 작자는 어디에서 주체를 잡으려 한 것이며 어디에서
그 미를 찾으려 한 것인가. 이것의 대답으로 또 하나의 씨의 작품 <민주전선
(民主戰線)>이 있으나 이것으로는 도저히 증명될 수 없다. 정신의 사실(寫
實), 진정한 리얼리티만이 우리를 깨우치고 우리를 고무하고 우리를 선도하
는 것이지 여기에 적확한 표현이 없이 다만 공연한 과장이라든가 조그만
모호라도 용납될 수는 없다.

이런 면으로 나가면 어제까지 유능하고 유망하고 성실하다고 느껴지던 방덕천(邦德天)씨의 작품도 문제가 된다. 이러한 분들의 작(作)들이 비교적 동시대의 사회상이나 역사성과는 연관이 없는 듯한 풍경이나 정물을 그릴 때에는 진지하고 성실하나 일단 그들에게서 사회의 현실면이 반영될 때에는 단번에 모든 것은 드러나고 만다.

씨의 <시정소견(市井所見)>이 바로 그것이다. 이 <시정소견>을 보면 부서진 버스라든가 트럭이 무질서하게 놓여 있어 씨도 여실히 이 남부조선의 파괴적이요 참담한 면상을 그려내는 데에는 성공하였다. 그러나 우리는 무엇을 희망하는가. 우리가 희망하는 것은 절망이라든가 절망적인 양상이 아니라, 절망 속에서도 능히 뚫고 나오는 굳센 힘을 찾고자 함이다. 물론 우리 유위(有爲)한 시인 방덕천씨가 의도한 바는 이 부당한 현실을 어쩌면 만인 앞에 폭로하고, 또 어쩌면 이 건국에 해를 끼치는 파렴치한 사실을 호소하는가에 본의가 있을 줄로는 생각하지만 이 <시정소견>에 결과하는 것은 부정을 폭로하는 것보다도 절망적인 인상을 주기가 쉽다. 회색이 깃들 수 있다면 회색은 이러한 곳에 좋은 거주를 찾을 것이다.

3

제1회장인 동화에서는 박문원씨의 <감방>을 보고 크게 감명을 느꼈으나 제2회장인 화신에서도 거진 그에 못지 않은 깊은 인상을 받은 것은 정철이(丁鐵以)씨의 작인 <8·15의 행렬> 소묘이었다. 이 작품은 민전상(民戰賞)까지 받은 것으로 그 응분의 보수를 받았다고 하겠다.

끊일 줄 모르는 인민의 행렬! 그들이 들고 가는 플래카드에는 그리고 깃발에는 모든 우리의 이익을 대표하는 전평(全評)의, 전농(全農)의, 또 문연(文聯)의 이름이 보이고 그 힘있게 뻗쳐나가는 줄기찬 흐름에는 스스로 통쾌한 느낌을 가졌다. 그러나 나중에 듣고 보니 이 작자인 정철이씨는 또 동화에다 자기의 본명으로 다른 작품을 내었다 하니 우리는 여기에 의아함을 숨길 수 없다. 대체 이 정철이씨는 무엇 때문에 두 가지 이름으로 작품을 발표하는 것인가. 또 두 가지 방식으로 세상을 건너려 하는 것일까? 선의로 해석하여 현재 이전까지의 자기를 자기비판하고 새 출발을 하기 위한 노릇이라기에는 그의 본명으로 출품한 작품이 있고, 다시 그렇지 않다면 시속(時俗) 좌익이라고 남에게 지목을 받음을 꺼려함인가. 혹은 자칭 우익이라고 하는 무식한 모리배 틈에 끼어 그 한 모가지의 생도(生途)의 재료를 얻음에 불편하다는 말인가. 어찌 자기가 옳다고 생각하는 것에 예술가로서의 당당한 기개가 없고 남의 뒤에 숨어서 지나가는 사람 욕을 하려 들면 어떠한 뜻인가.

이러한 면에서 삼가고 재삼 자괴지념(自愧之念)에 목메어야 할 사람은 비단 정철이씨만이 아니다. 더욱이 불쾌의 염(念)을 주는 작품은 <테러를 박멸하자>의 춘남(春男)씨, 공위촉개(共委促開)의 모씨, <준비(準備)>의 모씨 등이다.

이 그림을 그린 제군들이여! 제군들은 국으로 그림을 어떻게 배울까에 뇌를 쓰라. 남조선노동당 결당식에 참가한 우리의 투사가 수류탄 하나에 정신을 잃고 쫓겨가는 얼굴이 흙빛이 되고 공위촉개를 위하여 부르짖는 여러 인민이 어찌하면 그 추악한 반탁 학생들의 모습과 방불하며, 밤마다 벽보 활동을 하는 동무들의 모습이 어쩌면 그렇게도 일제시대의 어리석은 군인이 혈서를 쓰는 것 같으단 말이냐.

좀더 공부를 하라. 시류에 편승하려 덤비지 말고 좀더 그림이 무엇인가를 공부하고 삶이 어떻다는 것을 알아보라. 벅문원씨가 <감방> 하나를 그리는 데에는 남조선 철도총파업에 관련되어 일개월이 가차웁도록 모든 것이 피를 뜯는 유치창에서 단련을 받고 온 체험이 그 뒤에 있는 것이다. 작자여! 솔직하라. 그대들이 차라리 솔직한 그대의 생활을 드러내고 만인에게 적당한 비판을 받으라.

4

회화의 각 장르를 통하여 진지한 열의를 보여준 이번 조선미술동맹의 제1회전은 다대한 시사와 성적을 올렸다. 그러나 건실한 면의 전시는 주로 우리의 실생활 즉 건전한 생활에 합치는 데에서만 발견되었고 이것을 표시한 사람이 기성작가가 아니고 신인이라는 데에 주의를 할 필요가 있다.

8·15 이전부터 옳은 회화정신을 가지고 활동하여 완연히 중견의 위치를——아니 선배라고는 썩어빠진 무리밖에 별도이 구경할 수 없는 이 땅에서——완연히 일역(一域)을 옹(擁)한 최재덕(崔載德) 김만형(金晩炯) 씨는 이번에도 그들의 근근한 소품으로 그 면목을 보이고 있으나 대체로 이들은 회화의 외형적인 회화성만 고집하기에 얻고 있는 것이 무엇일까. 저녁노을에 소년이 담장 안에서 접시에 비눗물을 풀어가지고 그 형체조차 보증할 길 없는 비눗바울에 잠시 노을이 어리어 칠색 무지개를 띠고는 사라지고 사라지는 이 세계가 그리도 연연한 것일까. 조형의 미, 장식의 미가 실생활을 떠나 우리들의 생활 경험과 멀리 분리되어 있는 것이 얼마나 믿을 수 없는

것이라는 것은 차차로 진실한 작가가 나올 때마다 뼈아프게 느껴질 것이다.

이런 의미로 박영선(朴泳善)씨의 <H양의 상>은 더욱 그 H양이란 인물에서 주는 인상이 아무런 내면생활도 없는 자기 자신에 반성이 없고 담대하며 또 허영에 가리운 소시민 근성을 여실히 드러내어 동시대인으로 볼 때에는 무관심이나 묵상 정도의 표정밖에는 보이지 못한 것은 씨가 전번 미술가 동맹전 때에 <데모>를 그린 것에서도 그 등장인물이 전부 소시민인 것에 미치면 현명한 사람은 능히 깨달을 수 있다. 씨는 자꾸만 자기를 그린다── 그야 누구이고 자기를 안 그리는 사람은 없겠지만── 씨가 표현하려고 애쓰는 면은 그런 것이 아닌데 붓대는 정직하여 자꾸 씨 본연의 자태를 그려주고 있다. 씨여! 일층 노력과 자기 혁신이 필요하다.

따로 동양화, 조각, 판화, 건축설계, 여러분에 언급하여 하고싶은 말은 이상에서도 말한 바와 같으니까 별로 가(加)할 말은 없다. 그러나 이번 전람회가 제공한 작품 <감방>은 참으로 우리들의 앞길을 보여주는 좋은 작품으로 이 땅의 다대수(多大數)의 아니 거의 전체의 인민의 가장 절실하고 또 믿음직한 면을 보여준 데에 감사를 누를 길이 없다.

그렇다. 새 인간의 탄생! 이것이야 우리가 얼마나 우리가 갈망하던 바의 모습이냐. 우리 화단에도 확실히 새로운 세계가 트임을 볼 때 우리는 참으로 전람회를 보는 즐거움을 가질 것이요 또 자랑을 느낄 것이다.

(백제, 1947.2)

684

隨筆·時論 및 기타

애서취미(愛書趣味)

상심루(賞心樓) 주인께서 애서취미에 관한 이야기를 적어 《문장》
에 실어 보는게 어떻냐 하시기에 이 이야기의 초(草)를 잡았습니다.
이 글은 애서취미에 초심이신 분을 위하여 될 수 있는 대로 노트와
연구 같은 것은 빼고 평이한 소개에 일화(逸話)쯤 넣는 것으로 그쳤습
니다.

― 필자

흔히 세상에는 서치(書痴)라고 불리는 사람이 있습니다. 심취나 혹은 도락
이 심하여지면 할 수는 없는 일이나 필자는 동경 있을 때 어느 애서가에게서
이러한 이야기를 들었습니다. 아내와 자식은 며칠씩 안 보아도 견디나 책은
잠시라도 곁에서 떼놓을 수 없다는 것입니다.

그러면 그 애서가는 그렇게 독서를 많이 하느냐 하면 그런 것도 아닙니다.
다점(茶店)에 들어가 앉으면 월간잡지를 두 페이지도 못 읽고 싫증이 난다는
사람입니다. 누구나 서적을 사는 사람에는 독서가와 애서가의 두 타입이 있
다고 하였지만 진실로 이러한 사람을 비블리오마니아(Bibliomania)라고 합니
다.

독서도 않는 사람이 책을 사랑하고 책에 대하여서는 치골이 된다는 것이 일견 미친 일과도 같지만 서양에서는 이러한 괴벽(怪癖)을 가진 사람들 때문에 도리어 고대문헌에 관한 큰 참고가 되는 수도 있고 어느 사적(史的)인 발견을 하는 수도 있습니다.

대개 이 애서가가 되기 시작하는 증세는 같은 책에서도 특제를 살려고 하는 데에서 시작되어 세상에서 흔하지 않은 책 한정본, 혹은 초판본, 나중에는 남이 안 가진 책을 가지려고 하고 또한 갖는 데에 쾌감을 느끼는 것이 경지를 넓혀 남의 사본(私本), 원고, 서명본, 필적, 서간, 일기 같은 것을 모으는 데에 이르게 됩니다.

그리하여 이러한 책들을 모으는 데에 갖은 고심과 노력을 다하는 사람이 많은 고로 이 방면에 재미난 일화(逸話)도 많이 남았습니다만은 왕왕히 경도제대(京都帝大)의 교수요 민족학연구의 권위인 기요노(淸野) 박사와 같이 자기가 갖고 싶은 책이면 훔치기까지 하는 미안한 일이 생기기도 합니다.

의례 서적 이야기를 하자면 장정 이야기가 나오게 됩니다. 장정(裝幀)이라면 조선 출판상들은 그저 덮어놓고 화가의 그림이나 한 장 얻어다 표지에 붙여놓고 모모의 장정이라 하지만 사실은 그런 것이 아니라 책의 체재와 활자의 배치라든가 제본양식에 이르기까지 한 사람의 취미로만 만들어서야 누구누구의 장정이라고 할 수가 있는 것입니다. 책의 멋은 역시 표지에 있어 좋은 책을 장정함에는 대개 가죽을 쓰게 됩니다. 가죽의 종류는 무슨 가죽으로든지 무방하나 고양이가죽 심지어는 뱀가죽에 이르기까지 쓰고 중세기 구라파에서는 어느 사형수의 등가죽을 벗기어 인피(人皮)로 장정을 한 책이 지금도 남아 있으나 아무래도 고급으로 치기는 양피입니다. 그리고 그 중에도 흰 빛깔을 세우게 됩니다.

　자연히 이것저것 장정이 좋은 책에 손을 대이기 시작하면 사람이란 수집의 심리가 동하는고로 이 길을 밟게 되는 것입니다. 아직 조선에는 한정판이나 혹은 특제본 같은 것을 별로 만든 적도 없고 또 그러한 책이나 초판본 같은 것을 애써 구하는 이들이 드무나 동경만 하여도 일류 출판사에서 이런 독자에 유의하는 외에 호화본이나 한정본을 전문으로 간행하는 서점이 몇 군데나 있고 애서 취미에 관한 잡지가 다달이 나오며 애서가들이 구락부를 모아 자기네들의 좋아하는 책을 출판하여 회원만이 나눠갖도록 하는 곳도 있습니다.

　이것은 불란서의 이야깁니다만은 법제원의 멤버에도 의자를 놓고 언어학자로도 큰 권위를 가졌던 고 브레아르씨는 또한 애서가로도 유명하여 노경에는 그가 몇 해 안으로 산 것만도 5동(五棟)이나 되는 집안에 가득 찼었다고 합니다. 그는 매일 1미터 가량 되는 단장을 가지고 다니며 책을 사는데 아무리 못 사도 그 단장 높이만큼은 사야 집으로 돌아왔다고 합니다. 부인은 그 남편이 하도 책 사는 것밖에는 모르는 것을 딱하게 여기어 책을 사지 못하게 하였더니 과연 그것이 원인으로 신경쇠약에 걸리어 심히 열이 생기는 고로 남편이 책을 얼마나 좋아한다는 데에 다시 놀라며 마음대로 하도록 하였더니 또 전과같이 책을 사들이는데 하루는 어찌 책을 많이 샀던지 마차에서도 태워주지를 않아 노인이 땀을 흠뻑 흘리며 그것을 짊어지고 오다가 넘어진 것이 원인이 되어 급기야는 늑막염에 걸리어 이 세상을 떠났습니다.

　역유애서(亦有愛書)라는 것은 가장 호화로운 실내의 오락이다. 시간과 금액이 굉장히 많이 드는 고로 조선에는 앞으로도 애서취미가 보급되기는 어려우나 개인으로는 필자가 아는 사람으로 초보 정도의 서치(書痴)로는 몇 명이 있습니다.

흔히 진본, 진본 하지만 진본에는 귀중품으로서의 진본이 있고 호화판으로서의 진본이 있는데 전자가 사화(史話) 같은 것이 수위에 있는 대신 재미있는 일로는 후자는 문학서적이 단연 독점을 할 것입니다. 요 근래에 유명한 한정판으로는 뉴욕에서 발행한 초서(영국 14세기 시인)의 『안나가랑가』라는 책인데 처음 예약가격은 백오십불이요 한 7,8년 전에는 책이 나온 지 10년 가량에 고본시장에서 시세가 2천 불대에 올랐었다는 것입니다.

될 수 있으면 조선에도 한정판 구락부 같은 것을 만들어 『춘향전』이라든가 『용비어천가』 같은 고전 혹은 현대작가들의 시집이나 소설집 같은 것을 만들고 싶습니다. 매수에 제한이 있사와 일단 이야기는 그칩니다만 기회가 있으면 또 재미있는 이야기를 많이 하여보겠습니다.

(문장 1939. 3)

독서여담(讀書餘談)

『칼멘』은 내가 몇해 전에 교과서로 배운 일이 있었으나, 요마즘까지도, 끝내 읽지를 못하였었다.

어쩌다 한 번씩 들어가는 강의시간에는, 도시 어느 페이지를 배우는지 분간하기도 어려웠고, 내가 겨우 알아들은 것은 오오 칼멘이라든가 투우사 에스카밀리오 그밖에는 oui나 donez-moi 이상을 넘지 못하였었다.

"자네네 학교에선 『칼멘』을 배운다지."

벗 중에 어느 사람이 물으면

"나는 칼멘이야요. 보헤미안의 계집이야요. 내 피는 검었읍니다. 붉질 않어요. 검었읍니다." 하고, 외치며 기분을 내었다.

다만 동무에게 들은 일밖에 없는 이 말을 나는 항상 이용하였으나, 듣는 사람은 물론 말하는 나까지도 만족하였다.

사실은, 내가 일찌기 『칼멘』을 통독치 못한 원인이 여기에 있을는지도 모른다. 게으른 탓도 있었겠지만, 크게 재미를 보려고 달려들다는 두어 번이나 첫머리에 난데없는 고고학자가 나오는 통에 지루한 생각이 들어 그만두었다.

요즈음에 이르러 나는 이따금 칼멘의 부르짖는 말이 생각나면, 고소를 금할 수 없다. 이럴 때마다 지금은 도문(圖們)가 있다는 벗, 이미 4,5년이나 서로 서신의 왕래조차 없는 한 사람의 벗을 그리워한다.

그도 시를 쓰고 나도 시를 썼기 때문에 친하였었고 또 그러기 때문에 별 이유 없이 멀어진 옛 벗은 진실로 나에게 이 말을 들려준 사람이었다.

언제인가 그도 오래된 일이지만 나는 시도 공부도 이젠 그만두려오, 지금 내게는 암담한 공간과 병마뿐이오 하고 보내준 편신(片信)이 있다.

동무는 무엇을 하고 사는지, 풍편에는 어느 소학교에 교편을 잡고 있다든가, 지방신문에 다시 그의 아름다운 글을 실린다든가. 기실 이 동무도 지금 생각하면 『칼멘』을 읽지 않고, 칼멘이 한 말을 내게 들려준 것이었으니, 그는 이제 어떠한 꿈을 꾸며, 어떠한 이야기를 지어내는가.

올 봄을 접어들자, 나는 무심중 어느 동무와 이야기가 나서, 또 천연하게 칼멘의 말을 들려주며 기분을 내었더니,

"그런 말이 정말 있습니까."

그 동무는 정색을 하며,

"제에기, 나는 원수의 까막눈 때문에 원서(原書)를 읽지 못하니, 그런 좋은 구절을 볼 수가 있나."

하고 한탄을 하며, 번역자와 번역을 비난하고, 심지어는 그것을 출판한 서점까지 욕을 하였다.

나는 그 동무와 이런 말이 있은 후 우연한 기회에 암파문고(岩波文庫)로 비로소 『칼멘』을 완독하였으나, 사실 어느 곳에도 칼멘은 그런 말을 하지 않았다.

(문장 1939. 6)

제칠(第七)의 고독(孤獨)
— 深夜의 感傷

쓸데없는 생각에 잠을 이루지 못하고 가끔 책장을 뒤적이다가 밤 늦게는 흔히 기적(汽笛)소리를 듣는다.

이런 때마다 불현듯 멀리 여행을 떠나고 싶은 생각이 나는 것은 어찌 오늘 저녁뿐이랴. 밤차가 주는 인상이란 아직도 내게는 명료하다.

차 속에 있는 사람들이 거의 모두 자는데 나 혼자 식당차에 들어가 한구석에 앉아 진한 커피 차를 마시는 것도 좋으려니와 우리가 모두 잠자는 사이에 밤차는 어느덧 다른 아침과 다른 도시로 통할 것이 아니냐.

내가 몹시도 무료한 고독 속에 갇히어 있을 때마다 저 기적소리를 듣고 몹시도 반가와하며 기꺼워한 것은 혹여나 그 차가 나의 쇠잔(衰殘)한 몽상을 싣고 내가 일찍이 보지 못한 어느 아침과 어느 도시에 닿으리라는 가벼운 애상(哀想)이 아니었을까.

'독실(篤實)에의 정열'에는 이러한 구절이 있다.

무한히 있다는 정신세계의 여로(旅路)에서 그가 거쳐온 거리는 또한

693

무수하였다.

　누누이 그는 고독을 피하여 항상 다른 나라로 떠나려 한다. 하나
그는 언제든 등에는 상처를 짊어졌었고 그의 정신은 몹시도 피곤했으
며 실망을 하여가지고 다시 돌아온 곳이란 그의 고향인 고독이었다.

비애도(悲哀度)를 나누어 이야기하자면 애상이라는 것은 가장 고독과 가
차와질 수 있는 것이 아닐까.

그는 고독의 화량(荒涼)한 광야(曠野)에 있으면서도 능히 귀족적인 냉대를
잃지 않았으나 급기야는 그 고독 속에서 헤어나지 못한 채 미쳐버린 것이
아닌가.

나는 물론 니체와 같이 살을 에어내는 듯한 고독에 감내한다든가 또는
고고(孤高)의 정신을 자청할 만한 용기를 가지지는 못하나 생래(生來) 오장
(五臟)에 흐르는 애상으로 인하여 저으기 고독의 향내를 맡으려 한다.

그것은 반밤에 '파라스'신상 위에 올라앉아 날개죽질 푸덕이며 쫓아도
가지 않는 대아(大鴉)를 보고 '네버 모어, 네버 모어' 하는 환각을 느끼는
포우의 기분이라든가 창문을 열어제치고 '오너라! 데몬' 하며 니체와 그의
붕배(朋輩)가 술잔에 붉은 와인을 가득가득히 부어 잠들은 바셀시(市)의 가
상(街上)에 집어던진 것과 같은 애상을 회고하든가 혹은 비애를 준비하는
마음이 아니었을까.

밤늦게 기적소리를 듣고 우두머니 앉아 있으면 머리속에 떠오르는 것이란
무엇일까

왼종일 고독한 번잡 속에서 헤매이다가 남들은 모두 잠자는 틈에 겨우
안정을 얻어가지고 내가 부르는 것은 무엇인가.

끊임없이 나오는 이 땅의 시인과 끊임없이 사라지는 이 땅의 시인들의

노래 속에서 언제나 내가 볼 수 있는 것은 다만 우울과 고독과 분노와 애수뿐이라.

과연 어느 세대에 있어서나 그 세대에 가장 민감하다는 또는 민감해야만 되는 시인들로서 책상 앞에 가벼운 애상과 고독을 초대해놓고 흔히 이제는 기억조차 희미한 추억 속에서 슬픔과 고독만을 노래함은 옳은 일일까.

이는 눈 내리는 산장(山莊)에 숨어 앉아 난로불이나 쪼이며 창밖으로 펑펑 쏟아지는 눈이나 내어다보는 은둔자(隱遁者)의 고독과 같이 나에게 무엇을 나누어주랴.

문득 나는 내 자신의 노래를 돌이켜볼 때 내 또한 눈물과 묘지와 비석과 더 나가서는 황무지 이외의 아무것도 찾을 수 없는 데 악연(愕然)치 않을 수 없다.

다만 나의 노래는 천부의 내음새를 남과 함께 맡으며 어찌 한번도 남 먼저 부르짖지 못하였는가. 그저 비굴하게도 남과 함께 울었으며 남과 함께 호소할 뿐이었는가.

어느덧 나는 나의 불면증을 고독과 애상에 돌리려 하는 내 자신에 어안이 막막해짐을 금치 못한다.

그대는 주인어른을 뫼시고 여러 고장과 여러 나라를 따라다니니 아무리 슬픈 일이라도 아무런 생각이 들지 않을 것이네.

끊임없이 새로운 것을 견문하고 또 견문하는 것은 모조리 즐거울테니 그대는 세월이 가는지도 모르리라.

나는 지금도 이 무서운 진증이 사리 모양으로 매일 꼭 같은 곳에 쌓여 있고 또 내가 꼭 같은 설움에 오래지 않아 찌들을 것이네. 50년 그렇지 50년간이나 두고 항상 주의(注意)와 불안 때문에 짓눌려 내게는 다만 괴로움과 외로움이 남았을 뿐일세.

나는 이런 때이면 흔히 읽는 것이 『이란국인(國人)의 편지』라는 책 속에서도 관노장(官奴長)이 주인을 뫼시고 간 보통종자(普通從者)에게 보낸 이 편지의 일절이다.

이미 이역(異域)에서 늙어버린 흑인노예가 그의 편지 속에 보내는 연면(連綿)한 향수와 어떠한 비참한 경우에 있으면서도 그칠 줄 모르는 한 사람으로서의 아름다운 꿈.

그는 그의 최초의 주인이 자기의 처첩들을 감시시키기 위하여 환자(宦者)가 되라고 갖은 잔혹한 협박과 혹은 유혹으로서 영구히 그의 몸에서 남성 자체를 떼어버리려 할 때 "가장 고되인 노역(勞役)으로 인하여 고달픈 나는 내 정욕을 희생으로 하고 휴식과 재산을 얻을 작정이었다"는 그의 고백이라든가 그 뒤에 오는 회한(悔恨)과 또한 그 뒤에 오는 고민을 말할 때 이러한 것은 몹시도 나의 지향없는 마음을 찌르게 한다.

더우기 그가 같은 흑인 관노인 소년 쟈론에게 보낸 서신에는 저으기 가슴이 막히지 않을 수 없다.

내가 그대를 교육했으나 교육에는 언제나 잊을 수 없는 엄격 때문에 내가 그대를 사랑하고 있다는 것을 그대는 오랫동안 몰랐을뿐, 만일에 우리 같은 운명에도 부자간이란 이름을 붙일 수 있다면 나는 그대를 아버지가 자식을 사랑하듯이 귀여워했노라.

이토록 간곡히 이야기 하며 소년이 무사히 돌아오기를, 올 때에는 메카에는 들러서 여행중의 모든 죄를 반드시 씻고 오기를 기다린다는 이 편지는 잠 안 오는 밤 참으로 나의 가장 애독하는 때문이다.

이미 늙은 노예가 오직 바라는 한 가지는 무엇인가. 이제는 충충한 그의 의상에까지 배어들었을 고독을 무엇으로써 털어버리려 하는 것인가.

오직 그의 구하여 마지않는 사랑은 오로지 아름다운 꿈속에만이 그 주소를 두고 있는 것이 아닐까.

조그만 고독에도 파르르 떨며 신경 속에 정맥 또는 소리를 듣는 나만이 밤 늦도록 고독을 이기지 못하고 미쳐나간 천재들을 상각(想覺)한다면 페라르닌에게 그칠 사이 없이 소식을 전한 히페리온이나 또는 짜라투스트라가 그가 은둔(隱遁)하고 있던 산상의 동굴에서 그의 독수리와 그의 배암과 그의 태양을 버리고 거리로 나다니며 설교한 것은 과연 나에게 어떤 애상과 공감을 주어온 것일까.

우리는 그들에 비하여 말할 수 없을만큼 전고미증유(前古未曾有)인 현실의 폭주(輻輳) 속에서 그 어떠한 태도를 취하며 내려온 것인가. 어느 때에 있어서나 가장 새 시대에 관하여 남 먼저 냄새를 맡고 남 먼저 또 그곳으로 지도를 해야 할 시인의 운명으로서 우리는 어떠한 성과를 이루었다고 말할 것인가.

고독 이 중에도 내가 말하고 있는 고독이라는 뜻이 대체로 패배에 통하여지는 것을 느낄 때 나는 거기에서 어떠한 향내를 맡으려 하였던 것인가.

고독 이 중에도 꿈꿔야 하고 오히려 그때에 있어서는 값이 있는 그 고독이란 가장 진솔한 투쟁과 선도적인 위치에서 오는 것이다. 그러면 내게는 그만한 준비와 각오가 되어 있는가.

음악으로의 제휴 이것이 과연 내게 가능할 수 있다면 심연상(深淵上)에서 무답(舞踏)하는 천재와 무릇 그를 좇는 우리의 환각(幻覺)을 위하여 나는 나의 돌아올 운명에 장엄한 반주를 하리라.

　밤 늦게 기적소리를 듣고 나의 가장 친애하는 벗이여! 나는 그대를 찾는 대신 소식이라도 전하려던 쓰다 만 편지를 찢어버린다.

　기적소리에 불현듯 멀리 여행을 떠나고 싶은 마음이란 다시 말할 필요도 없이 그는 나의 꿈이요, 끊이없이 타고 나온 숙명의 길로 쫓으려는 나의 진실한 마음이 아니겠는가.

　친애하는 벗이여! 오히려 너를 이렇게 부르려는 내 심사에는 형언할 수 없는 고독과의 근사점이 있지 않을까. 나의 조그만 애상이 타고 가려는 행방은 어느 곳이랴.

　의외에도 그는 짜라투스트라가 지어낸 밤의 노래, 영원한 귀향의 노래인 정신방랑의 가향(家鄕)인가 혹은 흑인관노장(黑人官奴長)의 아련한 이역(異域)의 꿈인가.

(조선일보 1939. 11. 2~3)

여정(旅情)

불란서 가거지라 생각하건만
그곳은 너무나 멀어
될 수 있으면 새 양복 맞추어 입고
마음에 내키는 대로 길손이나 되어보리라.

                                        (2월 9일)

오늘은 조금씩 두통(頭痛)이 난다. 벌써 10여 일이나 면도를 하지 않았더니 동무가 어디 몸이 아프냐 근심스러이 묻는다.

만나는 사람마다 동경엘 간다고 미리 떠들어대어 대문 밖을 나가기도 계면쩍은 생각이 난다.

짓궂은 동무가 "자네 벌써 북경에는 다녀왔는가"하고 나를 놀린다. 밤에는 방 속에 깊숙이 쑤셔박히어 오기와라(荻原朔太郎)씨의 <여상(旅上)>이란 시를 읽었다.

남에게 내세울, 이렇다 할 자기의 생활이 없음으로 인하여, 나는 지금까지 만나는 청년에게마다 여행을 하겠노라 말해온 것이었을까.

> 다홍물 들인 북경여자의 가냘픈 손톱
> 싸늘한 찻잔에 비치고
> 메이 파아즈.
> 장안의 九官鳥도 말이 달르다.
>
> (2월 13일)

구고(舊稿)를 뒤지다 이러한 시가 나왔다.

이것은 내가 한참 시를 쓰지 못하고 괴로와할 때, 북경이나 갔으면, 하르빈이나 갔으면 하고 애달파하다 적은 것이다.

오늘도 무위(無爲)한 날을 보냈다. 어제도 무위한 날을 보냈다. 내일도 무위한 날을 보내리라.

동경에는 무엇이 있을까보냐. 동경서는 누가 나를 기다린다더냐. 아무데로나 떠나려는 마음, 아무데로나 가보려는 마음 이것밖에, 내게는 이게 피하려는 길인지 찾으려는 길인지 알아볼 기력도 없다.

> 다다미 六조방에 드러누워서
> 건너편 테라스, 비맞는 선인장을 바라다본다.
> 선인장은 사막에 외로이 피는 꽃
> 3년을 별러서 꽃이 피었다.
>
> (2월 16일)

이것도 동경엘 가기 전에 벌써 동경에 가 있는 기분을 내어가지고 적은 글이다.

어제 저녁은 왜 그리 불길한 운세이던가. 이것만 가지면 이것만 가지면 언제든지 동경에는 갈 수 있다던 그 외투를 벗어 차표도 사지 않고 술을 먹었다.

이제는 다시 돈을 변통할 수도 없는 일이오. 그렇다고 이 추운 날 외투조차 없으니 가차운 시골로 내려가기도 부끄러운 일이라. 장차 향배(向背)를 어이 정하리오. 장차로 당분간이나마 향배를 어이 결정하리오.

> 시베리아로 가라.
> 시베리아로 가라.
> 아니 아프리카로 가라. 아라비아로 가라.
> 아니 알라스카로 가라.
> 알라스카로 가라.
>
> (2월 18일)

14년도 『문예연감』에서 오늘 우연히 서정주(徐廷柱)의 <바다>라는 시를 읽다.

> 아라비아로 가라. 아라비아로 가라.
> 아니 알라스카로 가라.
>
> (문장 1940. 4)

팔등잡문(八等雜文)

잡문에 어디 관위(官位)와 등급이 있겠읍니까마는 제정시대의 영세한 러시아 귀족을 생각해보고 나는 다만 이렇게 제목(題目)을 붙였습니다.

1850년대 네프스키 거리에서 십등관 귀족이 잃어버린 자기의 코를 찾아 헤매는 거나 1940년에 명치정(明治町) 거리에서 콩가루 섞인 커피를 마시며 향배(向背)를 잃어버린 자기의 방향을 생존의 의의를 모르는 자기의 이념을 찾으려 헤매는 보잘것 없는 이 소시민이나가 무엇이 다르오리까.

담배 연기가 자욱한 영화관 복도에서 예술가 풍모를 한 중년객이 '노트르담 사원의 유리창이' '금후의 파리가' '금후의 불란서 청년이' 하고 옆에 앉은 그의 친구와 주고받더니 불란서 사람 모양 길게 한숨을 쉬인다.

이 남자는 요사이 소위 피풍(皮風)처럼 긁힘을 받는 리벨리스트의 동계(同系)일 것인가, 생각 밖에도 조그만 손잽이종을 흔들며 "이 구녕을 들여다보시오. 들여다보시오. 영미법덕(英美法德)의 서울이 모두 한 자리서 보입니다. 지금 보이는 건 백국(白國)의 서울, 역사 깊은 해아(海牙)올시다. 이곳은 해아의 공사청이올시다" 하고 혼자 강개(慷慨)하는 요지경 늙은이와 같은 계열인 것인가.

스스로 목숨을 끊는 이는 어찌하여 아름다운 죽음을 더럽히느냐, 어리석다. 나도 유서를 써놓고 정자엘 올라갔었다. 급기야 밤나무 밑에서 코를 골 적에 오직 어머니와 아우가 늦게서야 찾아와 눈물을 흘리었었다.

실상은 전에도 다량의 쥐잡는 약을 주머니에 넣고 다니다 십여일 쯤 후에 그냥 잊어버린 일이 있습니다.

오후엔 게으른 나로서도 가끔 러시아워에 한몫 끼일 수 있다. 이럴 때 나는 한결 빨라지는 내 걸음걸이와 금시에 돌아갈 곳이 있는 것 같은 안도(安堵)로 하여 얼마 동안 군집(群集)의 뒤를 따른 것인지.

어두므레한 저녁나절, 백화점의 옥상에 올라가 원숭이들의 노는 것을 보기도 하며 말없이 흐르는 구름장을 얼마 동안이나 하염없이 바라본 것인지.

"요마즉 풍설엔 형이 시정 불량배와 조금도 다름이 없고 오히려 그 보다 똥이라 하니 형의 태도는 전보다도 나빠진 모양이오. 나라든가 또는 여러 동무들이 아직도 형을 사람으로 대접하는 것이 무엇인 줄 아시오" 생소한 벗까지 이런 충고를 준다.

미안합니다. 별로이 소용은 없으나 그저 시를 쓴다는 의미에서 똥 속에 빠진 나를 건져주는 동무님이여! 미안합니다. 사실 나는 당신을 동무라 생각한 일은 없소.

알았소. 알았소. 나는 무능한 사람이오. 자주꾸레한 얼굴을 하여가지고 뒤로 돌아서서 웃는 사람, 그것은 당신을 웃는 것이오. 당신이 당신들의 무력한 일면을 웃는 것이오. 소원이라면 내가 되오리다. 이스카리오데의 유다, 이제 다시는 자살을 싫어하는 유다로 되오리다.

우리가 시적인 흥분을 얻으려 할 때, 어찌하여 인공적인 수단을 쓸 필요가 있을까.

초자연에까지 이르는 존재도 자기를 높이려 함에는 정열과 의지의 힘만으로도 넉넉지 않은가!

마약을 먹고 황홀한 경지에 이르는 과정을 그리어 예찬하여, 몸소 실행까지 한 보들레르도 그의 서(書) 『인공낙원(人工樂園)』에 이런 말을 하였다.

> 비오는 날, 지줄구레하니 방안에 둘러앉아서 세상일을 근심하여 눈물을 거느리고 외로와하는 일은 이제 근신하리라. 순조로이 모든 것을 받아들이고 긍정하리라. 그 속에 나의 한숨과 눈물이 있다면 그때엔 고이 적어두리라.
>
> 내 작품에 있어서 폭의 진동(振動)함이 크고 작은 것은 나의 책임할 바가 아니다. 표본 상자의 나비와 같이 혹은 꿀벌이같이 조금도 수족을 상함이 없이 다만 일후에라도 나의 모습을 보고지라 일컫는 이에게 전하여 주리라.

정릉리(貞陵里) 밑구녕 돈암정(敦岩町) 꼭대기에서 오늘도 문안엘 들어갔었다.

벌써 작년 12월부터 누구한텐지도 모르게 오른 옴이 이때까지 낫지 않고 요마적은 더욱 심하여 태평통(太平通)에 있는 친구의 양약국(洋藥局)엘 들른 것이었다.

옴이라는 병이 지독히 끈기가 있어서 내버려두면 삼년 간다는 말이 있기 어디 제깐놈이 얼마나 가나 두고보자 하고 그놈이 손구락 사이에 좁쌀알만큼씩 솟아나올라치면 그때마다 그 속에 말갛게 고인 물을 손톱으로 톡 튀겨버리고 톡 튀겨버리고 했더니 급기야는 내가 지고 말아 게으름을 참아가며 오늘부터는 약(藥)을 하는가보다. 처방을 하고 제약(製藥)을 하는 친구의 책상 밑에 무슨 푸르스름한 병이 있기 무심히 집어 봤더니 그게 바로 물에 타먹으면 자는 듯이 죽는다는 청산가리.

쓸쓸한 생각이나 내가 어찌 탐이 나지 않으오리까. 유심히 들여다보다 그만 들키어 "댁이 주머니에 넣어두면 그래 먹을 것 같은가" 하며 "자네가 죽으면 그냥 병이나 과실로 죽었지 그래" 하고 멸시(蔑視)를 받았다.

슬프이 슬프이 손구락 사이에다 왼통 빨간 약칠을 하고 그 값으로다 자네 시까지 읽는 것은 도무지가 슬프이.

> 백로야
> 한가한 다리 강 갈숲에
> 너 어인 세월
> 또 황혼에 보내……
>
> 바람에 焦焦로운 무리
> 허튼 風水에 잠잔히 늙어가는 너 슬픔이여!

이 약제사야! 동양화야! 이것이 네 시 <백로(白鷺)>의 한 구절이다.

석(石)얼음이 진 약장의 유리창을 열면 그 속에서 비상이다. 유산(硫酸)이다, 요도(沃度)다, 수은이다, 아다린이다, 우루루 나오는 극약들.

주인이 잠든 틈을 타서는 모든 이런 놈들이 미닫이를 열고 나와 책상 위에 제멋대로 춤추고 뛰놀 터인데 너는 어찌 침착히도 수묵화(水墨畫)를 치고 있느냐.

내게 없는 것 대체 나는 이것을 가져야 하느냐 혹은 갖지 않아도 좋으냐!

정신상의 형제여! 육신상의 동기(同氣)가 아니라 정신상의 형제여! 모조리 내 앞에 와서 집합을 하라.

　요마적은 서울 있을 때에나 동경 가 있을 때에도 말로의 작품을 깡그리 읽었더니 그놈에게서 많은 형제를 얻었다. 페르캉, 크라보, 가린, 기요, 기요보다는 고독한 테로, 진(陳) 이런 것들이 나를 에워싼다. 페르캉! 페르캉! (차라리 시나, 그것도 랭보나 보들레르가 아니고 19세기 불란서 낭만파의 시나 읽었던들 순직한 감상이나 간직했을 걸.)

　내가 갖지 않은 것 갖고 싶어하는 것 왼갖 것을 갖고 있는 이 동류(同類)들은 감수성 시련을 주어왔는가.

　치고, 차고, 박고, 물고, 뜯고, 꼬집고, 밟고, 때리고, 울며불며 아우성치는 외에 자신이나 아니 남을 이렇게 구박하고 싶은 외에 나 자신을 무서운 학대로 끄는 외에 무슨 재주를 나에게 맡긴 것일까.

　　아무리 서러운 눈물도 고요히 거두어질 때는 다시 오느니……

　하이네씨가 노래하신 대로 얼마 동안만 그저 얼마 동안만 기다리면 지난날의 동기(同氣)와 같이 이런 것도 언제 그런 일이 있었는가 하리라.

　　속절없다. 내 만 권의 서책을 읽어왔노라.

　나는 말라르메 선사(先師)의 시편에 이런 구절이 있는 것도 모른체하고 쓸쓸한 마음에 다시 책상 문을 연다.

　장 속에는 먼지가 보얗게 앉았다. 얼마 동안을 두고 이렇게 군색한 것인지. 처음에는 그래도 이 속의 책이 어린애들 이(齒) 갈 듯 빠졌다는 다시 나고 다시 나고 하던 것이 이제는 아래웃턱 아주 형용할 수도 없다.

이 속에서 나는 어떠한 위안을 어떠한 양식을 구하려 함이 없을까.

자신에 대한 불신임과 과대망상증과 일상의 불안에서 오는 공박관념(恐迫觀念) 외에 협심공포증(狹心恐怖症) 외에 무엇을 얻은 것일까.

차라리 돌아가리라. 아프리카 사막으로 보석을 싣고 가던 랭보는 응부(應富), 그 베를레느에게 총을 맞아 숭터가 진 바른 손에 이번에는 자신이 피스톨을 들고 오지(奧地)에까지 떠돌아와 남의 재화(財貨)를 빼앗으려 하는 백인의 누악(陋惡)한 인간성이나 이유없이 살인하려 덤비는 미개한 토인들에게 최대한의 증오(憎惡)를 재워가지고 탄환과 함께 들이쏘았을 게다.

이것이 끝없는 인간혐오(人間嫌惡)에서 오는 자의식의 치열한 복수였을까?

정주(廷柱)는 일찍이 그의 수필에서 랭보가 사경(死境)에 이르러 귀향한 것을 애석히 여기고 그가 임종(臨終)에 향유(香油)를 바르며 일개의 기독신도(基督信徒)의 의식으로 그 목숨을 마치었다는 데에 통탄하였다.

우리가 정신상의 동류(同類)와 형제의 일을 이야기하고 과장하려고까지 하는 마당에 어찌 이런 사실을 안타까이 여기지 않으랴.

그러나 돌이켜 생각할 때 궤변이 아니라 정주와 나, 또는 여기에 공감을 갖는 사람이 이렇게 생각하는 것과 저열(低劣)한 기독신자가 유다, 열두 사도(使徒)의 하나였던 유다를 몹시 욕하는 것과 같이 그러한 자기변호의 위선(偽善)과 무엇이 다른가.

어찌 생각하면 역력히 보이는 것 같은 나의 길. 시인(是認)하기에는 너무나 무서운, 암담 속에서만이 환히 빛나는 이 길이 어찌하여 돌아서는 길이 되고 마느냐.

헬레니즘 헬레니즘 안타까이 부르짖으며 르네쌍스를 찾고 다비데를 부르던 나는 끝끝내 비극과 싸워나가는 서구인의 끊일 줄 모르는 투쟁정신을 멀리멀리 바라보기만 하였다.

> 늙은이는 지팽이를 짚고
> 젊은이는 봇짐 지고
> 북망산이 어디멘고
> 저기 저 산이 바로 북망산이라.

봐라. 이것이 너의 조상 때부터 불러오던 노래다. 바로 네 폐부에 흐르는 노래다.

유다여! 이스카리오데의 유다. 미안합니다. 물론 나는 죽지 않을 것입니다. 그러나 그대와 같은 배신도 내게는 하여볼 기회조차 없는 것입니다.

오늘도 명치정(明治町)엘 나와 당구를 하며 콩가루 섞인 커피를 마시며 어쩌면 지방 문청(文靑)이나 올라와서 어떻게 인사할 기회를 얻어가지고 맥주나 마실까 맥주나 마실까. 사람의 대구리가 어느 때는 맥주병, 맥주병 작기(酌器)로 보이는 때가 있습니다. 어리석은 비유이오나 한참 마음이 편할제라야 나는 내 자신을 악의없는 악마, 그저 조그만 악마라고 불러봅니다.

죄그만 악마! 그 중에도 엘프는 못되고 그러자니 그저 꽃 속에 이슬먹고 춤추는 님프라, 님프라고 생각합니다.

시나 쓰리라. 그저 소용도 없는 좋은 시나 쓰리다. 이 잡문도 그럭 저럭 쓰다보니 한 이틀치는 넘겨 썼는가보다. 더 쓰고 싶어도 어디 나같이 흥분하기 쉬운 청년이야 더우기 긴 글을 쓸 수 있으랴.

길게 쓰려면 퀘퀘한 산문가 나부랭이 모양 누구를 만나고 누구와 술을 마시고 마셨는데 그 양이 얼마나 되고 해야 하는 것인데 난 도무지 아무리

쓸게 없더라도 그것까지는 쓰고 싶지가 않다.

사실, 통틀어 예술가라든지 작자라 해놓고 이 사람들이 남에게 어떠한 의사나 정서나 진실이거나간에 전하려 할 때 그들은 제일 먼저 자기의 속한 부문에 힘을 빌 것이다. 그러기 때문에 나는 시 이외에 별로이 쓴 적이 없다.

미안합니다. 요번에 독자님, 내가 몇 원을 얻어먹기 위하여 당신들께서 나로 치면 삼차적인, 사차적인 이 혼돈한 잡문으로 하여금 그 귀중한 시간을 착취했다면 당신들을 속여서 미안합니다.

이따금 자기도 모르는 사이 무슨 생각에 골몰하다가 잠을 놓치어 옆에 사람들은 모두 깊은 잠이 들고 저 혼자 남았음을 깨달았을 때 나는 그때처럼 끝없는 정지(停止)로 하여 견딜 수 없는 외로움을 느끼는 적은 없다.

무언지 모르게 자기가 미웁고 심지어는 사람이 미워진다. 뭐냐 이놈아! 이런 때 누가 곁에서 부시시 일어난다면 느닷없이 정갱이를 발길로 질러버리리라.

나는 불현듯이 생각해낸다. 그렇구나. 이놈이구나! 바로 이놈이구나. 나의 청춘기를 말끔히 개 싸대듯 싸대게 만드는 놈이.

그래서 해마다 동경이요 고베(神戶)요 하고 떠돌고 하며 안정을 주지 않아 다달이 고향이다 배천(白川)이다 하고 뛰어내려가게 하는 놈 이놈이 이 무서운 정지(停止)로구나, 하고 외치게 한다.

슬프다. 이것이 지향없는 사람의 원병(原病)이 아니고 생활하지 않는 사람의 원죄가 아니냐.

돈암정(敦岩町) 더우기 내가 있는 집은 정릉리(貞陵里)로 넘어가는 바로 길목이라 내가 이러한 생각에 몹시 침울한 때쯤이면 반드시 요정에서 넘어오는 택시들이 졸리운 눈깔을 끔벅이며 두두거린다.

차바퀴가 끼익끼익 하는 소리에도 나는 견딜 수 없는 불쾌감을 느낄 때가 있다. 이맘 때에 취하고 취하지 않는 놈이 어떠한 놈이냐.

야짓잖다. 정당한 이유 없이 자기를 학대하거나 의심하는 짓은 그리 좋은 일이 못되나 하도 어처구니 없는 자신에 기가 막히어 비굴한 심정으로 헝크른 머리를 쥐어뜯는다.

찾아야 한다. 무슨 일이 있든지 반드시 찾아내야만 한다.

향배(向背)를 잃어버린 나의 방향은 어디에 있는가. 나의 이념이여! 조금만 조금만 맑아지거라. 나의 생존의 의의란 어디에 있느냐.

이렇게 자나깨나 생각한다고 남만 보면 이야기하고 제 자신에게도 들리어주나 나는 한결같이 명치정 거리를 기웃거리며 거닐고 있다.

오죽하면 물건너 얼뜨기 연출가에게 조선에는 다방 출입만 하는 놈이 예술가가 되고 요기조기 쥐수염 같은 것을 쫑긋거리며 자진하여 그놈 꼬붕이 되는 놈이 작가가 되느냐.

나는 그곳에 무엇을 빠치었을까, 무엇을 잃은 것일까. 그 수많은 친구라는 사람들과 서로 찾아다니는 것은 뜻밖에도 어제쯤 뱉어버린 군침이 아니었을까.

왼종일 심각한 표정을 하고 앉아서 차를 마시는 간간이 그들은 축음기에서 나오는 음향을 형이상(形而上)으로 끌어올리는지, 형이하(形而下)로 끌어내리는지도 음치(音癡)인 나는 아지 못한다.

다만 형용할 수 없이 무서운 권태가 인제는 완전히 타성이 되어 차를 마시는 입이 벌어지는 것도 당구장에서 큐를 든 손이 움직이는 것도 이제는 습관 이외에 아무런 의미가 없다.

돈암정은 말만 시내라 밤이면 개구리가 요사이 비오는 틈을 타서 악마구리 울듯 하고 또 한구석에는 맹꽁이란 놈이 청승맞게 꼬옹꼬옹 운다.

　밤마다 늦게 돌아와서 한잠 달게 자는 집안 식구들을 잡아일으켜 대문을 열게 하는 나를 보고 제군들은 맹꽁이가 무에라고 하는지 들었는가. "이 밤중에 또 어딜 갔다 오느냐, 이놈아! 너는 날마다구나. 어서 들어가 자빠져 자거라. 맹꽁."

(조선일보 1940. 7. 20~25)

전쟁도발자를 적발

아무리 평화를 애호하는 사람이라도 프랑코가 어느 결에 청샤쓰를 벗고 세비로를 입었다고 해서 마음이 놓일 수는 없고 얼마 전 미국에 나타났던 처칠경 모닝 속에서 청샤쓰 자락을 발견하고 눈살을 찌푸린 것은 비단 연합국의 위정자만이 아니었던 것이다. 지금 서울의 한복판에서는 멀리 미국과 소련에서 양국대표가 일부러 찾아와 우리 민족의 완전한 해방을 위하여 연일 그 논의에 바쁘다. 이처럼 모든 것을 옳은 길로 끌고 가려는 노력은 한 조선의 문제가 아니라 연합국이 세계평화를 실현해나가는 크나큰 과업일 것이다. 그러면 어떤 사람이 있어 이 평화롭고 아름다운 사실에 돌을 던지는 가. 그리고 그 사람의 한 알의 속임도 없는 내심은 어떠한 것일까.

일찍이 샌프란시스코에서 반소(反蘇) 선전에 열광하다가 돌아온 이를 필두로 여기에 호응하는 하룻밤 사이에 만들어진 정당, 하루아침에 자기도 모르는 사이에 정치가로 나선 부스러기, 이들의 턱찌기를 받아먹고 사는 언론기관 나부랭이들의 천정(天井)을 모르고 날뛰며 한쪽 연합국을 중상(中傷) 이간(離間) 공격하는 것으로 그들이 일상에 내걸던 정강과 인민조차 안중에 없으니 그래도 현명한 제군들은 여기에 쌍수를 들어 그들을 환영하겠는가?

기러기처럼 손가방 하나에 비인 몸으로 우리 조선땅에 날아온 한인들이여! 불행히도 우리 조선에는 대영제국(大英帝國)과 같은 식민지도 자본가도 없을 뿐더러 사십년 넘어 남에게 피를 빨려오는 핏기없는 인민 뿐이다. 그대들이 지금 무엇을 사랑하고 또 무엇을 위하여 어떠한 부류와 손을 잡고 필사의 노력을 하는지는 삼척동자(三尺童子)라도 이제 와선 모두 아는 바이다.

프랑코야 프랑코야
네가 주는 흰 빵보다 네그린이 주는 톱밥 맛이 좋단다.

이 노래는 서반아(西班牙)의 인민들이 피로 부른 노래다. 석두(石頭)와 같은 정치가여! 그로 인하여서도 되는 전쟁도발자여! 온 세계의 인민들이 무엇을 요구하는가 그것 먼저 알아두라.

우리가 바라는 것은 평화와 자유 뿐이다. 어느 누가 지금 또 다시 남의 앞잡이로 이유없는 전화에 휩싸이기를 바라겠는가. 오히려 참다운 평화와 자유를 위하여 이 나라의 젊은이들은 그 목숨을 헌신짝처럼 버릴 것이다.

(현대일보 1946. 4. 8)

삼단논법

온종일 삯방아를 찧어 죽 한 그릇을 들고 부지런히 어린 자식들에게로 돌아가던 한 여인이 고개 밑에서 범을 만났다. 그리하여 이 여인은 애중히 여기는 죽을 빼앗기고 왼쪽 팔에서 바른쪽 팔로 왼쪽 다리에서 바른쪽 다리로 다만 살고 싶은 마음에 이처럼 그 범에게 주어 오다가 야금야금 배어먹던 범에게 마지막에는 자기의 생명까지도 빼앗기고 마는 고담(古談)이 있다.

이것을 다만 고담으로 돌리면 그만이다. 그러나 나는 이 이야기 속에서 약한 자의 어찌할 수 없는 사정과 체념에 가까운 운명관(運命觀)을 느낀다.

그리해서 그리해서 그 다음은 어찌됐어요가 아니다. 소위 소화(昭和) 11년 이 해는 1936년이었지만 나는 동경에 있을 때 고향에서 오는 신문에서 이런 소식을 들었다. 서울 어의동 공립보통학교 일인(日人) 교사(敎師)가 이제부터는 조선어 교과서의 교수를 할 필요가 없다고 곧 이것을 실천에 옮긴 것이다.

그러나 이때에 이 일인의 의견에 대해서 누구 하나 공공연히 반대를 표시한 사람은 없었다. 나 같은 자는 객지(客地)에서 공연히 화만 내며 이 일에 대하여 불쾌함을 참지 못하였다.

테러라는 것을 생각해본 것도 그때였다. 아직 사건이 좀더 크게 벌어지기 전에 그 교사놈의 대구리를 커다란 돌멩이로 아싹 때려부수었으면…… 하고. 그러나 이러한 생각을 한 것은 비단 나뿐이 아니었을 것이다. 모두 다 생각만은 하였을 것이다. 그렇지만 그 후에도 아무 일 없이 지난 것은 내 앞에 섰는 범에게 우선 죽 한 그릇을 주기 시작하였기 때문일게다.

삯방아질을 하는 여인네의 신세는 그 전만이 아니다. 이것은 약소민족의 영원한 표증이다. 지금의 우리는 날마다 생겨나는 일에서 어떠한 것을 목격하고 있는가.

무에라고 말을 하랴. 자칫 잘못하면…… 이 아니라 우리의 앞에는 밑이 없는 배때기를 가진 범이 우리를 감시하고 있다. 여기서 나는 내게 이익하도록 삼단논법을 제기한다.

품파는 아낙네와 소화(昭和) 11년도의 조그만 사건과 또 이마즉에 하루도 쉴 새 없이 꼬드겨 나오는 어슷비슷한 일들을……

(신문학 1946. 11)

시적 영감의 원천인 박헌영 선생

우리의 노래는 오래인 동안 민족의 수난과 박해에 대하여 노래하였다. 우리나라의 고운 창공과 아름다운 산들과 깊은 골짝들은 어느 곳에나 슬픔의 노래로 가득하였다. 나는 그 가운데서도 남달리 큰 소리로 울었었다. 나의 울음을 나의 어머니와 아버지의 울음이기도 하였고 나의 형과 나의 누이와 나의 애인의 울음이기도 하였거니와 그것은 더욱이 나 자신에의 울음이었다. 나의 부모와 형제와 동포들의 불행도 슬픈 일이거니와 나의 무력함은 더욱더 슬픈 일이었다. 나는 어렸을 때부터 시인이었기 때문에 또 우리를 위하여 노래하고 간 여러 시인들의 노래를 통하여 나는 잘 알고 있었다. 일제가 우리의 원수이었던 것을 누구 모르랴? 그러나 미웁고 원통한 것은 일제의 강점자들이기보다도 ─그것은 일부러 말할 필요도 없는 것이었다.─ 우리 민족 가운데 있는 우리 민족의 원수들이었다. 우리와 같은 면모를 쓰고 우리와 같은 언어를 지껄이면서 일본놈들의 마음을 가진 조선인들 조선인들의 탈을 쓴 일본인이었다.

이런 놈들은 생각하고 우는 대신에 어찌하여 나는 이놈들을 향하여 칼을 들지 못하였는가? 자다가 생각하여도 원통한 일이었다. 나는 한층 더 미칠 듯 울음이 북받쳐 올라 여러 해 동안은 울고 지냈다. 술을 먹었다. 그러다가 병이 나서 한동안은 앓았다. 이러는 동안에 아 우리의 위대한 박헌영 선생은 내가 보통학교 일급을 들어갈 때부터 20여년을 우리 민족의 자유를 위하여 싸우신 것이 아니냐? 친일파들이 민족을 팔아 호강을 하고 겁쟁이 놈들은 외국으로 도망을 가서 편안히 지낼 때 박헌영 선생은 감옥과 지하에서 오직 한 사람 민족 해방을 위한 투쟁을 지도하여 전 반생을 바치시었다. 우리의 노래는 무엇 때문에 울고 나의 노래는 또한 누구를 위하여 울었느냐? 이러한 이를 기다려 울었고 이러한 이를 사모하여 운 것이 아니냐? 8월 15일이 지난 뒤 박헌영 선생은 우리 앞에 나타나시었고 우리의 노래의 주인공 우리의 시의 원천은 땅 위에 그 姿態를 내어놓으신 것이다.

그때에 우리 민족의 원수들은 어찌하였느냐? 그자들은 재빠르게 가면을 고쳐 썼다. 그래 가지고 다시 새로운 방법으로 민족을 해치고 민족을 팔려고 날뛴 것이다. 이러한 2년간 우리의 유일한 희망이요 우리의 최고인 위안은 박헌영 선생의 존재이었다. 그때부터 우리들의 노래는 일제히 울음을 그쳤다. 우리들은 싸움의 노래를 불렀다. 민족의 원수를 물리치고 우리 민족의 자유를 실현하기 위한 싸움에 시적 영감의 중심이 옮겨갔고 그 싸움의 최대한 수령 박헌영 선생은 어느 때 어느 곳에서나 시적 영감의 원천이었다. 그를 위하여 죽고 그를 위하여 피를 흘리고 박해와 수난 가운데 신음하는 인민들에게 멸하지 않는 희망과 위안을 주는 위대한 분이 어찌 시적 영감의 원천이 아니겠는가?

(문화일보, 1947.6.14)

굶주린 인민들과 대면

우리 문화공작단 제1대는 연극동맹 31인, 무용예술협회원 3인, 음악동맹원 3인, 문학가동맹에서 각 2인, 미술동맹과 사진동맹에서 각 1인 도합 42인으로 구성되어 7월 30일 목적지인 이 경남으로 오게 되었다. 원래가 성원이 대부대이라 차칸이 하나를 차다시피 하여 모든 대원들은 가족적 분위기에 싸였으며, 모든 같은 임무와 희망에 즐거움을 가질 수 없을 때, 때마침 기다리던 농사비는 끊일 줄 모르고 내리어 더욱 우리들의 전도를 복되게 점쳐주는 것 같았다. 모심기에 비가 없으면 안 되듯이 우리대의 문화공작이 꽉꽉한 우리 인민들의 감정을 부드럽게 하고 다시 눈뜨는 그들로 하여 커다란 성장에 도움이 된다면 우리들의 소망은 이 밖에 또 무엇이 있을까? 이날 밤 8시 부산에 닿자 역 구내에까지 마중을 나온 이곳 도 문련 수천 동무들의 박수 환영은 흡사 나의 마음을 해방 후 처음 맞이하던 메이데이의 감격을 방불케 하였다. 그때만 하여도 우리(문련)들의 조직이 오늘 같지 않아 각자가 거의 분산적으로 참가하였기 때문에 내가 3,4인의 친구와 회장으로 갔을 때에 받은 박수와 나의 감상은 그때 동무 축에도 들지 않은 이 보잘 것 없는 소시민에게 어쩌면 저 많은 투사들은 이처럼 끊일 줄 모르는 박수를 주는 것인가

하는 감동과 충격이었다. 오늘 우리들 일행이 받은 박수도 나에게는 이와 같이 느끼어 갔다. 기쁘다 부끄럽다.

우리는 부산에 도착하여 점점 가중하는 것 같은 우리의 임무를 느꼈다. 지방에 있는 동무들이 아니 우리의 인민들이 얼마나 참다운 예술을 통하여 그들의 생활의 반영을 갈망하고 있는가를 알 수 있다. 모든 것이 서투른 우리들 더욱이 우리들 중에는 나를 위시하여 문화공작 때문에 지방으로 나와 본 사람은 태반이 없다. 그러나 각 부문을 통하여 우리들은 전력을 기울여 성심과 성의로써 책임을 수행하려는 결심이 서 있다. 7월 1일 우리는 이른 아침 민전에 들러 인사를 마친 후 이곳 도 문련의 책임자 동지와 함께 각 동맹에서 1인씩 다섯 명이 도청에 들러 일제 때와 별반 틀림이 없는 상연대본의 검열(이곳에는 주로 1. 30의 악법령이 준수되고 있다) 맡고 초량에 있는 대생극장에서 첫 공연을 가졌다. 이 공연을 갖는 데에도 경찰 당국의 수속이 까다로워 낮 공연 오후 1시에 시작을 가까스로 2시에야 시작하는 등 세세한 사고와 연유는 모든 일이 아직도 우리에게는 투쟁과 고난의 길이라는 것을 알게 하였다. 전원이 모두 잘 있고 열성을 내어 활동한다. 우리들의 숙소는 보통 흥행단체와는 달리 지방에 있는 여러 동무들의 각별한 청으로 각기 대를 나누어 가족적인 거처를 난다.

>오막집 극장 대생좌 앞에 나란히 서 있는 꽃다발들은
>어디서 온 누구를 맞이하는 꽃다발이냐
>돈주머니에 돈이 안 모여 일 년 내 가도 굿 구경 한번 못 가는 노동자
>동무들이
>오늘 저녁엔 머리에 기름칠하고 농 안에 깊이 들었던 새옷 한 벌을
>내어 입고

백두산 골연을 입에 물고 대생좌 앞에 모여들었다.
그렇다
일 년 내 가도 굿 구경 한번 못 가는 노동자 동무들도
오늘 저녁엔 돈을 주어서라도 서울서 오신 문련 동무들의 남조선
예술의 최고 수준을 모아
남조선에서 울고 굶주리는 동무들에게
우리의 투쟁이 옳다는 것과 우리의 투쟁은 이긴다는 것을 알으키는
이 밤이기에
이렇게 모여든 것이다.

이 위의 시는 부산 기관구의 일하는 동무 18세의 소년인 조용린 군이
<서울서 오신 동무들에게>라는 제목으로 특히 나의 유진오 군에게 보내준
시이다. 우리는 부산에 닿으면서부터 이처럼 훌륭한 선물을 받았다. 진실을
속임 없이 적을 수 있는 사람, 그 진실이 진실하게 읽는 사람의 가슴을 울릴
때 이 위에 더 좋은 작품이 어디 있겠는가.

부산 기관구에서는 우리들이 왔다는 소문을 듣고 그곳에 있는 노동자 동
무들이 우리들을 만나고 싶다고 청하여 왔다. 아직 틈나지 않아 못 갔으나
사진동맹원과 함께 가서 기관구에 있는 동무들의 일하는 장면도 백여오고
반가운 인사와 또 우리들이 가져간 선물을 보내고 싶다. 우리 공작단의 공연
과 병행하여 미술동맹에서는 서울서 가져온 현역작가의 신작 20여 점의 작
품과 또 사진동맹에서는 여러 동맹원의 기록적인 작품을 50여 점이나 가져
와 함께 우리 대의 공연지마다에 전람회를 열 작정이다.

지방 민전과 문련 동무들께 소미공위의 뉴스 사진과 지난번 남산 메이데
이 기록적인 사진을 보여드리니 여러 동무는 다시금 우리 진영의 위력에
혀를 말으며 감탄을 하였다. 50만 동원 50만 동원하고 말만 듣다가 우리

사진동맹원들의 촬영한 사실적 광경을 보고 용기가 백배하는 모양이었다. 이럴 때이면 우리도 기쁘고 지방에 있는 동무도 한없이 든든하여 한다. 일행이 부딪히는 한 가지 한 가지의 사실은 얼마를 적어도 끝이 없을 것 같다. 다행히 대원 유진오 시인이 씩씩한 붓을 들어 다음의 통신에 나보다는 좀더 자세한 기록을 보내겠다 하오니 즐거이 기다려 주시소서.

(문화일보, 1947.7.10)

머리에

여기에 모은 것이 8월 15일 이후부터 지금까지 나의 쓴 시의 전부이다. 처음부터 서문 같은 것은 필요는 없는 것이다. 일기처럼 날짜를 박아가며 써 나온 이 시편, 이 속에 불려진 노래가 모든 것을 해답할 것이다.

대체로 전일 내가 쓴 시들이 어드런 큰 욕심과 자기를 떠난 보람을 구한 것에 비하면 여기 이 시집 속에 있는 것은 어떻게 하면 자신에 충실하고 어떻게 하면 이 현실에 똑바를 수 있을까를 찾기 위하여 다만 시밖에는 쓸 줄 모르는 내가 울부짖고 느끼며 혹은 크게 결의를 맹세하려던 그날그날을 조목조목 일기로 적은 것이 이 시편들이다.

거듭 말할 필요도 없다. 나의 시 속에 아직도 의심하고 아직도 설워하는, 아직도 굳건하지 못한 점이 있으면 내 시를 사랑하는 이들은 두말없이 나의 온몸에 채찍을 날리라. 그러나 다만 보잘것 없는 나의 성실이 어떠한 찌꺼기를 버리지 못한 것이라 하면 그대들도 나의 타고난 이 문제에 대하여, 또 이 똑바로 보지 않으면 안될 현실에 대하여 따뜻한 이해를 가지라.

옳은 일이나 옳은 말이란 아무 때이고 남에게 돌림을 받는 것임을 이 중에도 뼈아프게 돌이킨다. 언론자유, 출판자유, 이렇게 휘번들한 긴판 밑에도 용기없는 사람은 자유를 갖지 못한다. 이로 인하여 나는 <지도자>와 <너는 보았느냐>의 두 작품을 비굴한 신문기자 때문에 발표치 못할 뻔하였다. 그러나 훌륭한 우리의 선배와 동무들은 이것을 세상에 물어주었다.

그리고 또 하나 어이없는 일은 <연합군입성 환영의 노래>의 수난인데 이것을 그 당시 방송국에서 갖다가 어느 편의 의도인지는 모르나 그들이 작자의 의사를 무시하고 제 마음대로 '연합군'이란 문구를 '미국군'이라고 전부 고쳐 방송한 일이다.

내가 이 시집을 하루바삐 내어 세상에 묻고자 함은, 이 어려운 세월을 나는 이렇게 살아왔고, 또 이렇게 살려고 한다고 외치고 싶음이겠으나, 또 한편으로는 우리의 문화전선을 좀먹는 무리들의 악의(惡意)를 벗어나 진실로 속여지지 않은 내 의사를 이렇게 표시할 수 있음을 그들에게 알리기도 위함이다.

1946. 3. 12.
서울대학부속의원 입원실에서
(시집 『병든 서울』, 1946.7)

발(跋)

여기 다만 가쁘게 숨소리만 나는 이 땅이 다 함께 같은 호흡을 하면서도 어딘지 모르게 치밀한 계획이 있어 보이고 물러서지 않는 투지가 숨어 보이고 모든 것은 측정되어 오직 목적하는 곳으로 매진하려는 기관차와 같이 다정하고 우람한 시인들이 있다. 그들은 청년들이다. 만 사람이 청춘이라야만 가질 수 있는 용기와 자유에의 부절(不絶)한 희구를 이들은 몸과 마음 모든 조건으로 구비하고 있다.

여기 내가 소개하는 젊은 시인들은 일본의 식민지 정책이 최고의 조건으로 우리의 문화를 말살하려 할 그때에 불운한 성년기를 맞은 청년들이다. 이들 앞에 찾아온 것은 조금도 따뜻하지 않은 학병이요 징용이요 추적의 가시길이었으나 그들은 이러한 조건에서도 쉬지 않고 우리의 아름다운 감정과 언어와 사고를 연마하기에 게으르지 않았다.

이것의 결실로 이번 『전위시인집(前衛詩人集)』을 내게 되는 것은 당연한 중에도 당연한 일이며 나 하나뿐의 기쁨만이 아니다. 진실로 이들은 우리 시단의 제일선을 찬연히 빛나게 하는 존재들로서 그들의 노래는 참으로 솔직하여 우리 선배들이 일본 총독의 치하에서 작품활동을 하였을 때처럼 누구의 눈치를 본다거나 같은 말을 둘러 한다거나 하는 일이 없이 일사천리격으로 나가는 새로운 활기를 가져온 것도 기꺼운 현상의 하나일 것이다.

전위(前衛)란 연치나 경력을 운위함이 아닌 줄도 이들은 잘 안다. 그리고 어떠한 전투에 있어서나 전위가 져야 될 임무와 그 역할을 이들은 그들 성년기에 있어서의 고난의 매가 능히 선배들보다도 많은 단련을 주었다.

시단(詩壇)의 결사대(決死隊) 이런 말을 할 수 있다면 여기에 나온 시인들이 바로 결사대의 대원들이다. 그리하여 이 중에 한 동무는 벌써 그 노래로하여금 몸을 영어(囹圄)에 빠지게 하였으며 또 참으로 오랜동안 감격을 모르던 이 땅의 청년들에게 그의 한 편의 시로 하여금 만뢰(萬雷)의 공명을 일으키게 하였으며 일찍이 시인들이 차지하였던 아테네의 영광을 약관으로 이 땅에서 다시 찾은 것 같은 느낌을 주게 하였다.

한 사람 두 사람 이들은 시를 노래로만 부르는 게 아니라 몸으로 부딪치고 있다. 우리의 전도다망(前途多望)한 시단이여! 이들 전위시인들로 하여금 끝없는 영광을 차지하도록 원조를 아끼지 말자. 그리고 수많은 이 땅의 젊은이여! 그대들은 그대들이 가지고 있는 젊음으로 하여금 서로 합치는 힘이 불과 같으라.

이들을 세상에 천거함으로 다시 섭섭함을 금치 못하는 것은 또 하나 내가 모르는 수많은 전위의 시인들이다. 지금 우리 땅은 남북으로 갈리어 북에 있는 여러 새 동무들이 얼마나 씩씩한 노래를 북조선 우리 근로대중과 농민들에 들려주고 있는 것인지. 이것을 일일이 함께 듣지 못함은 어찌 안타깝다 아니할 것인가.

전도다망하고 전도다난한 우리 전위의 시인들이여! 깍지를 끼고 나가라. 너희들의 영광 그것은 우리의 영광이요 삼천만 인민의 요구 그것은 오직 젊음과 보람만이 머리 속에 가득찬 너희들의 요구이기도 하다.

(『전위시인집』, 1946. 12)

'나 사는 곳'의 시절

'나 사는 곳'의 시절은 1939년 7월서부터 동 45년 8월, 역사적인 15일이 올 때까지다. 불로소득을 즐기고 책임없는 비난을 일삼던 그 때의 필자가 인간 최하층의 생활을 하면서도, 아주 구할 수 없는 곳에까지 이르지 않았던 것은 천만다행으로 시를 영위하였기 때문일 것이다.

지금의 '나 사는 곳'과 그때의 '나 사는 곳' 사이에는 사회적으로도 크나큰 변동이 있었지만 내 개인의 정신상의 변화와 그 거리는 말할 수 없다.

부끄러움을 아는 것은 아직도 늦지 않았음이다. 지난 날의 '나 사는 곳'을 가리켜 이것이 암담(暗澹)하던 한 시절 조선 안에 살고 있던 조선사람의 내면생활을 그린 가장 정확한 기록이라고 생각던 것이 지금은 지난 날 나의 안계(眼界)의 넓지 못했음을 한(恨)할 뿐. 기후에 따라 오르나리는 수운주(水銀柱)와 같이 그때, 그때, 이 땅에 부딪치는 거치른 숨ㅅ결에 맞춰서 노래한 여상(如上)의 시편들이 가 —지끈 불러진 열의로도 휴지가 아니기를 바란다.

편중(篇中)의 일부분은 만가(輓歌) —— 즉 ≪문장≫이 폐간되던 그 호에, ≪조선일보≫가 폐간되던 그 날에 —— 이 밖에는 우리의 모든 기관이 정지되어 지상에 발표라는 가망도 없을 때, 다만 암담(暗澹)하고 억눌리는 공기 속에도 나를 사랑하는 선배와 친지들을 보이기 위하여서만도 쓴 것이었다.

사랑하는 내 땅이여, 조선이여! 행동력이 없는 나는 그저 울기만 하면 후일을 위하여, 아니 만약에 후일이 있다면 그날의 청춘들을 위하여 우리의 말과 우리의 글자와 무력한 호소겠으나 정신까지는 썩지 않으려고 얼마나 발버둥 쳤는가를 알리려 하였다. 그러나 이제 내 노래를 우리 앞에 어엿이 내놓게 될 때, 어이없다. '나 사는 곳'이 이러할 줄이야.

두서(頭序)에는 최신작 <승리(勝利)의 날>을 부첨하여 오늘의 나사는 곳을 알린다. 이제는 나 사는 곳이 아니라 우리들의 사는 곳이다. '내'가 '우리'로 바뀌는 사다리를 독자들이 이 시집에서 찾는다면 필자는 망외(望外)의 행운이겠다.

— 1947년 5월 공위(共委)가 재개되는 날
(시집 『나 사는 곳』, 1947. 6)

가계도와 생애 및 작품연보

오장환의 가계도

오장환의 생애연보

오장환의 작품연보

오장환의 가계도

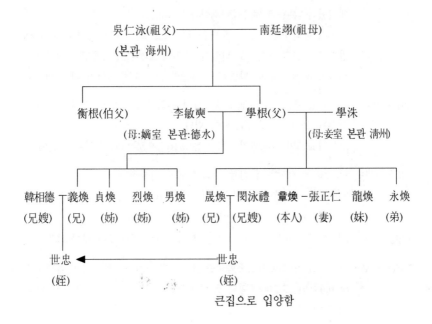

오장환의 생애연보

1918(1세) 5월 15일, 충북 보은군 회인면 중앙리(현재 회북면 중앙리) 140번지
에서 아버지 吳學根과 어머니 韓學洙[1] 사이에서 4남 4녀 중 3남으로
태어났다. 본관은 해주(海州)이다.
어머니 한학수는 처음엔 오학근의 첩실로 있다가[2]본처 李敏奭의 사
망으로 적실로 재혼신고 되었다. 따라서 오장환도 처음엔 庶 2남으로
있다가 후에 적출로 되면서 오학근의 4남 4녀중 3남이 된 것이다.[3]

1924(7세) 4월 1일, 懷仁公立普通學校 1학년에 입학하다. 입학 전에는 서당에
서 한문을 배운 것으로 되어 있다.
보통학교 3학년 때까지의 성적은 8/10점으로 비교적 양호한 편이다.

1927(10세) 4월 30일, 전학차 회인공립보통학교를 자퇴하다.
5월 2일, 안성공립보통학교 4학년에 전입하다. 이때 거주지는 경기도
안성군 읍내면 서리 314번지로 되어 있다.

1929(12세) 1월2일, 큰어머니 李敏奭이 西里 314번지 자택에서 사망하다.

1930(13세) 3월 24일, 안성공립보통학교를 졸업하다(6년). 재학 중의 학업성적은
8/10(4학년), 7/10(5,6학년)로 중위권이나, 操行은 乙.丙.丙으로 나타
나 있다.
중등학교 입학시험에서 낙방하여 잠시 고향에 머물러 있다가 상경하

---

1) 初名은 '韓英洙'였는데, 1916년 8월 10일에 '韓學洙'로 개명 신고하여 정정되고 있다.
2) 이 때에 아버지와 어머니의 연령 차이는 22세로 나타나 있다.
3) 아버지 吳學根의 처 李敏奭(본관 德水)이 1929년 1월 2일 안성읍내 서리 314번지에서
사망하기 전까지는 韓學洙는 첩실로 있었다. 따라서 오학근과 한학수 사이에서 출생한
3남 1녀는 모두 庶出로 있다가 본처 이민석이 사망하고 난 뒤, 1931년 5월 5일자로 한학수
와 재혼 신고함으로써 嫡室이 되었고, 그 소생들도 적출로 재신고 정정된 것이다.

여 中東學校 速成科에 입학하다.

4월 15일자로 회인의 호적을 정리하여 안성으로 옮겨오다.

1931(14세) 3월, 중동학교 속성과를 수료하고, 4월 1일 휘문고등보통학교에 입학
하다.

5월 5일, 큰어머니가 사망한지 2년 되는 해로 생모 韓學洙와 재혼
신고되면서 嫡室로 바뀌었으며, 오장환 형제들도(3남 1녀) 모두가 嫡
出로 바뀌었다.

1933(15세) 2월 13일~3월 말까지 수업료를 내지 못하여 정학처분을 받았다.

11월, 《조선문학》에 시작품 <목욕간>을 발표하다.

1934(16세) 9월, 《조선일보》에 연작시 <카메라 · 룸>을 발표하다.

1935(18세) 1월 26일(3학년 3학기) '동경유학'의 사유로 자퇴하다. 학적부를 보면
학년이 오를 때마다 성적과 출석률이 계속 떨어지고 있었다. 3학년 1,2
학기 성적은 낙제점수를 받다가 결국 3학기를 마치지 못하고 자퇴하게
된다.

4월, 일본에 건너가서 동경에 있는 智山中學校에 전입하다.

1936(19세) 3월, 智山中學校를 수료하다.

8월 29일, 서울 鐘路區 雲泥町 24번지로 호적을 옮겨온다. 그 이전에
서울로 이사했을 공산이 크다. 현재 이 일대는 고층의 숙박시설들이
가득 들어서 있다.

'시인부락' · '낭만'동인으로 참여하면서 시작활동이 본격화되다.

1937(20세) 4월, 明治大學(日本) 專門部 文科 文藝科 別科에 입학하다.

'子午線' 동인으로 참여하여 시작활동을 하다.

8월, 첫시집 『城壁』이 풍림사에서 간행되다.

발행인이 洪九로 되어 있으나, 원래 100부 한정본으로 自費出版했다
고 한다.

전북 출신인 黃氏와 결혼하여 일년여를 살다가 헤어졌다고 하지만,

733

그의 호적에는 혼인신고가 되어 있지 않다.

1938(21세) 3월, 明治大學 전문부를 중퇴하고 귀국하다.

7월 22일, 아버지 吳學根 종로구 운니정 24번지 자택에서 사망하다.

서울 종로구 관훈정에서 南蠻書房을 경영하다.

1939(22세) 7월, 두번째 시집 『獻詞』가 남만서방에서 자신을 발행인으로 하여 출판되다.

1940(23세) 일본에서 寫字業을 하다. 중국 등지를 방랑한 것으로 되어 있으나 확실치가 않다.

정릉 입구 敦岩町 105번지로 이사하다. 현재 이 일대의 산은 헐리고 단독 주택가와 고층의 아파트 단지로 바뀌어져 있다.

1941(24세) <蓮花詩篇> · <歸蜀途> · <歸鄕의 노래> 등을 ≪삼천리≫ · ≪문장≫ · ≪춘추≫ 등에 발표하다.

1942(25세) <病床日記> 등을 ≪春秋≫지에 발표하다.

1943(26세) <旅中의 노래> · <頂上의 노래> 등을 ≪춘추≫ ≪조광≫ 등에 발표하다.

1945(28세) 신장병으로 입원중에 8·15 해방을 맞이하다.

시집 『病든 서울』의 시편들을 8·15를 기점으로 쓰기 시작하다.

1946(29세) 2월에 결성된 조선문학가동맹에 참여하여 활동하다.

5월, 역시집 『에세—닌詩集』을 動向社에서 간행하다.

7월, 세번째 시집 『病든 서울』을 正音社에서 간행하다.

1947(30세) 1월, 『城壁』(첫 시집) 재판을 雅文閣에서 간행하다. <城壁> · <溫泉地> · <鯨> · <魚肉> · <漁浦> · <易> 등 6편의 시작품을 증보하고 있다.

2월, 江華郡 江華面 新門里 출신의 張貞仁(본관 德永)과 결혼하다.

6월, 네번째 시집 『나사는 곳』4)이 獻文社에서 간행되다.

12월 경, 본격적인 국토분단을 전후해서 월북하다.

1948(31세) 북조선 문학예술 총동맹 기관지 ≪문학예술≫에 발표된 <2월의 노래>가 발표되다. 이에 앞서 그는 『현대조선문학전집』에 실린 <북조선이여!>란 시를 먼저 썼다고 한다.

1950(33세) 5월, 제5시집이자 소련기행시편들을 수록한 『붉은 기』가 출간되다. 김광균의 회고담에 의하면, 6·25 당시 서울에 왔을 때 북에서 출간된 시집 『붉은 기』를 보여 주었다고 한다.

1951(34세) 지병인 신장병으로 사망하다.

1971 1955년 6월 28일, 생사불명 기간 만료로 烈煥(姉)이 5월에 실종신고하여 제적되다.

1988 6월, 拉·越北作家의 작품에 대한 해금조치로 오장환의 작품도 그 간행 및 연구가 허용되다.

1989 1월, 創作과 批評社에서 崔斗錫 편으로 『吳章煥全集』(전2권)이 간행되다.

1990 10월, 오장환의 종합연구서인 『오장환연구』(김학동 저)가 시문학사에서 출간되다.

1996 5월, 오장환이 태어난 충북 보은군 문화원과 보은 신문사가 주재하여 제1회 '오장환 문학제' 행사가 개최된 이래 해마다 기념행사가 열리고 있다.

2002 2월, 1950년 5월에 북한에서 출간된 제5시집 『붉은 기』의 시편들을 비롯하여 산문 몇 편을 증보한 김재용 편의 『오장환전집』이 실천문학사에서 간행되다.

---

4) 이 시집의 간행순으로 네 번째 시집이나, 사실은 『病든 서울』의 시편들보다 이전의 시편들로 편성되어 있다.

오장환의 작품연보

1933	목욕간	≪조선문학≫(11)	시
	戰 爭	미발표유고(1990년≪한길문학≫7월호)	장시
1934	카메라·룸	≪조선일보≫(9.5)	시
1936	姓氏譜	≪조선일보≫(10.10)	시
	易	≪ 〃 ≫(〃)	〃
	鄕 愁[1]	≪ 〃 ≫(10.13)	〃
	面事務所	≪ 〃 ≫(〃)	〃
	가을	≪ 〃 ≫(〃)	〃
	首 府	≪낭만≫(11)	〃
	城 壁	≪시인부락≫(〃)	〃
	溫泉地	≪ 〃 ≫(〃)	〃
	雨 期	≪ 〃 ≫(〃)	〃
	暮 村	≪ 〃 ≫(〃)	〃
	鯨	≪ 〃 ≫(〃)	〃
	魚 肉	≪ 〃 ≫(〃)	〃
	旌 門	≪ 〃 ≫(〃)	〃
	海港圖	≪ 〃 ≫(12)	〃
	漁 浦	≪ 〃 ≫(〃)	〃
	賣淫婦	≪ 〃 ≫(〃)	〃
	夜 街	≪ 〃 ≫(〃)	〃
	湖 水	≪여성≫(〃)	〃

---

1) 1936년 10월 13일자 ≪조선일보≫에는 '斷章數題'란 제목 밑에 <鄕愁>와 <面事務所>를 싣고 있다.

1937	旅 愁	≪조광≫(1)	시
	文壇의 破壞와 참다운 新文學	≪조선일보≫(1.28~29)	평론
	宗 家	≪풍림≫(2)	시
	白石論	≪ 〃 ≫(4)	평론
	體溫表	≪ 〃 ≫(5)	시
	船夫의 노래 · 1	≪조선일보≫(6.13)	〃
	싸느란 花壇	≪ 〃 ≫(6.16)	〃
	月香九天曲	시집 『城壁』[2](7)	〃
	黃 昏	≪ 〃 ≫(〃)	〃
	傳 說	≪ 〃 ≫(〃)	〃
	古 典	≪ 〃 ≫(〃)	〃
	毒 草	≪ 〃 ≫(〃)	〃
	花 園	≪ 〃 ≫(〃)	〃
	病 室	≪ 〃 ≫(〃)	〃
	海 獸	≪ 〃 ≫(〃)	〃
	荒蕪地	≪子午線≫(11)	〃
	船夫의 노래 · 2	≪ 〃 ≫(〃)	〃
1938	寂 夜	≪시인춘추≫(1)	시
	喪 列	≪ 〃 ≫(〃)	〃
	The Last Train	≪비판≫(4)	〃
	咏 懷	≪사회공론≫(9)	〃

---

2) 시집 『城壁』은 1937년 7월 풍림사에서 초판이 출간되었다. 초판에는 <月香九天曲>
등 16편의 작품이 실렸고, 재판은 1947년 1월 雅文閣에서 나왔는데, 跋文으로서 이봉
구의 <城壁시절의 장환>을 비롯하여 <城壁>·<溫泉地>·<鯨>·<魚肉>·<漁浦
>·<易> 등 6편이 새로 추가되고 있다.

小夜의 노래3)	≪ 〃 ≫(10)	〃
獻詞 Artemis	≪청색지≫(11)	〃
1939	나포리의 浮浪者	≪비판≫(1)	시
	無人島	≪청색지≫(2)	〃
	寂 夜	≪현대조선시인선집≫(2)	〃
	나의 노래	≪시학≫(3)	〃
	愛書趣味	≪문장≫(〃)	수필
	夕 照4)	≪비판≫(6)	시
	讀書餘談	≪문장≫(7)	수필
	深 冬	시집『헌사』5)(7)	시
	北方의 길	≪ 〃 ≫(〃)	〃
	永遠한 歸鄉	≪ 〃 ≫(〃)	〃
	不吉한 노래	≪ 〃 ≫(〃)	〃
	할레루야	≪조광≫(8)	〃
	푸른 열매	≪인문평론≫(10)	〃
	聖誕祭	≪조선일보≫(10.24)	〃
	第七의 孤獨	≪ 〃 ≫(11.2~3)	수필
1940	新生의 노래6)	≪인문평론≫(1)	시
	마리아	≪조선일보≫(2.8~9)	〃
	彷徨하는 詩精神	≪인문평론≫(2)	평론
	小夜의 노래	『新撰詩人集』(2)	시

---

3) 『新撰詩人集』(시학사, 1940)에 개작 수록되어 있다.

4) 시집『獻詞』에서는 제목이 '夕陽'으로 바뀌었다.

5) 제2시집『獻詞』는 1939년 7월 南蠻書房에서 간행되었는데, <할레루야> 등 17편의 시
작이 수록되어 있다.

6) 시집『나 사는 곳』에서는 제목이 '山峽의 노래'로 되어 있다.

	喪 列	〃	〃
	咏 懷	〃	〃
	할레루야	〃	〃
	구름과 눈물의 노래	≪문장≫(3)	〃
	鄕土望景詩7)	≪인문평론≫(4)	〃
	旅 情	≪문장≫(4)	수필
	八等雜文	≪조선일보≫(7.20〜5)	〃
	江을 건너	≪문장≫(7)	시
	江물을 따러	≪인문평론≫(8)	〃
	Finale	≪조선일보≫(8.5)	〃
	첫서리	≪조광≫(12)	〃
	고향이 있어서	≪ 〃 ≫(〃)	〃
1941	蓮花詩篇	≪삼천리≫(4)	시
	旅 程	≪문장≫(〃)	〃
	歸蜀途	≪춘추≫(〃)	〃
	咏 唱	≪ 〃 ≫(10)	〃
	牟 花	≪ 〃 ≫(〃)	〃
	歸鄕의 노래	≪ 〃 ≫(〃)	〃
1942	비둘기 내 어깨에 앉으라	≪춘추≫(7)	시
	病床日記	≪ 〃 ≫(〃)	〃
1943	旅中의 노래8)	≪춘추≫(3)	시
	頂上의 노래9)	≪ 〃 ≫(6)	〃
	羊	≪조광≫(11)	〃

---

7) 시집 『나 사는 곳』에서는 제목이 '고향 앞에서'로 되어 있다.
8) 시집 『나 사는 곳』에서는 제목이 '길손의 노래'로 되어 있다.
9) 시집 『나 사는 곳』에서는 제목이 '絶頂의 노래'로 되어 있다.

1945	깽	《인민보》(11)	시
	聯合軍入城 歡迎의 노래	『解放紀念詩集』(11)	〃
	指導者	《文化戰線》(11)	〃
	病든 서울	《象牙塔》(12)	〃
	鐘소리	《 〃 》(〃)	〃
	일홈도 모르는 누이에게	《신문예》(〃)	〃
	媛氏에게	《 〃 》(〃)	〃
	노 래	《예술》(〃)	〃
	붉은 산	《건설》(〃)	〃
	詩壇의 回顧와 展望	《중앙신문》(12.28)	평론
1946	다시금 餘暇를…	《예술》(2)	시
	내 나라 오 사랑하는 내 나라야	《學兵》(〃)	〃
	山 골	《우리公論》(〃)	〃
	너는 보았느냐	《赤星》(〃)	〃
	三一紀念의 날을	《민성》(〃)	〃
	入院室에서	《人民評論》(〃)	〃
	强盜에게 주는 詩	《민성》(4)	〃
	戰爭挑發者를 摘發	《현대일보》(4.8)	평문
	造型美展 小感	《중외일보》(5.21)	평론
	나는 農村 最後의 詩人	역시집 『에세—닌 詩集』10) (5)	역시

10) 역시편의 대부분이 어머니가 살고 있는 고향의 자연을 노래한 서정시편들이다.

	초봄의 노래	〃	〃
	나사는 곳	〃	〃
	銀時計	〃	〃
	봄노래	〃	〃
	'나사는 곳'의 시절	〃	후기
	시적 영감의 원천인 박헌영 선생	≪문화일보≫(6.14)	산문
	굶주린 인민들과 대면	≪문화일보≫(7.10)	산문
	봄에서	≪신천지≫(8)	시
	素月詩의 特性	≪조선춘추≫(12)	평론
1948	自我의 刑罰	≪신천지≫(1)	평론
	북조선이여	『현대조선문학전집』	시
	二月의 노래	≪문학예술≫(4)	시
	南浦客舍	≪조국의 깃발≫(4)	시
	남조선의 문학예술	조선인민 출판사(7)	평론
	조선인민군에 드리는 시	『창작집』(9)	시
1949	탑	≪문학예술≫(1)	시
	남포병원	≪영원한 친선≫(2)	시
	토지개혁과 시	≪청년생활≫(5)	평론
	비행기 위에서	≪문학예술≫(6)	시
	김일성장군 모스크바에 오시다	≪조선여성≫(10)	시
	김유천 거리	≪노동자≫(10)	시

의 시작품이 실려 있다.

1950	씨비리 달밤	≪조선여성≫(3)	시
	크라스노야르스크	≪문학예술≫(3)	시
	설중도시15)	≪문학예술≫(4)	시
	씨비리 태양	≪문학예술≫(4)	시
	連歌	≪문학예술≫(4)	시
	모스크바의 5·1절	≪문학예술≫(5)	시
	씨비리 차창	시집『붉은 기』(5)	시
	변강당의 하룻밤	시집『붉은 기』(5)	시
	스탈린께 드리는 노래	시집『붉은 기』(5)	시
	레닌 묘에서	시집『붉은 기』(5)	시
	붉은 표지의 시집	시집『붉은 기』(5)	시
	올리가 크니페르	시집『붉은 기』(5)	시
	살류트	시집『붉은 기』(5)	시
	고리키 문화공원에서	시집『붉은 기』(5)	시
	프라우다	시집『붉은 기』(5)	시
	우리 대사관 지붕 위에는	시집『붉은 기』(5)	시
	모두 바치자	≪조선여성≫(8)	시
	우리는 싸워서 이겼습니다	『영광을 조선인민군에게』(8)	시
1989	吳章煥全集 1·2	창작과 비평사(1)	전집
2002	오장환전집	실천문학사(2)	전집

---

15) 시집에서는 '눈 속의 도시'로 개제하고 있다.

오장환 전집

인쇄일   초판 1쇄   2003년 6월 20일
발행일   초판 1쇄   2003년 6월 30일

엮은이   김학동
발행인   정찬용
발행처   **국학자료원**
등록일   1987.12.21, 제17-270호

총 무   김효복, 박아름, 황충기, 김은영, 홍정기
영 업   맹형호, 한창남, 김덕일
편 집   김태범, 이인순, 정은경, 조현자, 박애경
인터넷   정구형, 박주화, 강지혜
인 쇄   박유복, 안준철, 서명욱, 한미애
물 류   정근용, 최춘배

서울시 강동구 암사동 462-1 준재빌딩 4층
Tel : 442-4623~4, Fax : 442-4625
www.kookhak.co.kr
E - mail : kookhak@kornet.net
kookhak@orgio.net

ISBN   89-541-0061-9   93810
가 격   42,000원